Corina Bomann
Clockwork Spiders

Die Autorin

Corina Bomann wurde 1974 in Mecklenburg geboren. Seit vielen Jahren schon schreibt sie Romane für Erwachsene und Jugendliche. Ihre im Ullstein-Verlag erschienenen Bücher wurden allesamt Bestseller. Mittlerweile lebt und arbeitet sie in Berlin.

Weitere Informationen finden Sie auf der Website der Autorin:

www.corinabomann.de

Über persönliche Rückmeldungen zu meinen Büchern freue ich mich ganz besonders: corinabomann@aol.com

Corina Bomann

CLOCK WORK SPIDERS

Roman

Bibliografische Information der Deutschen Nationalbibliothek:
Die Deutsche Nationalbibliothek verzeichnet diese Publikation in der deutschen Nationalbibliografie;
detaillierte bibliografische Daten sind im Internet über dnb.dnb.de abrufbar.

© 2021 Corina Bomann, 14169 Berlin
www.corinabomann.de
corinabomann@aol.com

Covergestaltung © Corina Bomann
Covermotiv © Kiselev Andrey Valerevich / Shutterstock
Satz: Corina Bomann

Herstellung und Verlag BoD – Books on Demand, Norderstedt
ISBN: 9783754331538

„Clockwork Spiders" ist die überarbeitete Fassung des gleichnamigen, erstmals 2012 bei Ueberreuter erschienenen Buches.

Das Werk ist urheberrechtlich geschützt. Jede Verwertung bedarf der ausdrücklichen Zustimmung der Autorin. Alle Rechte, einschließlich des vollständigen oder auszugsweisen Nachdrucks in jeglicher Form, sind vorbehalten. Dies gilt ebenso für das Recht der mechanischen, elektronischen und fotografischen Vervielfältigung und der Einspeicherung und Verarbeitung in elektronischen Systemen.

Die Handlung und die handelnden Personen sowie deren Namen sind frei erfunden. Ähnlichkeiten mit lebenden oder verstorbenen Personen sind rein zufällig und nicht beabsichtigt.

Prolog

London, 1888

Der rauchgeschwängerte Himmel schien in dieser Nacht noch tiefer als sonst über London zu hängen. Nebel waberte durch die von geisterhaft anmutenden Bäumen gesäumten Wege der Totenstadt Highgate. Wie Zugänge zu anderen Welten wirkten die Grüfte, die sich am Wegrand erhoben. Bleiche Marmorengel starrten mit leeren Augen in die Finsternis.

Der Mann in dem staubigen Kutschermantel, dessen Gesicht von der Krempe eines schwarzen Zylinders verschattet wurde, würdigte sie keines Blickes. Seine Gedanken waren bereits bei seinem Laboratorium und seiner teuflisch guten Erfindung, mit der er diese Welt nach seinen Vorstellungen verändern würde.

Zittern werden sie, dachte er. *Zittern vor ihrem neuen Herrscher.*

Ein Eulenruf ließ ihn innehalten. Wie seltsam, dass er so deutlich zu vernehmen war vor dem Hintergrund der lärmenden Stadt, deren Zahnräder und Dampfmaschinen nie zum Stehen kamen. Misstrauisch blickte sich der Mann um, doch er konnte nichts Verdächtiges entdecken. Leise knirschten die Kiesel unter seinen Stiefeln, als er weiterschritt, an Kreuzen und marmornen Engeln vorbei.

Dabei zog er seine Taschenuhr aus seiner Lederweste. *Tempus fugit* war in den silbernen Deckel eingraviert. Liebevoll strich er über die geschwungenen Lettern, dann ließ er ihn aufschnappen. Im Mondschein zuckten Zeiger und Zahlen wie Lichtblitze über dem Uhrwerk. Tempus fugit – die Zeit verrinnt. Ein guter Wahlspruch für sein Projekt, denn es gab so einige Personen, deren Zeit schon bald abgelaufen war.

Zwei Minuten nach Mitternacht. Er wollte nicht unnötig Zeit verlieren, denn sie war ein wichtiger Faktor in seinem Plan. So viele Männer waren gescheitert, weil sie die Zeit außer Acht gelassen hatten. Das würde ihm nicht passieren.

Noch ein Stück ging er geradeaus, dann bog er links ab. Unter einem weiteren Engel vorbei, der in seinen Armen eine sterbende Frau hielt, schritt er einen buchsbaumbewehrten Gang entlang.

Dann tauchte es vor ihm auf.

Wie jede Stadt hatte auch die Londoner Totenstadt Highgate ihre Paläste. Das elegante Gebäude, dessen Eingang von vier schlanken Säulen getragen wurde, war einer davon. Das Mausoleum, das an anderer Stelle wie eine kleine Villa gewirkt hätte, gehörte einer ehemals angesehenen Familie, die vor nicht allzu langer Zeit bei der Königin in Ungnade gefallen war. Der passende Ort für sein Vorhaben.

Der Schlüssel, den unter seinem Hemd hervorzog, glänzte silbern im Mondschein, während er die Umzäunung passierte. *Nur noch ein paar Schritte.*

Bevor er das schwere Gitter aufschließen konnte, vernahm er hinter sich erneut ein Geräusch. Keinen Eulenruf diesmal, sondern ein Rascheln. Langsam drehte er sich um, während seine Hand unter seinem Gehrock nach dem kalten Stahl des Dampfrevolvers tastete. Die silbernen Griffschalen schmiegten sich glatt an seine Handfläche. Er brauchte nur das Ventil zu entriegeln und die Waffe in Anschlag zu bringen. Wer immer vorhatte, ihn von seinem großen Ziel abzuhalten, dessen Lebenslicht würde er in Sekundenschnelle auslöschen.

Doch nur ein Fuchs huschte zwischen zwei kleineren Grüften hindurch. Wahrscheinlich erhoffte er sich ein paar Knochen aus einem der ärmlichen Gräber am Rand, von denen, wie man hörte, schon wieder welche eingestürzt sein sollten.

Aufatmend ließ er die Waffe wieder los und zog seinen Mantel zurecht. Dann schloss er die Tür auf. Die Angeln gaben ein Schnarren von sich, das in dem runden Raum widerhallte.

Wer das Mausoleum betrat, konnte zunächst glauben, es sei schon lange nicht benutzt worden. Außer einem großen steinernen Engel und glatten Wänden mit den Namen der Verblichenen gab es hier auf den ersten Blick nichts. Doch das war nur Schein. Ein Schatz ruhte unter den blank polierten Marmorplatten.

Lächelnd betrachtete der Mann den Engel, bevor er den Auslöser drückte, den nur wenige kannten. Geduldig wartete er, während sich vor ihm eine Bodenluke öffnete und den Blick auf eine stählerne Wendeltreppe freigab. Erst nachdem sich die Luke vollständig zurückgezogen hatte und die Treppe eingerastet war, stieg er hinab in das Reich der Toten.

Natürlich gab es auch noch einen anderen Weg hier hinunter. Wie hätten die Sargträger seine Ahnen einst dort hinunterschaffen sollen, wo doch technische Segnungen wie Dampfkräne und motorbetriebene Seilwinden damals noch nicht erfunden waren. Doch jener zweite Eingang war seit einiger Zeit durch eine breite Stahltür verschlossen, deren Schlüssel in einem geheimen Schließfach ruhten, das von dem Notar der Familie bewacht wurde.

Die Angst vor Grabplünderern hatte seinen Großvater dazu bewogen, solche Sicherheitsvorkehrungen zu treffen. Ruhten doch nicht nur dessen Gebeine dort unten in der Gruft, sondern auch die seiner Vorväter, die er samt der kostbaren Särge und des Schmucks, den sie trugen, bei Eröffnung der Totenstadt Highgate hierher hatte umbetten lassen. Dass sein Enkel diesem Ort einen ganz anderen, einen großen, absoluten Sinn verleihen würde, hätte er sicher in seinen kühnsten Träumen nicht zu denken gewagt.

Das Klicken eines Pistolenhahns ließ ihn am Fuß der Treppe innehalten. Lächelnd wandte er sich zur Seite, wo er den Umriss einer Frau erblickte.

»Guten Abend, Miss Copper, gibt es irgendwelche Neuigkeiten?«

Die Frau in dem kupferfarbenen Kostüm ließ die Waffe sinken. Eigentlich gab es keinen Grund, Eindringlinge zu fürchten, dennoch war Miss Copper seine wachsamste Gehilfin.

»Nein, Sir, es ist alles ruhig.«

»Haben Sie schon etwas von Miss Silver und Miss Gold gehört?«

»Sie sind nach wie vor in Indien, nehme ich an. Doch wie ich erfahren habe, soll die Königin noch in dieser oder in der nächsten Woche zurückkehren.«

»Dann wird es Zeit, unseren Plan zu verwirklichen.«

Die Frau nahm Haltung an, dann folgte sie ihm zu der Tür zwischen den Grablegen. Ins Labor, wo ein neues England darauf wartete, seine mechanischen Schwingen auszubreiten.

1. Kapitel

Adair House, Herbst 1888

»Alfred!« Emmeline Adairs verzweifelter Ruf galt dem Butler, einem schlanken, dunkelhaarigen Mann Mitte dreißig, der in Windeseile im Salon erschien und sich leicht vor seiner Herrin verneigte.

»Sie wünschen, Mylady?«

Im Gegensatz zu seiner Herrin zeigte der Butler angesichts des offensichtlichen Chaos tiefe Gelassenheit. Durch nichts aus der Ruhe bringen lassen und stets die Wünsche der Herrschaft im Auge haben, war seine Devise, die er auch immer wieder gern der Dienstbotenschaft predigte. Die Dienstmädchen, die dafür sorgten, dass ihre Herrin mittlerweile einem Nervenzusammenbruch nahe war, konnten heute Abend mit einer anständigen Standpauke rechnen.

»Haben Sie eine Ahnung, wo ich die Gästeliste gelassen habe?« Lady Adair hob theatralisch ihre Hand an die Stirn. »Ich kann sie nirgends finden.«

Dann wandte sie sich ab und sagte schrill: »Beth, nehmen Sie die Kiste da weg, soll ich mir das Genick brechen? Und Mary, Vorsicht mit der Spitze, meine Tochter soll nicht wie eine Landstreicherin aussehen!«

Die Dienstmädchen zogen schuldbewusst die Köpfe ein. Während Beth zusah, dass sie mit dem Karton das Weite suchte, legte Mary den Spitzenballen so vorsichtig beiseite, als könnte er jeden Augenblick wie ein durchgerosteter Dampfkessel in die Luft gehen.

Seufzend wandte Lady Emmeline sich wieder zu Alfred um.

»Ich werde mich persönlich auf die Suche nach Ihrer Liste machen, Madam«, sagte der Butler und machte nach einer kleinen Verbeugung kehrt.

Was für ein Aufruhr wegen eines Balls, dachte Violet genervt. Seit drei Stunden stand sie nun schon auf dem hölzernen Podest, umwuselt von Dienstmädchen, Schneidergehilfinnen und Schneiderinnen, die alle bestrebt waren, das neue Kleid der hochwohlgeborenen Miss Adair zu einem nie da gewesenen Ereignis zu machen. Passend zu ihrem blonden Haar sollte sie in himmelblauen Atlas gehüllt werden, umspielt von zarten Spitzen und Perlen aus den Tiefen des Indischen Ozeans.

Violets Mutter, Lady Emmeline, war beinahe fanatisch anspruchsvoll, wenn es um Kleidung und Benehmen ging. In jenen Kreisen, zu denen die Familie Adair gehörte, bewegte man sich auf dünnem Eis. Nur ein Fehltritt genügte, um das Ansehen zu ruinieren.

Besonders jetzt, wo das gesellschaftliche Debüt der jungen Miss Adair bevorstand, durfte nichts Unvorhergesehenes passieren. Keine Perle durfte falsch sitzen, kein Fädchen aus der Naht herausschauen, und Gott behüte uns vor einer schlecht verarbeiteten Spitze! All das konnte das »Ereignis« und somit auch die Heiratschancen schmälern, und es wäre ja noch schöner, wenn eine junge Lady aus so vornehmem Hause keinen Bräutigam finden würde!

Violet unterdrückte ein Seufzen, während sie im Geiste all die Orte durchging, an denen sie jetzt lieber wäre. Der Botanische Garten, das Ufer der Themse, Soho, das Dampfviertel, hinter der Turmuhr von Big Ben ... Nicht einmal Highgate Cemetery hätte öder sein können als das, was sie hier durchlitt.

Würde sich Mutter mit Leder, Glencheck und Hornknöpfen zufrieden geben, dann wäre ich bereits fertig und könnte mich um die wirklich wichtigen Dinge kümmern, dachte sie frustriert, während sie auf das Kommando der Schneiderin erneut die Arme hob und die wohl hundertste Messung über sich ergehen ließ.

Für einen Moment blitzte Trotz in ihr auf. Warum nicht aus dem Raum stürmen? Dazu musste sie nur an Mrs. Patryck, der

Schneiderin, vorbei, und die war eine alte Frau. Lächelnd stellte sich Violet vor, wie sie unter dem Gezeter ihrer Mutter die Treppe hinauf in ihr Zimmer stürmte und den Schlüssel im Schloss herumdrehte.

Oben in ihrem Zimmer wartete Violets neueste Zeichnung auf ihre Vollendung. War sie all den Ärger wert?

Inzwischen hatte Alfred die Gästeliste gefunden. Im Vorbeieilen warf er ihr einen kurzen Blick zu. Obwohl er dabei keine Miene verzog, wusste Violet, dass er sich ganz köstlich über sie amüsierte.

Manchmal hatte sie das Gefühl, ihren Butler besser zu kennen, als ihre eigenen Eltern, und das, obwohl er erst seit drei Jahren in ihren Diensten stand. Was Alfred vorher getrieben hatte, interessierte niemanden, solange die Zeugnisse stimmten.

Doch Violet wäre nicht Violet, wenn sie nicht versucht hätte, hinter Alfreds Geheimnis zu kommen. Trotz tadelloser Referenzen hatte sie gespürt, dass etwas nicht stimmte, und sie hatte recht gehabt. Sein Geheimnis zu kennen, brachte einige Vorteile für sie, zum Beispiel den, dass er tat, was immer sie verlangte. Auch wenn das Dinge waren, die ihre Eltern nicht gern sahen.

»Drehen Sie sie sich jetzt bitte um, Miss Adair, und dann nicht bewegen!«

Schnaufend kam Violet der Aufforderung von Mrs. Patryck nach und ertrug die Berührungen der Schneiderin, während sie sehnsuchtsvoll aus dem Fenster auf die Straße blickte und sich an den geheimen Ort wünschte, an dem sie sein durfte, wer sie wirklich war.

Erst am Abend kam Adair House zur Ruhe. Die Schneiderin hatte Violet noch weitere zwei Stunden gequält, ehe sie mitsamt ihrer Gehilfinnen und der Stoffballen wieder verschwunden war. Inzwischen hatten die Dienstmädchen ihre Standpauke weg und unter Alfreds Anleitung das größte Chaos beseitigt.

Während die Köchin noch damit beschäftigt war, dem Abendessen den letzten Schliff zu verpassen und ihre Mutter im Salon ihre Stirn kühlte, weil sie glaubte, einen Migräneanfall zu bekommen, saß Violet in ihrem Zimmer am Reißbrett, das nicht wirklich ein Reißbrett war, aber sei's drum.

Einen Zeichentisch aufzustellen hätte ihr Vater untersagt, also hatte sie kurzerhand ihren Sekretär umfunktioniert und unter der Tischplatte eine ausklappbare zweite Platte angebracht, die sie mittels Zahnrädern und einem kleinen Motor jederzeit blitzschnell mitsamt des aktuellen Entwurfs verschwinden lassen konnte. Das war eine ihrer wenigen genialeren Ideen gewesen, wie sie zugeben musste. Das Projekt dagegen, an dem sie jetzt saß, trieb sie eher zur Verzweiflung.

Wütend griff sie nach dem Radiergummi und löschte damit zum dritten Mal in Folge die gleiche Linie.

»So geht das nicht«, murmelte sie wütend und hätte das Blatt am liebsten zerknüllt und in den Papierkorb befördert. Doch dazu war der Entwurf ihrer universalen Waschmaschine, die sich auch um die Arbeit der Spülmägde kümmern würde, zu gut. Obwohl Alfred nicht mit spöttischen Bemerkungen sparte, war sie sicher, dass nur ein paar kleine Veränderungen reichen würden, um die Maschine davon abzuhalten, das ganze Haus unter Wasser zu setzen. Doch wo zum Henker sollte diese Veränderung genau hin? Sie hatte doch alle Leiterbahnen überprüft ...

Als es zum Essen läutete, warf sie frustriert ihren Zeichenstift hin und drückte auf den Hebel an der Seite ihres Sekretärs. Der Entwurf verschwand unter der verzierten Tischplatte und rastete mit einem leisen Klicken ein. Kurz überprüfte sie ihren Gesichtsausdruck im Spiegel, denn wenn sie sauertöpfisch dreinschaute, würde es zweifelsohne eine Reihe von Fragen und Vermutungen hageln. Sie setzte also ein Lächeln auf und verließ den Raum.

Wie Violet feststellte, war sie die Letzte, die sich an den Esstisch im Speisezimmer begab, und das, obwohl die Dampfuhr mit einer kleinen Melodie gerade erst acht Uhr läutete.

Ihre Mutter, frisch ausgeruht wie der junge Morgen, saß ihrem Vater gegenüber, der gerade aus seinem Büro gekommen war. Reginald Adair war trotz des Silbers an seinen Schläfen ein gut aussehender Mann, den Violets Freundin Bonny anhimmelte, als sei er irgendein französischer Dichter. Ihr selbst waren diese

Schwärmereien äußerst peinlich, und wenn sie es recht bedachte, war Bonny auch nicht wirklich ihre Freundin, sondern eher eine Bekannte, an die sie sich zu halten gedachte, wenn es mit der Ballsaison losging.

»Guten Abend, Vater«, grüßte sie artig und trat neben ihn, um ihm einen Kuss auf die Wange zu hauchen. Dass seine Wange abends stoppeliger war als morgens, hatte sie als Kind angestachelt, sich Gedanken über ein automatisches Rasiermesser zu machen, das er vor dem Essen rasch benutzen konnte, damit seine Wangen immer so schön glatt wären. Dieses Projekt hatte sie aber aufgegeben, nachdem eines der Dienstmädchen entsetzt über eine dampfbetriebene Bartschneidemaschine berichtet hatte, die sich ein Barbier in der Fleet Street zugelegt hatte. Diese missratene Erfindung hatte doch einem Kunden glattweg die Kehle durchgeschnitten!

Da sie ihren Vater mehr noch als ihre Mutter liebte und ihn auf keinen Fall tot sehen wollte, nahm sie eben in Kauf, dass sich sein Gesicht abends immer wie einer dieser kleinen Igel anfühlte, die in manchen Zoohandlungen verkauft wurden.

»Guten Abend, Violet. Deine Mutter hat mir berichtet, dass die Schneiderin hier war.«

»Das stimmt, und sie hat mich mit ihren Stecknadeln zerstochen wie ein Schwarm Mücken!«, entgegnete Violet, während sie sich zu ihrem Platz an der langen Seite des Tisches begab, wo Alfred bereits darauf wartete, ihr den Stuhl zurechtzurücken.

»Sie übertreibt wieder schamlos«, warf ihre Mutter lächelnd ein. »Mrs. Patryck war heute die Vorsicht in Person und wohl die einzige Bedienstete, mit der ich zufrieden sein konnte.«

Unter ihrem beiläufig zur Seite gerichteten Blick schrumpften die beiden Dienstmädchen gleich um eine halbe Elle.

»Nun, das liegt vielleicht daran, dass sie nicht deine Bedienstete ist«, warf Reginald scherzhaft ein. »Wie du weißt, hat sie dein Angebot, sie als Hausschneiderin einzustellen, abgelehnt.«

»Ja, solch ein Jammer! So muss ich stets um Termine bei ihr bitten und sie gelegentlich mit Teegebäck bestechen, wenn ich neue Kleider brauche.«

»Aber dafür nähen ihre Maschinen sehr genau und flüssig, und du musst nicht lange auf deine Kleider warten. Diese Anschaffung konnte sie sich nur leisten, weil sie selbstständig ist und viele Kunden hat.«

»Und du kannst nicht behaupten, dass sie mehrfach dieselben Modelle näht«, sagte Violet, während sie sich fragte, wie diese Maschinen wohl aussahen. Letztlich waren die Nähautomaten aber auch wirklich das Einzige, was sie im Zusammenhang mit der Schneiderin interessierte.

Ein wenig ärgerte es Violet, dass ihre Mutter ihre Bemerkung, gestochen worden zu sein, so einfach überging. Sie selbst hatte sich schon seit Jahren nicht mehr vermessen lassen und hungerte lieber, um der auf ihre Maße zugeschnittenen Schneiderfigurine nicht zu entwachsen. Violets Einwand, dass sie alt genug war, um eine eigene Figurine zu bekommen, die ihr die Langeweile des Vermessens ersparte, hatte sie schon vor ein paar Wochen nicht gelten lassen, mit der Begründung, dass Violet womöglich schon bald Kinder bekam und vollkommen aus der Form geriet. Das waren ja schöne Aussichten!

Den Rest des Abends berichtete Lord Adair von den langweiligen Sitzungen, denen er heute beigewohnt hatte, und den bevorstehenden Friedensverhandlungen mit den Österreichern. Krieg lag zwar nicht in der Luft, dennoch wollte man neue Bündnisse schließen. Natürlich würde sich Österreich nicht gegen das deutsche Kaiserreich stellen, doch dieses war momentan keine wirkliche Gefahr. Zwei Kaiser hatte der Tod dahingerafft, der dritte war noch gar nicht richtig darauf vorbereitet, das Amt zu übernehmen. Ein Bündnis mit Österreich konnte den Frieden für weitere Jahre sichern – und England gewaltige technologische Fortschritte ermöglichen.

Violet folgte mit halbem Ohr den Ausführungen ihres Vaters, während sie in Gedanken schon wieder bei ihrer Zeichnung war – und in ihrer Werkstatt. Wie lange hatte sie den Augenblick herbeigesehnt, endlich wieder dort arbeiten zu können!

Nach dem Essen zogen sich Lady und Lord Adair in den Salon zurück, um ein paar Dinge für den kommenden Tag zu besprechen. Violet entschuldigte sich unter dem Vorwand, erschöpft von der Anprobe zu sein, und sogleich ins Bett zu wollen. Sie trat an Alfred heran, der gerade mit dem Abräumen beschäftigt war und so tat, als bemerkte er sie nicht. »Bereiten Sie alles für heute Nacht vor. Sie wissen schon ...«

Der Butler nickte kurz, setzte dann seine Arbeit fort. Violet griff an ihm vorbei in die Obstschale und zog sich mit einer Handvoll Trauben nach oben zurück. Da ihre Mutter es hasste, wenn sich die Dienstmädchen über Traubenstiele in Violets Zimmer beschwerten, aß sie das Obst noch auf der Treppe und ließ die Stiele im Topf einer kleinen indischen Palme verschwinden.

In ihrem Zimmer trat sie seufzend an den Sekretär und fuhr die Zeichenplatte wieder aus. Nein, heute war kein guter Tag für theoretische Überlegungen. Heute brauchte sie einen Schraubenschlüssel und einen Lötkolben in den Händen.

Violet trat ans Fenster, zog den Vorhang zurück und blickte hinaus in die Dunkelheit, wo die gasbetriebenen Laternen einen verwaschenen gelben Schein auf die feucht glänzenden Gehwege warfen. das Wetter war gut, die Rauchschicht über London nicht besonders dick, sodass sie so gar das Funkeln eines größeren Sterns sehen konnte.

»Eine gute Nacht für einen Spaziergang«, murmelte sie, dann klopfte es.

»Ihr Schlaftrunk, Mylady«, sagte Mary und stellte das Tablett auf den Nachttisch neben dem Bett.

»Danke Mary«, entgegnete Violet lächelnd.

»Kann ich sonst noch etwas für Sie tun, Mylady?«

»Nein, das ist alles. Gute Nacht, Mary.«

Das Dienstmädchen knickste und verschwand. Als Mary die Tür hinter sich geschlossen hatte, wandte Violet sich wieder zum Fenster um und murmelte: »Wirklich, eine sehr gute Nacht für einen Spaziergang.«

Trotz der einlullenden Wärme der Bettdecken blieb Violet hellwach und lauschte in die sich langsam in Adair House ausbreitende Stille. Da ihr Vater recht früh aufzustehen pflegte, war es in den Schlafgemächern ihrer Eltern bereits ruhig. Unten jedoch erledigten die Dienstboten die letzten Arbeiten des Tages. Töpfe und Pfannen wurden geschrubbt, Wäsche wurde aufgehängt, der Boden gefegt. Kurz nachdem die Küchenmaschine verstummt war, kamen die Füße der Dienstmädchen die Treppe herauf getrippelt. Auf Wunsch ihres Vaters achtete Alfred darauf, dass sie sich stets leise verhielten, besonders zur Nachtzeit, um die Herrschaften nicht zu wecken. Auch als sie in ihren Kammern angekommen waren, die über Violets Zimmer lagen, traten sie nur vorsichtig auf und bewegten sich so wenig wie möglich. Irgendwann knarrten die Betten, in denen sie meist zu zweit schliefen, dann gewann die Stille vollends die Oberhand.

Endlich war die Zeit gekommen, in der Violet Adair wirklich zu leben begann.

Rasch schlüpfte sie aus dem Bett und huschte zu ihrem Schreibtisch. Da das Haus so still war, dass man die Dampfmaschinen im fernen Dampfviertel hören konnte, verzichtete sie darauf, die Tischplatte wieder einzufahren, das Rascheln so gering wie möglich haltend, nahm sie nur die Konstruktionszeichnung herunter, trug den Papierbogen mit spitzen Fingern zum Bett und rollte ihn zusammen.

Nachdem sie ihn in ein ledernes Kartenetui gesteckt hatte, löste sie vorsichtig eine Bodendiele und zog aus dem Versteck ihre Arbeitskleidung hervor: Tweedrock, Ledermieder, Arbeitsbluse, Armstulpen, Stahlkappenstiefel. Die Sachen verströmten einen angenehmen Duft nach Rauch, Maschinenöl und Kerosin, der sie beim Ankleiden lächeln ließ. Wie gern hätte sie ihren goldenen Käfig gegen ein Leben im Labor eingetauscht, wie beispielsweise die junge Marie Curie in Frankreich, die mit ihren dampfbetriebenen Durchleuchtungsapparaten von sich reden machte!

Nachdem sie ihre Frisur locker mit der Schutzbrille festgesteckt und noch einen prüfenden Blick in den Spiegel geworfen hatte, schulterte sie ihre Kartenhülle und griff nach der alten braunen Arzttasche, in der sie ihr mobiles Werkzeug aufbewahrte.

Ein kaum wahrnehmbares Kratzen an der Zimmertür zeigte ihr an, dass die Zeit gekommen war. Als sie aus der Tür trat, verneigte sich Alfred leicht. Er hatte seine Butlerkleidung gegen einen unauffälligen braunen Anzug und eine Schiebermütze ausgetauscht.

Schweigend und darauf bedacht, möglichst wenige Geräusche zu machen, schlichen sie den Gang entlang und die Treppe hinunter. Das Licht der Straßenlaternen fiel durch die hohen Fenster der Eingangshalle, da hier allerdings einer der neuartigen, in die Schwelle eingelassenen Bewegungsmelder, der jede Nacht scharf gestellt wurde, den Hundezwinger öffnen würde, nahmen sie wie immer den Hinterausgang.

»Ich nehme an, Sie sind schon sehr aufgeregt wegen des Balls«, sagte Alfred spöttisch, während sie durch den Park liefen.

»Ja, ich könnte vor Freude platzen«, entgegnete Violet.

Alfred liebte es, sie mit ihren gesellschaftlichen Pflichten aufzuziehen, wusste er doch ganz genau, dass die wahre Miss Adair ein vollkommen anderer Mensch war, als alle glaubten. Und wer, wenn nicht er, der Mann der tausend Geheimnisse, verstand das?

»Ich halte das für reine Zeitverschwendung. Wahrscheinlich wird Mama schon wieder versuchen, mir einen dieser blutleeren Burschen aus der feinen Gesellschaft aufzuschwatzen. Dabei werde ich erst im Winter achtzehn und fühle mich alles andere als bereit, eine Ehe einzugehen.«

»Die Ehe ist das Los der Frau, auch die Technisierung unserer Gesellschaft hat daran nichts geändert«, merkte Alfred an.

»Ich pfeife auf die Ehe!«, platzte sie heraus. »Jedenfalls jetzt und solange, bis ich einen geeigneten Mann gefunden habe.«

»Einen Erfinder womöglich. Ihre Frau Mutter wird entzückt sein.« Diebisches Vergnügen funkelte in Alfreds Augen.

»Warum denn nicht? Ein Mann, der anpacken kann, ist mir tausend Mal lieber als einer, bei dem ich Angst haben muss, dass ihn ein Stich mit der Krawattennadel in Ohnmacht fallen lässt – oder vielleicht sogar tötet. Sie haben doch sicher von den letzten Fällen der Bluterkrankheit in Adelskreisen gehört.«

»Das habe ich. Wie bedauerlich für die Aristokratie. Und wie seltsam, dass sie nur Männer befällt.«

»Sehen Sie es als kleinen Ausgleich der Natur für die Dinge, die wir Frauen zu erleiden haben.«

Violet grinste ihn an und bedeutete ihm dann, zu schweigen, denn sie hatten nun die Hundezwinger erreicht, in denen die vierbeinigen Kostbarkeiten ihres Vaters schlummerten: Steelhounds. Diese Hunde – eine aufregende Neuzüchtung aus Jagd- und Bluthund, modifiziert durch künstliche Gelenke, Knochen und ein Gebiss aus Stahl – standen in dem Ruf, Einbrecher über Meilen verfolgen zu können. Ein Talent, das eigentlich vollkommen überflüssig war, denn sie liefen schneller als selbst der flinkste Dieb, und was einmal zwischen ihre scharfen Zähne geriet, konnte nicht auf ein Entkommen hoffen. Entsprechend den moralischen Werten seines Herrn hielt der Steelhound sein Opfer entweder nur fest oder tötete es. Violet wusste nicht genau, wie sich die Tiere ihres Vaters im Zweifelsfall verhalten würden.

Ihre Zuverlässigkeit in Sachen Diebesverfolgung wurde nur von ihrem Gehör übertroffen, das ebenfalls künstlich nachbearbeitet war, durch winzige Maschinen, die auch schwerhörigen Menschen wieder zu einigermaßen gutem Gehör verhalfen – wenn sie denn genug Geld besaßen.

Zwar hatte Reginald Adair dafür gesorgt, dass den Tieren der Geruch seiner Familie und der seiner zuverlässigsten Bediensteten vertraut war, doch die Tiere waren äußerst schreckhaft und schlugen an, sobald auch nur ein Kiesel unter einem Stiefel knirschte.

Ich sollte etwas dagegen tun, dachte Violet, während sie die Tiere nicht aus den Augen ließ. *Es wäre doch praktisch, ihr Gehör ausschalten zu können, wenn man an ihnen vorbei muss.*

Als eines der Tiere zusammenzuckte, erstarrte Violet. Auch Alfred blieb sofort stehen. Misstrauisch hob es den Kopf, lauschte, dann gähnte es. Die Metallfänge blitzten gefährlich im Mondschein auf, Geifer tropfte an ihnen herab. Doch dann legte der Hund seinen Kopf wieder auf seine Pfoten.

Violet versagte sich, aufzuatmen, denn das hätte er wahrscheinlich gehört. Sie blickte zu Alfred und wunderte sich wieder einmal, wie er so ruhig bleiben konnte. Natürlich war dies eine Fähigkeit aus seiner Vergangenheit, aber auch er war nur ein Mensch. Das wusste sie genau, denn sie hatte ihn schon einmal bluten sehen. Maschinenmenschen, auch die perfektesten, schieden lediglich gelbes oder braunes Öl aus, wenn sie sich schnitten.

Als sie das Tor von Adair Manor hinter sich gelassen hatte, fühlte sich Violet seltsam befreit. Der aus den Abzügen der Häuser quellende Dampf reicherte den Nebel noch zusätzlich an und ließ eine vorbeiknatternde Motordroschke beinahe geisterhaft erscheinen.

Zu dieser Uhrzeit waren bestenfalls noch Dienstboten unterwegs – oder Dandys, die aus Soho kamen, wo neben lebenden Frauen auch Maschinenfrauen ihre Dienste anboten, von denen sich die Leute die wüstesten Geschichten erzählten. Allein schon bei dem Gedanken an dieses Gerede, das auch unter den Dienstmädchen sehr populär war, bekam Violet rote Ohren.

An der Ecke Bressenden Place stiegen sie schließlich in die neueste Errungenschaft Londons. Die dampfbetriebene Seitenbahn, die seit dem Jahr 1885 in Betrieb war, betrachteten noch immer viele Bürger der Stadt als Ausgeburt der Hölle, doch Violet fühlte jedes Mal, wenn sie den aus groben Stahlplatten zusammengeschraubten Bahnsteig betrat, ein aufgeregtes Kribbeln im Magen, gerade als hätte sie von Miss Devereaughs Prickelbonbons genascht, die seit Violets Fauxpas bei einem Abendempfang aus dem Haus Adair verbannt waren. All den Beteuerungen, dass ihr der Rülpser nur aus Versehen entwichen war, hatte ihre Mutter nicht geglaubt und Alfred strikte Order erteilt, diese Süßigkeit auf ewig von der Einkaufsliste zu streichen. Nachdem Violets Versuche, ihre Mutter umzustimmen, fehlgeschlagen waren, hatte sie Alfred bestechen wollen, doch auch wenn er sich zu vielen Dingen bewegen ließ – die Absicht, seine Stellung wegen ein paar Bonbons zu gefährden, hatte er nicht.

Mit jeder Station wechselten die Passagiere der Seitenbahn. Dienstmädchen kamen und gingen, hin und wieder gesellte sich ein Bote oder Postmann dazu. Je näher sie der Themse kamen, desto öfter stiegen Arbeiter zu, deren rußgeschwärzte Kleidung darauf hinwies, dass sie auf dem Weg zu ihrer Schicht im Stahl- oder Dampfviertel waren.

Während im Stahlviertel Schiffe, Bahnwaggons, Lokomotiven

und Kriegsmaschinen gebaut wurden, fertigte das Dampfviertel Zeppeline und andere Flugapparate an, auch feinere, dampfbetriebene Apparaturen, die mittlerweile im täglichen Leben der Stadt immer größere Bedeutung erlangt hatten und für viel Komfort sorgen.

Der neue Schwall Arbeiter gehörte zum Stahlviertel, das sah man an den dunklen Gesichtern, in denen das Augenweiß wie frischer Schnee auf Kohlen leuchtete, und das, obwohl sie ihre Schicht noch nicht begonnen hatten. Wer ständig von Ruß, Rauch und Kohlestaub umgeben war, bekam nach einer Weile den Schmutz nicht mehr aus den Poren.

Kurz vor der Station Bankside drängten Violet und Alfred zur Tür. Die Bahn hielt nur für wenige Augenblicke, wer beim Ausstieg trödelte, musste bis zur nächsten Station fahren. Auf einen Besuch in Greenwich hatte Violet keine Lust, also sprang sie, sobald der Zug hielt, behände aus der Tür, die, kaum dass Alfreds Fuß wieder festen Boden berührt hatte, mit einem metallischen Rattern zuschlug, und schon war der Zug in einer riesigen Dampfwolke davongezischt.

»Der Kerl fährt heute ja wie ein Henker!«, beschwerte sich Alfred, während er aus alter Gewohnheit den Staub von seiner Jacke wedelte. »Liefern sich die Seitenbahnfahrer etwa wieder ein Rennen?«

»Sie wissen doch, dass Rennen auf der Schiene verboten sind.«

»Und wie es nun mal mit Anordnungen von oben ist, werden sie gern von den Leuten umgangen. Ich möchte nur mal wissen, wie sie die Fahrzeiten stoppen, ohne zu betrügen.«

»Wer sagt denn, dass sie nicht betrügen?«, gab Violet zurück, doch sie hatte keine Lust darauf, heute über die Seitenbahnen zu diskutieren. »Und jetzt kommen Sie, wir sind spät dran.«

Die Welt, in die sie jetzt eintauchten, malten sich viele Bewohner Belgravias nicht in ihren kühnsten Träumen aus. Natürlich waren in den Salons die Armut und das Elend in der Stadt ein Thema, aber bestenfalls als abstraktes, gesichtsloses Phantom, von dem man sich bei Tee und Scones leicht abwenden konnte. Wer aber nach Southwark kam oder gar den Mut hatte, sich nach

Whitechapel mit seinen Mietskasernen zu wagen, konnte der Armut ins blasse, hohlwangige Gesicht sehen.

Gerade wegen des Elends, das hier herrschte, war es niemals still in diesem Teil Londons. Mochten die Maschinen der Innenstadt und Belgravias irgendwann in der Nacht leiser werden, die Stimmen von Southwark verstummten nie. Männer fluchten hinter zerbrochenen Scheiben, Frauen lallten entweder vom billigen Gin oder weinten, weil ihre Männer ihre Fäuste nicht hatten im Zaum halten können. Häufig schrie ein Baby oder weinte ein größeres Kind. Worte der Verzweiflung waren hier häufiger als Liebesschwüre. Alles zusammen bildete eine Symphonie aus Misstönen, die die reichen Bewohner Londons nicht hören wollten und nicht hören mussten. Maschinen, wie sie in Belgravia für Komfort sorgten, gab es hier nicht.

Vielleicht hatte sich Violet gerade deshalb entschieden, ihren geheimen Ort, ihr Labor, hier einzurichten. Im Laufe ihrer siebzehn Lebensjahre hatte sie schon oft erfahren, dass Idealismus nur bedingt etwas ändern konnte, dennoch wollte sie die Hoffnung, auch den ärmsten Bewohnern Londons das Leben ein wenig zu erleichtern, nicht aufgeben.

»Na, sieh mal einer an, wen haben wir da?«, fragte eine raue Stimme. Der Mann trat samt zwei Kumpanen aus einer dunklen Ecke, in der sie zweifelsohne auf ein Opfer gelauert hatten. Die Männer waren neu hier, Violet war ihnen bisher noch nicht begegnet.

»Ein'n fein'n Herrn und seine Tochter«, antwortete sich der Fragende selbst. »Was sie uns wohl dafür zahlen werd'n, dass wir sie unbeschadet passier'n lass'n?«

Auch den Akzent hatte sie hier noch nicht gehört. Wahrscheinlich kamen die Männer aus dem Norden und waren irgendwo unterwegs ihres Vorhabens, ein ehrliches Leben zu führen, verlustig gegangen.

»Sicher ha'm sie ne dicke Börse bei sich«, meldete sich der Mann zur Linken des Rädelsführers zu Wort. »He, Mister, an Ihrer Stelle würd ich was ge'm, sonst nehm' wir uns die Kleine vor.«

Violet hob die Augenbrauen. Warum drohten solche Galgenvögel nur immer damit, sich am Schwächsten einer Gruppe zu vergreifen. Das war so was von stillos und abgedroschen! Neben ihr schnaufte Alfred ungehalten. Ebenso wie seine Herrin wusste er, dass sie diesem Ärger nicht ausweichen konnten.

»Ich hätte den Schirm mitnehmen sollen«, murmelte Violet verärgert und machte sich eine Notiz im Geiste, sich nie wieder von einem klaren Nachthimmel trügen zu lassen. Regenschauer und Ärger kamen meist plötzlich.

»Alfred«, sagte sie dann laut, während sie die Blicke der Räuber unerschrocken erwiderte. »Würden Sie sich bitte um die Herren kümmern? Wir haben keine Zeit für Konversation und sei sie noch so inspirierend.«

»Sehr wohl, Mylady!«

Alfred faltete die Hände, drehte sie herum und schob sie vor, worauf sie ein vernehmliches Knacken hören ließen.

»Ah, du willst rauf'n!« Darauf schienen die Männer nur gewartet zu haben. Blitzschnell riss der erste seine Hand hoch. Wie aus dem Nichts war darin ein Totschläger erschienen, der auf Alfred zusauste.

Der Butler war nicht überrascht. Er wich zur Seite aus, packte den Arm des Räubers und versetzte ihm mit der Handinnenseite einen Hieb gegen das Kinn, worauf ein vernehmliches Knacken ertönte. Die beiden anderen sprangen erschrocken zur Seite, als der Butler ihren Kumpan herumwirbelte, den Griff dann löste und ihn mit einem Tritt zur gegenüberliegenden Hauswand beförderte. Als der Bandit stöhnend zu Boden fiel, kam aber wieder Leben in die Burschen.

»Los, machen wir ihn fertig!«, riefen sie und stürmten vor.

Violet streckte ein Bein aus, worauf der eine stolperte und hinfiel.

»Verdammtes Gör!«, fluchte er, die Nase im Dreck, worauf Violet spöttisch auflachte.

»Lern erst mal gehen, bevor du anständige Leute anpöbelst.«

Nachdem es dem dritten der Männer gelungen war, einen Schlag gegen den Butler anzubringen, packte dieser ihn bei der Hand und drehte ihm das Gelenk herum, sodass er vor Schmerz aufschrie. Aber nicht für lange, denn Alfred schlug mit der Handfläche gegen seine Brust, was ihn sofort verstummen ließ. Der eine war inzwischen aus dem Dreck heraus und kam auf Violet zu. Diese überlegte gerade, ob es sich lohnen würde, mit der Kartentasche nach ihm zu schlagen. Doch das war nicht nötig, denn bevor er sie erreichte, tauchte Alfred hinter ihm auf, und der Angreifer drehte sich nach ihm um.

Violet sah gerade noch so das Metall von Alfreds Geheimwaffe aufblitzen, da schoss seine Faust auch schon wieder vor. Mit einem hässlichen Knacken brach der Unterkiefer des Mannes, blutige Zähne fielen in den Rinnstein. Mehr hatte er nicht nötig. Wie ein Mehlsack kippte auch um und verfehlte nur knapp eine Pfütze, in der sich der Mond spiegelte.

»Alles in Ordnung mit Ihnen, Mylady?«, fragte Alfred besorgt, nachdem er über den Mann hinweggestiegen war.

»Ja, ich denke schon. Doch wenn wir das nächste Mal ausgehen, sollten Sie mich an meinen Schirm erinnern.«

»Aber es regnet doch gar nicht.« Ein verschmitztes Lächeln huschte über das Gesicht des Butlers.

»Sie wissen sehr wohl, dass der Schirm noch andere Talente hat, als Regen abzuhalten«, gab Violet zurück.

»Das schon, aber Sie wollen doch nicht wirklich …«

»O doch, das will ich, bevor ich noch einmal das Leben eines Angestellten riskiere.«

Alfred lächelte versonnen in sich hinein. Dann öffnete er seine Faust. »Ihre Sorge um mich ist unbegründet, denn ich habe ja das hier. Wenn ich auch nicht gern an meine Vergangenheit erinnert werde, so bin ich ihr doch dankbar für diese kleine Hinterlassenschaft.«

»Eine Hinterlassenschaft, die Sie in furchtbare Schwierigkeiten bringen könnte. Lassen Sie meinen Vater sie besser nicht sehen.«

Neben vielen anderen Dingen wusste Violet sehr gut, woher er den Gegenstand hatte, der ihm auch heute wieder gute Dienste geleistet hatte. Eine mechanische Kombinationswaffe, ausgerüstet mit einer Revolvertrommel, einem Schlagring und einer Messerklinge, die man bei Bedarf hervorschnellen lassen konnte.

»Soweit ich sehen kann, ist Ihr Vater nicht in der Nähe, Mylady. Und Sie müssen zugeben, dass dieser letzte Hieb von mir einfach superb war.«

»In der Tat!« Die linke Augenbraue hochgezogen, blickte Violet auf die Männer, die noch immer keine Anstalten machten, sich wieder vom Boden zu erheben. Wenn sie Pech hatten, würden sie in Windeseile von den Kanalratten – kleinen Jungs, die als Fledderer arbeiteten – ausgeraubt werden.

Aber das brauchte Violet nicht mehr zu kümmern.

»Kommen Sie, Alfred, wir haben schon zu viel Zeit vergeudet«, sagte sie zu ihrem Butler und schritt zügig voraus.

2. Kapitel

In den Schatten einer stillgelegten Werkshalle, deren zerbrochene Fenster bösartig im Gaslampenschein funkelten, duckte sich ein kleines Gebäude, das selbst am Tag leicht übersehen werden konnte. Durch eine schwarze Tür gelangte man auf einen von hohem Gras überwucherten Hinterhof, der wiederum zu diesem anderen Gebäude führte, dessen Mauern von Rauch und Schmutz vollkommen geschwärzt waren. Die Fenster waren hier noch intakt, blickten aber blind auf den Hof, und die schweren Eisenbeschläge an der Haustür rosteten dank des feuchten Londoner Klimas still vor sich hin.

Violet zog einen massiven Eisenschlüssel unter ihrer Jacke hervor und schloss auf. Der durchdringende Geruch nach Rauch und Chemikalien reizte zum Niesen, doch sie unterdrückte das Kribbeln in ihrer Nase und griff routiniert nach der Petroleumlampe neben der Tür.

»Alfred, könnten Sie mir bitte Feuer geben?«

»Klingt ja fast so, als hätten Sie Ihre Vorliebe für Glimmstängel entdeckt.« Lächelnd zog Alfred ein Streichholzbriefchen aus seiner Jackentasche.

»Ich verstehe nicht, wie Sie rauchen können. Als ob es nicht schon genug Rauch in der Luft gäbe.«

»Das ist ein vollkommen anderes Aroma.« Alfred riss das Streichholz an, beobachtete, wie die Flamme gierig den Schwefelkopf verzehrte und entzündete damit den Docht der Laterne. Der verwaschene Lichtschein schaffte es nicht, die Schatten in die Ecken zurückzudrängen, aber immerhin zeigte er ihnen, welchen Weg sie durch das Chaos nehmen mussten. Und er offenbarte ihnen etwas, worauf Violet beinahe getreten wäre.

»Ah, wir haben Post!«, rief sie aus, als sie sich nach dem Umschlag bückte, der unter dem Türspalt durchgeschoben worden war. Ein vorfreudiges Lächeln huschte über ihr Gesicht. Nur wenige wussten, dass es in diesem Gebäude jemanden gab, der sich über Post freute. Eine bestimmte Art von Post.

»Mr. Blakley ist wieder in der Stadt!«, verkündete sie, während sie ein bunt bedrucktes Pamphlet aus dem grauen Umschlag zog. Jeder Nichteingeweihte hätte es für schnöde Reklame gehalten, doch für Violet bedeutete es, dass ihre Freunde wieder in der Nähe waren. Die Artisten von Mr. Blakley's Mechanic Circus.

»Wollen wir uns morgen eine Vorstellung anschauen, Alfred?«

»Wenn Sie das wünschen, Mylady.«

»Nun tun Sie doch nicht so! Jedermann geht gern in den Zirkus, auch Sie!«

Der Butler verdrehte die Augen. »Ich bin nicht jedermann, Mylady, es soll tatsächlich Menschen geben, die nichts für Clowns und dressierte Tiere übrig haben.«

»Aber Sie wissen doch ganz genau, dass Mr. Blakleys Zirkus anders ist.«

»Da haben Sie recht, Mylady, anders trifft es ganz genau. Aber er hat auch Clowns und ist mir zudem höchst suspekt.«

»Sie sind ein Hasenfuß!«, entgegnete Violet leichthin, dann stieß sie mit dem Fuß die Tür zu. »Sie fürchten sich nicht vor Halunken wie denen vorhin, aber vor Clowns.«

»Jeder hat seine Schwachstelle, Mylady, auch ich.«

»Und wenn nun Ihre alten Feinde im Clownskostüm auftauchen?«

Ein dunkler Schatten zog über Alfreds Gesicht. Das Violet von seiner Vergangenheit wusste, war ihm unangenehm, was seine Herrin allerdings nicht davon abhielt, ihn immer wieder damit aufzuziehen.

»Wenn sie auftauchen, werden sie sicher keine Zeit für solchen Klimbim haben. Diese Männer denken stets zweckmäßig, es ist nicht ihre Art, Zeit mit Spielereien zu vergeuden.«

»Entschuldigen Sie, Alfred, ich wollte mir nur einen kleinen Scherz mit Ihnen erlauben.«

Doch der Butler hörte sie nicht. Finster sagte er wie zu sich selbst: »Vielleicht ist es auch gerade das, was mich die Clowns fürchten lässt – dass man nicht weiß, was unter dem Kostüm ist. Nicht der bunte Stoff ist der Feind, sondern das, was darunter steckt.«

Die Art, wie er das sagte, jagte Violet einen Schauer über den Rücken. Um sich abzulenken eilte sie durch den kleinen Vorraum ins Lager.

Eigentlich bestand keine Notwendigkeit, ihr Labor besonders zu verstecken. Weder führte sie hier verbotene Experimente zur Menschenmodifikation durch, noch versuchte sie, Chimären zu züchten. Dennoch hielt sie es für besser, ihre Apparaturen, die Werkbank, Kisten voller Material und ihr Mikroskop hinter einer Wand von Teekisten zu verbergen – falls es doch einmal jemandem einfiele, den Hinterhof unsicher zu machen.

Nachdem sie ihre lange Arbeitstafel, auf der Dutzende Apparaturen unterschiedlichster Größe und in unterschiedlichsten Stadien der Vollendung aufgereiht waren, etwas freigeräumt hatte, hob sie die Waschmaschine vor sich auf die Platte. Äußerlich besehen war sie ein Prachtstück. Vor ihrer ersten Inbetriebnahme hatte Violet sie rot lackiert – vergebliche Arbeit, wie sich gezeigt hatte, denn der todsichere Entwurf hatte sich als Querschläger erwiesen.

»Sind Sie sicher, dass sie daran weiterarbeiten wollen, Mylady?« Alfred hob skeptisch die Augenbrauen. »Sie erinnern sich doch sicher noch an das Vorkommnis von vor einem halben Jahr.«

»Ich habe die Konstruktion verbessert und verspreche Ihnen, dass ich sie nicht eher anschalten werde, bis ich mir hundertprozentig sicher bin.«

Damit raffte sie ihren Rock mittels der dafür vorgesehenen Lederriemen, um mehr Beinfreiheit zu haben, und breitete die Konstruktionszeichnung neben dem Gerät aus. Nach kurzem Studium griff sie zum Werkzeug und machte sich an die Arbeit.

Alfred zuckte mit den Schultern und wandte sich um. Da er in diesem Augenblick mehr ein Leibwächter und Gehilfe der jungen Herrin war, denn ein Butler, entschied er sich, für ihren Komfort zu sorgen, indem er Tee mit Hilfe des Bunsenbrenners kochte, den Violet gerade nicht benötigte.

Zwei Stunden und zwei Tassen Darjeeling später hatte Violet alle Änderungen eingebaut. Der Ruß des Lötkolbens, Rauch und Maschinenöl, das zwischendurch einmal ausgelaufen war, hatten schwarze Spuren auf ihren Wangen hinterlassen, nur die Bereiche, wo die Schutzbrille angelegen hatte, waren noch immer hell.

»Dann wollen wir doch mal sehen«, murmelte sie in sich hinein und wandte sich dann an den Butler. »Könnten Sie mir bitte meinen Besteckkasten bringen?«

Alfred fiel beinahe die Teekanne aus der Hand, mit der er herangetreten war, um nachzuschenken. »Sie wollen doch nicht allen Ernstes diese Teufelsmaschine in Betrieb nehmen, Mylady!«

»Warum denn nicht?«, entgegnete Violet mit Unschuldsmiene. »Ich muss sie doch laufen lassen, um zu sehen, ob sie noch Kinderkrankheiten hat.«

»Kinderkrankheiten?« Alfred war ehrlich entsetzt. »Aber beim letzten Mal ...«

»Ich weiß, ich weiß. Aber wenn Sie ehrlich sind, war es gar nicht mal so schlimm. Wir waren jedenfalls nicht in Lebensgefahr.«

»Sind Sie sich da sicher? Es war Winter, und wir hätten uns leicht den Tod holen können.«

»Beinahe ein Jahr habe ich daran gesessen, die Fehler auszubügeln. Ich habe zwanzig Bleistifte und zehn Radiergummis verschlissen, ganz zu schweigen von den Papierbögen, die ich heimlich in meinem Korsett nach oben geschmuggelt habe. Sie können nicht behaupten, dass ich keinen Einsatz gezeigt hätte, um die Probleme zu beseitigen.«

»Eine derartige Unterstellung würde ich mir nie erlauben. Aber dennoch, Mylady...«

Violet hörte nicht. »Außerdem steht das Weihnachtsfest bevor, ganz zu schweigen von dem Ball in ein paar Tagen. Sollte die Maschine heute funktionieren, bedeutet das, dass Sie die Spülmägde anderweitig einsetzen können. Wäre das nicht wunderbar?«

»Wunderbar, wirklich.« Alfred würgte jeden weiteren Kommentar herunter, dann blickte er auf die Maschine, als würde sie sogleich irgendwelche Monstren ausspucken. »Ich möchte dennoch vorschlagen, dass Sie die Bestecke weglassen. Und auch das Wasser.«

»Unsinn, Alfred. Wenn die Maschine anläuft, wovon ich ausgehe, dann kann man ihre Wirkungsweise nur testen, wenn man sie belädt und Wasser hinzufügt. Ich sage Ihnen, wir werden spiegelblanke Bestecke aus dieser Maschine ziehen. Und gleich morgen werde ich mein erstes Patent anmelden. Als jüngste Erfinderin des gesamten Königreichs!«

Seufzend fügte sich Alfred und holte das Gewünschte. Nachdem Violet Messer, Gabeln und Löffel in die Körbe gestapelt hatte, schloss sie die Tür. Dabei registrierte sie, dass Alfred sich dezent vom Tisch zurückzog und in Richtung Tür bewegte.

Angsthase, dachte sie spöttisch.

»In Ordnung, ich werde auf das Wasser verzichten.«

Nach einer letzten Überprüfung der Schrauben betätigte sie den Anlasserhebel. Der Motor sprang an, Dampf entwich aus den Ventilen, Zahnräder griffen knirschend ineinander, und die Waschvorrichtung begann zu rotieren. Nachdem Violet dem Lauf der Maschine eine Weile gelauscht hatte, setzte sie ein triumphierendes Lächeln auf.

»Na sehen Sie, Alfred, ich ...«

Ein Knall unterbrach Violet abrupt. Bevor sie herausfinden konnte, was die Ursache war, wurde sie auch schon von Alfred zu Boden gerissen. Dabei sah sie gerade noch aus dem Augenwinkel, dass ein paar Gabeln und Messer über sie hinwegschossen und sich in die gegenüberliegende Wand bohrten.

Der Anblick ließ ihr Herz rasen. Dass Alfreds schwerer Oberkörper ihr die Luft aus den Lungen presste, war wirklich nur Nebensache.

Im Gegensatz zu damals, als »der Zwischenfall« darin bestanden hatte, dass sie beide von Kopf bis Fuß mit Wasser und Öl bespritzt worden waren, hatte sich die Maschine nun in ein Besteck speiendes Ungeheuer verwandelt. Ratternd und zischend schoss sie die gesamte Waschladung durch die Luft. Gläser zersplitterten, verbogene Besteckteile fielen poltern neben ihnen auf den Boden oder verschwanden in der Dunkelheit der Lagerhalle.

»Bleiben Sie unten, Mylady!«, rief Alfred, als sie Anstalten machte, sich unter ihm hervorzuwinden. »Im Krieg kommt man auch erst aus dem Schützengraben, wenn der entsprechende Befehl ergangen ist.«

»Das hier ist kein Krieg.«

»Wirklich nicht? Es hört sich so an.«

Noch einige Minuten tobte die Maschine, dann fiel das letzte scheppernde Teil. Der zu einem Ring verbogene Löffel kreiste noch eine Weile auf dem Boden, und erst, als er zum Stillstand gekommen war, ließ Alfred sie wieder los. »Das war ja wirklich ein höllischer guter Testlauf.« Mit geschmeidigen Bewegungen erhob sich der Butler und reichte ihr die Hand.

Violets Knie waren weich wie Butter. Während sie sich aufrichtete, ließ sie ihren Blick erschrocken durch den Raum schweifen, in dem kaum ein Möbelstück von den Gabeln und Messern verschont worden war. Selbst Löffel steckten in den Wänden.

»Vielleicht sollten Sie die Maschine dem Militär zur Verfügung stellen«, spottete Alfred, während er eine Gabel aus dem Schreibtisch zog. Die Wucht des Aufpralls hatte die Zinken gut einen Finger breit tief in das massive Holz gebohrt.

Niedergeschlagen ließ sich Violet auf einen Stuhl sinken. »Ich dachte, diesmal wird es gehen. Warum sind diese verdammten Maschinen nur so unberechenbar. Bei meinem Schirm hatte ich doch auch keine Probleme.«

»Ihr Schirm wird mit Elektrizität betrieben, genau genommen mit dem Wunder, das wir Mr. Tesla zu verdanken haben. Zahnräder sind eine ganz andere Nummer als künstlich erzeugte Blitze.«

»Sie reden, als würden Sie etwas davon verstehen ...« Violet zog einen Schmollmund.

»Ich mag vielleicht nicht viel von Mechanik verstehen, aber ich weiß immerhin, dass eine Radschlosspistole wesentlich einfacher gebaut ist als ein Dampfrevolver. Genauso verhält es mit dem Schirm und dieser Maschine. Aber ich bin sicher, dass Sie den richtigen Dreh finden werden.«

Alfred lächelte ihr aufmunternd zu, doch Violet steckte der Schrecken noch viel zu tief in den Knochen, als dass sie diese Geste hätte würdigen können. Wie immer nach solchen Rückschlägen fühlte sie sich furchtbar nutzlos und sah sich schon an der Seite eines Langweilers auf irgendeinem Landsitz versauern.

»Außerdem hat selbst Madame Curie sehr viele Versuche gebraucht, um den Strahlungsapparat in Gang zu bekommen. Eines Tages wird es Ihnen auch gelingen, eine große Erfindung zu machen. Und wer weiß ...« Alfred blickte auf die Maschine, die jetzt wieder so harmlos aussah, als würde sie lediglich bunte Bilder an eine Wand werfen. »Vielleicht ist selbst diese Maschine zu irgendwas nütze.«

»Ja, um feindliche Heere auszuschalten«, brummte Violet, erhob sich dann aber, seufzte noch einmal und machte sich daran, gemeinsam mit Alfred die Unordnung zu beseitigen.

Nachdem sie ein paar Gabeln aus dem Werkzeugkasten gefischt hatte, warf sie einen beiläufigen Blick aus dem Fenster. Dort meinte sie, den Umriss eines Mannes zu sehen, der sich in dem Durchgang herumdrückte, durch den sie gekommen waren. War ihnen einer der Räuber gefolgt? War vielleicht die gesamte Bande wieder auf den Beinen?

»Alfred?«, wandte sich Violet an den Butler, der immer noch damit beschäftigt war, die Messer und Gabeln aus den Wänden zu ziehen.

»Ja, Mylady?«

»Schauen Sie mal aus dem Fenster. Sehen Sie den Mann da hinten?«

Alfred richtete sich auf, blickte dann wie zufällig zur Seite. Ein Moment reichte ihm aus, um zu erkennen, was Violet sah. Gerade, als wäre nichts, wandte er sich wieder der Wand zu, sagte dann aber: »Da steht tatsächlich jemand. Wünschen Sie, dass ich mir den Burschen einmal näher ansehe?«

»Vielleicht wäre das nicht schlecht, allerdings sollten Sie diskret vorgehen.«

»Selbstverständlich, Mylady.«

Alfred verharrte noch einen Moment vor der Wand, bückte

sich dann und hob den Abfalleimer auf, in den die Besteckteile gewandert waren, die nach ihrem Abschuss nicht mehr zu identifizieren waren. Sich den Anschein gebend, lediglich den Müll hinausbringen zu wollen, eilte er durch die Halle in den kleinen Vorraum.

Während er sich der Tür näherte, schossen tausend Gedanken durch Alfreds Hirn. Meist gelang es ihm gut, die Bilder der Vergangenheit in den geheimen Winkeln seines Verstandes unter Verschluss zu halten, doch in Augenblicken wie diesem überfielen sie ihn wie Buschräuber. Vor nicht allzu langer Zeit hatte er sich noch selbst in dunklen Ecken herumgedrückt, hatte Leute beobachtet und unliebsame Personen auf der Straße angehalten. Das, was er vorhin mit den Räubern gemacht hatte, war im Gegensatz zu seinen früheren Taten nur eine kleine Gymnastikübung gewesen.

Irgendwann hatte er es satt gehabt, wie ein Todesengel durch die nächtlichen Straßen von Shanghai zu wandern, und beschlossen, in die Heimat zurückzukehren – auch wenn das bedeutete, dass er nie wieder der Alte sein, nie wieder zu den geliebten Plätzen und Menschen würde zurückkehren können. Und von nun an stets den Atem des Todes im Nacken zu spüren. Auf das, was er getan hatte, stand die Todesstrafe.

Als er die Tür leise öffnete, stand der Mann immer noch im Durchgang. Wartete er auf ihn?

Alfred kämpfte seine Angst nieder und verlegte sich auf das, was er dank seiner Zeit in Shanghai am besten konnte: seine Gedanken vollkommen ausschalten und sich nur auf die jeweilige Situation konzentrieren.

Als der Mann kurz seinen Kopf senkte, schlüpfte Alfred nach draußen und verbarg sich im Schatten. Sein pochendes Herz schärfte seine Sinne, sodass er Tabakrauch bemerkte. Eine glühende Spitze sah er nicht, wahrscheinlich hatte der Beobachter seine Zigarre gerade auf dem Boden ausgetreten, doch der Rauch haftete ihm an und war wegen seines Aromas deutlich von dem Qualm der Stadt zu unterscheiden.

Ostindien, ging es Alfred durch den Kopf. Die Zigarren mussten von dort stammen. Waren sie wirklich hier?

Seine Hand wanderte unter seine Jacke, wo er die nützliche Waffe verstaut hatte, die ihm schon so manches Mal guten Dienst geleistet hatte. Wenn es nötig war, würde er kämpfen, allerdings ohne die junge Herrin in Gefahr zu bringen. Er würde den Mann entweder rasch erledigen oder in eine Gasse locken. Das beruhigende Metall an seinen Fingerspitzen, schlich er durch den Schatten. Der Rauchgeruch kam näher. Der Beobachter scharrte mit den Füßen. Dann schnellte sein Kopf auf einmal nach oben. Hatte er etwas bemerkt?

Alfred ärgerte sich darüber, dass er offenbar aus der Übung war. Früher hatte er sich so leise an einen Menschen heranschleichen können, dass dieser seine Präsenz erst spürte, wenn er bereits sein Messer zwischen den Rippen hatte. Doch diese Zeiten waren offenbar vorbei.

Tatsächlich musste der Mann ihn bemerkt haben, denn nachdem er kurz gelauscht und seinen Kopf in Richtung des Labors gewandt hatte, machte er auf dem Absatz kehrt und rannte plötzlich wie von der Tarantel gestochen los. Alfred schoss aus dem Schatten, doch er war zu langsam. Ehe er aus dem Durchgang heraus war, war der Beobachter bereits verschwunden.

Einen saftigen Fluch ausstoßend blickte sich der Butler um, sah aber nur noch eine alte Katze, die über die Straße humpelte. Rasch zog er sich wieder in den Torbogen zurück.

Was war das nur für ein Kerl?, fragte er sich, während er seine Waffe wieder zurücksteckte. Hatte er sich ein paar illegale Verbesserungen einbauen lassen? Beine zum Beispiel, die rannten, als steckten sie in Siebenmeilenstiefeln? Er würde es erst erfahren, wenn der Mann erneut auftauchte.

Bei seiner Rückkehr wurde er von Violet bereits im Vorraum erwartet. »Nun, wer war das?«

»Weiß ich nicht, Mylady, er war zu schnell weg. Ist gerannt wie ein verfluchter Maschinenmensch.«

»Maschinenmenschen laufen nicht, sie rollen«, korrigierte Violet ihn nüchtern.

»Wie dem auch sei«, entgegnete Alfred. »Wir sollten von hier verschwinden, Mylady.«

»Warum denn das?«

»Ich bin mir nicht sicher, was der Kerl wollte. Wahrscheinlich war es nur ein Beobachter, aber wer weiß.«

»Wer sollte mich beobachten wollen?«

»Ich bezweifle, dass der Mann Ihretwegen hier war.«

Violet runzelte die Stirn. Von Alfreds Miene konnte sie seinen Gedanken ablesen. »Sie glauben wirklich, sie sind hier? Ihre alten Freunde?«

»Ich bin mir nicht sicher«, gab Alfred unbehaglich zurück. »Aber ich möchte Sie wirklich bitten, in den nächsten Tagen darauf zu verzichten, diesen Ort aufzusuchen. Die Männer, mit denen ich es zu tun hatte, schrecken nicht davor zurück, Frauen oder Kindern etwas anzutun. Sie würden auch auf Sie keinerlei Rücksicht nehmen.«

»Aber ich habe doch Sie, Alfred!«

»Das ist ja das Problem«, gab der Butler zurück. »Denn diese Kerle sind hinter mir her. Jeder von ihnen ist genauso gut ausgebildet im Schlagen wie ich. Schon zwei von ihnen könnten mich in Schwierigkeiten bringen. Wenn ein dritter Sie als Geisel nehmen würde, wäre ich verloren. Und Sie auch, denn die können es sich nicht erlauben, Zeugen am Leben zu lassen.«

Violet blickte aus dem Fenster, dann wandte sie sich um zu ihrer Abwaschmaschine. Den Gedanken, diese Maschine tatsächlich als Waffe zu benutzen, falls Alfreds Schatten der Vergangenheit auftauchten, schob sie aber beiseite. Ihr Butler mochte manchmal übervorsichtig sein, aber hin und wieder gab es Momente, in denen es gut war, auf ihn zu hören. Dieser war einer davon.

»Ich denke, ich sollte ohnehin meine theoretischen Studien fortsetzen«, sagte sie. »Außerdem wollten wir in den Zirkus.«

Alfred presste die Lippen zusammen.

»Ach kommen Sie!«, sagte Violet aufgebracht. »Ich bezweifle, dass Mr. Blakley einen von Ihren Feinden als Clown eingestellt hat. Oder hatte der Mann, der uns beobachtet hat, eine rote Nase, krause Locken und große Schuhe?«

Alfred schüttelte den Kopf. »Nein, Mylady, das nicht.«

»Na, sehen Sie. Wo kann man sich besser verstecken als in einer Menge von Zuschauern. Notfalls werden Mr. Blakleys Leute alles tun, um uns zu schützen. Sie wissen doch, dass die Artisten so einiges drauf haben.«

Alfred nickte. »Ja, das muss ich zugeben, gewöhnlich sind die weiß Gott nicht. Also gut, wir gehen in den Zirkus. Doch wenn mir auf dem Weg etwas Ungewöhnliches auffällt, werden Sie weglaufen, Mylady, ja?«

»Natürlich«, versprach Violet, denn wenn es um ihre Sicherheit ging, konnte sie niemandem mehr vertrauen als ihm.

Der Butler nickte zufrieden. »Wenn ich jetzt vorschlagen dürfte, diesen Ort zu verlassen? Wer weiß, ob der Mann wiederkommt. Vielleicht bringt er beim nächsten Mal ein paar Freunde mit, und ich bin der Ansicht, dass eine Schlägerei pro Nacht wirklich reicht.«

»Da haben Sie vollkommen recht, Alfred«, pflichtete Violet ihm bei. »Vielleicht sollte ich den Anlasser des Spülapparates mit der Türklinke koppeln ...«

»Wenn Sie beim nächsten Betreten dieses Ortes von Gabeln und Messern durchbohrt werden wollen ...« Ein schiefes Lächeln lag auf Alfreds Gesicht. »Ich bin sicher, dass Ihr Laboratorium nicht in Gefahr ist. Niemand braucht das, was hier steht.«

Das stimmte leider. Seufzend löschte Violet das Licht und schritt wenig später von Alfred gefolgt über den kleinen Hof.

3. Kapitel

Erst gegen vier Uhr am Morgen konnte Violet in ihr Bett schlüpfen. Alfred hatte auf dem Weg zur Bahnstation ein paar Haken geschlagen, dann waren sie zur Sicherheit noch in eine andere Seitenbahn umgestiegen. Als sie Belgravia endlich erreichten, war der Mond bereits hinter dem Horizont verschwunden und das Rattern der Maschinen wieder lauter, denn die Morgenschicht begann überall um vier Uhr.

Die ganze Zeit über hatte Alfred nach Verfolgern Ausschau gehalten, doch gezeigt hatten sich keine. Besorgt war Violet trotzdem.

Was, wenn irgendwer es doch auf ihre Erfindungen abgesehen hatte? Alfred war überzeugt, dass dies nicht der Grund für den nächtlichen Besuch war, doch Violet wusste nur zu gut, was in Erfinderkreisen so vor sich ging. Da wurden Spione aufeinander angesetzt und Pläne gestohlen, Prototypen sabotiert und Konkurrenten bei der Königlichen Akademie in Verruf gebracht.

Vielleicht bin ich ja aus der Dunkelheit der wissenschaftlichen Bedeutungslosigkeit aufgestiegen ans Licht der akademischen Forschung...

Dieser Gedanke kam ihr wunderbar, beunruhigend und lächerlich zugleich vor. Obwohl sie eigentlich hundemüde war, sinnierte Violet bis in den Morgen hinein unter ihrer Leinenbettdecke. Erst als es dämmerte, wurden ihre Augenlider schwer wie Blei, und der Schlaf beendete gnädig das wilde Kreisen der Gedanken in ihrem Kopf.

Als das Dienstmädchen klopfte, um sie zu wecken, vergrub sie sich einfach in den Kissen und antwortete nicht. Insgesamt dreimal ignorierte sie Marys Weckversuche, beim vierten Mal klang das Klopfen energischer.

»Violet, bist du wach?«, ertönte eine Männerstimme vor der Tür. Es war ihr Vater.

Ein unangenehmes Ziehen in der Magengrube vertrieb alle Schläfrigkeit. Wenn Lord Reginald persönlich erschien, hatte das meist keinen angenehmen Grund. Hatte er mitbekommen, dass sie letzte Nacht unterwegs gewesen war?

»Ja, Papa, komm rein.«

Während sich Violet aufsetzte, trat Reginald Adair ein. Zu dem schwarzen Gehrock und dem schneeweißen Hemd trug er heute einen blutroten Ascot Tie, in die Hosen hatte Alfred eine messerscharfe Falte eingebügelt. Ein fahler Lichtstrahl, der durch die nachlässig zugezogenen Vorhänge fiel, ließ die goldene Uhrkette an seiner Brokatweste kurz aufblitzen, als er näher trat. In dem Aufzug, da gab es keinen Zweifel, würde er heute wohl wieder ins Parlament gehen.

Violet beendete ihr Recken und Strecken, gähnte noch einmal herzhaft und sah dann lächelnd zu ihrem Vater auf, der wie immer die Ernsthaftigkeit in Person war.

»Ist alles in Ordnung mit dir, Kind? Ich habe dich beim Frühstück vermisst. Mittlerweile ist es schon fast zehn Uhr.«

»Ja, Papa, ich ..., ich habe nur verschlafen, das ist alles. Bei dem grauen Wetter draußen doch kein Wunder, oder?«

»Nein, wahrlich nicht, aber eine junge Dame sollte nicht den halben Tag im Bett verbringen. Deine Mutter benötigt sicher deine Hilfe bei den Vorbereitungen für den Ball.«

Violet lag schon auf der Zunge, dass diese sich ohnehin nicht helfen lassen würde, doch da es eindeutig zu früh war für eine Schelte ihres Vaters, schluckte sie die Bemerkung hinunter.

»Ich hatte gestern ein Gespräch mit Lord Stanton.« Lord Adair ließ sich neben ihr auf der Bettkante nieder.

»Aha, und worüber?« Violets leerer Magen zog sich ahnungsvoll zusammen. Ihr Vater nickte.

»Er hat großes Interesse daran, dass du seinen Sohn kennenlernst. Percival ist ein sehr wohlerzogener Bursche.«

»Aber Vater!«, protestierte Violet. »Warum erzählst du mir das ausgerechnet jetzt, wo ich noch nicht mal angekleidet bin!«

»Weil ich gleich ins Parlament muss und wahrscheinlich vor Mitternacht nicht zurück bin. Du sollst Zeit haben, dich vorzubereiten, immerhin ist der Ball bereits in einer Woche.«

»Und warum sollte ich mich vorbereiten?« Violet schwante Böses. Dieses war wohl einer der ernsthafteren Verkupplungsversuche ihrer Eltern.

»Immerhin wirst du bald dein Debüt feiern. Als Tochter eines Adelshauses wirst du die Ehre haben, vor Königin Victoria zu tanzen. Zu diesem Anlass brauchst du natürlich einen Begleiter.«

O nein!, schrien tausend kleine Stimmen in ihrem Kopf. Damit ihre Stimmbänder nicht einstimmten, hielt sie sich schnell die Hand vor den Mund. »Meinst du wirklich, dass Percival Stanton der richtige Begleiter für mich ist?«

»Das werden wir auf dem Ball herausfinden. Ich möchte dich bitten, diesmal auf deine kleinen Spitzfindigkeiten zu verzichten.«

»Spitzfindigkeiten?« Violet zog eine Unschuldsmiene. »Was meinst du damit, Vater?«

Reginald setzte ein gequältes Lächeln auf. »Violet«, sagte er in vorwurfsvollem Ton. »Du weißt doch genau, was ich meine, nicht wahr? Wie war das letztes Mal, als du Daniel McGrath mit den Möglichkeiten maschineller Bullenkastration verschreckt hast?«

»Das hat er dir erzählt?« Violet versuchte, empört dreinzublicken, doch wie Mr. Blakley immer betonte, waren ihre schauspielerischen Fähigkeiten nicht besonders ausgeprägt.

»Der junge McGrath wird wohl kaum gelogen haben, so blass, wie er war. Sein Vater hat sich drei Tage lang darüber aufgeregt, dass du wohl keine ordentliche Erziehung genossen haben kannst.«

»Was du natürlich abgestritten hast, oder?«

»Natürlich. Denkst du, ich lasse das Ansehen unserer Familie in den Schmutz ziehen? Ich weiß, dass du gute Manieren hast, Violet, dein Makel liegt eher bei ...«

Lord Adair stockte, doch Violet wusste auch so, was er sagen wollte. Ein Überschuss an Fantasie und Erfindungsgeist war irgendwie nicht gern gesehen. Mädchen hatten ihre Korsetts zu tragen, zu lächeln und sich auf keinen Fall anmerken zu lassen, dass sich in ihrem Kopf ein Verstand befand. Einigen Mädchen gelang es tatsächlich, so zu tun, als seien sie hohlköpfige Ankleidepuppen, aber Violet gehörte nicht dazu – und sie gedachte auch nicht, diesem Ideal nachzueifern. Wie schon gesagt, ihre schauspielerischen Fähigkeiten waren nicht sehr ausgeprägt.

»Auf jeden Fall würde ich dich bitten, keine so ... exotischen Geschichten zu erzählen, wenn der Sohn von Lord Stanton dir seine Aufwartung macht.«

Violet seufzte. »In Ordnung, Vater. Ich werde ihn stattdessen mit dem Parlieren über Stoffe und Spitzen langweilen, albern kichern und ihn mit Weintrauben füttern.«

Als ihr Vater sie ansah, bemerkte sie ganz deutlich Bedauern in seinen Augen. Bedauern darüber, dass sie kein Junge geworden war, Bedauern, dass sie nicht die Tochter war, die sich ein Mann der Upper Class wünschen konnte. Aber daran war nun nichts mehr zu ändern.

»Bis heute Abend, Liebes«, überging er ihre Bemerkung und gab ihr einen Kuss auf die Stirn.

Da das Frühstück im Speisezimmer bereits abgeräumt war und die Dienstmädchen ihre Mutter schon genug zur Weißglut trieben, tappte Violett in ihrem Morgenmantel in Richtung Küche. Alfred würde ihr sicher eine Tasse heißen Kakao machen und Miss Myrtlewait, die stämmige Köchin, ihr ein paar Scones zustecken. So gerüstet konnte sie sich an die Veränderungen machen, derer ihre Maschine dringend bedurfte.

Lächelnd bog Violet um die Ecke und vernahm bereits hier das Rattern und Schnaufen der Küchenmaschine, die Alfred in Betrieb genommen hatte. Mit ihr konnte man gleichzeitig Wäsche waschen und Gemüse sowie Fleisch hacken. Eine sehr schöne Konstruktion, die allerdings die schwere Arbeit der Spülmägde außer Acht gelassen hatte. Aber dafür war sie ja jetzt da.

Der gestrige Fehlversuch war zwar niederschmetternd gewesen, doch davon würde sie sich nicht abhalten lassen. Sie musste einfach nur hinbekommen, dass sich die Klappe nicht öffnete und die Ladung ausspie ...

In dem Augenblick, als sie über die Schwelle trat, wandte sich Alfred um. Obwohl sie ja wusste, dass er die Fähigkeit besaß, selbst im schlimmsten Rattern noch die feinsten Geräusche auszumachen, war sie immer wieder verblüfft darüber, dass man sich nicht an ihn heranschleichen konnte.

»Guten Morgen, Mylady, was verschafft uns die Ehre Ihres Besuchs?«, fragte er mit einer kleinen Verbeugung.

»Ich habe verschlafen und das Frühstück verpasst. Hätten Sie vielleicht eine Kleinigkeit für mich?«

»Miss Myrtlewait, haben Sie gehört?«, rief er der Köchin zu, die Violets Eintreffen noch nicht bemerkt hatte.

Erschrocken wirbelte sie herum und wurde rot, als sie Violet neben dem Tisch stehen sah. »Oh, entschuldigen Sie, Mylady, ich habe Sie nicht kommen gehört. Diese Höllenmaschine wird mir noch gänzlich das Gehör rauben.«

Alfred warf ihr einen vorwurfsvollen Blick zu.

»Sehen Sie mich nicht so an, Mr. Tyler, ich habe doch recht. Ich verstehe nicht, wie Sie noch etwas hören können, wenn das Ding läuft.«

»Jahrelange Übung«, gab Alfred lächelnd zurück, dann holte er ein Gedeck aus dem Schrank. »Hätten Sie vielleicht noch ein paar von Ihren wunderbaren Scones für Lady Adair?«

Wenig später saß Violet am sauber geschrubbten Küchentisch und mampfte die Rosinenscones in sich hinein. Dass sie spät aufgestanden war, hatte immerhin den Vorteil, dass sie nicht das klebrige Porridge verzehren musste und ein wenig Tratsch von den Dienstmädchen aufschnappen konnte.

So berichtete Mary von einem Unfall, der sich in der Bibliothek der Havendens ereignet hatte. Das Küchenmädchen hatte ihr berichtet, dass Lord Havenden einen mechanischen Bibliothekar habe ausprobieren wollen, der laut Hersteller imstande sein sollte, Bücher nach Titeln in die Buchregale zu sortieren.

»Eine Arbeit, für die Dienstmädchen mehrere Tage brauchen«, bemerkte Mary wichtigtuerisch. »Doch Lord Havenden hat seinen Versuch, auf menschliche Fingerfertigkeit zu verzichten, teuer bezahlt.«

Der weiteren Schilderung zufolge hatte der automatische Bibliothekar nicht nur begonnen, die Bücher wild durch die Bibliothek zu schießen und damit kostbare antike Chinavasen zu zerstören. Auch hatte er einen Großteil kostbarer Erstausgaben zerfetzt und über die Bibliothek schneien lassen.

Violet schüttelte den Kopf. Obwohl auch sie der Ansicht war, dass Maschinen das Leben so komfortabel wie möglich machen sollten, war sie fest davon überzeugt, dass die Menschen nicht alle Lebensbereiche aus der Hand geben konnten. Bücher von einem mechanischen Bibliothekar sortieren zu lassen, war reinweg fahrlässig, denn jedermann wusste, dass die Maschinen noch lange nicht zu feinen Arbeiten imstande waren. Aus diesem Grund wurde in Adair House immer noch menschliches Personal beschäftigt, war doch die Vernichtungsquote, zum Beispiel wenn es um Porzellan ging, bei echten Menschen wesentlich niedriger als bei Maschinenmenschen. Allerdings erfüllte es sie mit Schadenfreude, dass auch bei Erfindungen, die bereits industriell gefertigt wurden, immer noch etwas schiefgehen konnte.

Nachdem die Köchin die Küche verlassen hatte, um auf den Markt zu gehen, und Alfred die Dienstmädchen nach oben geschickt hatte, um den Salon und das Herrenzimmer zu reinigen, trat er neben Violet, die gerade den letzten Rest ihres Tees schlürfte.

»Soll ich für heute Abend wieder Vorkehrungen treffen, Mylady?«

»Wofür?« Violet zog erstaunt die Augenbrauen hoch.

»Sie wollen doch sicher dem Labor oder dem Zirkus einen Besuch abstatten.«

Violet schüttelte den Kopf und setzte die Tasse wieder ab. »Nein, und ich fürchte, daraus wird bis nach dem Ball nichts. Papa hat mir heute Morgen schon ans Herz gelegt, dass ich mich anständig verhalten soll. Und ehrlich gesagt, habe ich nach dem gestrigen Fehlschlag auch keine Lust, mir dieses Gerät anzusehen.«

»Wie Sie soeben erfahren haben, ist offenbar auch ein Erfinder wie Mr. Stromburgh nicht unfehlbar.«

»Stromburgh hat den Bibliothekar erfunden?«, fragte Violet entgeistert. Pelegrin Stromburgh war innerhalb der Royal Society eine wissenschaftliche Koryphäe – der wohl bekannteste Schöpfer von mechanischen und dampfbetriebenen Nutzgeräten. Er hatte als junger Mann mit einigen bahnbrechenden Erkenntnissen zur Zahnradtechnik begonnen und dann innerhalb der Gesellschaft höchstes Ansehen erworben. Wenn sein Name im Zusammenhang mit einer neuen Entdeckung fiel, durchzuckte Violet stets blanker Neid – und auch ein kleines bisschen Verzweiflung, denn da seine Stimme entscheidend war für die Aufnahme in die Royal Society und er nichts übrig hatte für weibliche Erfinder, würde ihr der Weg dahin versperrt sein.

Auch die Küchenmaschine in ihrem Haus war eine Stromburgh. Ein veraltetes Modell mittlerweile, doch selbst für diesen Automaten musste man noch eine erkleckliche Summe hinblättern. Dass gerade dieser Mann einen Fehlschlag erlitten hatte, schien geradezu unglaublich. Aber vielleicht war das der Anfang vom Ende – und vielleicht würden irgendwann einmal auch Frauen in die Königliche Wissenschaftsgesellschaft aufgenommen werden.

»Ja, ich fürchte schon, dass er das war. Jedenfalls meinte das der Butler der Havendens. Eine verlässliche Quelle.«

»Seltsam, ich habe nichts in der Wissenschaftszeitschrift gelesen ...«

»Wahrscheinlich hat Lord Havenden einen Prototyp gekauft. Nach dem Vorfall glaube ich kaum, dass Mr. Stromburgh seine Forschungen auf dem Gebiet fortsetzen wird.«

Alfred lächelte sie breit an. Violet musste zugeben, dass Stromburghs Versagen sie beflügelte.

Sie erwiderte sein Lächeln, worauf der Butler fragte: »Wie wäre es mit einer kleinen Feier anlässlich Mr. Stromburghs Missgeschick? Sie haben doch die Einladung zur Zirkusvorstellung erhalten.«

Violet schüttelte den Kopf.

»Premiere ist erst in einer Woche. Nein, Alfred, ich werde feiern, indem ich mich heute über meinen Entwurf setze und versuche, ihn zu verbessern. Und sie können mir helfen, indem Sie mich mit Keksen und heißer Schokolade versorgen.«

»Und was ist mit dem Kerl, der bei Ihrem Labor herumgeschnüffelt hat? Soll ich mich vielleicht ein wenig umhören?«

»Wenn das gefahrlos für Sie möglich ist. Vielleicht waren es ja doch welche von Ihren alten … Bekannten.«

»Mittlerweile bin ich zu dem Schluss gekommen, dass sie es nicht waren. Sonst wäre ich längst verschwunden oder tot. Nein, ich denke, der Beobachter war jemand anderes. Vielleicht bekomme ich heraus, wer.«

»Aber wer sollte mich beobachten? Die Leute von der Society?« Violet stieß ein spöttisches Lachen aus, als ihr wieder ihre Gedanken von heute früh einfielen.

»Nicht unbedingt«, entgegnete Alfred. »Es gibt viele Möglichkeiten. Unter anderem auch die, dass jemand versuchen könnte, Sie zu entführen.«

»Entführen? Mich?« Violet schüttelte den Kopf.

»Ihr Vater ist ein wohlhabender und einflussreicher Mann. Sie erinnern sich doch bestimmt noch an den Fall der jungen Phyllis Maddington.«

»Die Tochter des Spielzeugfabrikanten. Die von diesem Verrückten in den Keller gesperrt wurde und dort mit den Ratten hausen musste.«

Alfred nickte. »Ganz recht. Es heißt, dass der Täter das Mädchen schon Wochen zuvor ausspioniert hat. Vielleicht versucht hier jemand etwas Ähnliches.«

»Nun, Phyllis Maddington hatte keinen Butler wie Sie, Alfred.«

»Aber auch ich bin nicht immer zur Stelle. Es gibt durchaus Sicherheitslücken, besonders dann, wenn Sie mit Ihrer Frau Mutter unterwegs sind.«

Violet überlegte kurz. Auch diesmal hatte Alfred recht. Nur wer konnte es sein? Und woher sollte ein mutmaßlicher Entführer wissen, dass in dem Labor die Tochter eines Parlamentsmitglieds arbeitete? Oder hatte ihr Vater vielleicht mitbekommen, was sie trieb und nun einen Detektiv auf sie angesetzt? Das wäre wirklich die Höhe!

»Also gut, finden Sie heraus, wer da lange Ohren macht«, wies Violet den Butler an. »Aber lassen Sie sich um Himmels Willen nicht erwischen.«

»Diskretion ist mein zweiter Vorname, Mylady.«

»Mag sein, Mr. Diskretion, aber vergessen Sie auch Ihren dritten Vornamen nicht, der da Vorsicht lautet, wenn ich mich recht erinnere.«

»Wie Sie wünschen, Mylady.« Alfred verneigte sich lächelnd und verließ dann die Küche.

*

Grün glommen die Lampen in dem kleinen Schacht, der das Ergebnis jahrelanger zermürbender Arbeit war und von dem kaum jemand in ganz London wusste. Die zunehmende Technisierung der Stadt war dem Mann bei seiner Unternehmung zu Hilfe gekommen. Je lauter es oben wurde, desto sorgloser konnten er und seine Gehilfen graben.

Der Transportgleiter, auf dem er sich jetzt fortbewegte, war eine seiner brillanteren Erfindungen, die man an der Royal Academy allerdings abgewiesen hatte, mit der Begründung, man sehe darin keinen Nutzen für das Volk. Doch er würde diesen verbohrten Hohlköpfen schon zeigen, welchen Nutzen zum Beispiel so ein Transportgleiter hat.

Dann, wenn ICH zu bestimmen habe, welche Erfindungen umgesetzt werden und welche nicht.

Mit einem leisen Rattern bewegte sich die motorbetriebene Draisine, die der Mann über zehn Hebel steuerte. Ein Spaziergang gegenüber dem, was er zuvor hatte leisten müssen. Ganz bequem konnte er nun einiges an Ladung mitnehmen, ohne sich groß anzustrengen.

Die heutige Fahrt war vorrangig ein Test. Nachdem es ihm gelungen war, eine leichte Ladung unbeschadet unter der Themse hindurch zu transportierten, hatte er beschlossen, das erste »Geschenk« persönlich beim Adressaten abzuliefern.

Beinahe hätte Miss Copper ihn angesteckt mit ihren Bedenken, doch nun sah er, dass sich sein Wagemut auszahlte. Das Fahrgefühl ähnelte dem Fliegen mit einem Luftschiff und beflügelte regelrecht seinen Verstand.

Schon bald würden mit Hilfe dieser Draisine die Todesboten transportiert und in die Abwasser- und Luftschächte der Stadt entlassen werden, nichts und niemand in London würde mehr vor ihnen sicher sein.

Ein Lächeln huschte über sein Gesicht. *Zuerst werden die Säulen fallen und dann der Palast.* In rasantem Tempo, huschte unter frischen Spinnweben hindurch und gab sich seinem Traum hin, die Welt ins Chaos zu stürzen.

Nicht mal eine Viertelstunde später erreichte er sein Ziel. Er erkannte es an der rot leuchtenden Tafel, die er hier wie auch an anderen Häusern angebracht hatte, um nicht aus Versehen in ein falsches Gebäude einzusteigen. Die Bewohner des noblen Hauses über ihm hatten nicht die geringste Ahnung von seinen unterirdischen Tätigkeiten. Dass er einen Durchbruch zu ihrem Weinkeller geschaffen hatte, war selbst dem Butler, der öfter hier unten war, entgangen.

Nachdem er die Draisine zum Stehen gebracht hatte, schnallte er sich ab und stieg aus. Der Zugang zum Keller war hinter einem Weinregal versteckt, das er mit einer mechanischen Öffnungsmöglichkeit versehen hatte. Mittels einer kleinen Kurbel gelang es ihm unter minimaler Kraftanstrengung, das schwere Regal so weit zur Seite zu schieben, dass er hindurchschlüpfen konnte.

Da es hier unten stockdunkel war, schaltete er die Grubenlampe an seiner Stirn an und betrachtete die Weinflaschen. Dann griff er in seine Tasche und holte ein kleines Kästchen hervor. Es behagte ihm nicht, auf den Zufall zu vertrauen, doch in diesem Augenblick ging es nicht anders. Rasch entleerte er den Inhalt des Kästchens in einen bauchigen Krug, den der Butler benutzen würde, um Wein aus einem der Fässer abzuzapfen, dann zog er sich zurück. Seine Gehilfin würde alles Weitere besorgen, wenn es an der Zeit war.

Nur ein leises Summen war zu hören, als er die Draisine wieder in Betrieb nahm und zurück in Richtung Highgate fuhr.

*

Etwa zur gleichen Zeit schritt Annabelle Sharpe, die Spionagechefin der Königin, unruhig in ihrem Büro auf und ab. Seit drei Stunden schon waren zwei ihrer Agenten im Zusammenhang mit einem wichtigen Dokument unterwegs in London. Dass bisher noch keiner von ihnen wieder aufgetaucht war, begann sie zu beunruhigen, denn Aufträge wie diese wurden im Allgemeinen rasch erledigt.

Hatten die Österreicher Lunte gerochen?

In den vergangenen Tagen hatte sich der Verdacht erhärtet, dass in den Reihen der österreichischen Gesandtschaft ein Spion war, der vorhatte, technische Errungenschaften Ihrer Majestät zu rauben. Es ging wohl um die neuen Flugtechnologien, an denen die besten Wissenschaftler des Landes arbeiteten. Die Österreicher waren ein ernstzunehmender Gegner, was die Entwicklung von Kriegsmaschinen anging. Auf keinen Fall durfte ihnen ein Blick auf die neueste englische Technik gewährt werden.

Das plötzliche Rattern des Telegrafen ließ sie zusammenzucken. Ein Unding bei ihr, die als die nervenstärkste Frau des Königreiches bekannt und berüchtigt war. Doch in diesen Tagen erkannte sie sich manchmal selbst nicht. Wenn die Zeiten nur nicht so beunruhigend wären!

Während sie zum Ticker ging, der nun begann, unter lautem Schnaufen ein Band mit einer chiffrierten Nachricht auszuspucken, erhaschte sie einen Blick auf ihr Spiegelbild.

In ihrer eng geschnürten schwarzen Ledermontur, die einem Pilotenanzug glich, hätte man sie leicht für einen Mann halten können, wäre da nicht ihr runder Busen gewesen. Ein weiteres Attribut ihrer Weiblichkeit waren ihre lockigen Haare, die nachlässig zu einem Zopf gebunden waren. Ein Spitzenkragen und die Spitzenmanschetten ihrer Bluse nahmen dem Anzug die Härte, schließlich wollte Annabelle nun auch nicht ganz und gar wie ein Mann wirken. Mannweib nannten die Frauen der Gesellschaft sie sowieso schon, doch das machte ihr nicht das Geringste aus. Da sie das Vertrauen der Königin genoss und zudem einer guten

Familie entstammte, perlte jede noch so spitzfindige Bemerkung von ihr ab.

Als das Gerät fertig war, entnahm sie den Papierstreifen und machte sich sofort an die Dechiffrierung. Als sie damit fertig war, ließ sie sich auf ihrem Stuhl zurücksinken.

Eigentlich hatte sie nicht vorgehabt, in den nächsten Tagen irgendein gesellschaftliches Ereignis zu besuchen, aber die Nachricht, dass eine ihrer Zielpersonen aus Indien zurückgekehrt war, ließ ihr keine andere Wahl. Sie musste an dem Ball der Adairs teilnehmen. Denn wenn ihr Informant recht hatte, würde das Königshaus schon bald in großer Gefahr schweben.

4. Kapitel

Am Nachmittag vor dem Ball glich Adair House einem Ameisenhaufen, in dem ein vorwitziges Kind mit einem Zweig herumgestochert hatte. Dienstmädchen und angeheuerte Hilfskräfte liefen einander beinahe über den Haufen, während Alfred ein wenig krampfhaft versuchte, den Überblick zu behalten. Unten ratterte die Stromburgh-Küchenmaschine beinahe unaufhörlich und zwischendurch so laut, dass sich die geladenen Musiker beschwerten, die dampfbetriebenen Verstärkungsgeräte würden nicht ausreichen, um die unliebsamen Geräusche mit ihrer Musik zu übertönen.

Auch Violet ging das ewige Brummen und Knattern auf den Geist.

Das also ist gute Wertarbeit à la Stromburgh, dachte sie spöttisch, und während sie von den Dienstmädchen angekleidet wurde, schielte sie immer wieder zu der Schublade, in der sie ihr Nothandwerkszeug aufbewahrte. Vielleicht konnte sie das kleine Etui unter ihrem Kleid nach unten schmuggeln. Nur ein paar Schrauben anziehen, den Gasdruck regulieren und eine Winde schmieren, dann wäre der Lärm um ein gutes Stück reduziert. Doch wahrscheinlich würde sie, sobald sie sich unten blicken ließe, von ihrer Mutter sogleich in Beschlag genommen werden.

Während des Ankleidens und Frisierens ging Violet die Ermahnung ihres Vaters nicht aus dem Kopf. Bisher hatte er so etwas noch nie gesagt, offenbar hatte er den Sohn von Lord Stanton als ernstzunehmenden Heiratskandidaten ins Auge gefasst. Violet versuchte krampfhaft, sich an das Gesicht des Jungen zu erinnern, doch es wollte ihr partout nicht mehr als ein rotblonder Haarschopf einfallen, den er von seinem Vater geerbt hatte.

Wann hatte sie ihn zum letzten Mal gesehen? Vor drei oder vier Jahren?

Als die Dienstmädchen ihr Werk vollendet hatten, erblickte Violet im Spiegel das Gesicht einer Fremden, einer perfekten Lady, in einem wundervollen Kleid und mit kunstvoll gesteckter Frisur, die sich nur zufällig die Gesichtszüge mit ihr teilte. Zumindest an ihrem Äußeren dürfte ihr Vater nichts auszusetzen haben. Und seine Warnung ...

Nun, für die automatische Bullenkastration interessierte sie sich schon längst nicht mehr. Was wohl die jungen Herren von einem Referat über arbeitserleichternde Geräte für das Hauspersonal halten würden? Oder über die Entwicklung eleganter Waffensysteme für Damen. *Eine Vorführung meines Schirms würde bei dem jungen Lord Stanton gewiss wie der Blitz einschlagen*, dachte Violet amüsiert.

»Mylady sind sicher schon aufgeregt, nicht wahr?«, fragte Claire, ihre Zofe, während sie das Werk der Dienstmädchen begutachteten. »All die eleganten jungen Herren. Vielleicht sagt Ihnen diesmal einer zu. Die Gästeliste sieht jedenfalls sehr erlesen aus.«

Violet war sicher, dass Claire sogleich dahinschmelzen würde, falls einer dieser »eleganten jungen Herren« ihr Avancen machen würde.

Wenn doch nur einer von ihnen ein Quäntchen Technikverständnis hätte, dachte sie verzweifelt. Dann würde sie dem Wunsch ihres Vaters ohne viel Federlesens nachkommen und sanft wie ein Lamm stundenlang zuhören. Doch gewiss würden sie sie wieder mit Gerede über Pferderennen und Spazierfahrten langweilen, die sie unternommen hatten.

Nachdem Claire noch einmal ihren Haarschmuck überprüft hatte, ein auf ihr Kleid abgestimmtes Gebinde aus Seidenveilchen, griff Violet nach ihrem Fächer und eilte dann aus dem Raum. Der riesige Dampfchronometer über der Treppe zeigte ihr an, dass sie zu spät war. Inzwischen trafen bereits die ersten Gäste ein, und es wurde erwartet, dass sie als Tochter des Hausherrn zugegen war, um sie zu begrüßen.

Allerdings wusste Violet auch, dass die wirklich wichtigen Leute immer ein wenig zu spät kamen, damit sie ihren Einzelauftritt hatten. Da Lord Stanton dem Rang nach höher stand als ihr Vater, würde er gewiss noch nicht zugegen sein.

»Mr. und Mrs Hathaway!«, verkündete Alfred von der Tür her, als Violet die Treppe hinunter eilte. Eher zufällig blickte sie zur Seite und erhaschte einen Blick auf einen in eine schwarze Uniform gekleideten jungen Mann, dessen linkes Auge von einer Augenklappe bedeckt wurde. Sein schwarzes Haar fiel ihm lose und vor allem lang auf die Schultern, eigentlich ein Unding in der Infanterie. Eine weiße Strähne leuchtete an seiner linken Schläfe.

Violet blieb wie angewurzelt stehen. Die Art, wie sich dieser Mann bewegte, ging ihr durch Mark und Bein. Zunächst wollte ihr kein Vergleich einfallen, zu gefesselt war sie vom Anblick seiner weißen Haarsträhne, die von weitem wie eine Feder wirkte. Doch dann wusste sie es. Er ging wie ein Panther, der sich auf Beutesuche durch ein Waldstück bewegt. Und dabei war er so attraktiv, dass Violet sogleich von Hitzewallungen überfallen wurde. Wer war das?

Nachdem der Fremde im Ballsaal verschwunden war, lief sie rasch die Treppe hinunter. Es gehörte sich eigentlich nicht, einem Gast nachzulaufen, aber in diesem Augenblick wollte sie einfach nur seinen Namen wissen – oder zumindest in Erfahrung bringen, zu wem er gehörte.

»Ah, da bist du da!«, rief eine Stimme, kaum dass Violet die Treppe hinter sich gelassen hatte. Lady Emmeline versuchte, ihre Aufgebrachtheit zu kontrollieren, doch die roten Flecken auf ihren Wangen sprachen Bände. »Violet, wo warst du solange?«

»Beim Anziehen, Mutter, tut mir leid.«

»Ich werde den Mädchen gehörig die Leviten lesen, wenn der Ball vorüber ist. Oder hast du sie etwa wieder mit irgendwelchen Gesprächen aufgehalten?«

»Nein, Mama. Das Kleid war nur so kompliziert zu schließen. Außerdem hat die Küchenmaschine die Mädchen nervös gemacht.«

Lady Emmeline seufzte. »Ich habe Alfred schon aufgetragen,

sie auszuschalten. Wir müssen morgen unbedingt den Reparaturdienst holen, es macht einen förmlich wahnsinnig!«

Sie drückte ihre behandschuhten Finger in ihre Augenwinkel, dann griff sie nach Violets Hand. »Aber jetzt los!«

Wenig später stand Violet zwischen ihrem Vater und ihrer Mutter in der Eingangshalle. Das Defilee der Gäste war wirklich beeindruckend. Beinahe alle Mitglieder des englischen Hochadels waren der Einladung gefolgt. Da anzunehmen war, dass sich einige Gäste verspäteten, wurden nur jene Gäste vom Hausherrn persönlich in Empfang genommen, die sich innerhalb der ersten halben Stunde einfanden.

Echter Adel ist pünktlich, pflegte ihr Vater immer zu sagen. Und er schien auch diesmal Recht zu bekommen.

Angesichts der vielen farbigen Seidenkleider und eleganten dunklen Gehröcke wusste Violet bald schon nicht mehr, wer wer war. Und da spukte in ihrem Kopf auch immer noch der geheimnisvolle Mann mit der Augenklappe herum. Wie er wohl aus der Nähe aussah? War sein Gesicht, das von seinem Haar halb verschattet worden war, ebenso attraktiv wie der Rest? Und was würden ihre Eltern dazu sagen, wenn sie mit ihm tanzte? Wenn er sie denn aufforderte ...

»Lord und Lady Stanton nebst ihrem Sohn Master Percival.«

Der etwas beleibte Lord mit dem grauen Haarkranz trug am heutigen Abend einen Gehrock aus dunkelblauem Samt, Lady Stanton trug dazu passend ein Kleid aus blauem Taft. Percival, zu dem Violet heute besonders nett sein sollte, wirkte, als würde ihn der hohe Kragen würgen. Seine Wangen glühten dunkelrot, seine Augen blickten wässrig, als hätte er sich Mut angetrunken. Als er zögerte, Lady Emmeline die Hand zu geben, stieß sein Vater ihn mit der Schulter an. Darauf nahm er ihre Hand und gab ihr einen ungelenken Handkuss.

Violet konnte sich nur schwer verkneifen, mit den Augen zu rollen. Wahrscheinlich würde ihn jedes Thema, das sie anschnitte, verschrecken. Als er ihr einen Handkuss geben sollte, stockte der junge Stanton erneut. Violet schenkte ihm ihr huldvollstes Lächeln, doch das ließ ihn nur noch mehr erstarren.

Lord Stanton stieß ein Murren aus und schob seinen Sohn beiseite.

»Verzeihen Sie, mein Junge ist ein wenig aufgeregt. Es geschieht nicht jeden Tag, dass er so schönen Frauen begegnet wie Ihnen, Lady Emmeline und Lady Violet.«

Violet seufzte. Da wünschte sie sich doch lieber den Mann mit der Augenklappe an ihre Seite. Doch wie sollte sie an ihn herankommen?

»Wir freuen uns, Sie hier begrüßen zu dürfen«, sagte Lord Reginald. »Wir werden heute Abend sicher noch Gelegenheit haben, uns zu unterhalten.« Dass er bei diesen Worten einen Blick auf sie warf, behagte Violet gar nicht. Wollte er mit Lord Stanton tatsächlich Heiratspläne besprechen?

Erst als ihre Mutter sie leicht anstieß, erwachte sie aus ihrer Starre. Die Stantons waren weitergezogen, ihnen gegenüber standen nun Lord und Lady Fenwyck, die Luftschiffmillionäre. Deren Sohn sah sogar noch langweiliger aus als Percival. Das konnte ja heiter werden.

Nachdem sie noch weitere höhergestellte Adelsfamilien in Empfang genommen hatten, wies Lord Reginald zum Glück seinen Butler an, die Nachzügler in Empfang zu nehmen. Sie selbst begaben sich in den Ballsaal.

Sosehr Violet ihren Hals auch reckte, den Mann in der schwarzen Uniform konnte sie zwischen dem Gewirr bunter Seide nicht ausmachen. Vielleicht hatten ihn bereits einige Damen eingekreist? Die Gäste hatten immerhin nicht nur Söhne im heiratsfähigen Alter mitgebracht, sondern auch Töchter.

»Violet, kommst du?«, rief ihre Mutter. Erst jetzt merkte Violet, dass ihre Eltern schon ein ganzes Stück voraus waren und sich den Stantons näherten.

»Ja, Mama!«, gab sie zurück, raffte den Tüllrock, der ihr auf einmal wie eine Fessel vorkam, und eilte zu Lady Emmeline, die sie mit einem strafenden Blick bedachte.

»Entschuldigt bitte, ich war in Gedanken«, sagte Violet rasch, bevor ihre Mutter ihren Vorwurf anbringen konnte.

Bei den Stantons angekommen, entschuldigte sich ihr Vater

kurz, um die Gäste zu begrüßen. Dazu eilte er zu dem kleinen Podest, auf dem die Musiker bereits Platz genommen hatten.

Violet folgte seiner hochgewachsenen Gestalt mit den Augen und versuchte dabei Percivals Blicke zu ignorieren, was nicht so einfach war, denn sie stachen regelrecht in ihre Wange. Ihr Augenmerk fiel auf den Stimmenverstärker, den ihr Vater gestern hatte kommen lassen. Es war der letzte Schrei in London, bei großen Veranstaltungen die Stimmen der Redner zu verstärken, damit sie auch der am weitesten entfernte und der schwerhörigste Gast vernehmen konnten. Wobei letzter Schrei nach Violets bisherigen Informationen wohl nicht ganz ohne Ironie war.

»Verehrte Gäste!«, rief ihr Vater in das kleine Megafon vor seinem Mund, worauf dieses einen grässlichen Misston von sich gab. Die Gäste verzogen die Gesichter.

»Ich wusste es«, murmelte Violet in sich hinein. Von den Stimmverstärkern hatte sie nichts Gutes gehört. *Vielleicht auch eine Erfindung von Mr. Stromburgh*, dachte sie und grinste. Doch dann verschwand die Störung, und als ihr Vater weitersprach, tönte seine Stimme klar über die Köpfe der Anwesenden hinweg. Er begrüßte all die noblen Herrschaften und wünschte ihnen eine angenehme Ballnacht.

Als Violet den Kopf eher zufällig zur Seite wandte, entdeckte sie eine weiße Haarsträhne inmitten eines dunklen Schopfes. Der Fremde stand nur wenige Schritte von ihnen entfernt! Wie war er da hingekommen?

Offenbar schien ihn die Rede von Lord Reginald ebenso wenig zu interessieren, wie Violet. Dafür war er in ein Gespräch mit einer rothaarigen Frau vertieft, die sie bisher noch nie gesehen hatte. War das seine Begleiterin? War sie mit ihm angekommen? Ein eifersüchtiges Stechen meldete sich in ihrer Brust, für das sie sich sogleich schalt. Immerhin kannte sie ihn gar nicht, und wie jeder wusste, beurteilte man einen Menschen tunlichst nicht nur nach seinem Aussehen. Vielleicht war er ein Mistkerl, dem zurecht das Auge ausgeschossen worden war. Aber etwas in Violets Magengrube sagte ihr, dass sich hinter seiner Fassade etwas ganz Aufregendes verbarg, das sie unbedingt erforschen wollte.

Applaus riss Violet aus ihrer Betrachtung. Ihr Vater hatte seine kleine Rede beendet und stieg würdevoll vom Podest herunter. Die Musiker begannen daraufhin zu spielen, ganz dezent und noch unverstärkt, um die Gespräche der Gäste nicht zu stören.

»Eine gute Rede, Reginald!« Lord Stanton klopfte ihrem Vater freundschaftlich auf die Schulter. »Beinahe so gut wie das, was du sonst im Parlament von dir gibst.«

»Ich hoffe, da bin ich besser«, gab Reginald Adair lachend zurück, dann fiel sein Blick auf die säuerliche Miene seiner Gattin. Violet entging nicht, dass ihre Mutter kurz zu ihr her schaute. Vor etwa zehn Jahren war sie dahintergestiegen, dass es zwischen ihrem Vater und ihrer Mutter so eine Art »Telepathie« gab, die natürlich keine richtige Telepathie war, sondern geschicktes Kommunizieren mittels Gesten, Gesichtsausdrücken und Blicken. Ein leichtes Zusammenpressen der Lippen bedeutete, dass einem von ihnen etwas nicht passte, wenn der Augapfel dabei kurz zur Seite schnellte, deutete das auf das Objekt hin, welches das Missfallen erregte.

Aha, ich missfalle ihnen, schloss Violet daraus.

»Was halten Sie davon, wenn wir die jungen Leute ein wenig allein lassen«, wandte sich ihr Vater an Lord Stanton. »Den beiden wird es sicher leichter fallen, das Tanzbein zu schwingen als uns.«

Violet sah ihre Mutter fast schon flehend an, doch diese hatte bereits Lady Stanton beim Arm genommen und sie weggeführt.

Percival wirkte ebenfalls nicht begeistert davon, mit Violet allein gelassen zu werden. Als sie den Mund öffnete, um etwas zu sagen, zuckte er zusammen.

Offenbar habe ich unter den jungen Männern der Londoner Gesellschaft bereits einen Ruf, dachte Violet beinahe belustigt.

»Nun ja, da wären wir«, sagte sie dann mit hochgezogenen Augenbrauen. »Gibt es etwas, das Sie über mich wissen wollen?«

»Ähm ...« Percival schien mit dieser Frage nicht gerechnet zu haben. Verlegen schob er die Hände in seine Hosentaschen, das Gesicht rot wie ein frisch gebrühter Hummer.

Mit schräg gelegtem Kopf sah Violet ihn fragend an, doch das brachte sein Hirn erst recht nicht auf Trab.

»Ähm, was halten Sie vom derzeitigen Wetter?«, begann er schließlich, als ihm Violets Blick unangenehm wurde.

»Nicht sehr viel«, antwortete sie seufzend. *Warum gerade er? Warum darf ich mir meinen Tanzpartner nicht selbst aussuchen?*

Als sie sich nach dem Uniformierten umsah, war dieser natürlich mit seiner rothaarigen Begleiterin verschwunden.

»Nun ja, es ist ... feucht.« Percival leckte sich über die Lippen, als hätte er einen Wüstenmarsch hinter sich. »Und kalt.«

Dann hättest du vielleicht in deinem Schloss bleiben und deine Wurstfinger ans Feuer halten sollen, schoss es Violet durch den Kopf.

»Gab es in letzter Zeit irgendetwas Interessantes bei Ihnen? Ich habe gehört, dass die Rennsaison für Ihre Familie sehr erfolgreich verlaufen ist.« Violet dankte im Stillen ihrem guten Gedächtnis dafür, dass es sich diesen unwichtigen Wissensfetzen gemerkt hatte. Ihr Vater musste es bei irgendeinem Abendessen erwähnt haben.

»Ja, Sugarpie ist sehr gut gelaufen. Und Plumpudding erwartet ein Fohlen von einem wirklich guten Araberhengst namens Dexter aus dem Stall der Scarboroughs.«

Violet konnte sich nur schwerlich ein Grinsen verkneifen. Sie hatte ganz vergessen, dass die Stantons ihre Pferde nach Süßspeisen benannten. Bestimmt standen im Stall noch ein Cheesecake neben einer Chocolat Cream oder einem Mint Soufflé ... Das neue Fohlen würde wahrscheinlich dann Candystick heißen. Nicht mal in ihrer Speisekammer ging es so bunt zu!

Als sie es schließlich nicht mehr aushielt, hob sie rasch ihren Fächer und klappte ihn auf, um ihr unterdrücktes Kichern dahinter zu verbergen.

»Ist Ihnen nicht gut?«, fragte Percival besorgt.

»Doch«, presste Violet hervor. »Mir ist nur ein wenig warm.«

»Darf ich Ihnen vielleicht eine Erfrischung holen?«

Eigentlich wäre dies nicht nötig gewesen, denn Kellner eilten mit Tabletts voller Gläser zwischen den Gästen hindurch. Doch Percival trampelte von einem Fuß auf den anderen und fühlte sich sichtlich unwohl in seiner Haut.

Da Violet genau wusste, wie es ihm ging, und selbst vor Lachen zu platzen drohte, antwortete sie hinter dem Fächer hervor: »Aber gern! Wie wäre es mit etwas Waldmeisterbowle?«

Von Alfred wusste sie, dass die Bowle in einem Nebenraum stand, damit sie kühl blieb. Es war ein sehr langer Weg bis dorthin, was ihr vielleicht Gelegenheit geben würde, in der Menge der Gäste unterzutauchen. Und vielleicht würde sie den Mann mit der Augenklappe wiederfinden!

»Aber natürlich, Lady Violet.« Percival entfernte sich mit einem kleinen Diener. Das war die Gelegenheit! Nicht nur, um ungestört breit zu grinsen sondern auch um zu verschwinden. Suchend den Hals gereckt, huschte sie durch Parfüm- und Tabakwolken, streifte samtene Gehröcke, Taftkleider und Seidenschals.

Dann endlich sah sie ihn! Oder glaubte es zumindest. Niemand sonst war in einem schwarzen Uniformrock hier!

»Ah, Lady Violet, meine Liebe!«, hörte sie plötzlich von der Seite. Lady Peckinpah und Lady Perriway, zwei ältliche Schwestern und entfernte Verwandte ihrer Mutter, kreisten sie so schnell ein wie zwei Katzen eine Maus. Mottenkugelgeruch und Veilchenparfüm brachten Violet zum Niesen. Als sie wieder klar sehen konnte, war der geheimnisvolle Fremde verschwunden.

»Oh, Gesundheit, mein Kind!«, säuselte Lady Peckinpah, deren rot geschminkte Lippen wie die eines Clowns aus Mr. Blakleys Zirkus wirkten. »Hast du dich erkältet?«

»Nein, Lady Peckinpah«, entgegnete Violet gezwungen, während sie sich fragte, wie man so dumm vom Regen in die Traufe kommen konnte. »Es sind nur etwas viele Leute hier, und die Luft ist recht stickig.«

»Nicht, dass du dir noch diese Tierchen einfängst, die irgendwelche Wissenschaftler gefunden haben.«

»Sie meinen Bakterien, Lady Perriway?«, fragte Violet und konnte sich nur schwerlich ein Kopfschütteln verkneifen. Offenbar war es für viele Leute immer noch eine Überraschung, dass Lebewesen für Krankheiten verantwortlich waren.

»Ach, Kindchen, sag doch Amalia zu mir, ich bin doch so was wie deine Tante!«, überging Lady Perriway die Bemerkung und legte ihren Arm auf Violets Schulter.

Auf einmal sehnte sich Violet Percival wieder herbei. Wenn das so weiterging, würde sie den ganzen Abend zwischen diesen beiden alternden Damen hängenbleiben, die sie mit Fragen nach ihrem Debüt und anderem Firlefanz löcherten. Hilfe suchend blickte sie sich um. Alfred ging ganz in der Nähe mit einem Tablett vorbei, doch er sah sie nicht an. Und selbst wenn, hätte er ihr aus dieser Lage nicht heraushelfen können.

Wo war nur der Mann mit der Augenklappe schon wieder abgeblieben? Die Rothaarige hatte sie vorhin nicht neben ihm gesehen, was in ihr die Hoffnung aufkeimen ließ, dass sie nicht seine Begleiterin war.

Sie musste hier weg, unbedingt!

»Entschuldigt bitte, ich glaube, da hinten kommt mein Begleiter!«, rief sie plötzlich aus, und ehe Lady Perriway etwas dagegen tun konnte, löste sie sich aus ihrem Griff. »Er hat mir eine Erfrischung geholt und wird mich nicht finden, wenn ich ihm nicht entgegengehe.«

Bevor die beiden Ladys fragen konnten, wer denn ihr Begleiter sei, schlängelte sich Violet bereits an ihnen vorbei, rempelte dabei einen Mann an, der beinahe den Inhalt seines Glases auf seinen Gehrock kippte, und verschwand schließlich in der Menge. Das Stimmengewirr ringsherum konnte Violet nicht entziffern, doch es interessierte sie auch nicht, worüber sich die Leute unterhielten.

Als die Musik nun einsetzte, welche die Eröffnung des Buffets ankündigte, schien der gesamte Saal auf einmal den Atem anzuhalten. Als Violet den Hals reckte, um die Ursache für das Erstaunen auszumachen, entdeckte sie eine Frau in einem tiefschwarzen Seidenkleid, an dem zahlreiche silberne Ketten klimperten. Das Ende jeder Kette war mit einem anderen seltsamen Schmuckstück verziert. Hier ein Spiegel, da eine Lupe, auch Schlüssel und eine Giftflasche waren dabei. Die Insignien der Spy Mistress der Königin.

»Ein Skandal!«, hörte sie eine ältere Frau wispern, während sich ihre Gesprächspartnerin aufgeregt Luft zufächelte. »Ich kann nicht glauben, dass Sir Reginald sie eingeladen hat.«

Violet grinste breit. Zum ersten Mal sah sie die sagenumwobene Annabelle Sharpe – niemand sonst war die geheimnisvolle Unbekannte – mit eigenen Augen. Unter der einfachen Bevölkerung Londons wurde gemunkelt, dass sie eine von den Maschinenmenschen war, die in den Werkstätten der Königin gebaut wurden, um die Armee zu unterstützen. Doch wenn sie wirklich einem Labor entstammte, hatten die Wissenschaftler ganze Arbeit geleistet. Sie bewegte sich geschmeidig, ihre blauen Augen maßen wachsam jeden, der in ihr Blickfeld geriet.

Violet konnte sich vorstellen, warum den Damen und Herren der Gesellschaft ihre Anwesenheit unangenehm war. Auch diese Kreise hatten ihre Geschichten über Annabelle Sharpe, und eine davon besagte, dass sie Gedanken lesen konnte. Wenn das stimmte, so würde sie in diesem Augenblick ein ziemliches Durcheinander entwirren und sehr viel Missgunst verkraften müssen.

Der Anblick der Spy Mistress elektrisierte Violet. Wenn diese Frau es geschafft hatte, solch einen hohen Posten zu erreichen, dann müsste es doch keinesfalls unmöglich sein, die beste Erfinderin Englands zu werden.

Es traf sich gut, dass ihr Vater Lady Sharpe gerade begrüßte. Violet postierte sich so auffällig in sein Blickfeld, dass ihm gar nichts anderes übrigblieb, als sie vorzustellen.

»Ah, was für ein Zufall!«, rief er aus, während er Violet warnend anfunkelte. »Lady Sharpe, darf ich vorstellen? Meine Tochter Violet. Violet, das ist die Spionagechefin der Königin.«

»Ich weiß ..., ähm, freut mich sehr, Sie kennenzulernen.«

»Das Vergnügen ist ganz meinerseits.« Annabelle lächelte. »Sie scheinen eine sehr offene junge Dame zu sein.«

»Manchmal zu offen, findet mein Vater, aber ich bemühe mich nach Kräften, mich zu bessern.«

»Wieso denn?« Annabelle blickte ihren Vater vorwurfsvoll an. »Offene Menschen sind die treuesten, Sir Reginald, das wissen Sie doch. Niemanden, der sein Herz auf der Zunge trägt, muss man fürchten. Ihre Tochter und ich könnten sicher gute Freundinnen werden, denn auch ich bevorzuge es, die Wahrheit zu sagen.«

»Glauben Sie nicht, dass Sie davon schnell gelangweilt wären?«, gab Reginald Adair ein wenig pikiert zurück. Annabelle schüttelte vergnügt den Kopf. Wenn man sie so sah, konnte man sie für eine gewöhnliche junge Frau halten, die hier war, um sich zu amüsieren.

»O nein, dass ich tagtäglich mit Lügen und Geheimnissen zu tun habe, heißt noch lange nicht, dass ich auch Gefallen daran finde. Ich versehe nur deshalb meinen Dienst mit Leidenschaft, weil ich Geheimnisse aufdecken und die Wahrheit ans Licht bringen will. Privat umgebe ich mich ausschließlich mit ehrlichen Menschen, das ist erfrischend.«

Erfrischend fand Violet auch, dass ihr Vater nun einen hochroten Kopf bekam. Natürlich hielt er nichts davon, dass eine Frau ihm so unverhohlen Paroli bot wie Annabelle.

»Nun, damit mögen Sie recht haben. Wenn Sie mich für einen Augenblick entschuldigen würden ...«

»Aber natürlich. Ihre Tochter wird mich sicher vorzüglich unterhalten.«

Ganz offensichtlich war es Reginald nicht angenehm, Violet mit ihr allein zu lassen. Aber was sollte er machen.

Er verneigte sich kurz vor Annabelle, dann wandte er sich ab. Violets Wangen glühten vor Aufregung. Sie durfte sich mit der geheimnisvollen Spy Mistress unterhalten!

»Nun, Lady Violet, ich sehe, dass Sie ziemliches Interesse an meiner Person hegen. Welche Fragen liegen Ihnen denn besonders am Herzen?«

Ertappt schnappte Violet nach Luft. Vielleicht konnte sie ja doch Gedanken lesen?

»Nun ja, ich ...« Violet zögerte. Eigentlich passte das ganz und gar nicht zu ihr, aber die Präsenz von Lady Sharpe schüchterte sie jetzt doch ein wenig ein. Wenn Annabelle auch nur ein Wort falsch verstand, konnte sie dafür sorgen, dass die Familie Adair bei der Krone im Handumdrehen in Misskredit geriet. Ihr Vater wusste um die Gefährlichkeit dieser Frau. Warum nur hatte er sie eingeladen?

»Fragen Sie ruhig, Lady Violet. Ich glaube kaum, dass Sie mir eine Frage stellen könnten, die ich Ihnen übelnehmen würde.«

Wirklich?, dachte Violet. »Also gut, mich würde interessieren, wie Sie es geschafft haben, als Frau an so einen wichtigen Posten zu kommen. Eigentlich werden wir ja eher ... übergangen. Jedenfalls was die Karriere angeht.«

Annabelle lächelte schweigend in sich hinein.

»Das war eine dumme Frage, oder?« Violet zog zweifelnd die Augenbrauen hoch.

»Nein, eine sehr interessante«, entgegnete die Spy Mistress jovial. »Ich bin mir nur zu gut dessen bewusst, dass ich etwas geschafft habe, das vor mir noch keiner Frau gelungen ist. Natürlich gibt es hier und da Bemühungen der Frauenbewegung, Gleichberechtigung zu erlangen, aber bis dahin wird es wohl noch ein weiter Weg sein.«

Sie schüttelte den Kopf, als wollte sie irgendeinen unliebsamen Gedanken vertreiben. »Nun ja, ich hatte schon immer einer Vorliebe für die Polizeiarbeit. Die Polizei wollte mich natürlich nicht, aber meine Familie ist reich, und so habe ich Zugang über die Wissenschaft gesucht. Ich eignete mir Kenntnisse in Pathologie und Forensik an, erlangte Zugang zu Sektionssälen und bestach einige Totengräber, um mir meine eigenen Präparate zu besorgen. Irgendwann erschien ein Mann bei mir, der mir anbot, für den Secret Service zu arbeiten. Ich nahm an und erledigte meine erste Mission erfolgreich.«

»Seit wann bietet der Secret Service Frauen Jobs an?« Violet hatte dergleichen noch nie gehört, sonst hätte sie sich vielleicht schon beworben. Als Technikerin für innovative Verbrechensbekämpfungsmittel.

»Hin und wieder gibt es Zielpersonen, die eine Frau besser ausspionieren kann. Wenn Sie verstehen, was ich meine.«

Violet wollte schon zugeben, dass sie keineswegs verstand, doch dann fiel bei ihr der Penny.

»Sie meinen ...«

Annabelles warnendes Lächeln brachte sie zum Schweigen. »Der Spanier, den ich aushorchen sollte, war sehr beredt, nachdem ich ihn mit meinem Charme überzeugt hatte. Nach und nach erhielt ich größere Aufträge, und nachdem ich bei der Vermittlung einer wichtigen Allianz sogar meinen Vorgesetzten ausgestochen hatte, beschloss Ihre Majestät, mir den Posten Ihrer Spionagechefin zu geben. Vielleicht werde ich irgendwann meine Memoiren veröffentlichen, dann erfahren Sie die ganze Geschichte.«

Verblüfft starrte Violet sie an. Alles klang so einfach, als hätte sie es nebenbei geschafft. Doch die Wirklichkeit sah anders aus. Nicht umsonst hatte Violet ihre Entwürfe auf einer verborgenen Tischplatte und ihr Labor in Southwark. Nichts, was eine Frau in einer Männerwelt erreichen wollte, erreichte sie einfach so.

Auch Annabelle Sharpe war gewiss nicht einfach so an ihren Job beim Secret Service gekommen.

»Sie sind nicht nur ein offener Mensch, Sie haben ganz offensichtlich auch ein Geheimnis«, sagte Annabelle plötzlich. Während Violet nachgedacht hatte, musste die Spy Mistress sie genau beobachtet haben.

Ertappt riss Violet die Augen auf. »Ich? Ein Geheimnis?«

»Jeder Mensch hat eines. Auch Sie. Sie verheimlichen es vor Ihrem Vater, nicht wahr?«

»Aber Lady Annabelle ...«

Wieder lächelte sie. »Sie müssen es mir nicht verraten, denn ich glaube, es ist ganz harmloser Natur. Aber seien Sie vorsichtig, was immer Sie tun. Jedes Ding hat eine dunkle Seite ...«

Ein Schrei zerriss plötzlich den Schleier aus Gemurmel und gedämpfter Musik. Er kam von einer Frau, die mit entsetztem Gesicht zurückwich und dabei zwei andere Frauen beinahe von den Füßen riss.

»Lord Stanton!«

Violet sah gerade noch so, wie ihr Schwiegervater in spe zu Boden sank. War das Blut an seinem Mund? Ehe sie es sich versah, stürmte Annabelle los, dass die vielen Ketten an ihrem Kleid nur so klimperten. Ihr weites Kleid und das Korsett schienen sie nicht im Geringsten zu behindern. Da die Leute ihr augenblicklich Platz machten, als trüge sie eine Kiste Nitroglyzerin vor sich her, schloss Violet sich ihr geistesgegenwärtig an.

»Geht von ihm weg!«, rief Annabelle, als sie am Tatort angekommen war. Entsetztes Gemurmel war zu vernehmen.

Lord Stantons Körper zuckte und wand sich am Boden, während blutiger Schaum aus seinem Mund und seiner Nase floss. Der Inhalt seines Champagnerglases hatte unschöne Flecken auf seinem Gehrock und seinem Hemd hinterlassen.

Annabelle hockte sich neben ihn, griff nach seinem Handgelenk und versuchte, den Puls zu erfühlen.

»Verdammt«, murmelte sie leise in sich hinein, dann blickte sie sich suchend um. »Ist zufällig ein Arzt hier? Wir brauchen einen Arzt.«

Irgendetwas sagte Violet, dass auch der Arzt nichts mehr würde ausrichten können. Wenig später trat Dr. Byrton hinzu, Freund und Hausarzt der Familie Adair, der ebenfalls auf dem Ball zugegen war. Seine Arzttasche hatte er nicht bei sich, aber ein kleines Notfallbesteck, wie es neuerdings bei den Ärzten beliebt war. Er entrollte das kleine Futteral und machte sich an die Arbeit.

Beinahe eine Viertelstunde lang versuchte er, Lord Stanton mit Riechsalz und Herzmassage wieder ins Leben zurückzuholen, doch es nützte nichts. Der Mann hatte sein Leben auf dem Parkett des Ballsaals ausgehaucht.

Das schien jetzt auch den Gästen klarzuwerden, denn diese wichen entsetzt wispernd zurück. Die Ersten baten schon um ihre Mäntel.

Nachdem der Arzt von ihm abgelassen hatte, beugte sich Annabelle erneut über den Toten, strich über seine Kleidung und seine Haut. Violet wusste genau, dass sie das nicht einfach so tat. Untersuchte sie ihn nach Spuren?

»Meine Herrschaften!«, meldete sich ihr Vater nun zu Wort. So blass hatte Violet ihn noch nie gesehen. »Bitte entschuldigen Sie den Zwischenfall. Ich fürchte, wir werden den Ball an einen anderen Ort verlegen müssen.«

Gemurmel folgte seinen Worten. Lust, das Fest an einen anderen Ort zu verlegen, hatte niemand.

Während die ersten Gäste bereits dem Ausgang zustrebten, starrten die anderen ungeniert den Toten an. Lady Stanton kniete auf dem Parkett und weinte tonlos. Percival stand wie eine Salzsäule neben ihr, unfähig sie zu trösten.

Während Lord Reginald versuchte, die Leute dazu zu bewegen, sich nicht weiter um den Toten zu kümmern, hörte Violet, wie Annabelle leise vor sich hinmurmelte. »Das war es also, was sie tun wollten.«

Am liebsten hätte sie gefragt, wer Lord Stanton auf dem Gewissen hatte, aber da hob Lady Sharpe auch schon den Kopf.

»Wenn Sie sich nützlich machen wollen, Lady Violet, sagen Sie doch einem der Dienstmädchen, dass sie ein Tischtuch bringen soll, damit wir den Leichnam bedecken können.«

»Nicht nötig«, ertönte Alfreds feste Stimme, der bereits mit einem weißen Laken über dem Arm hinter ihnen aufgetaucht war. Sein Gesicht zeigte keine Regung, aber an seinen Augen konnte Violet deutlich sein Entsetzen ablesen.

»Sehr gut!«, lobte Annabelle, ergriff dann das Laken und breitete es über dem Toten aus. »Wenn es Ihnen nichts ausmacht, würden Sie nach dem Undertaker schicken? Er möge den Leichnam abholen und in die Leichenhalle bringen.«

»Sehr wohl, Madam.« Alfred verneigte sich und verschwand.

»Und Sie sollten sich auf Ihr Zimmer begeben«, wandte sich die Spy Mistress nun an Violet, die mit schräg gelegtem Kopf den Toten betrachtete. *Seltsam*, dachte sie, *so tot sieht er eigentlich gar nicht aus.*

In den Horrorgeschichten, die ihre Nanny ihr früher erzählt hatte, waren Tote stets käsig gelb, rochen furchtbar und hatten schwarze Schatten unter den Augen. Lord Stanton wirkte, als würde er nur schlafen. Kaum zu glauben, dass er nicht mehr aufwachen würde.

»Lady Violet?«, hakte Lady Sharpe nach, als Violet nicht reagierte.

»Bitte?«, fragte diese, denn sie hatte die Anweisung der Spy Mistress tatsächlich überhört.

»Ich sagte gerade, dass es besser wäre, wenn Sie sich auf Ihr Zimmer begeben würden. Das hier ist nichts für eine junge Lady.«

Violet schüttelte den Kopf. »Vielleicht kann ich mich irgendwie nützlich machen.«

»Nun, dann wäre ich Ihnen dankbar, wenn Sie das woanders

tun könnten, hier würden Sie nur die polizeilichen Ermittlungen behindern.«

Violet hätte um ein Haar eingeworfen, dass sie noch niemanden von der Polizei sah, doch das verkniff sie sich. Seufzend warf Lady Sharpe das Laken über den Leichnam, dann sagte sie: »Vielleicht könnten Sie Ihren Vater suchen und ihm mitteilen, dass ich ihn sprechen muss.«

»In Ordnung, ich suche ihn.«

Als Violet sich umwandte, sah sie, dass der Saal größtenteils leer war. Nur noch ein paar Leute hielten sich in der Nähe der Türen auf. Wahrscheinlich hofften sie, von den Polizisten, die sicher bald eintreffen würden, etwas aufzuschnappen, dass sie dann unter die Leute bringen konnten.

Da sie ihren Vater im Ballsaal nicht sah, ging sie ins Foyer, und tatsächlich fand sie ihn dort zusammen mit Dr. Byrton an der Treppe. An der Falte zwischen den Augen ihres Vaters erkannte Violet, dass er sich gewaltige Sorgen machte.

»Papa verzeih, wenn ich störe«, begann sie vorsichtig, als sie die beiden Männer erreicht hatte.

Als er Violet sah, wirkte Lord Reginald noch besorgter. Wahrscheinlich fiel ihm jetzt ein, dass mit Lord Stanton auch ihr potenzieller Schwiegervater ums Leben gekommen war.

»Was gibt es denn, mein Kind?«

Violet atmete tief durch. »Lady Sharpe hat mich gebeten, dir auszurichten, dass sie mit dir sprechen möchte. Da es wahrscheinlich um Lord Stanton geht, wäre es vielleicht gut, wenn du Dr. Byrton mitnimmst.«

Der Arzt und ihr Vater tauschten einen kurzen Blick, dann nickte Lord Reginald. »In Ordnung. Geh du besser auf dein Zimmer, nach der Aufregung brauchst du Ruhe.«

Als er sich umgewandt hatte, blies Violet die Wangen auf. Warum nur wollten alle sie auf ihr Zimmer schicken? Nur wenige Augenblicke zuvor hätte ihr Vater sie am liebsten auf der Stelle mit Percival verlobt und das Aufgebot bestellt! Und jetzt war sie wieder zum Kind degradiert worden. Da sie zwar Lady Sharpe, aber nicht ihrem Vater widersprechen konnte, setzte sie sich seufzend in Bewegung. Dabei fiel ihr seltsamerweise wieder der Mann mit der Augenklappe ein. Ihn hatte sie in dem Gedränge nicht mehr gesehen. Wahrscheinlich war er bereits gegangen.

Als sie am Salon vorübereilte, sah sie ihre Mutter auf der Chaiselongue liegen. Alfred, der neben ihr hockte, hielt ihr ein Fläschchen Riechsalz unter die Nase. Offenbar hatte er einen der Laufburschen zum Totengräber geschickt.

»Es wird alles gut, Mylady, Sie werden sehen«, redete er beruhigend auf Lady Emmeline ein.

»Das ist eine Katastrophe«, murmelte sie, während sie den Kopf hin und her wiegte und die Hand auf die Stirn presste. »Eine Katastrophe! Wir sind ruiniert.«

»Kann ich irgendwas tun?«, meldete sich Violet von der Tür her zu Wort, woraufhin Alfred den Kopf schüttelte. Ihre Mutter schien sie nicht zu hören, denn sie setzte ihr Gemurmel fort.

Violet zog sich daraufhin zurück. Auf ihr Zimmer wollte sie nicht, doch wohin sollte sie gehen? Zurück in die Halle? Oder ein wenig nach draußen, frische Luft schnappen?

Ratlos sah sie sich um. Die letzten Gäste verließen nun das Haus. Die Dienstmädchen händigten ihnen Mäntel und Hüte aus, der gerade eingetroffene Undertaker wies seine Gehilfen an, die Bahre in den Saal zu tragen. Violet folgte den schwarz gekleideten Männern in gebührendem Abstand und blieb an der Saaltür stehen.

Einer der Kellner wachte bei dem Toten, wahrscheinlich hatte Annabelle ihn dort postiert. Oder war er vielleicht einer ihrer Leute? Man erzählte sich, dass sie ihre Leute in allen möglichen Gesellschaftsschichten hatte und es ihr auch nicht schwerfiel, Hilfskräfte und Spitzel zu engagieren. Wenn dieser Mann, der den Undertaker für einen simplen Diener beinahe ein wenig zu selbstsicher begrüßte, einer von ihnen war, bedeutete das vielleicht, dass die Spy Mistress aus einem bestimmten Grund die Einladung angenommen hatte.

Da weder von ihrem Vater noch von Lady Sharpe und Dr. Byrton etwas zu sehen war, mussten sich die drei zu einer Besprechung zurückgezogen haben. Violet fiel nur ein einziger Ort ein.

Ihre Gedanken rasten, als sie den Ballsaal hinter sich ließ und durch dunkle Korridore zum Arbeitszimmer im Winterflügel des Hauses ging. Warum war Lord Stanton plötzlich gestorben? Hatte Annabelle einen Hinweis erhalten, dass dies passieren könnte? Waren sie und ihre Leute hier gewesen, um ihn zu schützen? Wenn ja, hatten sie grandios versagt.

Da im Winterflügel Teppiche auf dem Parkett lagen, brauchte sie sich nicht einmal sonderlich anzustrengen, um nicht gehört zu werden.

Als Erstes vernahm sie die Stimme von Dr. Byrton. »Schaumiges Blut deutet darauf hin, dass entweder Lungenbläschen geplatzt sind oder Gift im Spiel war ...«

»Dann möchte ich Sie um äußerste Diskretion bitten, Doktor«, entgegnete Annabelle. »Wir können uns keinen Skandal leisten.«

»Natürlich, Lady Sharpe, ich hatte auch nicht vorgehabt, es durch die Gegend zu posaunen.« Doktor Byrton klang ein wenig verstimmt. Zurecht, wie Violet fand, denn er wäre nicht der Hausarzt der Adairs, wenn er nicht den Mund halten könnte.

»Ich glaube Ihnen, Herr Doktor«, entgegnete Annabelle beschwichtigend. »Gibt es vielleicht noch etwas, das Ihnen aufgefallen ist?«

»Nach so einer kurzen Leichenschau kann man kaum etwas Genaueres sagen. Aber ich nehme an, dass Sie den Coroner der Königin zu Rate ziehen werden.«

»Natürlich werde ich das.«

»Dürfte ich eventuell zugegen sein?«

»Selbstverständlich, Dr. Byrton«, antwortete Annabelle ein wenig zu süßlich. Entgegen ihrer Behauptung schien sie ihm doch nicht allzu sehr zu vertrauen. »Ich werde Sie von dem Termin informieren.«

»Sollte die Leichenschau nicht gleich morgen stattfinden? Sie wissen doch, dass es die Ergebnisse unter Umständen verfälscht, wenn man zu lange wartet.«

»Und ob ich das weiß, Dr. Byrton, immerhin bin ich Expertin auf diesem Gebiet.«

Wie lange mag es wohl noch dauern, bis sie ihn aus dem Zimmer wirft, dachte Violet und grinste.

Der Doktor schnaufte vernehmlich. »Dann ist mein Bleiben wohl nicht mehr vonnöten, Lady Sharpe.«

»Wenn Sie noch eine andere Verpflichtung haben, will ich Sie nicht aufhalten«, entgegnete Annabelle gelassen.

»Auf Wiedersehen, Lady Sharpe.« Soweit Violet das beurteilten konnte, klang der Arzt ziemlich ärgerlich. »Lord Adair.«

»Sie erhalten meine Nachricht, sobald der Termin für die Sektion angesetzt ist«, sagte Lady Annabelle beiläufig, und Lord Reginald fügte hinzu: »Vielen Dank für Ihre Hilfe, Aaron. Wir hören in den nächsten Tagen voneinander.«

»Das hoffe ich«, antwortete Byrton, hörbar bemüht darum, den Groll auf Lady Sharpe nicht an seinem Freund auszulassen.

Verdammt, dachte Violet, während sie sich erschrocken umsah. Dass einer der Anwesenden so schnell wieder nach draußen kommen würde, hatte sie nicht erwartet.

Da sie nirgendwo anders hinkonnte, stellte sie sich rasch neben den Türrahmen. Wenige Augenblicke später kam Dr. Byrton herausgestürmt. Von dem, was er sich in den Bart murmelte, verstand Violet nur »impertinentes Weibsbild«. Was wohl Lady Sharpe zu solch einer Beleidigung sagen würde?

Da er vor lauter Zorn nicht nach links oder rechts schaute, bemerkte er Violet natürlich nicht. Etwas heftiger, als es angebracht war, ließ er die Tür ins Schloss fallen und stürmte den Gang entlang.

Als er fort war, vernahm Violet nach einem Moment der Ruhe die Stimme ihres Vaters. »Ein solcher Vorfall in meinem Haus! Ich bin ruiniert! Davon abgesehen war dieser Mann mein Freund.«

»Bleiben Sie ruhig, Lord Adair«, entgegnete die besonnene Stimme der Spy Mistress. »Wir werden alles tun, um die Ursache zu finden.«

»Aber Dr. Byrton meint, dass Gift im Spiel war ...«

»Das können wir erst mit Gewissheit sagen, wenn der Coroner seine Arbeit getan hat. Vielleicht war Lord Stantons Tod auch durch eine natürliche Ursache bedingt. Ich habe schon Herzversagen gesehen, das sich in ähnlicher Weise geäußert hat. Im Gegensatz zu Dr. Byrton bin ich nicht der Meinung, dass blutiger Schaum ausschließlich eine Folge von Vergiftung ist.«

Lord Reginald schwieg eine Weile. Dann sagte er leise: »Es ist kein Zufall, dass Sie hier sind, nicht wahr? Die Spy Mistress der Königin steht nicht gerade in dem Ruf gesellig zu sein. Dass Sie bei uns aufgetaucht sind, hat einen Grund.«

Violet hätte jetzt zu gern Annabelles Gesicht gesehen.

»Es stimmt, ich bin nicht besonders gesellig«, gab die Spy Mistress zu. »Dennoch werde ich eingeladen, und manchmal habe auch ich Lust auf Geselligkeit.«

Das Schweigen, das ihren Worten folgte, zeigte deutlich, dass Lord Reginald anderer Meinung war.

»Sie haben gewusst, dass etwas passieren wird. Sie wussten nur nicht was, habe ich recht? Mir brauchen Sie nichts vorzumachen, Lady Sharpe.«

»Sie haben recht, Lord Adair, es gab gewisse Hinweise, die meine Anwesenheit erforderlich machten. Doch ich habe keineswegs damit gerechnet, dass jemand zu Tode kommt. Ich habe eher auf das Auftauchen einer ganz bestimmten Person gewartet. Es ist ein Jammer, dass Lord Stantons Tod mich davon abgebracht hat, weiter nach ihr zu suchen.«

Violet hielt den Atem an. Wen meinte sie? Vielleicht den Mann mit der Augenklappe? Wenn sie selbst ihn gesehen hatte, war er auch Annabelle Sharpe sicher nicht entgangen.

»Haben Sie diese Person wenigstens gefunden?« Lord Reginald klang noch immer aufgebracht.

»Nein, leider nicht. Doch es wäre möglich, dass eines meiner Augen sie erspäht hat.«

Die »Augen« des Secret Service waren nichts anderes als Spitzel, die nicht offiziell im Dienst der Krone standen, aber dennoch für ihre Dienste gut bezahlt wurden. Diese Taktik ging auf Francis Walsingham zurück, der sie bereits vor dreihundert Jahren erfolgreich angewandt hatte, um die erste alleinherrschende Königin Englands zu schützen. Obwohl jene Männer und Frauen wertvolle Arbeit für das Empire leisteten, standen sie in der Achtung der Engländer noch tiefer als Londoner Rattenfänger und Leichenfledderer. Kaum jemand wollte mit ihnen zu tun haben, musste man doch damit rechnen, von ihnen an die Geheimpolizei verraten zu werden.

Auch Lord Reginald war alles andere als erbaut. »Sie haben Ihre Leute auf meinen Grund und Boden gebracht, ohne mich zu fragen?«

Daran, dass ein Stuhl übers Parkett scharrte, erkannte Violet, dass ihr Vater aufgesprungen sein musste.

»Wie hätte ich Sie fragen sollen, Lord Adair?«, entgegnete Annabelle kühl. »Die Nachricht, dass meine Zielperson hier auftauchen könnte, erreichte mich erst vor zwei Tagen. Ich bin es gewohnt, so wenige Leute wie möglich über meine Schritte zu informieren, außerdem war zu erwarten, dass die feindliche Seite meine Kontaktaufnahme zu Ihnen bemerkt hätte.«

»Feindliche Seite?«, sprach Lord Reginald Violets Gedanken laut aus.

»Politik ist ein gefährliches Geschäft, Lord Adair, das müssten Sie doch genauso gut wie ich wissen. Der Mann, dem man an einem Tag die Hand reicht, stößt einem am nächsten vielleicht schon ein Messer zwischen die Schulterblätter. Schon im alten Rom war das gang und gäbe.«

»Was wollen Sie damit sagen? Dass Lord Stanton politische Feinde hatte, die hinter diesem Anschlag stecken?«

Annabelle ließ sich einen Moment Zeit mit ihrer Antwort. »Ich glaube nicht, dass sich Lord Stanton dafür extra Feinde machen musste. Die Feinde, um die es geht und über die ich Ihnen leider weiter nichts sagen kann, versuchen an den Grundfesten der Monarchie zu rütteln.«

Das klang alles überaus rätselhaft. Was sollten das für Leute sein? Feinde der Monarchie?

»Und was kann ich tun?«, meldete sich ihr Vater nun wieder zu Wort. »Sie wissen, dass ich über gewisse Verbindungen verfüge.«

»Zu diesem Zeitpunkt wäre es wirklich das Beste, wenn Sie uns die Arbeit überlassen würden, Lord Adair. Der Anschlag auf Lord Stanton könnte nicht der einzige bleiben. Wir müssen davon ausgehen, dass sich der gesamte Adel in Gefahr befindet. Und mit ihm noch viele andere Menschen.«

Der Adel in Gefahr? Violets Herz pochte schneller. *Wer könnte es auf uns abgesehen haben?*

»Ich würde vorschlagen, dass Sie große Vorsicht walten lassen bei allem, was Sie tun. Lassen Sie Speisen nur von Personal zubereiten und servieren, das Sie kennen. Stellen Sie am besten keine neuen Leute ein. Ich nehme an, dass heute Abend zusätzliches Personal beschäftigt war.«

»Natürlich. Auch ich kann mir nur eine begrenzte Anzahl von Bediensteten leisten, und Leihkräfte zu beschäftigen ist durchaus keine Schande.«

»Dann würde ich Sie bitten, mir eine Liste mit den Namen auszuhändigen. Und vielleicht auch die Gästeliste. Vielleicht finden wir darauf den Mörder.«

Lord Reginald sagte nichts dazu. Violet konnte sich vorstellen, wie er jetzt hinter seinem Schreibtisch oder am Fenster stand, den Kopf gesenkt, die Stirn gerunzelt.

»Und was wird aus unserem Ruf?«, fragte er dann leise, beinahe ein wenig erschöpft.

»Ich versichere Ihnen, dass wir alles daransetzen werden, um Schaden von Ihrem Haus abzuwenden. Wenn Sie sich an das halten, was ich gesagt habe, wird es nicht schwer sein, Ihren guten Ruf wieder herzustellen.«

»Aber wie wollen Sie das bewerkstelligen? In meinem Haus ist ein hochrangiges Mitglied des Adels und des Parlaments gestorben! Das Gerücht, dass es sich um eine Vergiftung handelt, ist gewiss schon in Umlauf. Einige der Gäste konnten gar nicht schnell genug aus dem Haus kommen.«

»Ein wenig Geschwätz wird nicht schaden. Wenn es zu einem ähnlichen Fall in einem anderen Haus kommt, werden die Lästermäuler Ruhe geben.«

»Was sagen Sie da?«, brauste Lord Reginald auf. »Sind Sie von Sinnen, Lady Sharpe?«

Das befürchtete Violet allmählich auch. Oder wusste die Spy Mistress Dinge, von denen ihr Vater keine Ahnung hatte?

»In meinem Amt habe ich Folgendes gelernt«, entgegnete sie ungerührt, während ihre Absätze über das Parkett klapperten. »Zum einen geschieht nichts ohne Grund, und zum anderen schlägt ein Mörder, wenn er denn keinen persönlichen Groll gegen sein Opfer hegt, erneut zu. Wir werden sicher noch von diesem Mann oder dieser Frau hören, schon bald. Aber mehr kann ich Ihnen beim besten Willen nicht sagen, Lord Adair. Befolgen Sie meinen Rat, und Sie werden ein langes Leben genießen.«

Und wenn er das nicht tat, war er womöglich das nächste Opfer, ging es Violet durch den Kopf. Offenbar war jetzt die Unterredung beendet. Da sie weder Lady Sharpe noch ihrem Vater begegnen wollte, huschte Violet auf Zehenspitzen den langen düsteren Gang entlang. Was sie hören wollte, hatte sie gehört. Genug, um die ganze Nacht nicht in den Schlaf zu kommen.

Sie hatte kaum die Treppe erreicht, als die Stimme ihres Vaters durch die Halle tönte.

»Alfred, wenn Sie Lady Sharpe freundlicherweise ihren Mantel bringen könnten?«

»Sehr wohl, Mylord«, antwortete der Butler, und wenig später verließ die Spy Mistress das Haus. Violet fand trotzdem nicht den Mut, nach unten zu gehen. Kurz nachdem sie ihr Zimmer betreten und darin ein paarmal auf und ab gegangen war, schnappte sie sich eine unbenutzte Kladde und schrieb mit Bleistift hinein:

Der Fall Lord Stanton

Was sie damit anfangen wollte, wusste sie nicht, aber diese Worte und die Drohung, dass auch ihre Familie in Gefahr sein könnte, ließ in Violet den Entschluss reifen, dass sie diesen Fall lösen musste. Allein schon um Unheil von ihrer Familie abzuwenden.

*

Der Mann mit der Augenklappe stand am Geländer der London Bridge und blickte hinaus auf die Themse, die im Mondschein lag wie ein schwarzes Seidenband. Sein Herz klopfte ihm bis zum

Hals, und Schweiß sickerte in seinen Kragen, weil er sich schneller als geplant von Adair House hatte entfernen müssen.

Ich hätte vorsichtiger sein müssen, ging es ihm durch den Kopf. *Um ein Haar hätte mich Annabelle Sharpe erwischt.*

Er wusste, dass sie allein seinetwegen bei dem Ball aufgetaucht war. Seine Rückkehr nach England war schon lange kein Geheimnis mehr – trotz aller Vorsichtsmaßnahmen. Eigentlich war es ihm auch egal. Sollten sie doch wissen, dass er hier war. Sollten sie doch ahnen, dass er Rache nehmen würde. Er hatte schließlich allen Grund dazu.

Während sich seine Augen mit Tränen füllten, zog er unter seiner schwarzen Uniformjacke ein messingfarbenes Medaillon hervor. Es ruhte ständig an seinem Herzen, ebenso wie seine Waffe, der er den Namen Maverick gegeben hatte – nach seinem Ausbilder, der für ihn mehr ein Vater gewesen war, als sein Erzeuger das je vermocht hätte.

Versonnen strich er über den Deckel des Schmuckstücks, in das kleine Blüten eingraviert waren. Es hatte keinen besonderen Wert; Messing war nicht umsonst das Gold der kleinen Leute. Doch für ihn war es das Kostbarste, was er besaß, denn es war ihm von dem Menschen geschenkt worden, der ihm am liebsten gewesen und dann so grausam von seiner Seite gerissen worden war. Hätte er das Unglück verhindern können? Wie oft schon hatte er sich diese Frage gestellt!

Behutsam klappte er den Deckel des Medaillons auf. Kurz darauf ließ ihn eine Bewegung, die er aus dem Augenwinkel heraus bemerkte, innehalten.

Seine Sinne schärften sich, seine Ohren nahmen auf einmal wesentlich mehr wahr – und das, obwohl sie nicht künstlich verändert waren. Es war ein Erbe des Krieges, eine Fähigkeit, die ihm geholfen hatte zu überleben.

Schritte. Jemand kam auf ihn zu.

Er versagte sich den Anblick des Bildes und drückte stattdessen den Deckel des Medaillons wieder zu. Nachdem er es in seine Brusttasche zurückgeschoben hatte, legte er die Hand auf Mavericks Griff und entsicherte das Gasventil, das dafür sorgen würde, dass die Kugel mit enormer Geschwindigkeit aus dem Lauf gepresst wurde. Währenddessen lauschte er weiter auf die Schritte. Wenn jene, die er vermutete, hinter ihm auftauchten, würde ihm nicht viel Zeit bleiben. Ziehen und töten oder zögern und getötet werden, lautete hier die Devise.

Als der Mann hinter ihm nahe genug war, wirbelte er blitzschnell herum und hielt dem Störenfried die Kanone zwischen die Augen. Dabei stellte er jedoch fest, dass es sich nur um einen Bettler handelte. Natürlich konnte sich hinter der Fassade des Elends auch etwas anderes verbergen, aber so, wie der Mann Augen und Mund aufriss und ihn entsetzt ansah, war es tatsächlich nur eine arme Seele, die verloren durch London wankte.

»Bitte verzeihen Sie, Sir, ich wollt Sie nich stören, Sir.« Ängstlich hob er seine Hände in die Höhe, denen die zerlöcherten Handschuhe gewiss keine Wärme spenden konnten. Ein widerlicher Geruch nach Schweiß, Dreck und billigem Gin stieg dem Einäugigen entgegen.

»Verschwinde«, brummte er, während er die Waffe wieder herunter nahm. Der Bettler starrte ihn noch einen Moment an, dann zog er sich dorthin zurück, von wo er gekommen war.

Der Mann ließ seine Waffe wieder unter seiner Jacke verschwinden. *Verdammt, meine Nerven liegen wirklich blank!*, dachte er. *Vielleicht sollte ich wieder für ein paar Tage untertauchen.*

Dieses Vorhaben verwarf er gleich wieder, denn er wusste, dass das große Spiel begonnen hatte. Er durfte keine Zeit verlieren, Zeit war ein wichtiger Faktor in seinem Plan. Nachdem er kurz mit der rechten Hand über das Medaillon gestrichen hatte, das er in der linken Brusttasche trug, überquerte er die Brücke und verschwand im dichten Themsenebel.

5. Kapitel

Nachdem sie wie erwartet die ganze Nacht kein Auge zugetan hatte, schwang Violet noch vor dem Auftauchen des Dienstmädchens tatendurstig die Beine über die Bettkante und gönnte sich einen kurzen Blick auf den schmalen Streifen Tageslicht, den die schweren Vorhänge einließen.

Da war ein seltsames Kribbeln in ihrer Magengrube, das mit jeder Stunde größer geworden war. Sie würde einen Kriminalfall lösen! Natürlich war das gefährlich, und ihre Eltern wären entsetzt, wenn sie es wüssten. Doch wobei wäre das nicht der Fall?

Die ganze Nacht über hatte sie gerätselt, woher sie Bücher über Forensik bekommen konnte. Eigentlich hatte sie sich schon länger damit beschäftigen wollen. In Gang gesetzt hatte dieses Interesse ein Artikel von einem Arzt namens Joseph Bell, der in einem Wissenschaftsmagazin erschienen war, das Alfred ihr besorgt hatte. Darin referierte er über die Wichtigkeit der Leichenbeschau bei Kriminalfällen – und über die Spurensuche, die die englische Polizei trotz moderner Technik immer noch vernachlässigte.

Violet war sofort Feuer und Flamme gewesen. Nur der Umstand, dass in Belgravia nahezu nie ein Mord geschah, hatte sie bisher davon abgehalten, Bells Theorien nachzugehen.

Doch nun hatte sich das Blatt gewendet. Ein Mord mitten auf einem Ball! Ein Mord in ihrem Elternhaus! Und dazu noch irgendwas Rätselhaftes, das den Adel und auch andere Bewohner Englands gefährdete! Es ging hier nicht nur um ihre ganz persönliche Neugier, sie würde einen wichtigen Beitrag für die Nation leisten!

Alfred! Er würde ihr die Bücher besorgen können. Und sie

musste versuchen, an die Untersuchungsergebnisse des Coroners zu kommen. Vielleicht hatte Lady Sharpe Dr. Byrton doch benachrichtigt. Wie sie den Hausarzt dazu bringen sollte, ihr von dem, was er gehört hatte, zu berichten, wusste Violet nicht. Aber wenn sie nur lange genug nachdachte, würde ihr sicher etwas einfallen.

Nachdem sie ihre Morgentoilette verrichtet und sich angezogen hatte, stürmte sie aus ihrem Zimmer. Dabei rannte sie beinahe Mary über den Haufen, die gerade auf dem Weg war, um sie zu wecken.

»Guten Morgen, Lady Violet«, stammelte sie überrascht und drückte sich die frischen Handtücher gegen die Brust.

»Guten Morgen, Mary, ist heute nicht ein wunderbarer Tag?«

Das Dienstmädchen starrte sie entgeistert an. Offenbar hatte sie erwartet, dass nach dem katastrophalen Ball alle Trübsal blasen würden. Doch was sollte das bringen? Unheil konnte nur durch Tatendrang vertrieben werden. Violet lächelte ihr aufmunternd zu und eilte dann hinunter in die Küche.

»Die arme Lady Emmeline«, tönte ihr die Stimme von Mrs. Myrtlewait entgegen. »Der gestrige Abend war sicher ein Schock für sie, Vielleicht sollte ich heute einen Zitronenkuchen backen, sie hat mir mal verraten, dass sie den am liebsten mag.«

Bei der Erwähnung von Zitronenkuchen lief Violet das Wasser im Mund zusammen. Auch sie liebte Zitronenkuchen über alles, besonders mit dem dicken Zuckerguss, der Mrs. Myrtlewaits Geheimrezept war.

»Ich halte das für eine gute Idee!«, pflichtete Alfred ihr bei, während er seine Teetasse anhob und einen Schluck trank. Um diese Uhrzeit hatten die Bediensteten noch Zeit für eine Tasse Tee und einen kleinen Plausch, bevor die Arbeit sie ganz in Beschlag nahm.

»Guten Morgen allerseits, ich hoffe, ich störe nicht.«

Die Köchin machte große Augen. Alfred stellte seine Tasse ab und erhob sich, ohne die geringste Überraschung zu zeigen.

»Guten Morgen, Lady Violet, schon so früh auf? Wir haben mit seiner Lordschaft erst gegen neun gerechnet.«

»Da mögen Sie recht haben, aber ich bin schon auf den Beinen und wäre Ihnen zutiefst dankbar für Tee und etwas zu essen.«

»Aber sicher doch, Mylady. Mrs. Myrtlewait, wenn Sie so freundlich wären? Ich lasse Ihnen das Frühstück nach oben bringen, Mylady.«

Violet lächelte. »Danke, Alfred.«

Zurück in ihrem Zimmer machte sich Violet auf die Suche nach den Artikeln, die sie aus den Fachzeitschriften ausgeschnitten hatte, die Alfred von Zeit zu Zeit für sie kaufte. Da sie dies ebenso wie ihre Karriere als Erfinderin vor ihren Eltern geheim halten musste, war sie dazu übergegangen, Schachteln mit »gefährlichem Material« unter den Bodendielen zu verstecken – ebenso wie ihre Laborkleidung.

Nur unter welcher Diele war der Karton mit den Zeitungsartikeln gelandet? Bevor sie fündig werden konnte, klopfte es an ihrer Tür.

»Herein!«, rief Violet, während sie sich rasch erhob, denn die Dienstmädchen wussten nichts von ihren Geheimverstecken.

Es war allerdings Alfred persönlich, der das Tablett mit ihrem Frühstück hereintrug. Als Violet verwundert die Augenbrauen hochzog, erklärte er: »Die Mädchen haben gerade zu tun. Außerdem hatte ich den Eindruck, dass Sie noch etwas anderes auf dem Herzen haben, Mylady.«

Violet lächelte breit. »Ihr Eindruck täuscht Sie nicht, Alfred. Sie müssen mir einen Gefallen tun.«

»Gern, Mylady. Worum geht es?«

»Sie kennen doch den Buchladen nahe St. Paul. Das alte Überbleibsel von den früheren Buchmärkten.«

»Natürlich kenne ich den.« Ein ahnungsvoller Schatten zog über sein Gesicht. »Sie wollen doch keinen Ausflug dorthin machen?«

»Nein, diesmal nicht, Vorerst nicht. Ich brauche Bücher.«

»Bücher?«

»Über Forensik.«

Damit schaffte sie es, einen verwunderten Ausdruck auf Alfreds Gesicht zu zaubern. »Forensik?«

»Dr. Bell ist der Meinung, dass man Verbrechen besser aufklären kann, wenn man die Wissenschaft einsetzt. Lady Sharpe ist eine Expertin auf diesem Gebiet.«

»Und Sie wollen ihr Konkurrenz machen?« Alfred wirkte beinahe ein bisschen belustigt.

»Nein, ich will den Tod von Lord Stanton aufklären.«

»Mylady ...«

»Ich weiß, was Sie denken«, sagte Violet schnell. »Doch mein Entschluss steht fest. Eigentlich ist es nicht schwer, ein Verbrechen aufzuklären. Man muss nur die Ratschläge von Dr. Bell beherzigen.«

»Aber wenn Lady Sharpe Expertin auf dem Gebiet ist, sollte sich dann nicht besser sie um den Fall kümmern?«

»Ich weiß nicht, welche Beweggründe Lady Sharpe für ihr Auftauchen hier hatte, doch ihr ist es sicher egal, was aus unserer Familie wird. Gestern habe ich gehört, wie sie die Mutmaßung äußerte, dass es zu weiteren Anschlägen mit noch mehr Toten kommen könnte. Das bedeutet, dass vielleicht auch meine Eltern und ich in Gefahr sind. Außerdem, finden Sie nicht, dass ein Außenstehender mehr herausfinden kann, als jemand, vor dem sich selbst die Ratten verkriechen, weil sie Angst haben, im Geheimkerker des Tower zu landen?«

Die Erwähnung des Tower ließ Alfred erschaudern. Offiziell gab es andere Gefängnisse in London, doch der Geheimdienst griff angeblich immer noch auf die alten Maschinerien zurück, die bereits dem berüchtigten Francis Walsingham schon gute Dienste geleistet hatten. Die Vorstellung, zerhackt als Fischfutter in der Themse zu landen, jagte selbst Leuten, die sich nichts hatten zuschulden kommen lassen, großen Schrecken ein.

»Aber es könnte gefährlich werden, auch wenn Sie nicht wie ein offizieller Ermittler aussehen, könnte der Täter Lunte riechen.«

»Vielleicht, aber dafür habe ich ja Sie, Alfred.« Violet lächelte breit, in dem Wissen, dass nichts, was Alfred sagte, sie davon abbringen konnte, ihr Vorhaben in die Tat umzusetzen. »Besorgen Sie mir nun die Bücher?«

Alfred nickte seufzend. »Natürlich, Mylady, stets zu Ihren Diensten.«

»Gut, ich schreibe Ihnen schnell eine Liste.« Violet wirbelte herum, setzte sich an den Schreibtisch und griff zu Feder und Papier.

Weder ihrem Vater noch ihrer Mutter fiel auf, dass Violet den ganzen Vormittag in ihrem Zimmer verbrachte. Lord Reginald musste sich peinlichen Fragen im Parlamentsgebäude stellen, ihre Mutter lag mit Migräne im abgedunkelten Zimmer. Nach seiner Rückkehr vom Buchladen sorgte Alfred dafür, dass die Spuren des desaströsen Ballabends verschwanden.

Es war dem Butler tatsächlich gelungen, die gewünschten Bücher aufzutreiben und damit nicht von ihren Eltern erwischt zu werden. Bücher über Anatomie und Spurensuche und sogar ein Werk von Dr. Bell persönlich hatte Violet samt der Artikel aus ihrer Sammlung über ihr Bett und den Fußboden verteilt. Sogar ein paar Morgenzeitungen hatte Alfred ihr mitgebracht, in denen bereits über Lord Stantons Tod berichtet wurde.

Die Presse ging nicht zimperlich mit dem Sachverhalt um, einer der Reporter äußerte doch tatsächlich die Vermutung, dass es eine Rivalität zwischen ihrem Vater und Lord Stanton gegeben hätte, die auf dem Ballabend ein tragisches Ende fand. Gegen diesen Unsinn würde Lord Reginald gerichtlich vorgehen, da war sich Violet sicher.

Nachdem sie mit dem Studium der Zeitungen fertig war, wandte sich Violet den Büchern zu.

Seit damit begonnen wurde, Menschen durch den Einsatz mechanischer Elemente zu verbessern, waren auch die Veröffentlichungen auf dem Gebiet der Anatomie zahlreicher geworden. Lust, sich solch eine Verbesserung einbauen zu lassen, hatten in der Regel nur neureiche Emporkömmlinge, die sich um jeden Preis vom alten Adel abheben wollten.

Violet streifte diese Artikel allerdings bloß, denn interessanter schien ihr der Aspekt zu sein, welche Arten von Verletzungen Waffen hinterlassen konnten und welche Folgen Gifte auf den

Organismus hatten. Vielleicht war Lord Stanton ja wirklich vergiftet worden?

Je weiter sie las, desto klarer wurde es für sie: Sie musste der Leichenbeschau beiwohnen! Doch wie sollte sie in das Coroner's Office kommen, das sich in der London Morgue befand? Und wie lange würde Lord Stanton dort liegen?

Die Mahnung von Dr. Byrton hallte in ihrem Kopf wider, lange durften Ermittler mit der Obduktion nicht warten, das schrieb auch Dr. Bell, wahrscheinlich war die Untersuchung bereits in den frühen Morgenstunden durchgeführt worden. Und Lord Stanton? Verblieb er bis zu seiner Bestattung in der Morgue? Seine Familie würde doch sicher darauf erpicht sein, ihn so bald wie möglich in seine Grablege auf dem Highgate Cemetery zu bringen.

Ihr fiel nur eine Adresse ein, an die sie sich wenden konnte.

Rasch erhob sie sich vom Bett und kämpfte sich in ein hochgeschlossenes, dunkelblaues Nachmittagskleid mit gefühlt tausend Knöpfen, in dem sie schließlich aussah, als würde sie einen ganz normalen Einkaufsbummel erledigen wollen. Auf dem Weg nach unten begegnete sie Alfred, der mit einem kleinen Silbertablett dem Zimmer ihrer Mutter zustrebte. Schmerzpulver sprudelte in dem hohen Kristallglas neben einer kleinen Wasserkaraffe.

»Gut, dass ich Sie treffe, Alfred!«, rief Violet freudig aus. »Ich wollte gerade zu Ihnen.«

»Noch mehr Bücher?« Alfred runzelte die Stirn.

»Nein, keine Bücher. Etwas anderes. Ich nehme an, meine Mutter wird den Lunch nicht im Speisezimmer einnehmen?«

Alfred schüttelte den Kopf. »Nein, Mylady.«

Das passte gut! So konnte sie ungestört das Haus verlassen.

»Wie gehen die Arbeiten im Haus voran?«

»Bestens, Mylady.« Alfred blickte sie fragend an. »Gibt es etwas, das ich für Sie tun kann?«

»Wenn die Dienstmädchen wissen, was sie zu tun haben und meine Mutter keinen Lunch will, wäre es doch vielleicht möglich, dass Sie mich zu einem kleinen Rundgang durch die Stadt begleiten, nicht wahr?«

»Ich wüsste nicht, was dagegen spräche. Die Mädchen wissen tatsächlich, was sie zu tun haben, und Mylady ...«

»Was ist mit meinem Vater?«

»Der wird vor heute Abend nicht zurück sein. Auch wenn ich keine Ahnung von Politik habe, vermute ich doch, dass es so einiges zu bereden gibt. Außerdem muss die Nachfolge von Lord Stanton festgelegt werden.«

»Gut, dann treffen wir uns gleich im Foyer.«

»Und Sie haben nicht die Güte, mir zu sagen, wohin es gehen soll?«

»Ich kann Ihnen einstweilen nur verraten, dass die Sache von höchster Wichtigkeit ist.«

Damit wandte sich Violet um und strebte der Kleiderkammer zu, um sich ihr wollenes Cape zu holen. Sie hätte ihre Zofe Claire rufen können, aber Violet liebte den Geruch nach Gallseife, altem Parfüm und Zedernholz, der in der Kleiderkammer schwebte.

Als sie die Tür aufzog, fühlte sie sich fast wie ein kleines Mädchen, das sich hier versteckt hielt, um mit den edlen Roben ihrer Mutter auf Tuchfühlung zu gehen und die schönen Stoffe zu berühren – etwas das früher gänzlich unmöglich war, denn Lady Emmeline hatte Violet nicht eine Sekunde aus den Augen gelassen.

Diesmal kümmerte sie sich allerdings wenig um die edlen Ball- und Nachmittagskleider. Zielstrebig ging sie zu der langen Kleiderstange, auf der ihre Kleider aufgereiht waren, unter anderem mittlerweile auch ihr Ballkleid von vergangener Nacht. Nach einigem Suchen fand sie das pelzverbrämte Cape, das hervorragend zu ihrem Kleid und ihren Augen passte. Nicht, dass sie damit irgendwen auf sich aufmerksam machen wollte. Nein, wenn eine Lady Adair das Haus verließ, dann standesgemäß.

Beim Überwerfen des Kleidungsstückes stellte sie sich dann doch recht genau vor, wie der junge Mann mit der Augenklappe ihren Aufzug finden würde, wenn sie ihm zufällig begegnete.

Das kurze Aufblitzen des Verdachts, dass er der Täter sein könnte, ignorierte sie. Warum sollte es immer der Mann mit der Augenklappe sein? Weil er verwegen aussah? Weil Schurken immer ein Faible für die Farbe Schwarz zu haben schienen? Sie beschloss, sich von solchem Quatsch nicht in die Irre führen zu lassen. Allerdings würde sie versuchen, herauszufinden, wer er war. Alfred musste doch die Gästeliste kennen ... Vielleicht hatte Lady Sharpe sie wieder zurückgegeben.

Als sie die Treppe zum Foyer hinunter eilte, wurde sie von Alfred bereits erwartet. Er hatte sich ebenfalls einen Mantel übergeworfen und öffnete wortlos die Tür, als Violet bei ihm ankam.

»Haben Sie sich auch ordentlich abgemeldet? Es könnte ein Weilchen dauern, bis wir wieder zurück sind.«

»Ich habe Lady Emmeline mitgeteilt, dass ich wegen einer dringenden Besorgung unterwegs bin. Und Mrs. Myrtlewait hat es freundlicherweise übernommen, den Dienstmädchen Beine zu machen.«

Sie verließen das Haus und gingen zur nächsten Straßenecke. Die Passanten, die ihnen entgegenkamen, beäugten sie neugierig. *Wahrscheinlich haben sie heute schon Zeitung gelesen*, dachte Violet ein wenig niedergeschlagen und hatte den Wunsch, den Reporter, der diesen Artikel verzapft hatte, ordentlich zu schütteln.

»Mylady wollen noch immer dem Tod von Lord Stanton nachgehen?«, fragte Alfred, als sie sich ein Stück vom Haus entfernt hatten. »Ich hatte gehofft, dass diese Bücher Sie davon abbringen würden.«

»Sie haben hineingeschaut, nicht wahr?«, fragte Violet verschmitzt.

»Die Fahrt von der Fleet Street bis nach Belgravia dauert eine Weile«, entgegnete Alfred. »Ich muss schon sagen, die Abbildungen sind wahrlich nichts für eine junge Lady. Ihre Mutter wäre entsetzt.«

»Ich bin schließlich keine gewöhnliche junge Lady«, gab Violet zurück. »Außerdem muss meine Mutter ja nichts davon erfahren. Verstehen Sie doch, ich kann nicht einfach in meinem Zimmer sitzen und darauf warten, dass sich die Sache von allein erledigt. Wenn man bedenkt, wie unsere Polizei arbeitet ... Von Dr. Bell haben die sicher noch nichts gehört.«

»Wenn ich Sie noch einmal an Lady Sharpe erinnern darf ...«

»Die sieht nur mit allen ihren Augen zu, dass der Königin nichts geschieht. Ehe sie etwas herausfindet, hat das Haus Adair dermaßen an Bedeutung und Ansehen verloren, dass meinen Eltern nichts anderes übrigbleibt, als mich reich zu verheiraten.«

»Das wollten sie doch ohnehin schon tun, oder irre ich mich, Mylady? Lord Stantons Sohn hat sicher nicht zufällig bei Ihnen gestanden.«

Violet verzog das Gesicht. Alfred entging aber auch nichts. »Ich glaube nicht, dass mein Vater an seinen Heiratsplänen festhalten wird. Die Stantons werden ihren kostbaren Sohn ganz sicher nicht einem Mädchen geben, in dessen Haus sein Vater umgekommen ist.«

»Aber wenn Ihre Familie doch keine Schuld hat ...«

»Trotzdem. Und jetzt Ende der Diskussion, wir haben Wichtigeres zu tun.«

»Wie Sie meinen, Mylady.« Alfred klang nicht sonderlich überzeugt. Eine Sorgenfalte grub sich zwischen seine Augenbrauen, die durch den Schatten der Krempe seines Bowlers noch verstärkt wurde. »Verraten Sie mir jetzt, wohin wir gehen?«

»Nein, noch nicht«, entgegnete Violet, denn sie wollte sich nicht die ganze Zeit über einen Vortrag darüber anhören, dass eine Lady nichts in der London Morgue zu suchen hatte.

»Erzählen Sie mir lieber etwas über den jungen Mann mit der Augenklappe, der auf dem Ball zugegen war.«

Alfred zog fragend die Augenbrauen hoch. »Augenklappe?«

»Ja, und er trug eine schwarze Uniform. Und hatte eine weiße Strähne im Haar.«

»Nun, dann muss ich ihn in der Hektik übersehen haben. Mir ist kein solcher Gentleman aufgefallen.«

Wie konnte er ihm nicht auffallen?, fragte sich Violet verdutzt. Seine Erscheinung war durchaus ungewöhnlich gewesen und Alfred bemerkte doch sonst alles Ungewöhnliche. »Aber Sie haben doch die Leute in Empfang genommen. Wenn Ihnen nicht entgangen ist, dass ich mit dem Sohn von Lord Stanton gesprochen habe, müssten Sie ihn wenigstens einmal gesehen haben. Und wenn Sie ihn einmal gesehen haben, müssen Sie sich an ihn erinnern.«

»Sie vergessen, dass ich es als meine Aufgabe ansehe, auf Sie zu achten, Lady Violet.« Alfred schob stolz die Brust vor.

»Aber doch nicht bei mir zu Hause!« Irgendwie hatte Violet das Gefühl, dass Alfred sie verschaukeln wollte.

»Immer«, gab der Butler zurück. »Sie haben doch sicher nicht den Mann vergessen, der vor dem Laboratorium herumgelungert ist.«

»Natürlich nicht, aber Sie selbst haben doch gesagt, dass er uns nicht gefolgt ist.«

»Dennoch kann es ihm gelungen sein, Ihren Namen herauszufinden. Immerhin haben Sie das Laboratorium offiziell gemietet.«

Violet wollte das erneut als Unsinn abtun, doch dann fiel ihr ein, dass der Unbekannte vielleicht eines von Lady Sharpes Augen war. Immerhin hatte sie so eine seltsame Bemerkung im Zusammenhang mit Geheimnissen gemacht. Stand ihre Familie vielleicht unter Beobachtung? Das würde die Anwesenheit der Spy Mistress auf dem Ball erklären. Doch an dieser Stelle fiel Violet ein, dass ein guter Ermittler sich zunächst an das Offensichtliche halten sollte. Wenn es sich bei dem Beobachter wirklich um einen von Lady Sharpes Männern handelte, ging von ihm keine Bedrohung aus.

»Sie sollten wirklich noch einmal auf die Gästeliste schauen«, beharrte Violet.

»Um Ihren Augenklappenmann zu finden? Ich glaube kaum, dass körperliche Merkmale hinter den Namen stehen.«

»Alfred, nun seien Sie ehrlich, kennen Sie wirklich niemanden mit Augenklappe in London?«

»Oh, ich kenne viele Augenklappenträger, doch diese tragen für gewöhnlich keine Uniform. Aber ich werde Nachforschungen anstellen.«

Sie sollten sich eine Brille zulegen, dachte Violet ärgerlich. Es konnte doch nicht sein, dass ein so ungewöhnlicher Gast dem Butler nicht auffiel!

Ich sollte Papa fragen. Immerhin hat er einen Großteil der Gäste persönlich in Empfang genommen ...

»Vermuten Sie den Mörder auf der offiziellen Gästeliste?«,

fragte Alfred versöhnlich, als Violet eine Weile verstimmt neben ihm hergeschritten war.

»Möglich wäre es doch, oder?«, entgegnete sie.

Aber Alfred schien nicht viel von ihrer Vermutung zu halten. »Aus meiner Erfahrung weiß ich, dass manche Gifte verzögert wirken. Es wäre durchaus möglich, dass Lord Stanton das Gift bereits in seinem Haus verabreicht bekommen hat.«

»In Ordnung, auch diesem Hinweis sollten wir nachgehen.« Wieder schritten sie eine Weile schweigend nebeneinander her, bis sich Alfred erneut zu Wort meldete. »Wenn Sie wollen, finde ich heraus, wer der Mann mit der Augenklappe war. Die Gästeliste liegt zwar immer noch bei Lady Sharpe, aber es gibt andere Mittel und Wege. Falls er sich wirklich eingeschlichen hat, muss er ein ziemlich raffinierter Bursche sein.«

Auf einmal stach Violet ein Detail ins Auge, dem sie beim ersten Hinsehen keine Beachtung geschenkt hatte. »Sagen Sie mal, welcher militärische Rang hat vier Sterne, Alfred?«

»Ich nehme an, ein General.«

»Nun, dann sollten Sie auf der Gästeliste nach einem solchen Ausschau halten, am besten gleich nach unserer Rückkehr.«

»Sehr wohl, Mylady, aber wenn ich mir die Bemerkung erlauben darf, warum verdächtigen Sie gerade diesen Mann? Ein General der Infanterie wird wohl kaum an einem Ball teilnehmen, um einen der Gäste mit Gift niederzustrecken. Dafür gibt es doch Duelle.«

»Ich habe nicht behauptet, dass ich ihn für den Täter halte. Mein Interesse ist eher privater Natur.«

Alfred grinste wissend. »Privater Natur, soso. Darf ich Sie daran erinnern, dass Ihr Vater einen einäugigen Soldaten nicht gerade als eine gute Partie für Sie ansehen würde?«

Violet wurde rot. »Was Sie da reden ist Unsinn. Ich interessiere mich nicht für ihn, weil er mein Bräutigam werden soll.«

»Dann vermuten Sie in ihm doch den Täter?«

Der Einfachheit halber nickte Violet.

»Nun, dann stellt sich die Frage, warum Gift, wenn er auch eine gute alte Pistolenkugel zur Verfügung hatte.«

»Weil er diskret sein wollte vielleicht?«

»Diskretion bei Armeeangehörigen? Ich möchte nicht impertinent erscheinen, aber das Leben im Feld verroht sie, die ständige Todesnähe führt dazu, dass sie sich in Friedenszeiten recht poltrig benehmen.«

»Also poltrig war dieser Mann weiß Gott nicht. Sie haben ihn nicht bemerkt, haben Sie das schon vergessen?«

Alfred unterdrückte sichtlich seine Gereiztheit, während er sich immer wieder umsah, als vermute er einen Verfolger. »Glauben Sie mir, Mylady, das wird mir kein zweites Mal passieren.«

An der nächsten Straßenecke stiegen sie in eine Motordroschke, die Alfred beherzt angehalten hatte. Violet nannte eine Adresse in Mayfair, dann setzte sich das Gefährt schnaufend und stampfend in Bewegung.«

»Sie wollen sicher zum Zirkus, nicht wahr?«, bellte die Stimme des Fahrers durch das Knattern.

»Ganz richtig, Sir!«

»Zirkus?«, fragte Alfred verwundert.

6. Kapitel

»Vielleicht hätten wir doch lieber eine herkömmliche Kutsche nehmen sollen«, warf Alfred ein, als der Fahrer in rasantem Tempo an einer Pferdekutsche vorbeisauste und das Tier mit dem Abgasausstoß an den beiden oberen Dampfabzügen ängstigte. Das Wiehern des Pferdes und das Fluchen des Kutschers drangen bloß für einen Lidschlag zu ihnen, dann hörten sie nur noch das Knattern des Motors.

»Mit den Motordroschken sind wir eindeutig schneller«, entgegnete Violet. »Zeit ist kostbar, Alfred.«

Und Zeit verlor der Fahrer nun wirklich nicht. Unter häufigem Einsatz seiner quäkenden Dampfhupe rasten sie durch die Straßen Belgravias, ließen den noblen Stadtteil schon bald hinter sich und brausten dann in Richtung Mayfair. Als das große, blaugoldene Zirkuszelt vor ihnen auftauchte, gab Violet dem Fahrer das Zeichen, dass sie am Ziel waren.

Noch wurde Mr. Blakley's Mechanic Circus von den Passanten bestenfalls gleichgültig betrachtet, denn sein wahrer Zauber befand sich hinter den Zeltplanen. Doch sobald es Abend wurde, die Lichter angingen und die Dampforgel weithin hörbar flotte Melodien schmetterte, würde niemand mehr daran vorbeigehen können.

Auch Violet wäre lieber der Einladung zur Premierenvorstellung gefolgt, anstatt tagsüber hier hereinzuschneien. Aber ungewöhnliche Umstände erforderten Wendigkeit. Wer, wenn nicht sie, hatte Übung darin!

»Warum in aller Welt der Zirkus? Steht Ihnen heute doch eher der Sinn nach Zerstreuung?«, stellte Alfred nun die Frage, die ihm schon eine Weile auf der Seele brannte.

»Nein. Mr. Blakleys Mitarbeiter haben besondere Fähigkeiten, die uns nützen könnten. Ganz zu schweigen von seinen Beziehungen.«

»Aber was hat das mit Lord Stanton zu tun?«

»Das werden Sie schon sehen, Alfred.«

Nachdem sie sich durch die Absperrung geschoben hatten, marschierte sie schnurstracks auf das Zelt zu. Der Lärm hinter den leuchtend blauen Zeltplanen verriet, dass die Artisten gerade dabei waren, ihre Nummern einzustudieren. Mr. Blakleys bestand darauf, dass sie bei jeder Rückkehr von einer Tournee ein komplett neues Programm zeigten – und wenn möglich auch ein paar neue Sensationen, nach denen sie überall auf der Welt Ausschau hielten.

Nun, Violet konnte sich kaum etwas Sensationelleres vorstellen als die Oktopuslady Siberia, die halb Mensch und halb Krake war, ein Wunderwerk der modernen Chirurgie. Aber vielleicht schaffte es Mr. Blakley schon wieder, sie zu überraschen.

»He, ihr da!«, schnarrte eine blecherne Stimme hinter ihnen. Violet wandte sich lächelnd um und blickte in das Gesicht von Hiracus, dem Halbmaschinenmenschen.

Im letzten Krieg war er von einer Granate beinahe zerfetzt worden; nur der Experimentierfreudigkeit des Feldschers und dem Vorhandensein von Ersatzteilen hatte er es zu verdanken, dass er noch unter den Lebenden weilte. Natürlich hatten auch seine Fähigkeiten im Geschützturm etwas damit zu tun gehabt. Ein Heerführer müsste schon ziemlich verrückt sein, überließe er seinen Chefschützen einfach dem Tod.

Trotz seiner unglaublichen Rettung war Hiracus nach der Operation aber nicht mehr derselbe gewesen. Auf einmal hatte er sich geweigert, auf feindliche Soldaten zu schießen, weil er die Schmerzen seiner Verletzungen immer gerade dann zu spüren meinte, wenn er auf einen Menschen zielte. Nachdem auch neurologische Behandlungen nichts gebracht hatten, entließ man ihn mitsamt seiner Ersatzteile aus dem Dienst.

Bei Mr. Blakley hatte er eine neue Anstellung als Kunstschütze und Kraftprotz gefunden.

»Ich bin's, Hiracus, Violet!« Mit ausgebreiteten Armen ging sie auf ihn zu. »Sag bloß, du erkennst mich nicht mehr?«

Hinter Hiracus' künstlicher Stirn quietschte es vernehmlich, als er die metallenen Augenlider weit aufriss. Dann lächelte er, dass seine Goldzähne nur so blitzten.

»Lady Violet! Bitte verzeihen Sie mir, dass ich Sie tatsächlich nicht wiedererkannt habe. Sie sehen heute so anders aus.« Der halbmechanische Mann schloss sie vorsichtig in seine Arme. Der Geruch von Eisen und Schmieröl stieg Violet in die Nase, als sie sich an seine Brust schmiegte, in deren Mitte eine Eisenplatte den Teil der Rippen ersetzte, den die Granatsplitter herausgerissen hatten.

»Das ist der Dresscode der Familie Adair«, entgegnete Violet und grinste. »Ihr kennt mich ja sonst nur in meiner Erfinderkluft.«

»Und was machen Ihre Erfindungen, Lady Violet? Haben Sie die Leute von der Academy schon kräftig das Fürchten gelehrt?«

Alfred prustete leise los, worauf Violet ihm einen missbilligenden Blick zuwarf.

»Nein, bisher versetze ich nur Alfred in Angst und Schrecken. Du erinnerst dich doch sicher noch an meinen Butler.«

»Natürlich!« Der halbmechanische Mann drückte Alfred so kräftig die Hand, dass dieser vor Schmerz das Gesicht verzog. »Willkommen im Zirkus, Mr. Alfred! Ich wusste doch, dass wir Sie eines Tages begeistern können.«

»Das glaube ich weniger, doch ich bin meiner Herrin verpflichtet. Wohin sie geht, gehe ich ebenfalls.«

»Sehr lobenswert!«, entgegnete Hiracus.

»Ich statte Lady Siberia einen kurzen Besuch ab, warum bleiben Sie nicht hier und lassen sich von Hiracus erzählen, wie die Tournee war.«

Alfred verzog schon wieder das Gesicht. »Wenn Sie das wünschen, Mylady.«

»Ich wünsche es.«

Violet wusste nur zu gut, dass die Zirkusleute Alfreds Abneigung gegen sie deutlich wittern konnten. Da er wusste, dass Hiracus ihm, was Körperkraft anging, überlegen war, war er hier am besten aufgehoben und würde es nicht wagen, seltsame Bemerkungen zu machen. Und wer weiß, vielleicht freundeten sich die beiden doch ein wenig an?

Als Violet den Vorhang zurückschob, strömte ihr der Duft nach Sägespanen und Heu entgegen. Viele Tiere hatte der Zirkus nicht, doch auch mechanisch verbesserte Pferde und Tiger wollten es sauber und gemütlich haben.

Angesichts der leeren Bankreihen wurde Violet ganz heimelig zumute. Früher einmal hatte sie davon geträumt, mit einem Zirkus durch die Welt zu reisen. Ihre Leidenschaft für den Zirkus – die sie wohl von ihrer Nanny hatte, von ihrer Mutter jedenfalls nicht – hatte sie schließlich an diesen Ort geführt, wo sie auf Mr. Blakley getroffen war.

Blakley war dafür bekannt, das Talent eines Artisten sofort erkennen zu können. So war er an sie herangetreten und hatte gefragt, ob sie nicht bei einer Zaubernummer mitwirken wollte. Damals hatte es ein kleines Missgeschick bei der zersägten Jungfrau gegeben, sodass diese Nummer für eine Weile gestrichen werden musste, bis die Jungfrau wieder zusammengeflickt war. Mit einer neuen Nummer, für die ihm Violet ganz ausgezeichnet zu passen schien, hätten sie die Lücke füllen können. Violet hatte so dankend wie bedauernd abgelehnt, denn ihr Vater hätte gewiss ganz Scotland Yard losgeschickt, um sie aus dem Zirkus fortzuholen.

Doch irgendwie hatte sie sich mit Mr. Blakley angefreundet, sodass er ihr nicht nur regelmäßig Freikarten zuschickte, sondern ihr auch gestattete, hinter die Kulissen zu schauen. Als sie ihm von dem Labor, das sie sich eingerichtet hatte, erzählte, war er Feuer und Flamme gewesen.

»Vielleicht können Sie eines Tages eine neue Sensation für mich erfinden!«, hatte er gesagt und dabei freudig in die Hände geklatscht.

Violet hatte ihm versprochen, das zu tun. Doch leider war bisher, nach drei Jahren Arbeit, noch immer nichts herausgekommen, das man als sensationell bezeichnen konnte. Natürlich hatte sie hier und da kleine Erfolge verzeichnen können, aber bei denen hätte Mr. Blakley sicher nur müde abgewunken.

Eine Wolke Algengeruch riss sie aus ihren Gedanken und erinnerte sie an ihr Vorhaben, Lady Siberia aufzusuchen. Der Wassertank, in dem diese sich einen Großteil des Tages aufhielt, war auf eine bewegliche Vorrichtung montiert worden, die der Lokomotivendrehscheibe eines Bahnhofs ähnelte. Darauf wurde der Tank bei Vorführungen gedreht, damit jeder Besucher gute Sicht auf die Kunststücke der Oktopuslady hatte. Außerdem diente die Vorrichtung dazu, den Wassertank zur Seite zu fahren, damit für die anderen Darbietungen genug Platz war.

Das ihr schon von weitem entgegentönende rhythmische Schwappen zeigte an, dass Lady Siberia gerade ihre Kunststücke probte. Keine war im Wasser so wendig wie sie. Wenn sie Unterwasserpirouetten drehte, Saltos aus dem Wasser heraus schlug oder gewagte Schwimmmanöver vollführte, hielten die Zuschauer den Atem an. Bewusst hatte Mr. Blakley ihre Vorführung im letzten Drittel der Vorführung platziert, denn bis dahin blieben sowieso alle Zuschauer sitzen – und danach konnten sie sich nicht mehr von den Bänken erheben, so gefesselt waren sie.

Langsam näherte sich Violet dem überdimensionalen Wassertank, der aus dicken Glasscheiben bestand, die in anmutig geschwungene Metallrahmen gefasst waren. Das Glas hatte eine Lupenwirkung, sodass Siberia größer wirkte, als sie eigentlich war. Sehr vielen Londoner Männern hatte der Effekt schon zu einer engen Umarmung ihrer Liebsten verholfen, weil diese sich angesichts der riesenhaft wirkenden Siberia erschrocken hatte.

Blakley hatte für den Tank eine eigene Dampfmaschine angeschafft, denn selbst der Halbmaschinenmann Hiracus konnte dieses Ungetüm nicht einen Inch weit bewegen. Auch jetzt schnaufte die Maschine laut hinter dem Zelt; erst während der Vorstellung würde die Musik die Maschinengeräusche überdecken.

Vor einer der Glasscheiben machte Violet Halt. Von Siberia waren nur die Enden ihrer Tentakel zu erkennen, denn sie befand sich gerade am anderen Ende des Tanks. Dort drehte sie eine Unterwasserpirouette, wendete dann anmutig und kam direkt auf sie zugeschossen. Violet hielt unwillkürlich die Luft an. Auch wenn sie wusste, dass nichts den Tank durchbrechen konnte – nicht einmal die Kugeln aus einer Dampfpistole – fürchtete sie einen Moment lang, dass Siberia gegen das Glas prallen würde.

Doch die Tentakel bremsten blitzschnell ab, wirbelten kurz auf, wie ein Seidenschleier unter einem Windhauch, dann stoppte der Körper plötzlich, sodass man das schillernde, eng anliegende Dress erkennen konnte. Wenn das männliche Publikum bis vorhin noch nicht gefesselt war, änderte sich das in diesem Augenblick sicher, denn Siberia hatte Kurven, um die Ladys, die sich für eine halbwegs passable Linie tagtäglich in unbequeme Korsette zwängen mussten, sie beneideten.

In einer eleganten Wellenbewegung schob sich der Körper zurück, sodass nun Siberias Gesicht sichtbar wurde. Als sie Violet hinter dem Glas erkannte, lächelte Siberia breit, doch auch das Auftauchen einer Freundin brach nicht ihre Konzentration. Noch zweimal durchquerte sie mit gewagten Unterwassersaltos den Tank, dann tauchte sie kurz vor Violet auf.

Die Wassertropfen, die auf sie heruntersplatschten, ignorierend, klatschte Violet Beifall. »Bravo! Das war einfach atemberaubend!«

»Vielen Dank!« Siberia neigte geschmeichelt den Kopf. »Aber Sie haben ja nicht die ganze Nummer gesehen!«

»Das stimmt, aber was ich gesehen habe, hat mir den Atem stocken lassen. Sie sollten Mr. Blakley sagen, dass er am Eingang Riechsalz für die Damen verteilen soll, die könnten vor lauter Spannung glatt in Ohnmacht fallen!«

Siberia lachte auf. »Wenn Sie das sagen, Violet! Ich bin gleich bei Ihnen!«

Damit verschwand sie wieder im Wasser. Violet lächelte, Siberia sprach ihren Namen nicht wie in England üblich Wei-o-let, sondern russisch Wie-ol-jet aus.

Kein Wunder, denn Siberia stammte ursprünglich aus Russland, wo sie ohne Unterleib geboren worden war. Entsetzt von ihrer Missbildung hatten ihre Eltern sie in ein Heim gegeben, wo sie, der Willkür der Heimleiterin ausgesetzt, lebte, bis sie mit sechzehn an eine englische Freakshow verkauft wurde. Mit dieser Show, in der sie zusammen mit Elefanten- und Wolfsmenschen zur Schau gestellt wurde, reiste sie durch Europa und ertrug die Misshandlungen durch ihren Besitzer. Bis eines Tages ein junger Mann mit einem mechanischen Arm die Show besuchte ...

Mr. Blakley verliebte sich sofort in sie. Bei Nacht und Nebel entführte er Siberia und brachte sie zurück nach Russland zu einem alten Freund.

Der russische Chimärenzüchter Oleg Plovnikov wurde wegen seiner Experimente zwar weltweit gesucht, dennoch erklärte er sich bereit, den Eingriff vorzunehmen. Mit einigen mechanischen Hilfen gelang es ihm, den Oktopus mit Siberias Körper zu verbinden. Fortan konnte Siberia nicht nur besser schwimmen als ein gewöhnlicher Mensch, nach etwas Training gelang es ihr auch, an Land zu laufen.

Obwohl sie nicht mechanisch war, war sie dennoch die Hauptattraktion in Mr. Blakleys Zirkus. Und seit Jahren seine Geliebte.

Als sie ein Rascheln hinter sich hörte, wandte sich Violet um. Siberia hatte einen weiten, beerenfarbenen Taftmantel übergeworfen, der ihre Tentakel vollkommen bedeckte. Zahlreiche Perlen und Glitzersteine funkelten auf dem Oberteil und betonten Siberias lavendelblaue Augen.

»Guten Tag, Siberia, wie geht es Ihnen?«, fragte Violet lächelnd, woraufhin die Oktopuslady sie in ihre Arme zog.

»Violet, was für ein Vergnügen, Sie zu sehen! »Wenn Sie nicht dieses schicke Kleid tragen würden, hätte ich sie jetzt mit all meinen Tentakeln umarmt.«

»Das heben wir uns für später auf«, entgegnete Violet lächelnd und ein wenig froh darüber, dass Siberia die Tentakel nicht einsetzte, denn das konnte unter Umständen ziemlich unangenehm werden. »Wie war Ihre Tournee?«

»Oh, es war einfach herrlich! Sie hätten die Rosen sehen sollen, die ich von meinen Pariser Verehrern erhalten habe!«

»War Mr. Blakley denn nicht eifersüchtig?«

»Und wie! Allerdings weiß er auch, dass ich ihm niemals untreu werden könnte. Er ist die Liebe meines Lebens!« Zur Bestätigung ihrer Worte schweifte ihr Blick zu der Gruppe Artisten, die am anderen Ende des Zeltes einen Mann umringten, der mit ihnen wohl die nächste Vorstellung besprach.

Als würde er den Blick seiner Liebsten spüren, sah Blakley auf. Ein Lächeln zog seinen Bart in die Breite, der nach neuester Mode gestutzt und gezwirbelt war. Nur einen Moment später entschuldigte er sich bei seinen Leuten und kam zu ihnen.

»Lady Violet, was für seltenes Vergnügen, Sie bei Tag in diesem Zirkus zu sehen!« Er machte eine galante Verbeugung, dann streckte er seinen rechten Arm aus, der seit einem grässlichen Unfall mit einem Löwen mechanisch war.

Anfangs hatte Violet ein wenig Angst vor der goldglänzenden Hand gehabt, denn sie befürchtete, dass er zu fest damit zugreifen und ihre Hand zerquetschen würde, wie es hin und wieder bei schlecht verarbeiteten mechanischen Armen vorkam.

Doch Mr. Blakley, der ehemalige Löwenbändiger, war die Sanftheit in Person, solange man ihn nicht verärgerte. Und sein Arm war von einem der weltbesten Modifikatoren angefertigt worden.

»Wie ich sehe, haben Sie Mr. Alfred bei sich«, bemerkte er, nachdem er über Violets Schulter gespäht und den Butler am Zelteingang bemerkt hatte. »Gibt es dafür einen Grund? Immerhin ist jetzt heller Tag.«

Er war einer der ganz wenigen, die wussten, dass Alfred nicht nur ihr Butler, sondern auch ihr Leibwächter war.

»Die Neuigkeit ist wohl noch nicht bis zu Ihnen gedrungen, nicht wahr?«, fragte Violet.

»Neuigkeit?«

»Der Vorfall auf dem Ball gestern Nacht«, entgegnete Violet, spürte aber, dass Blakley wirklich noch ahnungslos war. Nachrichten aus Belgravia erreichten Mayfair anscheinend doch nicht so schnell.

»Welcher Vorfall, meine Liebe?«, fragte Siberia ratlos. »Doch hoffentlich nichts Schlimmes?«

O doch, dachte Violet, und wusste genau, dass Siberia diese Geschichte später der alten Kalaphenia, der Wahrsagerin des Zirkus, erzählen würde. Diese liebte schauerliche Geschichten, und sicher gab es auch irgendeine von ihr gemachte Prophezeiung, die sich auf Stantons Tod anwenden ließ.

»Lord Stanton wurde ermordet. Auf unserem Ball. Er soll einem Giftanschlag zum Opfer gefallen sein.«

»O mein Gott!« Die Oktopuslady schlug eine Hand vor den Mund. »Was sagen Ihre Eltern dazu? Ihr Vater ist doch ein angesehener Mann.«

»Sie sind natürlich geschockt«, antwortete Violet. »Damit mein Vater seinen guten Ruf nicht verliert und nicht noch mehr Leute sterben, muss ich etwas unternehmen.«

»Und was, wenn ich fragen darf?«, erkundigte sich Blakley, der Violet zwar als angehende Erfinderin kannte, aber nicht wissen konnte, dass sie auch eine angehende Detektivin war.

Violet blickte Mr. Blakley eindringlich an. »Ich muss an der Leichenbeschau teilnehmen. Oder zumindest einen Blick auf den Toten werfen dürfen. Es ist sehr wichtig, und deshalb bin ich auch hier.«

»Warum fragen Sie dann nicht bei den Stellen an, die dafür zuständig sind?«

»Bei allem Respekt, Mr. Blakley, machen Sie Witze?« Violet zog die Augenbrauen hoch, beobachtete dann aber, dass sich ein Lächeln auf sein Gesicht stahl. »Annabelle Sharpe und ihre Augen würden mich nicht einmal in die Nähe der Morgue lassen!«

»Nun, ich habe gehofft, dass Sie Ihren Sinn für Humor nicht verloren haben«, entgegnete Blakley augenzwinkernd. Er liebte es, Violet auf den Arm zu nehmen.

»George«, warf Siberia kopfschüttelnd ein. »Kannst du das Mädchen nicht mal in Ruhe lassen und ernst gemeinte Antworten geben?«

»Natürlich kann ich das, meine Liebe, aber ich will nicht, denn Lady Violets entgeisterter Blick amüsiert mich jedes Mal.« Er lachte kurz auf, wurde dann aber sogleich wieder ernst. »Ich weiß, dass Sie nicht ohne weiteres beim Coroner vorgelassen werden. Selbst dann nicht, wenn Lady Sharpe ihre Hände nicht im Spiel hat. Da Sie sich an mich wenden, hoffen Sie sicherlich auf meine Hilfe und Beistand, nicht wahr?«

»Gäbe es eine bessere Adresse für mein Vorhaben?« Violet lächelte ihn breit an. Sie wusste, dass man bei Mr. Blakley besonders weit kam, wenn man ihm das Gefühl gab, der Beste in irgendeiner Sache zu sein. Was das Herstellen von Kontakten anging, stimmte das sogar. Niemand spionierte Leute besser aus als seine Leute und er. Eine Gabe, von der er besonders dann Gebrauch machte, wenn sich eine andere Zirkustruppe in der Stadt breitzumachen gedachte.

»Nein, jedenfalls nicht in London«, entgegnete der Zirkusdirektor geschmeichelt. »Ich glaube, jemand aus der Morgue schuldet mir noch einen kleinen Gefallen. Ich werde Joe zu ihm schicken und ihn daran erinnern.«

Zu gern hätte Violet gewusst, was das für ein Gefallen war, doch neugierige Nachfragen schätzte der Zirkusdirektor gar nicht. Und weil sie es sich nicht mit ihm verscherzen wollte – oh, Blakley konnte auch fuchsteufelswild sein, wenn ihm irgendwer querkam – fragte sie nur: »Und wie erfahre ich, dass Ihr Bekannter einverstanden ist?«

Lächelnd legte Blakley ihr die mechanische Hand auf die Schulter. Die künstlichen Gelenke drückten hart durch den feinen Stoff ihres Mantels und ihres Kleides. »Indem Sie noch ein Weilchen hierbleiben und mit Siberia eine Tasse Tee trinken. Wir haben zwar noch lange nicht Tea Time, aber wir als Artisten dürfen uns kleine Verrücktheiten erlauben, nicht wahr?«

Damit zwinkerte er ihr zu und wandte sich dann um. Mit einem schrillen Pfiff holte er Joe heran, den man zunächst mit einem der Zeitungsjungen Londons verwechseln konnte. Doch der braune Tweedanzug war nur Fassade.

Der Mann, der sich darunter verbarg, war vielleicht kleinwüchsig, doch durch zahlreiche Modifikationen hatte er nicht nur das Gehör einer Katze bekommen, sondern auch gewisse Nebensinne, die ihn Gefahr erkennen und Menschen richtig einschätzen ließen. Außerdem nutzte ihm sein kleiner Körper, um rasch durch Menschenmengen und um schmale Ecken zu kommen. *Joe the Cat* war sein Spitzname, den er mit einigem Stolz trug und dessen er sich immer wieder als würdig erwies.

Als Blakley mit ihm redete, warf er einen kurzen Blick zu Violet, die ihn mit einem freundlichen Nicken grüßte. Seine Augen verengten sich kurz, was aber keineswegs ein Ausdruck von Misstrauen war. Er versuchte nur, die Situation einzuschätzen – und das, was ihm sein Boss mitteilte. Darin und auch in seiner Mimik ähnelte er ebenfalls einer Katze.

»Er wird es schon hinbekommen«, beruhigte Siberia sie, dann hakte sie sich bei Violet unter. »Kommen Sie, Liebes, ich habe von unserer Tournee Schweizer Schokolade und Belgische Waffeln mitgebracht, die sind herrlich zu einer Tasse Tee aus Ceylon.«

Wenige Minuten später saßen sie in dem großen Wagen, den Siberia zusammen mit Mr. Blakley bewohnte. Die Einrichtung war ein beinahe unüberschaubares Sammelsurium von technischen Geräten und Nippes, die die Oktopuslady so liebte. An keinem Souvenirladen kam sie vorbei, ohne Porzellanfiguren, künstliche Vögel und Spieldosen zu kaufen, auf denen sich zierliche Ballerinas auf nur einem Bein drehten.

Inzwischen hatte Siberia hinter dem Paravent ihren Taftmantel gegen einen breiten roten Samtrock und eine weiße Rüschenbluse eingetauscht.

»Die englische Mode ist ein wenig unvorteilhaft für mich«, erklärte sie, nachdem sich Violet lobend über den schönen Stoff und die gute Verarbeitung geäußert hatte.

»Unter den engen Röcken sieht man gleich, dass ich acht Beine habe und nicht zwei. Glücklicherweise sind in New York diese Röcke der letzte Schrei – und dass ich für eine Amerikanerin gehalten werde, ist nicht unbedingt von Nachteil.«

»Ich glaube kaum, dass jemand Sie für eine Amerikanerin halten würde«, entgegnete Violet verschmitzt. »Eher für eine russische Aristokratin. Was in meinen Augen auch wesentlich interessanter ist. Die Amerikaner können nur immer mit ihren technischen Errungenschaften angeben.«

Siberia lachte auf, dann glitt sie elegant zu dem kleinen Herd. »Also gut, bin ich eben eine russische Aristokratin. Als solche müsste ich aber eigentlich einen Samowar besitzen.«

»Sagen Sie bloß, das tun Sie nicht?«

»Natürlich besitze ich einen. Aber George mag seinen Tee lieber englisch, und ehrlich gesagt gelingt Assam im Samowar nicht so gut.«

Während sie Wasser in den Teekessel goss, spähte sie durch eines der reich verzierten Fenster des Wohnwagens. »Möchte Ihr Butler nicht hereinkommen und eine Tasse mit uns trinken? Er ist doch noch immer Ihr engster Vertrauer, oder nicht?«

»Natürlich ist er das«, entgegnete Violet. »Doch seit einem Vorfall vor ein paar Tagen ist er sehr wachsam.«

»Noch ein Vorfall?«, fragte Siberia erschrocken.

»Etwas Harmloses im Vergleich zu dem Schrecken auf dem Ball. Jemand war bei meiner Werkstatt und hat uns offenbar beobachtet.«

»Das wird einer der Spitzel für die Royal Society gewesen sein.«

Violet schüttelte den Kopf. »Ich fürchte, nein, Lady Siberia, die Society interessiert sich nicht für mich, dafür müsste ich erst einmal eine bahnbrechende Erfindung machen und ...«

Ihre Niederlage mit der Waschmaschine für Geschirr verschwieg sie lieber.

»Sie vergessen, dass Ihr Talent, mit der Tesla-Energie umzugehen, bemerkenswert ist.« Flink nahm Siberia zwei Teegedecke aus dem Schrank und setzte gleichzeitig mit zweien ihrer Tentakel den Kessel auf die Herdplatte. »Vielleicht sollten Sie sich eher darauf konzentrieren.«

»Da haben Sie möglicherweise recht«, gab Violet zu, während sie wieder ein wenig Niedergeschlagenheit wegen der Waschmaschine verspürte. »Nur leider lassen sich mit der Tesla-Energie nur wenige nützliche Dinge betreiben. Die meisten können bestenfalls als Waffen genutzt werden. Oder zur Abschreckung.«

Siberia lachte hell auf. »Was soll daran schlecht sein? Stellen Sie sich vor: ein Tesla-Apparat zur Abwehr von Dieben. All jene, die etwas durch Diebstahl zu verlieren haben, werden begeistert sein. Oder etwas Kleines für die Handtasche, das den Damen ein Gefühl der Sicherheit gibt.«

»Brauchen Sie so etwas, Siberia?«

»Machen Sie Witze, meine Liebe? Dank der Erfindungsgabe meines Geliebten wird ein Überfall auf mich für jeden Räuber zu einem fesselnden Erlebnis.« Sie grinste breit über ihren gelungenen Witz, dann setzte sie hinzu: »Das heißt aber nicht, dass andere Damen so etwas nicht gebrauchen können. Die meisten von uns haben zwei Beine, größtenteils beide aus Fleisch und Knochen und nicht nur aus Muskeln.«

»Kann schon sein«, entgegnete Violet matt. »Doch es gibt ja schon halbmechanische Hunde. Damen, die Angst vor einem Überfall haben müssten, wagen sich nicht in verrufene Gegenden, und wie jeder weiß, gehört dem Dampf die Zukunft. Niemand, der bei Verstand ist, würde in eine Erfindung investieren, die auf der Tesla-Kraft basiert.«

»Es sei denn, es gibt eine Erfinderin, die etwas Bahnbrechendes erfindet und die Aufmerksamkeit der Society auf sich lenkt.«

»Und dann stehen endlich ihre Spitzel vor meiner Tür.« Violet rang sich ein Lächeln ab. Siberias unerschütterlicher Glaube an ihre Fähigkeiten wärmte ihr das Herz. Wenn ihre Mutter von ihren Erfindungen wüsste, würde sie sicher gleich wieder einen Migräneanfall bekommen. Siberia jedoch war sicher, dass sie es schaffen konnte, und hin und wieder ertappte sich Violet dabei, dass sie sich Siberia als Mutter wünschte.

Bevor sie die Unterhaltung weiterführen konnten, pfiff der Teekessel. Siberia füllte eine Kanne mit Teeblättern und übergoss diese mit heißem Wasser. Wenig später schwebte eine angenehm duftende Teewolke über ihren Köpfen.

Nach einigen Stücken Schokolade und Waffeln fühlte sich Violet angenehm schläfrig, und sie hätte gewiss nichts dagegen gehabt, sich einfach auf Siberias bequemes Sofa zu kuscheln. Siberia sicher auch nicht, doch Schritte kamen auf den Wohnwagen zu, und nur einen Lidschlag später stand schon Mr. Blakley in der Tür.

»Wie es aussieht, haben Sie Glück, Lady Violet. Joe berichtet mir gerade, dass unser Mann einverstanden ist, Ihnen die Leiche zu zeigen. Allerdings sollten Sie noch heute Nacht dort erscheinen, denn die Familie möchte Lord Stanton morgen früh in das Bestattungsinstitut überführen lassen.«

»Was ist mit gleich?« Wenn sie schon mal in der Stadt war, warum bis zum Abend warten?

»Schlechte Idee«, entgegnete Blakley und nahm sich ein Stück Schokolade aus der Schale auf dem Tisch. »Momentan wimmelt die gesamte Morgue nur so von Polizisten, Geheimdienstleuten und Ärzten. Offenbar ist es allen ein großes Rätsel, wie der Lord zu Tode gekommen ist. Wenn es Sie beruhigt, ich glaube kaum, dass sein Tod etwas mit der Küche Ihres Hauses zu tun hat. Joe meinte, die Sache sei sehr rätselhaft.«

Kurz fragte sich Violet, wie Joe am Geheimdienst vorbei zu dem Mann hatte gelangen können, der in Mr. Blakleys Schuld stand. Oder war das vielleicht nur der Pförtner?

Egal, ihr würde schon reichen, wenn sie nur einen Blick auf den Toten werfen und ihn nach Bells Methode untersuchen konnte.

»Vielen Dank, Mr. Blakley. Sie haben etwas gut bei mir.«

»Nun, wenn das so ist, wie wäre es, wenn Sie mir etwas Schönes erfinden würden? Ich habe gehört, dass Sie für die Tesla-Technik ein Händchen haben.«

Siberia verbarg ihr vielsagendes Lächeln hinter ihrer Teetasse. *Ich hätte es wissen sollen*, dachte Violet.

»Und was stellen Sie sich vor, Mr. Blakley?«

Der Zirkusdirektor breitete die Arme aus. »Eine Kuppel aus Blitzen, unter der meine Artisten ihre Kunststücke aufführen.«

Jetzt blieb Violet die Luft weg. Wie sollte sie das schaffen?

»Sie wissen aber schon, dass ich nur ein kleines Labor habe, oder, Mr. Blakley?«

»Natürlich weiß ich das! Sonst hätten Sie wohl kaum eine Einladung zur Premiere bekommen!«

»Aber dann wissen Sie doch sicher auch, dass ich dort keine riesige Kuppel bauen kann.«

Blakley grinste sie breit an. Natürlich wusste er auch das.

»Vielleicht fällt Ihnen etwas Kleines ein, das große Wirkung hat. Für die Tourneen kann ich allzu große Dinge ohnehin nicht mehr brauchen. Allein unsere mechanischen Pferde nehmen viel Raum ein. Denken Sie mal darüber nach.«

»Das werde ich, Mr. Blakley«, gab Violet zurück, obwohl sie nicht den leisesten Schimmer hatte, wie sie ihm den Gefallen tun sollte. Zumal sie in nächster Zeit den Mörder von Lord Stanton dingfest machen musste. Doch Mr. Blakley wollte sie einfach nicht enttäuschen.

»Gut, dann sollte ich mich wohl wieder an die Arbeit machen.« Blakley deutete eine kleine Verbeugung an. »Ich wünsche Ihnen viel Glück, Lady Violet. Mein Zirkuszelt steht Ihnen jederzeit offen, und sollten Sie Hilfe bei irgendetwas benötigen, sagen Sie einfach Bescheid.«

»Vielen Dank, Mr. Blakley, das ist sehr freundlich.«

Der Zirkusdirektor schnappte sich noch ein weiteres Stück Schokolade, dann verschwand er wieder.

Nachdem sie noch ein Weilchen mit Siberia zusammengesessen und sie sich über dies und jenes unterhalten hatten, verließ auch Violet den Zirkuswagen. Alfred wartete nicht weit davon entfernt. Sein wachsamer Blick ruhte auf der Straße, doch wenn irgendwer dachte, dass er nicht wusste, was hinter ihm vor sich ging, irrte er gewaltig. Noch bevor ihre Schritte an sein Ohr hätten dringen können, wandte er sich um, bereit, seiner Herrin wieder zu Diensten zu sein.

»Darf ich davon ausgehen, dass Ihr Gespräch erfolgreich war?«, fragte er, während sie das Zirkusgelände hinter sich ließen und in die nächste größere Straße einbogen. Der Stand für die Motordroschken war gut zehn Minuten Fußmarsch entfernt.

»Sie haben bestimmt mitbekommen, dass Joe unterwegs war«, antwortete Violet, während sie eine seltsame Erregung spürte. Kam das vom Tee oder von der Aussicht, heute zum ersten Mal die berüchtigte Leichenhalle zu betreten – und dann auch noch in der Nacht. Jeder dieser Gruselromanschriftsteller wäre begeistert davon!

»Das habe ich in der Tat«, entgegnete der Butler. »Er hat mich angesehen, als ob er mich fressen wollte.«

»Katzen sind eben misstrauisch.« Violet zuckte mit den Schultern. »Er hat uns einen Termin in der Morgue verschafft. Heute Abend.«

»Sie wollen ins Leichenschauhaus?«

»Natürlich! Wo sonst sollen wir uns Lord Stanton noch einmal in Ruhe anschauen«, entgegnete Violet entschlossen. »Die Familie will ihn schon morgen dem Bestatter übergeben, uns bleibt also nur die heutige Nacht. Es wäre schön, wenn Sie die entsprechenden Vorkehrungen treffen könnten.«

»Sie meinen, ich soll Ihnen wieder einen ›Schlaftrunk‹ bringen?«

»Und dafür sorgen, dass uns niemand in die Quere kommt. Ich habe keine Ahnung, wie lange unser Mann warten wird, also sollten wir so früh wie möglich aufbrechen.«

»Wie Sie wünschen, Mylady.«

Eine Stunde später, nach einem kurzen Einkauf, bei dem Violet eine Spieluhr, Rosenseife und ein Paar Spitzenhandschuhe für ihre Mutter sowie Manschettenknöpfe für ihren Vater und einen Satz Reagenzgläser erstanden hatte, kehrten sie zu Adair House zurück. Zu Violets großer Überraschung war ihr Vater bereits daheim und eilte gerade mit langen Schritten durch die Eingangshalle zur Treppe.

Als er die Tür gehen hörte, wandte er sich um. »Violet! Wo kommst du denn her?«

Violet deutete auf die Schachteln, die Alfred hinter ihr hertrug. Eigentlich waren Einkäufe nicht ihre Sache, jedenfalls dann nicht, wenn es nicht um Laborbedarf ging, doch welche Rechtfertigung für den Spaziergang hätte sie sonst gehabt. Sie war jedenfalls heilfroh, sich für den kurzen Ausflug in die oberflächliche Welt des Konsums entschieden zu haben.

»Ich war einkaufen, Papa!«, beantwortete sie freudestrahlend die Frage ihres Vaters. »Ich dachte, Mama könnte ein wenig Aufmunterung brauchen.«

Lord Reginald seufzte. »Wenn ich ehrlich bin, brauche ich die auch. Mir hast du nicht zufällig auch etwas mitgebracht?«

»Wie könnte ich dich vergessen, Papa?« Violet fingerte das

kleine Schächtelchen unter der Last, die Alfred tragen musste, hervor. »Hier, ich dachte, du könntest ein paar neue gebrauchen.«

Als Reginald Adair die Schachtel öffnete, lächelte er. »Zahnräder?«

Violet hatte sich bewusst für diese Manschettenknöpfe entschieden, nicht weil sie ihrem Vater einen Wink bezüglich ihrer geheimen Tätigkeiten geben wollte, sondern weil sie das Zahnrad noch immer für eines der perfektesten Dinge der Welt hielt – vorausgesetzt, kein Zahn war herausgebrochen.

»Zahnräder gehören zu den Pfeilern unserer Gesellschaft, Vater«, entgegnete Violet lächelnd. »Ohne sie wäre der gesamte technische Fortschritt nicht in die Gänge gekommen.«

»Da hast du wohl recht.«

Obwohl sonst eher reserviert, tauschte er seine Diamantmanschettenknöpfe noch an der Treppe gegen das Geschenk seiner Tochter aus.

»Ich hoffe, sie bringen mir Glück, wenn ich heute Abend noch einmal los muss. Es wurde eine Sondersitzung anberaumt. Wieder die gleichen Fragen, nur diesmal aus anderen Mündern. Kannst du dir vorstellen, wie enervierend das ist?« Bei dem Seufzen, das sich an seine Worte anschloss, bekam Violet tatsächlich eine Ahnung.

»Wie ist denn deine Besprechung heute Vormittag gelaufen?«

Eigentlich war die Eingangshalle nicht der richtige Ort, um derlei zu besprechen, doch heute schien ohnehin alles anders zu sein.

»Es lief nicht besonders gut«, antwortete Lord Reginald. »Natürlich verdächtigt niemand mich und meine Familie, doch man wirft mir vor, bei den Sicherheitsvorkehrungen nicht sorgfältig genug gewesen zu sein. Und bei der Auswahl des Personals.«

Beinahe gequält blickte er zu Alfred, der diskret Abstand wahrte und auf eine Anweisung von Violet wartete. Was konnte das bedeuten? Glaubte ihr Vater etwa, Alfred hätte etwas mit Lord Stantons Tod zu tun?

»Aber wir sind hier in Belgravia! Das ist nicht Whitehall oder Soho! Welche Sicherheitsvorkehrungen sollen wir denn noch treffen bei einem ganz normalen Ball, dem keine Drohung vorausgegangen ist?«

Lord Reginald presste die Lippen zusammen, als wollte er ihr etwas verschweigen. »Auf jeden Fall werden wir um eine Überprüfung des Personals nicht herumkommen. Wenn es schlecht läuft, werde ich sämtliche Unterlagen dem Untersuchungsausschuss übergeben müssen – und Lady Sharpe.«

Die Erwähnung der Spy Mistress ließ Violet zusammenzucken. Wenn sie erst einmal in den Unterlagen wühlte und vielleicht Nachforschungen anstellte, würde Alfred in ziemlicher Gefahr sein. Ein ungeschultes Auge oder ein Arbeitgeber, der zu viel um die Ohren hatte, um die Echtheit gewisser Papiere zu überprüfen, mochte die Beschönigungen in Alfreds Unterlagen nicht bemerken.

Aber Lady Sharpe und ihre Gerätschaften bemerkten sie gewiss. Und das konnte in einer Katastrophe enden, denn auch wenn ein Krimineller Besserung anstrebte und sich von seinen früheren Sünden abgewandt hatte, blieb er in aller Augen ein Krimineller. Und damit würde er auf der Liste der Verdächtigen sofort an oberste Stelle wandern – und vielleicht in Untersuchungshaft.

Also hatte sie noch einen Grund mehr, ihre Nachforschungen weiter voranzutreiben.

»Aber jetzt solltest du Alfred erlösen und deinen Einkauf nach oben bringen lassen.« Lord Adair beugte sich vor und gab ihr einen Kuss auf die Wange – etwas, das er nicht mehr getan hatte, seit sie elf Jahre alt war. »Ich werde noch ein wenig arbeiten müssen – und mir vor allem zurechtlegen, was ich heute Abend sagen will.«

»Ich wünsche dir viel Glück, Papa!«, rief Violet ihm nach, als er sich umwandte und seinem Arbeitszimmer zustrebte.

»Haben Sie das gehört, Alfred?«, zischte sie durch die Zähne, als ihr Vater außer Hörweite war.

»Natürlich, Mylady«, entgegnete der Butler kühl.

»Uns wird nichts weiter übrigbleiben, als den Mörder möglichst schnell zu finden. Wenn die erst einmal anfangen, in Ihrer

Vergangenheit herumzustochern ... Lady Sharpe ist dafür berüchtigt, wirklich alles herauszufinden.«

»Wenn das so ist, können Sie mit meiner vollsten Unterstützung rechnen.« Alfred bemühte sich, ruhig zu wirken, doch wie Violet an dem nervösen Zucken unter seinem Auge erkannte, war er in hellem Aufruhr. Wahrscheinlich würde er sich unten in der Küche erst einmal einen Tee genehmigen, um seine Contenance wiederzufinden.

»Nichts anderes habe ich erwartet«, gab Violet zurück, während sie ihm tröstend die Hand auf den Unterarm legte. »Wir werden die Sache schon hinbekommen, keine Sorge.«

Der Butler verneigte sich und trug dann den Stapel an Päckchen hinter ihr die Treppe hinauf.

7. Kapitel

Das Leichenschauhaus war keineswegs ein Ort, an dem sich eine junge Dame aufhalten sollte – schon gar nicht zur Nachtzeit.

Sobald sie Adair House hinter sich gelassen hatten, wurde Alfred nicht müde, sie darauf aufmerksam zu machen. »Als ob eine Leichenhalle nicht bei Tage schon schaurig wäre. Sind Sie sich wirklich sicher, dass Sie das wollen, Mylady?«

»Wäre ich sonst auf der Straße?«, entgegnete Violet ein wenig gereizt. Während der vergangenen Stunden hatte sie genug Zeit gehabt, sich auszumalen, was passieren würde, wenn ihnen der Geheimdienst noch dichter auf die Pelle rücken würde. »Natürlich bin ich mir sicher, Alfred. Mir bleibt keine andere Wahl, wenn mein Vater nicht an den Pranger soll. Außerdem möchte ich Sie nicht verlieren, einen so treuen Mitstreiter wie Sie bekomme ich nicht so leicht wieder.«

»Sie meinen, einen so leicht erpressbaren, Mylady.«

Violet blickte sich um und hob die Augenbrauen. »Fühlen Sie sich etwa von mir erpresst?«

»Sie müssen schon zugeben, dass mich Ihr Wissen um meine Vergangenheit ein wenig unter Druck setzt. Zumal Sie nach diesem Wissen selbst gesucht haben. Beinahe so emsig wie die Spy Mistress persönlich.« Ein Schauer überlief ihn bei dem Gedanken an Annabelle Sharpe.

»Aber ich habe nie damit gedroht, etwas meinem Vater zu erzählen«, hielt Violet dagegen. »Sie waren derjenige, der bereitwillig tun wollte, was ich wünsche.«

»Wie es meine Aufgabe als Butler ist.«

»Sehen Sie! Und da Sie Ihre Sache so gut machen, will ich

Sie auf keinen Fall verlieren.« Schweigend gingen sie eine Weile nebeneinander her, dann setzte Violet hinzu: »Und was das Leichenschauhaus angeht, das ist sicher nicht halb so gruselig, wie Sie und gewisse Schriftsteller es machen.«

»Wenn mir die Anmerkung erlaubt ist, ich hatte schon öfter das Vergnügen, ein Leichenschauhaus von innen zu sehen.«

Violet blieb stehen, wandte sich um und blickte Alfred direkt ins Gesicht. »Was hatten Sie denn da zu suchen? Sich vergewissern, dass niemand wieder aufsteht?«

»Gewissermaßen. Mein Boss hat mich immer dorthin geschickt, wenn er nicht sicher war, ob ein Getöteter wirklich derjenige war, für den man ihn ausgab.«

»Sie meinen, ob der Richtige umgebracht wurde.«

»So kann man es auch nennen.«

Violet überlegte kurz, dann ging sie weiter, mit noch forscherem Schritt als bisher schon. »Nun, Lord Stanton wurde ja nicht von Pistolenkugeln durchsiebt. Er wurde anscheinend vergiftet.«

»Dennoch könnte sein Anblick für Sie ziemlich schockierend sein. Sie hätten mich allein losschicken sollen.«

»Kommt nicht in Frage, Alfred!«, erwiderte Violet scharf. »Laut Dr. Bell ist es wichtig, dass sich der Ermittler die Details selbst anschaut und sie sich nicht durch einen Dritten beschreiben lässt. Ihre Augen in allen Ehren, doch ich sehe vielleicht ganz andere Details als Sie. Wenn wir unsere beiden Ansichten kombinieren, haben wir weitaus größere Chancen, eine brauchbare Spur zu finden, glauben Sie nicht?«

Alfred gab sich geschlagen, allerdings nicht ohne anzumerken: »Sie klingen ja fast schon wie der Held dieser merkwürdigen Detektivgeschichten, die gerade so in Mode sind.«

»Diese Geschichten sind gar nicht mal so merkwürdig. Vielleicht lasse ich Sie demnächst sogar einen Band besorgen, nur um zu sehen, ob ich daraus noch etwas lernen kann.« Violet funkelte Alfred an, der nur zu genau wusste, dass Detektivgeschichten zu der in Adair House unerwünschten Lektüre gehörten – weil Lady Emmeline glaubte, sie würden ihre Tochter zu sehr aufregen und ihr womöglich den Schlaf rauben.

»Also gut, Mylady, ich sage jetzt nichts mehr. Aber ich werde das Riechsalz bereithalten, für den Fall, dass Sie ohnmächtig werden.«

»Keine Sorge, Alfred, ich glaube, das verkrafte ich schon.«

In der Dunkelheit konnte man die London Morgue, die städtische Leichenhalle, beinahe übersehen. Die rote Backsteinfassade war vom Rauch geschwärzt. Nur aus einem kleinen, schmutzverschmierten Fenster drang noch etwas Licht, das nicht stark genug war, um den Rinnstein davor zu beleuchten. Die Gaslaternen ringsherum schafften es nicht wirklich, das Gebäude sichtbar zu machen.

Ein wenig unwohl wurde Violet nun doch. Nicht dass sie sich vor dem Haus fürchtete, auch vor Geistern hatte sie keine Angst. Doch vielleicht hatte Alfred Recht, und der Anblick von Lord Stanton würde ein Schock sein.

Denk an deine Familie, rief sie sich zur Ordnung. *Und an Alfred und die anderen vom Personal. Wenn schon der Butler dunkle Geheimnisse hatte, dann vielleicht auch die Köchin oder eines der Mädchen. Und selbst wenn sie nichts zu verbergen hatten, wäre eine Überprüfung alles andere als angenehm.*

Beherzt griff sie also nach dem Glockenseil und läutete. Dass tatsächlich ein Glöckchen bimmelte, überraschte Violet ein wenig, denn eigentlich waren auch die Türglocken mittlerweile mechanisch und spielten die verschiedensten Melodien ab oder das Geläut des Big Ben.

Doch hier gab es nur das einzelne traurige Glöckchen, das wirkte, als wollte man die Toten nicht aufwecken und von dem Violet bezweifelte, dass es überall in dem Gebäude gehört werden konnte.

Wartend blickte sie zu Alfred und bemerkte dabei, dass dieser sich nach allen Seiten wachsam umsah.

»Haben Sie unterwegs einen Verfolger bemerkt?«

»Nein, Mylady, aber das will nichts heißen. Meine ehemaligen Kollegen können sehr diskret sein.«

Als die Tür hinter ihnen quietschte, erschrak Violet. Der Mann, der durch den Türspalt spähte, hatte kaum noch Haare auf dem Kopf und die wenigen waren eisgrau. Tiefe Falten zerfurchten sein Gesicht, die tiefliegenden Augen ließen seinen Kopf wie einen Totenschädel wirken. Sollte das der Mann sein, bei dem Mr. Blakley etwas guthatte?

»Was woll'n Sie?«, brummte er.

Violet straffte sich. »Wir sind Bekannte von Mr. Blakley. Darf ich Ihren Namen erfahren?«

»Pattinson«, antwortete er knapp und zog die Nase hoch.

»Ich gehe davon aus, dass Sie Bescheid wissen.«

Der Mann musterte sie von Kopf bis Fuß, dann warf er einen Blick auf Alfred, der sich hinter seiner Herrin aufgebaut hatte.

»Ja, ich weiß Bescheid. Komm'n Sie rein, Miss.«

Der Mann, der über seinem groben, braun gestreiften Hemd und seiner braunen Cordhose eine fleckige grüne Schürze trug, trat zurück und zog die Tür etwas weiter auf.

Der Geruch, der draußen kaum auffiel, wurde mit jedem Schritt stärker, den Violet in den holzverkleideten Gang tat. Die Ausdünstungen der Toten mischten sich hier mit dem beißenden Geruch von Karbol, Chloroform und dem Kohlenrauch, der den Öfen in Büro und Aufenthaltsraum entstieg. Eine flackernde Glühbirne verbreitete schummriges Licht, das nicht in der Lage war, die Schatten vollends aus den Ecken zu vertreiben.

»Lord Stanton ist im Keller«, erklärte Pattinson, nachdem er die Tür hinter ihnen ins Schloss gedrückt hatte. »Wär vielleicht gut, wenn ich vorgeh.«

Während sie den Leichenschauhauswächter vorbeiließ, tauschte Violet einen kurzen Blick mit Alfred, dessen Miene noch immer angespannt wirkte. Glaubte er etwa, dass sie hier in Gefahr waren? Was sollte der Wächter schon gegen ihn ausrichten können?

Pattinson führte sie an einer offenstehenden Tür vorbei, hinter der ein blutbeschmierter Sektionstisch zu sehen war. Offenbar war der Wächter gerade dabeigewesen, ihn zu säubern. Rasch wandte sich Violet wieder ab und bemerkte, dass Alfred stehen geblieben war und erschüttert in den Raum starrte.

»Kommen Sie, Alfred, jetzt ist nicht die Zeit für eine Besichtigungstour«, sagte sie und zog ihn am Ärmel mit sich. Mr. Pattinson wartete bereits an einer kleinen Tür, über der eine weitere Glühlampe flackerte, grünlich diesmal. Ein Sicherungskasten ganz in der Nähe gab einen nervigen Summton von sich.

»Hier gehts runter in den Keller, die Herrschaften. Sehn Sie sich vor, dass sie nich die Treppe runterfalln.« Der Wächter zog ein Schlüsselbund unter seiner Schürze hervor, öffnete die Tür und betätigte einen Schalter. Fahles Licht fiel auf ausgetretene steinerne Stufen. Lautes Schnaufen und Rattern verschluckte die Worte des Wächters, während er sich an den Abstieg machte. »Is vielleicht'n Schock für Sie, Miss, weiß sowieso nich, warum sie sich den ansehn wolln.«

Obwohl sie sich vorgenommen hatte, keine Schwäche zu zeigen, zückte Violet jetzt doch für alle Fälle ihr parfümiertes Taschentuch.

»Keine Sorge, ich halte das schon aus. Das Taschentuch ist nur eine Vorsichtmaßnahme, denn niemand weiß, welche Krankheitserreger bei Ihnen herumschwirren.«

Pattinson ging kopfschüttelnd voran, enthielt sich aber einer weiteren Bemerkung.

Ohnehin konnte man schon bald unter dem Lärm der Dampfmaschinen, die den Kühlventilator antrieben, keinen klaren Gedanken mehr fassen. Unter Violets Füßen vibrierte es so stark, dass sie sich automatisch fragte, ob es keine andere Lösung gab. Konnten nicht Dampfmaschinen erfunden werden, die ruhiger liefen? Kein Wunder, dass Joe hier während der Untersuchung unbemerkt hereingekommen war.

Die Mauern, die die Treppe einfassten, waren grob und sehr schlecht verfugt. Spinnweben hingen in den Ecken, teilweise waren sie schon so alt, dass sich der Staub in ihnen gesammelt hatte. Nachdem sie die Tür passiert hatten, hinter der sich die Dampfmaschine befand, betraten sie den Kühlraum.

Eine dicke Polsterung an Tür und Wänden machte den Lärm etwas erträglicher, doch angenehm war es in dem Raum deswegen noch lange nicht. Ein kalter Hauch ließ Violets und Alfreds Atem zu kleinen Wölkchen gefrieren.

Die Morgue bewahrte neben Lord Stanton noch zwei andere Leichen auf. Unter weißen Tüchern zeichneten sich ein sehr beleibter und ein sehr knochiger Körper ab.

»Das warn Nachbarn«, kommentierte Pattinson, als er Violets Blick bemerkte. »Habn sich gegenseitig wegen paar Ratten umgebracht.«

Dass sie sich wegen Ratten umgebracht haben sollten, kam Violet zunächst merkwürdig vor, doch dann fiel ihr ein, dass Rattenfängerei ein einträgliches Geschäft in den Elendsvierteln Londons war. Wahrscheinlich hatte einer dem anderen die Jagdgründe streitig gemacht.

Pattinson trat neben den dritten Tisch und zog das Tuch herunter. »Hier ist er, Miss. Kein besonders schöner Anblick nach der Zeit, aber in paar Tagen kommt er eh unter die Erde.«

Violet schnappte erschrocken nach Luft und hielt sich das Taschentuch vors Gesicht. Hier unten mochte es vielleicht kühl sein, doch offenbar nicht kühl genug, um den Verfall zu stoppen. Stantons Wangen waren eingesunken, der Mund stand ein wenig auf. Durch seine wächserne Haut waren die Adern zu erkennen, in der Mitte des Körpers prangte eine große, grob zugenähte Wunde, aus der eine gelblich-rote Flüssigkeit troff.

»Hat der Coroner irgendwas gefunden?«, fragte Violet, während sie das Tuch sinken ließ. Der Geruch war immer noch schlimm, aber allmählich gewöhnte sie sich daran. Außerdem würde sie für eine Untersuchung ihre beiden Hände brauchen.

»Na sicher hat er das! Irgendwelche Metallreste, von denen er meinte, dass sie zu ner Patrone gehörn.«

»Patrone?«

Violet blickte zu Alfred, der unwissend die Schultern hob.

»Ja, ne Patrone. Oder so was Ähnliches. War wohl nicht mehr in einem Stück.«

»Darf ich das mal sehen?«

»Tut mir leid, Lady Sharpe hat es mitgenommen.«

»Lady Sharpe war also auch zugegen.« Violet wusste das zwar, doch sie hielt es für richtig, sich unwissend zu stellen.

»Und noch 'ne ganze Reihe anderer Leute. Wahrscheinlich hat

sie alle Londoner Ärzte und Polizeibeamten zusammengetrommelt, die sie finden konnte.«

Ob Dr. Byrton auch darunter war? Vielleicht wusste ihr Vater etwas davon.

»Verzeihen Sie, aber kann ich Sie 'ne Weile allein lassen? Ich muss noch den Sektionsraum saubermachn. Wenn bis morgen früh nicht alles in Ordnung ist, zieht mir der Coroner die Ohren lang.«

»Kein Problem, gehen Sie ruhig«, entgegnete Violet betont gleichgültig, obwohl sie in Wirklichkeit schon darauf gewartet hatte, dass der Gehilfe aus dem Kühlraum verschwand.

Nachdem der Mann die Tür hinter sich zugezogen hatte, trat sie an einen der Instrumententische und nahm sich herunter, was sie brauchte. Dass die Instrumente nicht besonders sauber aussahen, würde Lord Stanton wahrscheinlich egal sein.

Wie es Dr. Bell verlangte, begann sie mit einer gründlichen Untersuchung des Kopfes und des Mundes. Sie hob mit einer Pinzette die blassen Lider hoch, schaute in die Ohren und sperrte dann mit einem Spatel den Mund auseinander. Obwohl die Leichenstarre mittlerweile schon nachgelassen hatte, ließ sich der Kiefer nur schwer bewegen.

Nachdem Alfred ihr einen Moment lang konsterniert zugesehen hatte, sagte er: »Wenn ich das anmerken darf, Mylady, das ist wirklich keine Arbeit, die eine Frau verrichten sollte.«

»Ach ja?«, entgegnete Violet, den Blick nicht von dem Toten hebend. »Wollen Sie es lieber machen?«

»Wenn Sie das wünschen?«

»Nein, ich wünsche das nicht, Alfred. Der Ermittler muss die Gegebenheiten selbst in Augenschein nehmen, um richtig kombinieren zu können.«

Plötzlich stockte sie.

»Was ist denn das?«

Violet schob den Spatel ein wenig tiefer in den Mund und sperrte ihn auf. In dem Augenblick kam eine kleine Spinne aus Lord Stantons Mund gekrabbelt.

»Alfred, schnell!«, rief Violet, denn natürlich wusste sie von ihrer Lektüre, dass Dr. Bell auch Insekten für bedeutsam bei den Ermittlungen hielt.

»Was kann ich für Sie tun, Mylady?«, erkundigte sich der Butler.

»Ich brauche ein Gefäß. Hier ist was aus seiner Lordschaft herausgekrabbelt.«

Nur Sekunden später drückte Alfred ihr ein Reagenzglas in die Hand. Keinen Augenblick zu früh, denn die Spinne war schon unterwegs zu Lord Stantons Hals.

Blitzschnell stülpte Violet das Glas darauf. Die Spinne stoppte an den Wänden ihres Gefängnisses, nur um sie wenige Augenblicke später zu erklimmen.

»Ein Stück Papier. Schnell!«

Da er kein Papier fand, griff der Butler rasch nach einer Karteikarte, die auf einem der Instrumententische lag. Es war die Kartei eines der toten Rattenfänger, wie Violet sah, als sie das Glas damit abdeckte und herumdrehte. Die Spinne lauerte nun auf dem Boden. Eine leichte Giftspur zog sich über das Glas.

»Na sieh mal einer an«, sagte Violet fasziniert. »Was für ein giftiges kleines Geschöpf. Woher magst du wohl kommen?«

»Wahrscheinlich aus dem Gemäuer«, entgegnete Alfred trocken. »Ihnen sind doch sicher die Spinnennetze an der Treppe aufgefallen.«

»Gewiss, aber ich glaube nicht, dass dies eine gemeine englische Hausspinne ist. Oder kennen Sie eine mir unbekannte giftige Unterart?«

Violet hielt das Behältnis näher an ihr Gesicht. Die Spinne klebte regelrecht am Glas und bewegte rastlos ihre Beißwerkzeuge, als habe sie vor, sich durch das Glas zu kauen. Ein Schauder lief über Violets Rücken.

Spinnen waren noch nie ihre Lieblinge gewesen, als Kind hatte sie immer laut geschrien, wenn sie eine in ihrem Zimmer entdeckt hatte. Später war sie dazu übergegangen, sie mit einem Magazin oder einem Lineal zu erledigen, sobald sie sich ihr näherten.

Doch diese Spinne war vielleicht ein wichtiges Indiz und musste so lange wie möglich am Leben gehalten werden.

Als der Gehilfe des Coroners zurückkehrte, verbarg sie das Glas rasch hinter dem Rücken und gab Alfred einen Wink, es ihr abzunehmen.

»Ich fürchte, ich muss Sie jetzt wegschicken. Eben kam ein Bote, der eine neue Lieferung angekündigt hat. Ich muss alles vorbereiten.«

War das nur ein Vorwand? Violet hatte die Glocke nicht läuten hören. Aber auch so war ihre Untersuchung bereits ergiebig gewesen.

»In Ordnung, Sir, wir gehen. Haben Sie vielen Dank für Ihre Hilfe.«

Violet steckte dem Mann ein paar Münzen zu, dann verließ sie von Alfred gefolgt den Kühlraum. Draußen vor der Tür reichte Alfred ihr das Glas, über dem er die Karteikarte wie einen Deckel zusammengedrückt hatte. Ihr Fehlen würde dem Gehilfen sicher erst auffallen, wenn der Coroner sich danach erkundigte.

Die Spinne saß noch immer auf dem Boden des Gefäßes. Weitere Giftspuren hatte sie nicht hinterlassen, doch sie wirkte nach wie vor wachsam.

»Ihre Frau Mutter wird nicht begeistert über dieses Haustier sein.«

»Ich glaube kaum, dass sie es überhaupt zu Gesicht bekommen wird, denn wir gehen nicht nach Hause, sondern ins Labor!«

»Was wollen Sie denn da, Mylady?«

»Die Spinne sicher unterbringen. Außerdem habe ich dort auch einige Naturkundebücher, vielleicht kann ich herausfinden, um welche Art es sich handelt.«

Die Aussicht, jetzt auch noch zum anderen Ende der Stadt zu fahren, behagte Alfred ganz offensichtlich nicht, doch Violet steckte voller Tatendrang.

»Beeilen wir uns, Alfred, die Nacht ist kurz.«

Wie zur Bestätigung ihrer Worte schlug in der Ferne eine Glocke ein Uhr.

Eine halbe Stunde später spie die Seitenbahn sie als einzige Fahrgäste an der Station Bankside aus. In der Zeit zwischen Mitternacht und Morgen wirkte Southwark schon recht gespenstisch. In keinem der Häuser brannte mehr Licht. Auch das Klagen und Schimpfen war verklungen. Zu dieser Zeit strich nur noch der Wind durch die schmutzigen Gassen.

Auch am alten Fabrikgebäude war alles ruhig. Schwarz zeichnete sich das Haus vor dem Nachthimmel ab, über den mondbeschienene Wolken hinwegjagten.

Der Kies unter ihren Füßen knirschte laut, als sie zum Labor gingen. Die ganze Zeit über blickte sich Alfred wachsam um, doch es gab offenbar keinen Grund zur Beunruhigung.

Im Labor stellte Violet ihren Fang auf den Tisch. Wie gut, dass außer ihnen niemand in dem Seitenbahnwaggon gewesen war! Abgesehen von bestimmten Botanikern kannte sie niemanden, der Spinnen mochte. Und sie bekam wieder eine Gänsehaut, als sie das lauernde Tierchen betrachtete. Dann rief sie sich allerdings zur Ordnung.

Du musst es von der wissenschaftlichen Seite betrachten. Das Tier kam aus einer Leiche. Doch wie kam es hinein? Hausten diese Spinnen in der Morgue? War sie auf dem Weg zum Kühlraum in Lord Stanton gekrabbelt?

»Alfred, wären Sie bitte so gut, mir den Tropenatlas zu bringen? Er muss da hinten in irgendeiner Kiste stecken.«

»Sehr wohl, Mylady.«

Während der Butler zwischen den Regalen verschwand, kramte Violet nach ihrem Vergrößerungsglas, das sich irgendwo zwischen all dem Werkzeug, den Heften und Kladden, den Drahtstückchen und Stahlteilen, den Apfelbutzen und Ölkännchen befinden musste.

Dabei stieß sie versehentlich gegen das Regal zu ihrer Rechten, worauf sich ein Karteikasten verselbstständigte und eine seiner Schubladen ausspie. Während sie zur Seite sprang, um die Schublade aufzufangen, bevor sich die enthaltenen Karten über den ganzen Boden verteilen konnten, stieß sie mit der Hüfte gegen das Spinnenglas. Die kleine Schublade bekam sie zu fassen, doch das Glas kippte zur Seite. Es verlor seinen provisorischen Papierdeckel und entließ die Spinne in die Freiheit.

Als Violet den Karteikasten abstellte, bemerkte sie, dass die Spinne auf ihre Hand zuschoss. Instinktiv ergriff sie ein Lineal, das ganz in der Nähe lag und schlug blitzschnell auf das Tier. Als die Spinne die Beine einrollte und reglos liegen blieb, atmete Violet zunächst erleichtert auf, dann fluchte sie leise. »Verdammt, ich wollte sie doch lebend!«

Alfred, der auf ihren Schrei sogleich herbeigeeilt war, schob bewundernd die Unterlippe vor. »Sauber erledigt, Mylady.«

Violet schnaufte ärgerlich. »Ja, aber eigentlich wollte ich sie doch lebend!«

»Wenn sie tot ist, kann sie Ihnen nichts mehr tun, aber untersuchen können Sie sie trotzdem noch.« Damit reichte er ihr das Buch, das er unter dem Arm trug. »Sind Sie sicher, dass Sie die Spinne darin finden werden?«

»Ich hoffe es. So eine Spinne habe ich hier noch nie gesehen, schauen Sie sich doch mal die Zeichnung am Bauch und an den Beinen an. Das kräftige Rot und Orange schreit geradezu nach den Tropen.«

Den Tropenatlas hatte ein Bekannter irgendwann einmal ihrem Vater mitgebracht. Violet hatte ihn sich ausgeliehen, weil sie in einer Zeitschrift gelesen hatte, viele Erfinder würden sich bei ihren Maschinen von der Natur inspirieren lassen. Allerdings hatte sie darin nur wenig Hilfreiches gefunden. Jetzt war sie allerdings glücklich, das Buch hierzuhaben.

Nachdem sie die tote Spinne mithilfe einer Pinzette auf ein Blatt Papier geschoben hatte, schlug sie das schwarze Buch auf. Unglücklicherweise war das Kapitel über tropische Spinnen ein wenig kurz, was der Verfasser damit erklärte, dass die Spinnen in der tropischen Umgebung, die voller leuchtender Blüten war, hervorragende Tarnmöglichkeiten hätten. Eine schwache Ausrede, fand Violet. Wahrscheinlicher war, dass ihn seine Angst davon abgehalten hatte, genauer hinzusehen.

Nachdem sie das Kapitel erfolglos durchgeblättert hatte, legte sie die Spinne mit der Pinzette wieder ins Glas zurück.

»Ich werde wohl jemanden fragen müssen, der sich besser damit auskennt.« Violet seufzte.

»Und wen haben Sie da im Sinn?«, fragte Alfred, der die Spinne die ganze Zeit über angestarrt hatte, als sei sie ein Ungeheuer.

»Einen Forscher im Botanischen Garten«, antwortete Violet und klappte das Buch zu. »Gleich morgen werden wir ihm einen Besuch abstatten.«

8. Kapitel

Schon als Claire mit erwartungsvoll gerötetem Gesicht durch die Tür trat, wusste Violet, dass ihr Plan, an diesem Nachmittag den Botanischen Garten zu besuchen, in Gefahr war.

»Guten Morgen, Lady Violet, haben Sie gut geschlafen?«, flötete sie, während sie durchs Zimmer eilte und die Vorhänge zurückzog. »Lady Emmeline hat mich angewiesen, Ihnen eines Ihrer Ausgehkleider herauszusuchen. Sie möchte gleich nach dem Frühstück einen kleinen Ausflug machen.«

»Dann hat sie sich also von dem Schrecken erholt?«, fragte Violet, während sie sich im Bett aufsetzte und sich die Augen rieb. Eigentlich war sie noch zu müde, um sich zu ärgern, doch es passte ihr nun mal überhaupt nicht in den Kram, dass ihre Mutter gerade heute einen Spaziergang machen wollte, und insgeheim wünschte sie sich, dass die Migräne doch noch einen Tag länger angehalten hätte. Jetzt würde sie den Vormittag damit verbringen müssen, endlose Parkwege entlang zu schlendern und womöglich in sämtlichen Schmuckgeschäften der Stadt nur geringfügig variierende Schmuckstücke zu betrachten. Dabei brauchte sie die Zeit so dringend, um die Herkunft der Spinne zu ermitteln – und herauszufinden, wie sie in Lord Stantons Körper gekommen war.

»Mylady geht es wieder gut, sie möchte unterwegs auch nach Trauerkleidern Ausschau halten für die Bestattung.«

»Meine Mutter möchte Kleider in einem Laden kaufen?«, platzte es aus Violet heraus. Nun schien im Haus Adair alles kopfzustehen. Auch wenn die Zeit drängte, wurde normalerweise die Schneiderin gerufen, die dann ihre Nähmägde Tag und Nacht beschäftigen konnte. Belgravia verfügte natürlich auch über edle Boutiquen, aber die waren doch nichts für Lady Emmeline Adair!

»So sagte sie es mir.« Claire senkte ein wenig verlegen den Kopf.

Aha, die Dienerschaft wundert sich also auch darüber, dachte Violet. Gleichzeitig verspürte sie noch weniger Lust, ihre Mutter zu begleiten. Auch wenn sie eine Boutique aufsuchten, hieß es nicht, dass sie eine schnelle Entscheidung treffen würde. Wahrscheinlich würde Violet eine halbe Ewigkeit in verschiedenen schwarzen Kleidern posieren müssen, bis sie eines davon für geeignet hielt. Ebenso wie Bälle waren Trauerfeiern sehr wichtig im gesellschaftlichen Leben des Adels. Wer durch ein mangelhaftes Kleid auffiel, wurde sogleich geächtet und erhielt bei offiziellen Teestunden einen schlechteren Sitzplatz.

Allerdings fragte sich Violet, warum ihre Familie überhaupt bei der Beerdigung erscheinen wollte. Wenn sie sich blicken ließen, würde wahrscheinlich niemand mehr auf die Predigt des Reverend hören, sondern alle würden nur sie anstarren und womöglich böse Vermutungen hin und her tuscheln.

»Richte meiner Mutter aus, dass ich mich auf den Ausflug freue«, erklärte Violet, obwohl das ganz und gar nicht der Fall war.

»Sehr wohl.« Claire knickste und verschwand.

Während sich Violet aus dem Bett erhob, überlegte sie, wie sie dem Einkaufsbummel entkommen konnte. Ihre Mutter hatte sehr gute Augen und ein hervorragendes Gespür für Lügen. Besonders in der ersten Zeit hatte Violet bei ihren geheimen Experimenten Acht geben müssen, dass sie sich nicht in irgendeiner Weise verriet. Sie war eine zu schlechte Lügnerin. Auch bei dem Versuch, eine Krankheit vorzuschützen, hatte sie stets versagt.

Nachdem sie eine Weile in ihrem Zimmer auf und ab gegangen war, kam ihr plötzlich die rettende Idee. Wenn es schon nichts brachte, eine Krankheit vorzutäuschen, musste sie eben eine haben!

Genau in diesem Augenblick klopfte es. Seltsamerweise erschien Alfred persönlich, um ihr das Kleid zu bringen, das Claire herausgesucht hatte. »Alfred, Sie müssen mir unbedingt helfen.«

Während der Butler die Bänder und Schleifen so sorgsam auf

dem Bett drapierte, als sei das Kleid dazu gedacht, dort liegen zu bleiben, fragte er: »Wobei denn, Mylady?«

»Meine Mutter plant einen Ausflug, der meine Pläne für den heutigen Tag durchkreuzt. Sie wissen schon ...«

Alfred richtete sich auf und runzelte die Stirn. »Sie meinen den Botanischen Garten?«

»Genau das! Ich will wissen, was das für eine Spinne ist! Stattdessen will meine Mutter einkaufen – Trauerkleider, in einer Boutique, stellen Sie sich das mal vor – und darauf habe ich nun wirklich keine Lust. Außerdem muss ich meine Ermittlungen vorantreiben. Lady Sharpe ist sicher schon viel weiter als wir.«

»Kein Wunder, sie verfügt ja auch über das Hauptindiz aus dem Magen des Toten.«

»Wir haben keine Zeit für Spitzfindigkeiten«, murrte Violet. »Haben Sie nicht irgendeine Besorgung in der Stadt zu machen?«

»Rein zufällig ja, Mylady, Seine Lordschaft hat mich gebeten, einen neuen Humidor abzuholen, den er bei Baker & Hutchins in Auftrag gegeben hatte.«

Violet erinnerte sich. Das Weihnachtsgeschenk für seinen Schwiegervater, jenen Großvater, den Violet alle Jubeljahre einmal zu Gesicht bekam und der für sie eigentlich ein komplett Fremder war. Ihr Vater kaufte das Weihnachtsgeschenk immer recht früh im Jahr, damit er es auch ja nicht vergaß.

»Dann machen Sie doch einen schnellen Abstecher zur Apotheke. Ich brauche ein Brechmittel.«

»Das wollen Sie doch wohl hoffentlich nicht Ihrer Mutter unterjubeln«, rief Alfred entsetzt.

»Es ist ja sehr schmeichelhaft, dass Sie mir so etwas zutrauen«, entgegnete Violet bissig. »Doch Sie irren, Alfred, ich will es selbst nehmen. Wenn mir schlecht ist, wird Mama sicher nicht darauf bestehen, dass ich mitkomme.«

»Aber möglicherweise wird sie sich um Sie kümmern wollen.«

Violet sah ihn an, als habe er den Verstand verloren. »Meine Mutter ist nicht Florence Nightingale! Sie wird den Ausflug allein unternehmen und vielmehr Claire Anweisung geben, auf mich zu achten.«

»Was Ihren Ausflugsplänen auch nicht gerade förderlich ist.«

»Da das Brechmittel lediglich dazu gedacht ist, den Magen von schädlichen Substanzen zu reinigen, hält so eine Übelkeit nicht besonders lange an. Sobald es mir wieder besser geht, werde ich Claire wegschicken. Anschließend können wir uns auf den Weg machen.«

»Wenn Sie mich fragen, klingt das nicht nach einem sonderlich gut durchdachten Plan. Was ist, wenn die Übelkeit doch länger vorhält?«

»Ich habe keine andere Möglichkeit. Wenn ich nichts unternehme, wird meine Mutter mich durch die gesamte Londoner Innenstadt schleifen, von Boutique zu Boutique, von Kaufhaus zu Kaufhaus. Ehe wir zurück sind, ist es Abend, und ich erreiche niemanden mehr. Bitte, Alfred, ich brauche das Mittel dringend.«

Der Butler seufzte schwer. »Also gut, Mylady, ich werde es besorgen.«

»Sie sind wirklich ein Schatz!«

Violet hatte sich gerade umgewandt, als Alfred anmerkte: »Sie hätten mir aber auch befehlen können, das Mittel zu holen. Ich hätte nicht nein sagen können.«

»Geben Sie es zu, allmählich finden Sie Gefallen an der Detektivarbeit.«

Der Butler lächelte schmal, dann trat er mit einer kleinen Verbeugung ab.

Während der Ausflug, den ihre Mutter ihr beim Frühstück schmackhaft zu machen versucht hatte, bedrohlich näher rückte, wartete Violet ungeduldig auf die Rückkehr des Butlers. Vor dem Fenster auf und ab gehend und ihre eiskalten Finger knetend, suchte sie nach einem Plan B, falls Alfred nicht rechtzeitig zurück wäre. Ihr Erfindungsgeist ließ sie dabei allerdings schändlich im Stich.

Außerdem musste sie überlegen, an wen sie sich bezüglich der Spinne wenden konnte. Seit Langem schon unterstützte ihr Vater das Botanische Institut, hin und wieder hatten sie auch Forscher zu Gast in Adair Manor. Doch welcher von ihnen würde verschwiegen genug sein und ihrem Vater nicht gleich brühwarm ihren Besuch auftischen?

Sie schritt die Galerie vor ihrem geistigen Auge ab, bis sie schließlich beim Gesicht von John Borneman angekommen war. Der Insektenforscher war ein ruhiger, diskret wirkender Mann mit Brille und wirrer Frisur. Obwohl ihr Vater voll des Lobes über seine Arbeit war, bemängelte er hin und wieder Bornemans gesellschaftliches Engagement. Nach dessen letztem Besuch hatte er gemeint, dass der Insektenforscher menschenscheu und seltsam sei – und das nur, weil er nicht wie andere versucht hatte, sich Lord Adair anzubiedern. Das war ihr Mann!

Schritte vor der Tür ließen sie zusammenzucken. War das Claire, die ihr mitteilen wollte, dass ihre Mutter bereit für den Ausflug war?

Das Klopfen an ihrer Tür schien diese Befürchtung zu bestätigen.

Violet schnaufte, dann rief sie: »Herein!«

Geschmeidig wie ein Dieb schob sich Alfred durch die Tür. »Hier ist es, Mylady.« Er streckte ihr eine braune Flasche mit einem zähflüssigen Sirup entgegen. Auf dem hübsch umrahmten Apothekenschild stand die Aufschrift *Ipecac*.

»Der Apotheker sagt, dass Sie nur eine Kappe voll nehmen sollen, wenn Ihre Seele nicht Ihren Leib verlassen soll«, merkte Alfred an, während Violet die Flasche aufschraubte und an dem Inhalt schnupperte. Eigentlich roch das Zeug ganz harmlos, aber seine Wirkung, das wurde in vielen Fachzeitschriften beschrieben, sollte sehr überzeugend sein.

Violet grinste breit. »Sie meinen, wenn ich nicht sämtliche Eingeweide auskotzen soll.«

»Wenn Sie so wollen, ja. Der Apotheker warnt ausdrücklich vor übermäßigem Konsum, nicht nur wegen der heftigen Reaktion, sondern auch, weil es in hohen Dosen giftig sein könnte.«

»Keine Sorge, ich werde mich an die Anweisung halten. Immerhin möchte ich nachher noch in den Botanischen Garten.«

Daraufhin machte Alfred kehrt, um den in Packpapier gewickelten Humidor ins Zimmer seines Herrn zu bringen. Violet betrachtete die Flasche in ihrer Hand. Sie hasste es, Magenschmerzen zu haben, und noch mehr hasste sie es, sich zu übergeben. Doch was tat man nicht alles für die Familie!

Gerade als sie sich einen Becher des Sirups eingießen wollte, klopfte es erneut. Diesmal war es nicht Alfred, sondern Claire.

»Mylady hat mir gerade mitgeteilt, dass sie in einer halben Stunde aufzubrechen gedenkt. Wünschen Sie Hilfe beim Ankleiden, Lady Violet?«

Ob das Korsett meinen Magen noch schneller dazu bringt, seinen Inhalt wieder herauszubringen?, fragte sich Violet, dann nickte sie. »Ja, danke, Claire, das ist sehr freundlich von dir.«

An die zehn Minuten klammerte sich Violet an den Bettpfosten, während Mary an den Bändern ihres Korsetts zerrte, um eine möglichst schmale Taille zu schnüren. *Als ob ich sonst breit wie ein Elefant wäre*, ging es Violet durch den Kopf, während sie die Luft anhielt, um Mary ein wenig entgegenzukommen. Als schließlich alle Knoten festgezogen waren, betrachtete sie sich im Spiegel. Die perfekte Sanduhrform.

Eigentlich gar nicht so schlecht, wenn ich denn Luft bekäme und nicht das Gefühl haben müsste, dass mir sämtliche Organe zu den Ohren wieder herauskommen, dachte Violet. Nachdem Claire ihr ins Kleid geholfen hatte, schickte Violet ihre Zofe fort und wandte sich dann dem Sirup zu. Wie lange würde es dauern, bis er wirkte? Wenn der Anfall sie erst in der Kutsche überkam, war der Tag verloren.

Während ihr der eigentümliche Geruch des Mittels in die Nase stieg, füllte sie die Deckelkappe voll. Pflanze vom Wegrand, die krank macht, hatten die Eingeborenen Südamerikas den Brechwurz genannt, das hatte sie mal irgendwo gelesen. *Wollen wir hoffen, dass es schnell geht*, dachte sie, als sie den Sirup schluckte und dann das Gesicht verzog. Er schmeckte tatsächlich viel grässlicher, als er roch.

Unten an der Treppe wurde sie bereits von ihrer Mutter erwartet. Lady Emmeline trug ein dezentes dunkelblaues Kleid mit weißem Kragen, der ein wenig an Matrosenuniformen erinnerte, aber nicht so groß war, dass es unpassend gewirkt hätte. Die Mitglieder einer Familie, die ins Gerede gekommen war, mussten möglichst würdevoll und unauffällig auftreten, um die öffentliche Meinung nicht noch zu verschlechtern.

»Violet, da bist du ja!«, rief sie, während sie ungeduldig den Griff ihres Schirms befingerte und dann mit der rechten Hand den Sitz ihrer Frisur überprüfte.

Während sie die Treppe langsam hinunterstieg, spürte Violet dem Sirup in ihrem Magen nach. Noch bemerkte sie keine Wirkung. Vielleicht hätte sie doch mehr davon trinken sollen.

Am Fuße der Treppe angekommen, wurde ihr noch immer nicht übel. Im Hintergrund nahm sie Alfred und Claire wahr, die auf Anweisungen ihrer Herrin warteten. Violet bemerkte, das der Butler fragend die Augenbrauen hochzog. Offenbar hatte er erwartet, dass sie bereits mit grünem Gesicht die Treppe herunterkam.

»Dein Kleid sitzt etwas nachlässig«, bemängelte Lady Emmeline und begann, an Violets Ärmelspitzen herumzuzupfen. »Bevor nicht alles perfekt ist, kommst du mir nicht aus dem Haus!«

Violet wollte gerade entgegnen, dass man das unter dem Cape ganz bestimmt nicht sehen würde. Doch plötzlich regte sich etwas in ihr.

Wie eine Springflut, die einen unvorsichtigen Strandspaziergänger überraschte, kam die Übelkeit über sie. Violet hatte nicht mal mehr Zeit, um einen Eimer zu erbitten. Stöhnend krümmte sie sich zusammen und übergab sich. Dabei verfehlte sie nur knapp den Rocksaum von Lady Emmeline.

»Du meine Güte, Violet!«, rief ihre Mutter erschrocken aus. »Claire, schnell, lockern Sie ihr das Korsett.«

Violet hörte sie nicht wirklich, denn schon kündigte sich das nächste Erbrechen an. Inzwischen war Claire mit einem Eimer aus der Küche zur Stelle. Gerade rechtzeitig hielt sie ihn unter Violets Gesicht. Während sich Violet erneut übergab, zerrte Claire an den Verschlüssen ihres Kleides.

Violet war das alles ziemlich egal. Aber dann auf einmal ließ der Druck auf ihren Magen nach, und sie konnte wieder besser atmen. Das Wasser lief ihr noch immer im Mund zusammen, doch das Brechmittel hatte sie nun wahrscheinlich ausgespien.

Als es vorbei war, fiel ihr ein, dass ihre Mutter vielleicht an eine Vergiftung glauben würde. Tatsächlich war Lady Emmeline kreidebleich, als sie sich wieder aufrichtete.

»Kind, hast du was Schlechtes gegessen?«, fragte sie panisch, dann blickte sie zu Alfred.

»Ich habe die Speisen persönlich überprüft«, sagte dieser seelenruhig. »Nach Lord Stantons überraschendem Dahinscheiden habe ich es mir zur Aufgabe gemacht, kein einziges Lebensmittel aus der Küche gehen zu lassen, ohne davon zu probieren.«

»Und hast du vielleicht etwas anderes zu dir genommen? Konfekt vielleicht oder Obst?«

Einen ordentlichen Schluck Brechwurzsaft, dachte Violet spöttisch, während sie energisch den Kopf schüttelte. »Nein, nichts dergleichen. Vielleicht habe ich mir den Magen einfach nur ein wenig erkältet. Es geht schon wieder.«

»Deine Tapferkeit in allen Ehren, Violet, aber du solltest dich hinlegen. Deine Maße habe ich ja, ich werde die Verkäuferin danach ein Kleid aussuchen lassen.«

»Aber Mama, willst du wirklich allein gehen …«, entgegnete Violet mit gespieltem Bedauern, denn sie wusste, dass Lady Emmeline genug Mutterliebe innewohnte, um sie nicht in diesem Zustand – grün im Gesicht und nach Erbrochenem riechend – durch die Stadt zu schleppen. Außerdem müsste sie befürchten, dass sich das Malheur in der Boutique noch einmal wiederholte.

»Was bleibt mir übrig«, entgegnete Violets Mutter seufzend, dann strich sie ihr übers Haar. »Ruh dich aus, mein Kind, die letzten Tage waren wohl auch für dich zu viel. – Claire, Sie geben Mrs. Myrtlewait Bescheid, dass sie meiner Tochter einen ordentlichen Magentee zubereiten soll. Alfred, Sie beaufsichtigen persönlich, dass sie ihn auch trinkt.«

»Sehr wohl, Madam.« Alfred verneigte sich leicht, und während Claire mit dem Eimer in der Küche verschwand um ihn Mary auszuhändigen, geleitete er Violet die Treppe hinauf.

»Kein besonders kluger Schachzug, wenn ich das anmerken darf, Mylady«, sagte Alfred, während er die Gardinen zurückzog und das Fenster öffnete. »Ich bin sicher, dass Ihre Frau Mutter einen Moment lang geglaubt hat, Sie wären das nächste Opfer des Mörders.«

»Kann sein«, sagte Violet, während sie ihre Augen schloss und die hereinströmende, nach Rauch riechende Luft tief in ihre Lungen sog. »Aber es ging nicht anders. Und glücklicherweise waren Sie geistesgegenwärtig genug, sie davon zu überzeugen, dass es kein Giftanschlag war.«

»Damit hatten wir außerordentlich großes Glück. Wann, denken Sie, werden Sie bereit sein, um in die Stadt aufzubrechen?«

»Sagen Sie nichts, in dem das Wort brechen vorkommt«, stöhnte Violet. »Geben Sie mir nur ein paar Minuten«, immer noch hielt sie die Augen geschlossen. »Ich hätte nicht gedacht, dass eine Kappe von diesem Zeug eine derart durchschlagende Wirkung hat.«

»Zum Glück haben Sie sich an die Warnung des Apothekers gehalten.«

»Ja, es war nett von Ihnen, mir seine Empfehlung mitzuteilen, Alfred. Freiwillig werde ich dieses Teufelszeug aber nicht mehr anrühren.« Als Violet die Augen wieder öffnete, hatte sich das Grummeln in ihrem Bauch weitestgehend verzogen. Ein Blick in den Spiegel neben dem Bett sagte ihr, dass sie nicht mehr ganz so grünlich blass aussah. Wenn sie erst einmal an die frische Luft kam, würden sich auch die restlichen Beschwerden wieder legen.

»Ich schätze mal, dass wir jetzt los können. Meine Mutter hat sicher schon einen guten Vorsprung, und die Wahrscheinlichkeit, dass wir ihr zufällig begegnen, ist gering.«

»Sehr wohl, Mylady, ich werde die Dienstmädchen beschäftigen, damit sie Sie nicht sehen – und Ihren Tee abfangen.«

Nachdem Alfred das Zimmer verlassen hatte, schlüpfte Violet rasch in ihre Laborkleidung, in der man sie bestenfalls für die Tochter eines Kaufmanns oder Erfinders halten konnte. Kein Korsett tragen zu müssen, war für sie eine unerhörte Erleichterung. Als sie fertig war, holte sie das Glas mit der toten Spinne unter ihrem Bett hervor und verstaute es in ihrer Handtasche.

An der Treppe angekommen, sah sie, dass die Halle leer war. Alfreds Stimme war in den hinteren Räumen zu vernehmen. Violet eilte die Stufen hinab, durch die Eingangshalle und versteckte sich in der Nische neben der Tür, im Schatten der Marmorbüste einer griechischen Göttin.

Alfred, seinen Mantel unter dem Arm, erschien nur wenige Augenblicke später. Unter dem Mantel hatte er ihr Cape verborgen.

»Ziehen Sie das besser über, Mylady, das Wetter ist heute ziemlich launisch.«

»Danke, Alfred.«

»Sie sehen immer noch ein wenig grün aus, Mylady, sind Sie sicher, dass Sie in die Stadt gehen können?«

»Aber natürlich«, entgegnete Violet. »Das Grün wird schon wieder vergehen. Und wenn nicht, bin ich im Botanischen Garten wenigstens gut getarnt.«

9. Kapitel

Da um diese Uhrzeit in der Innenstadt und somit auch in der Seitenbahn der Teufel los war, zog es Violet vor, erneut die Dienste einer der Motordroschken in Anspruch zu nehmen – selbst auf die Gefahr hin, dass die Fahrt wieder rasant werden könnte.

Immerhin kann nun nichts mehr aus meinem Magen kommen, dachte sie spöttisch und strich sich über den Bauch.

Als sie sich in die roten Polster der Droschke sinken ließ, bemerkte sie einen Mann, der auf der anderen Straßenseite an einem Laternenpfahl lehnte und vorgab, seine Pfeife anzünden zu wollen.

»Sehen Sie diesen Mann, Alfred?«

»Natürlich«, entgegnete der Butler ohne hinzusehen.

»Was halten Sie von ihm? Beobachtet er uns, weil wir so ein seltsames Paar abgeben, oder hat er irgendwelche Absichten?«

Alfred neigte den Kopf ein wenig, als interessierte er sich für ein Detail an der Tür der Droschke. In Wirklichkeit nahm er den Kerl näher unter die Lupe.

»Schwer zu sagen. Er ist kein Asiate, was schon mal sehr beruhigend ist. Möglicherweise ist er wirklich nur zufällig da. Andererseits könnte er auch ein Spitzel sein.«

»Lady Sharpes Auge.«

»Ich würde das nicht ausschließen. Aber ich glaube kaum, dass er uns folgen wird. Bestenfalls ist er jemand, der angeheuert wurde, um die Straße zu beobachten. Er wird der Spy Mistress berichten, dass er uns gesehen hat, mehr aber auch nicht.«

Wollen wir es hoffen, dachte Violet, *das Letzte, was wir gebrauchen können, sind irgendwelche Schnüffler.*

Nachdem sie einen kleinen Stau auf der London Bridge und eine Demonstration von Frauenrechtlerinnen auf dem Trafalgar Square überwunden hatten, stiegen sie aus der Motordroschke und gingen noch ein Stück zu Fuß.

Weithin sichtbar reckte der erst vor Kurzem eröffnete Botanische Garten Ihrer Majestät seine messingverzierte Glaskuppel in den Himmel. Für die Forscher war dieser Neubau, der natürlich mit allem technischen Schnickschnack ausgestattet war, ein wahrer Segen, für Einwohner und Besucher der Stadt London neben den zahlreichen Parks der Stadt eine Attraktion, die man unbedingt gesehen haben musste.

Für Violet war es nicht der erste Besuch hier, mindestens fünf Mal hatte ihr Vater sie mitgenommen. Allerdings war sie nie weiter gekommen, als in die Pflanzenhalle, in der den Zuschauern aktuelle Forschungsobjekte präsentiert wurden. Während sie entweder mit der Nanny oder ihrer Mutter hatte zurückbleiben müssen, war ihr Vater in den Verwaltungsgebäuden verschwunden, um mit dem Direktor oder von ihm geförderten Forschern zu sprechen, zu denen auch John Borneman gehörte.

Obwohl es Vormittag war und die meisten Leute bei der Arbeit, drängten sich vor den Eintrittskassen die Menschen. Schalterclerks mit laubgrünen Armschonern verteilten Billets und Heftchen, in denen verschiedene Routen durch den Garten empfohlen wurden. Ohne diese gedruckten Wegweiser konnte man sich schnell zwischen den tropischen Pflanzen verirren, die beinahe aus der ganzen Welt stammten.

Zwischen den Pflanzen befanden sich Käfige mit verschiedenen exotischen Tieren, vornehmlich Jägern, bei denen die Gefahr bestand, dass sie sich an den freilebenden Tieren oder Menschen gütlich taten.

Die harmlosen Tiere – Schmetterlinge, Insekten und Vögel – erfreuten sich ihres Lebens auf den Blättern und in Baumkronen. Hin und wieder wurden hier auch mechanische Tiere gezeigt, doch nur zu besonderen Anlässen. Ansonsten war der Botanische Garten eine Insel reiner Natürlichkeit inmitten einer zunehmend von Technik beherrschten Welt.

Violet lächelte versonnen in sich hinein, als sie sich wieder daran erinnerte, wie sie als Kind einmal einem sogenannten Morphofalter begegnet war. Er hatte sich einfach auf ihre Hand gesetzt und sie angesehen, während seine Flügel all ihre Finger bedeckten. Diese großen blauen Schmetterlinge waren ziemlich scheu und lebten, nachdem sie die letzte Stufe der Metamorphose erreicht hatten, nur wenige Tage, weil ihr Herz das Gewicht ihrer Flügel nicht lange aushielt. Dass eine so wunderbare Kreatur dafür geschaffen sein sollte, nur wenige Tage zu leben, gerade so lange, um sich fortzupflanzen, hatte Violet traurig gestimmt. »Das ist nun mal Gottes Wille«, hatte ihre Nanny sie zu trösten versucht, doch noch lange danach war Violet besessen gewesen von der Frage, ob es nicht eine Möglichkeit gab, das Herz der Falter zu stärken, damit sie noch mehr von ihrem Leben hatten.

Nachdem sie einen kurzen Blick zu den Kassen geworfen hatten, bedeutete sie Alfred mitzukommen zu der Treppe, die ihr Vater immer erklomm, um zu seinen Besprechungen zu gehen. Im Gegensatz zum prächtigen Pflanzenhaus wirkten die Verwaltungsgänge eher nüchtern und langweilig. Hier und da stand ein Pflanzenkübel herum. Hinter den braunen Türen, die sich kaum von der braunen Wandtäfelung unterschieden, waren gedämpfte Stimmen zu hören.

Violet hatte nicht die geringste Ahnung, wo sie Professor Borneman suchen sollte. Zwar gab es Messingschilder an den Türen, doch nachdem sie einige Gänge durchquert hatten, ohne die Aufschrift *John Borneman* zu finden, erkannte Violet, dass das Verwaltungsgebäude ähnlich verwirrend war wie der Garten unter der Glaskuppel. Warum gab es nicht hierfür einen Wegweiser?

»Moment mal, Miss, was haben Sie hier oben zu suchen?«, tönte streng eine Stimme hinter ihnen. »Der Rundgang beginnt unten.«

Ein noch recht junger Mann, wahrscheinlich einer der Gehilfen, kam mit erhobenem Arm hinter Ihnen her. Violet drehte sich so würdevoll wie möglich um, dann antwortete sie lächelnd: »Oh, ich bin nicht wegen des Rundgangs hier. Ich würde gern Professor Borneman sprechen, wenn dieser gerade abkömmlich ist.«

»Professor Borneman wünscht momentan nicht gestört zu werden!«, warf sich der junge Mann in die Brust.

Doch Violet hatte nicht all die Unbill auf sich genommen, um einfach wieder weggeschickt zu werden. Kurzentschlossen spielte sie ihre Trumpfkarte. »Nun, für die Tochter von Lord Reginald Adair macht er vielleicht eine Ausnahme. Immerhin ist dieser ein Förderer seiner Arbeit, und ich bin sicher, dass er einen Moment Zeit für mich aufbringen kann.«

So, wie der Junge die Augen aufriss, musste er den Namen Adair schon einmal gehört haben.

»Sie sind Lady Adair?«, fragte er ungläubig.

»Ja, und das da ist mein Butler. Sie verstehen sicher, dass eine Dame nicht allein durch die Stadt geht.«

Verwirrt starrte der Junge sie an, offenbar unsicher, ob er sich eher den Unmut seines Professors oder dessen Gönners zuziehen sollte. Violet ihrerseits musterte ihn möglichst streng und hoffte, dass ihr Blick dieselbe Wirkung entfaltete wie der ihres Vaters.

»Also gut«, sagte der Junge schließlich. »Ich führe Sie zu ihm. Aber wenn er Sie nicht sehen will, kann ich nichts tun.«

»Er wird mich sehen wollen, keine Bange«, entgegnete Violet so selbstsicher wie möglich.

Der Geruch nach Bohnerwachs nahm zu, je weiter sie in das Gebäude vordrangen. Immer wieder blickte sich der Junge verstohlen um, so als hoffte er, dass Violet es sich noch einmal überlegen würde.

Schließlich machten sie an einer Tür Halt, an der ein Messingschild mit dem Namen John Borneman hing. Der Bursche klopfte, und wie ein Hausdiener oder Butler meldete er: »Da ist eine Lady Adair, die Sie unbedingt sprechen möchte.«

»Sie soll reinkommen«, beschied der Botaniker ihn, worauf der Junge zurücktrat und Violet mit einer kleinen Handbewegung hineinwinkte. Violet bedeutete Alfred, an der Tür zu warten, dann trat sie ein.

»Guten Tag, Professor Borneman!« Mit ausgestreckter Hand und einem freundlichen Lächeln ging sie auf den Forscher zu. »Ich hoffe, ich störe Sie nicht.«

Seit seinem letzten Besuch in Adair House hatte sich der Botaniker und Insektenforscher nicht verändert. Er war recht dünn, sein dichtes, von vielen Wirbeln durchzogenes Haar saß grau und unordentlich auf seinem Kopf. Er trug zu seiner schwarzen Hose ein dezent braun-weiß gestreiftes Stehkragenhemd, eine messingfarbene Uhrkette baumelte an seiner groben braunen Weste.

Hinter ihm hingen zahlreiche Abbildungen von Insekten, zwei riesige Topfpflanzen standen neben dem Fenster. Ansonsten war das Büro eher spartanisch eingerichtet, außer vollgestopften Bücherregalen und dem Schreibtisch samt Stuhl gab es hier nichts, was Gemütlichkeit hätte verströmen können.

Borneman nahm seine Messingbrille von der Nase und reichte Violet die Hand. »Natürlich stören Sie nicht, Lady Adair. Sie sind Lord Reginalds Tochter, nicht wahr? Violet, wenn ich mich recht entsinne.«

»Ganz recht.«

»Nun, es spricht für Ihren Vater, dass er seiner Tochter einen Namen gegeben hat, der an eines der wohl schönsten Gewächse unseres Kulturkreises erinnert.«

Hä?, fragte Violet im Stillen, bis ihr aufging, dass er das Veilchen meinte. Sie bezweifelte allerdings, dass ihre Eltern die Blume im Sinn gehabt hatten, als sie ihr den Namen verpassten. Violet hatte ihre früh verstorbene Großmutter geheißen, also war eher Tradition und ein Anflug von Sentimentalität im Spiel gewesen, als Botanik.

»Was kann ich für Sie tun, Lady Violet?«

»Ich habe gestern einen Fund in unserem Haus gemacht.« Violet zog das Glas mit der Spinne hervor. Noch immer lag sie mit zusammengerollten Beinchen auf dem Boden. »Mir kommt diese Spinne ein wenig seltsam vor. Leider habe ich sie – was Sie vielleicht verstehen können – versehentlich getötet. Erst dann habe ich die Unterschiede zu gewöhnlichen Spinnen bemerkt und mich gefragt, ob Sie mir vielleicht sagen könnten, um welche Spezies genau es sich handelt.«

Borneman setzte seine Brille wieder auf und nahm das Glas zur Hand. Auf einmal veränderte sich sein Gesichtsausdruck.

Violet konnte es nicht genau deuten, doch so ähnlich schaute ihr Vater immer drein, wenn er irgendwas nicht fassen konnte.

War diese Spinne wirklich so eine große Überraschung für den Botaniker?

Wortlos trug der Professor das Glas zu seinem Arbeitstisch vor dem Fenster, auf dem eine der neuartigen Lupen stand, die maximale Vergrößerung versprachen. Violet hatte davon in der Zeitschrift *Optic & Lenses* gelesen, die im vergangenen Monat bei Alfreds Wocheneinkauf mitgewandert war. Wahrscheinlich war diese Anschaffung der letzten Zuwendung ihres Vaters zu verdanken. Der Professor schob die tote Spinne auf einen Objektträger und beugte sich über die Lupe.

»Diese Spinne ist ein ganz besonderes Tierchen«, begann Borneman, nachdem er sie eine Weile betrachtet hatte. »Sie gehört zu den sogenannten Leichenspinnen, das heißt, dass sie auch in vollkommen luftdichten Räumen überleben kann, indem ihr Körper aus dem Blut eines Wirtstiers Sauerstoff gewinnt.«

»Aus den roten Blutkörperchen.«

Erstaunt blickte Borneman auf. »Genau! Aus diesem Grund findet man sie oftmals in Kadavern von Tieren. Woher wussten Sie das?«

»Das habe ich irgendwo gelesen.« *Bei so viel Langeweile, wie sie das Leben einer Adelstochter mit sich bringt, ist das doch wohl kein Wunder, oder?*, fügte sie im Stillen hinzu. »Was ist mit Menschen? Können sich diese Tiere auch in Menschen festsetzen?«

»Wenn der Betreffende in den Tropen war, sicher.«

War Lord Stanton in den Tropen gewesen? Sie wusste nicht, wie Lady Stanton oder Percival auf solch eine Frage auf der Beerdigung reagieren würden, doch für alle Fälle behielt Violet sie Hinterkopf.

Als Borneman die Spinne mit der Pinzette herumdrehte, zuckte er plötzlich zusammen.

»Was ist?«, fragte Violet, der nicht entgangen war, dass der Botaniker plötzlich beunruhigt wirkte.

»Das gibt es doch nicht«, murmelte er leise vor sich hin, ohne auf ihre Frage einzugehen.

»Was gibt es nicht?«, hakte Violet nach.

»Diese Spinne, sie …« Borneman stockte. »Sie ist ein besonderes Exemplar. Sie ist …«

»Bitte, Professor, spannen Sie mich nicht länger auf die Folter!«, flehte Violet.

»Diese Spinne gibt es in dieser Form eigentlich nicht in freier Wildbahn. Sie ist eine Züchtung, eine Kreuzung aus Leichenspinne und Schwarzer Witwe.« Borneman winkte Violet an seine Lupe und bedeutete ihr, hindurchzusehen. »Sehen Sie die Kauwerkzeuge?«

Violet konnte sie nichts Besonderes entdecken, außer dass die Teile, die sonst ein einer Spinne winzig klein waren, plötzlich riesig wirkten. Aber sie war ja auch keine Botanikerin.

»Diese Kauwerkzeuge gehören zur Schwarzen Witwe, einer der giftigsten Spinnen der Welt. Wenn man genau hinschaut, entdeckt man noch mehr Merkmale.« Auf einmal war der Professor Feuer und Flamme. Rasch ergriff er seinen Federhalter und notierte in krakeliger Schrift ein paar Fakten.

»Kann es sein, dass diese Spinne genauso giftig ist wie eine Schwarze Witwe?«, fragte Violet erschaudernd dazwischen. »Oder vielleicht noch giftiger? Immerhin haben ja auch Leichenspinnen ein schwaches Gift, nicht wahr?«

»Jede Spinne ist auf ihre Weise giftig, sonst könnte sie ihre Beutetiere nicht lähmen«, entgegnete Bornemann, während er noch immer nicht von seinem Mikroskop aufsah. »Es wäre tatsächlich möglich, dass die Kreuzung die Wirkung des Giftes verstärkt hat. Normalerweise wird das Gift der Echten Witwen, wie man ihre Gattung nennt, nur geschwächten und kranken Menschen gefährlich. Falls es dem Züchter aber gelungen ist, das schwache Gift der Leichenspinne durch das Gift der Schwarzen Witwe zu potenzieren, wäre des denkbar, dass … sie einen Menschen töten kann.«

Irgendwas ist mit ihm, dachte Violet, während sie Borneman bei seinen Ausführungen beobachtete. Wie unruhig er wirkte! Das war keineswegs die Bewunderung für die Möglichkeiten der Wissenschaft – es war Angst.

»Wer immer dieses Tier gezüchtet hat, muss ein Genie sein«, schloss er mit zitternder Stimme und erhob sich.

Ein Genie fürwahr, dachte Violet beunruhigt. *Ein verrücktes Genie. Ein Wahnsinniger, der hiermit eine gefährliche Waffe geschaffen hat.*

»Könnte diese Spinne auch in einen Menschen gelangen?«, fragte Violet weiter. Am liebsten hätte sie Lord Stanton erwähnt, doch ihr Instinkt riet ihr, es nicht zu tun.

»Wie meinen Sie das?«, fragte Borneman verwirrt.

»Nun, es heißt doch, dass man im Schlaf aus Versehen Insekten verschluckt.«

»Nun, Leichenspinnen heißen so, weil sie sich in Leichen festsetzen und dort ihre Brut ablegen.«

»Wie lange dauert es denn, bis diese Spinnenbrut schlüpft?«

»Oh, das dauert eine Weile. Meist sind die Leichname da schon unter der Erde. Das ist natürlich fatal, falls der Wirt ein Mensch ist, denn sie können zwar in luftdichten Räumen leben, aber nur solange sie frische rote Blutkörperchen bekommen. Blut zerfällt bei einem Leichnam recht schnell, und wenn sie keinen Sauerstoff mehr von dort bekommen, sterben sie ab. Tierkadaver verwesen zwar ebenfalls, sind aber leichter zu verlassen, denn sie kommen für gewöhnlich nicht unter die Erde, sondern bleiben einfach liegen. Jedenfalls ist das im Dschungel der Fall. Schlimmstenfalls werden die Spinnen von einem anderen Tier mit verschluckt, das sie aber durch dessen Verdauungstrakt wieder verlassen können.«

»Und wenn die Spinne so giftig ist, wie Sie sie beschrieben haben?«

»Wird sie, da sie von dessen Magensäure bedroht ist, das neue Wirtstier wahrscheinlich töten, bevor sie ihren Weg nach draußen sucht.« Noch immer blickte Borneman drein, als hätte ihn gerade der Blitz getroffen.

Warum eigentlich?, dachte Violet. *Ich bin diejenige, die sich Sorgen machen muss.*

»Wenn Sie möchten, können Sie dieses Exemplar gern behalten«, sagte sie und reichte dem Mann, der um Jahre gealtert zu sein schien, zum Abschied die Hand.

»Vielen Dank für Ihre Hilfe, Professor.«

»Irgendwelche neuen Erkenntnisse, Mylady?«, fragte Alfred, nachdem Violet das Büro des Botanikers verlassen hatte.

»Und ob!«, antwortete sie, und während sie unternehmungslustig zur Treppe marschierte, fasste sie für Alfred das Gespräch kurz zusammen. »Irgendwie muss Stanton diese seltsame Spinne verschluckt haben«, schloss sie. »Das Tierchen hat Angst bekommen und ihn umgebracht.

»Das würde bedeuten, dass wir keine Schuld an diesem Unglück tragen.«

»Genau das bedeutet es. Und heute Abend werde ich meinem Vater davon berichten.«

Alfred stockte. »Sie wollen Ihrem Vater davon erzählen?«

»Natürlich! Er muss wissen, woran Stanton wirklich gestorben ist.«

»Aber meinen Sie denn, er wird Ihnen auch nur ein Wort glauben?«

»Er kann Borneman fragen.«

»Natürlich kann er das, aber er wird Sie fragen, wie Sie an diese Information gekommen sind und wo Sie die Spinne herhaben. Außerdem haben wir noch immer nicht den Mörder gefunden. Sie sagten doch selbst, dass die Spinne gezüchtet wurde. Der Züchter ist sicher auch dafür verantwortlich, dass sie in Stantons Körper gekommen ist.«

Da hatte er recht, das musste Violet zugeben. Ihr wurde nun auch klar, dass ihrem Vater nichts von ihrem nächtlichen Besuch in der Morgue erzählen durfte. Und wenn Lady Sharpe davon erführe, könnte sie ihre Zukunft als Forscherin glatt vergessen.

»Also gut, dann werden wir nach dem Mörder suchen.«

Zwei Straßen vor Adair Manor stiegen sie aus der Motordroschke aus und gingen des Rest des Wegs zu Fuß. Das Wetter war merklich schlechter geworden. Wenn das so weiterging, würde es am nächsten Tag Lord Stanton bei seiner Beerdigung in die Gruft regnen.

»Wissen Sie, was seltsam ist?«, fragte Violet ihren Butler, der neben ihr ging und wahrscheinlich seine Vorkehrungen für den Abend überdachte. »Nein, Mylady.«

»Borneman klang ziemlich sicher, als er behauptete, dass sich das Spinnengift verstärkt habe. Eigentlich ist es bei Kreuzungen doch auch möglich, dass Eigenschaften abgeschwächt werden, oder nicht?«

»Er ist ein erfahrener Wissenschaftler«, hielt Alfred dagegen.

»Doch selbst die brauchen Proben.«

»Vielleicht wollte er Ihnen nur ein wenig Angst einjagen.«

»So ist Borneman nicht.« Violet dachte an seine blumige Bemerkung zu ihrem Namen. Borneman würde eher dazu neigen, sie in Sicherheit zu wiegen, wenn er etwas nicht genau wusste. Aber er hatte sehr bestimmt geklungen, beinahe – warnend!

»Vielleicht hat er selbst schon Versuche in der Richtung unternommen?«, sagte Alfred nach kurzem Nachdenken.

»Das könnte sein, allerdings ist es per Gesetz verboten, Tiere zu erschaffen, die dem Menschen schaden könnten. Ausgenommen halb mechanische Wachhunde, die Anwesen und Personen beschützen sollen.«

»Nun vielleicht hat jemand eine ausgefallene Fliegenfalle bestellt. Ich könnte mir vorstellen, dass diese Spinnen sehr gute Insektenjäger sind.«

»Leichenspinnen ernähren sich von Leichen. Eine Kreuzung einer ohnehin schon giftigen Art mit ihnen kann man nicht gerade lebensbejahend nennen, denn das Gift der Schwarzen Witwe würde dazu führen, dass die Leichenspinne selbst für ihr Futter sorgen kann. Borneman weiß das, und er weiß auch, dass er mit Versuchen in diese Richtung nicht nur seine Arbeitsstelle riskiert, sondern auch ins Gefängnis wandern könnte.«

»Die Angst scheint der wahre Schöpfer dieser Tiere nicht zu haben.«

»Er schreckt ja auch nicht davor zurück, Menschen zu töten.«

»Haben Sie Borneman von Stanton erzählt?«

Violet schüttelte den Kopf.

»Nein, das erschien mir voreilig. Sollten wir noch einen Todesfall zu beklagen haben und dabei erneut auf solch ein Tier stoßen, werde ich ihn damit konfrontieren, aber vorerst will ich mich mit den bisherigen Informationen begnügen.«

*

Es gab zwei Dinge, die Lord Jonathan Broockston besonders schätzte: Schöne Frauen und vorzügliches Essen. Da traf es sich gut, dass er an diesem Abend das Vergnügen hatte, bei seinem Besuch im *Chez Martin*, einem der wenigen französischen Lokale Londons, eine wunderschöne Dame an seinem Arm zu haben.

Sie hatte sich ihm als Cynthia vorgestellt, und Broockston hatte keinen Zweifel daran, dass sie ihr Geld damit verdiente, Männern wie ihm Gesellschaft zu leisten. Doch in diesem Augenblick war ihm das egal. Die neidischen Blicke der anwesenden Herren und auch einiger Damen sagten ihm, dass er bezüglich seiner Begleitung die richtige Wahl getroffen hatte.

Cynthia war einfach nur reizend mit ihrem feuerroten Haar und den hübsch geschwungenen, rot geschminkten Lippen, die wunderbar zu ihrem eng anliegenden efeugrünen Kleid passten. Vielleicht würde er sie dazu überreden können, ihn noch ein Weilchen länger zu begleiten. Die Ballsaison stand vor der Tür, und Broockston liebte es, die verknöcherten Mumien der gehobenen Gesellschaft ein wenig zu schockieren. Sie mochten ruhig auf ihn herabsehen, sie konnten ja nicht ahnen, wie weit er über ihnen stand. Manchmal fiel es ihm schwer, nicht damit zu prahlen, doch bislang hatte er sich immer beherrschen können.

Die Frau, die ihm jetzt im *Chez Martin* gegenüber saß, schien er jedenfalls nicht beeindrucken zu müssen, sie war bereits jetzt Feuer und Flamme für ihn. Zum einen wegen des Geldes, das er besaß, zum anderen weil er ein sehr gut aussehender Mann war.

Nachdem der Kellner zwei Gläser Champagner gebracht und die Bestellung aufgenommen hatte, überkam Broockston ein natürliches Bedürfnis. »Entschuldigen Sie, meine Liebe, ich bin gleich zurück«, sagte er und erhob sich. Cynthia lächelte ihm huldvoll zu und nickte. Als er verschwunden war, zog sie ein kleines Etui aus ihrer Pochette.

Der Mann, der nur zwei Tische weiter an seinem Dessert löffelte, lächelte, als er das mitbekam.

10. Kapitel

»Du meine Güte!«, rief Lord Reginald beim Studium der Morgenzeitung aus. Eigentlich ließ er sich nie zu irgendwelchen Gefühlsausbrüchen hinreißen. Mochte das Unterhaus auch murren, mochten irgendwelche Arbeiter streiken oder die Minister Dinge beschließen, die ganz und gar gegen seine Überzeugungen waren, nie wurde Lord Adair laut – bis heute. Die Nachricht, die ihn so in Aufruhr versetzte, musste besonders schockierend sein.

»Was ist passiert, Papa?«, fragte Violet, die kurz zuvor noch über die seltsame Spinne und deren Schöpfer sinniert hatte. Lord Reginald sank auf seinem Stuhl zurück und ließ die Zeitung über sein Gedeck sinken.

»Lord Broockston ist tot.«

»Der Geldlord?«, fragte Violet erschrocken. Obwohl er auf ihrem Ball nicht zu den Gästen gehört hatte, war ihr der Name doch geläufig.

Jonathan Broockston war eigentlich nur der Sohn eines Industriellen, der es allerdings in den letzten fünfzig Jahren zu einigem Reichtum gebracht hatte und dank seiner Erfindungen und einiger einflussreicher Freunde bei der Royal Academy schließlich von der Königin geadelt worden war. Nach dem Tod seines Vaters waren Titel und Reichtum auf Jonathan übergegangen. Achtung in Adelskreisen hatte ihm das nicht eingebracht, jedermann aus dem alten Adel nannte ihn nur den Geldlord, auch ihr Vater. Dennoch war dessen Bestürzung über den Tod des Mannes echt.

»Weiß man schon, woran er gestorben ist?«

»Er ist nach einem Besuch im *Chez Martin* zusammengebrochen, mit Vergiftungssymptomen.«

»Vergiftungssymptome?«

»Es heißt hier, dass er auf ähnliche Weise wie Lord Stanton gestorben sein soll.«

»Was?« Violet fuhr vom Stuhl hoch.

»Kind, was ist los?«, fragte ihre Mutter, die schon fast den ganzen Morgen über damit beschäftigt war, ihre rechte Schläfe zu reiben, weil sie der Meinung war, der nächste Migräneanfall sei nicht weit.

Violet antwortete ihr nicht. Sie stürmte um den Tisch herum, trat hinter ihren Vater und betrachtete den Zeitungsartikel, der vom Konterfei des schmucken Lord Broockston gekrönt wurde.

»Violet, setz dich wieder hin, siehst du nicht, dass du deine Mutter aufregst«, brummte ihr Vater nervös.

Doch da hatte Violet mit dem Lesen bereits begonnen. Viel mehr, als ihr Vater bereits erzählt hatte, stand dort nicht, doch es wurde immerhin berichtet, dass er in Gesellschaft einer Dame zweifelhaften Rufes gewesen war. Und dass die Sektion des Lords diesen Nachmittag um zwei stattfinden würde. Außerdem konnte sich der Verfasser des Artikels den Hinweis auf den Todesfall in Adair House nicht verkneifen.

»Violet!«, brummte ihr Vater warnend.

Doch da wusste sie bereits alles, was sie wissen wollte.

»Ja, Papa, entschuldige.«

Mit schuldbewusst gesenktem Haupt kehrte sie zu ihrem Platz zurück, doch in ihrem Verstand arbeitete es. Gab es tatsächlich einen Zusammenhang mit dem Tod von Lord Stanton? Und wenn ja, wer hatte es auf einflussreiche Mitglieder des Parlaments abgesehen?

Bis zum Ende des Frühstücks ließ Violet ihren Vater nicht aus den Augen. O ja, er wirkte ziemlich beunruhigt. Doch warum? Dass Stantons Tod ihm Sorge bereitete, war ja zu verstehen, doch Broockston? Müsste er nicht eher erleichtert sein, dass ähnliche Symptome ihn an einem völlig anderen Ort hinweggerafft hatten? Und was war mit der rätselhaften Dame? Vielleicht hatte sich Stanton auch mit ihr getroffen …

Als sich ihre Mutter und ihr Vater schließlich zurückzogen und Alfred mit den Dienstmädchen begann, den Tisch abzuräumen, postierte sie sich neben der Treppe und wartete. Nachdem die Dienstmädchen an ihr vorbeigeeilt waren, ohne Notiz von ihr zu nehmen, erschien Alfred. Er bemerkte sie sofort. »Mylady, was tun Sie hier?«

»Wir müssen ins Leichenschauhaus«, wisperte Violet, während sie Alfred am Arm festhielt. »Diesmal am helllichten Tag.«

Alfred zog überrascht die Augenbrauen hoch. »Am Tag?«

Violet legte den Finger vor die Lippen. »Leise, Alfred, die Dienstmädchen dürfen nichts mitbekommen. Lord Broockston ist gestern Abend in einem Restaurant gestorben, mit ähnlichen Symptomen wie Lord Stanton. Mein Vater ist deswegen ziemlich aufgebracht, obwohl Broockston für ihn auch nur der Geldlord war. Ich fürchte, dass es zwischen den beiden Toden einen Zusammenhang gibt.«

Alfred überlegte kurz, dann sagte er: »Ich glaube kaum, dass Mr. Blakley noch einen Gefallen für uns herausschlagen kann.«

»Das braucht er auch nicht. Haben Sie sich gestern Abend die räumlichen Gegebenheiten der Morgue gemerkt?«

»Die räumlichen Gegebenheiten?«

»Kellerfenster. Soweit ich das mitbekommen habe, liegen diese Fenster zum Hof hin. Vielleicht können wir bei der Sektion lauschen.«

»Auf dem Hof wird es sicher vor Polizei nur so wimmeln.«

Da hatte er recht. Violet überlegte einen Moment lang, wobei sie auf einer Haarsträhne kaute. Dann kam ihr eine Idee.

»Sicher werden sie nichts dabei finden, wenn ein Gehilfe auf dem Hof zu tun hat. Sie müssen mir nur ein paar Männersachen geben, damit ich wie ein Junge aussehe.«

»Und was ist mit mir?«

»Das fragen Sie noch? Sie sind doch der Meister der Tarnung!« Violet schüttelte den Kopf. »Also wirklich, Alfred, wenn Sie nicht untertauchen können, wer dann?«

»Natürlich kann ich untertauchen, Mylady.«

»Gut, dann schicken Sie mir die Sachen nach oben. Gleich nach dem Lunch, wenn meine Mutter ihren Mittagsschlaf hält, werden wir aufbrechen.«

»Sehr wohl, Mylady.«

»Violet, kommst du bitte?«, tönte da die Stimme ihrer Mutter über die Galerie.

»Ja, Mama, ich bin sofort bei dir!«

Sie blickte zu Alfred, der ihr leicht zunickte. Dann wandte sie sich um und lief die Treppe hinauf.

Den ganzen Vormittag über sah sich ihre Mutter genötigt, Violet mit Fragen des Benimms und der Planung für ihr Debüt zu behelligen, wahrscheinlich wegen ihres Fauxpas beim Frühstück.

»Vor der Königin zu tanzen ist eine sehr große Ehre für dich, mein Kind!«, referierte sie, während sie in ihrem Salon auf und ab ging. »Du wirst die besten jungen Gentlemen des Landes kennenlernen und dir unter ihnen vielleicht deinen zukünftigen Gatten auswählen.«

»Meinst du denn, dass mich irgendeiner von denen noch haben will, nach dem Vorfall auf dem Ball?«

Lady Emmeline blieb wie angewurzelt stehen und drehte sich dann langsam um.

»Violet, wir sind eine der vornehmsten Familien dieses Landes. Glaubst du wirklich, wir würden wegen eines solchen Vorfalls bei der Königin in Ungnade fallen?«

Violet runzelte erstaunt die Stirn. Woher kam diese plötzliche Sicherheit? Noch gestern war sie der Meinung gewesen, dass die Welt untergehen würde! Aber als sie ihrer Mutter in die Augen sah, wusste Violet, dass diese ihr nur etwas vorzumachen versuchte, wahrscheinlich, um sie nicht zu beunruhigen.

Was sie wohl sagen würde, wenn sie wüsste, dass ich in der vergangenen Nacht im Leichenschauhaus war ...

In Ohnmacht fallen würde sie! Deshalb verkniff sich Violet auch jede Äußerung und nickte dazu nur. Was war ihr überhaupt eingefallen, die Worte ihrer Mutter in Frage zu stellen? Sie wollte doch nicht dazu verdonnert werden, die Benimmstunde am Nachmittag fortzusetzen!

Als sie nach dem Lunch, den sie mit ihrer Mutter im Salon einnahm, in ihr Zimmer zurückkehrte, lag ein Bündel auf ihrem

Bett. Alfred hatte die Kleider in braunes Packpapier gewickelt, sodass sie aussahen wie die Postsendung eines Kaufhauses. Violet verlor keine Zeit. Rasch zerrte sie das Papier auseinander und schlüpfte dann aus ihrem Kleid. Ihre Mutter wäre sicher entsetzt, sie in Männerkleidern zu sehen, aber Violet hatte keine andere Wahl. Vielleicht gab es bei der Sektion des Geldlords irgendwelche Erkenntnisse, die für sie nützlich waren.

Nachdem sie sich die braune Hose, das Hemd und die grobe Cordjacke übergezogen hatte und in die Stiefel geschlüpft war, steckte sie ihr Haar zusammen und schob es unter die Schiebermütze, die sich ebenfalls in dem Päckchen befunden hatte. Dann öffnete sie vorsichtig die Tür. Unten hörte sie Mary und die anderen Dienstmädchen reden, wahrscheinlich waren sie gerade dabei, das Esszimmer herzurichten. Daran, mit welcher Ausrede Alfred sich davonmachen sollte, hatte sie gar nicht gedacht, aber sie war sicher, dass ihm schon etwas einfallen würde.

Zunächst musste sie erst einmal sehen, dass sie selbst aus dem Haus kam, ohne dass jemand auf sie aufmerksam wurde. Ihr Vater war in seinem Büro, ihre Mutter hatte sich hingelegt. Wenn sie es schaffte, bis zur Tea Time wieder hier zu sein, würde vielleicht niemand etwas mitbekommen, denn vorher wurde sie auf ihrem Zimmer nicht behelligt.

Nachdem sie den Zimmerschlüssel im Türschloss herumgedreht und in ihrer Hosentasche verstaut hatte, schlich sie über den Korridor zur Treppe. Gerade in dem Augenblick kamen zwei Dienstmädchen aus dem Speisezimmer. Eine trug ein Tischtuch über dem Arm, das andere Mädchen schleppte eine Schüssel hinter ihr her.

Rasch verbarg sich Violet hinter dem Treppengeländer. Die Mädchen bemerkten sie nicht. Sie unterhielten sich gerade darüber, dass ein gewisser George einer Ellinor einen Heiratsantrag gemacht habe, den diese aber nicht annehmen wolle, weil ihr Herz für einen gewissen John schlug. Wenig später waren sie verschwunden und für Violet die Luft rein.

So rasch und dabei so leise wie möglich huschte sie die Treppe hinunter. Unten blickte sie sich um, doch weder von ihrer Mutter noch von Alfred war etwas zu sehen. Also nutzte sie die Gelegenheit und lief zur Tür.

»Sie wollen doch nicht etwa ohne mich gehen«, murmelte da eine Stimme. Violet wirbelte erschrocken herum. Alfred stand nur zwei Schritte hinter ihr.

»Alfred, verdammt!«, zischte sie. »Wie können Sie mich nur so erschrecken?«

Der Butler lächelte listig. »Ich wollte Ihnen nur demonstrieren, wie gut ich mich tarnen kann.«

»Habe ich jemals Zweifel daran geäußert?«

»Nein, Mylady.«

»Dann unterlassen Sie es in Zukunft, einfach hinter mir aufzutauchen, als wären Sie ein Geist!«

»Sehr wohl, Mylady.« Alfred deutete eine kleine Verbeugung an, dann öffnete er die Tür.

Beim Verlassen des Hauses zog sich Violet ihre Schiebermütze tief ins Gesicht. Erst als sie auf dem Gehsteig waren, fiel ihr ein, dass Bedienstete eigentlich nicht aus der Vordertür des Hauses kamen. Doch von den wenigen Passanten schien niemand darauf geachtet zu haben.

So rasch wie möglich begaben sie sich zur Seitenbahnstation, wo sich an diesem Nachmittag die Leute drängten, als gäbe es in irgendeinem Kaufhaus etwas umsonst. Alfred und Violet gerieten zwischen ein paar Männer, die nach Schweiß und Kerosin rochen, Arbeiter des Dampfviertels.

»Hoch mit dir, du Flegel, lass die Dame sitzen!«, schnarrte einer von ihnen Violet an, als eine Frau einstieg, ihrer Kleidung nach zu urteilen die Gesellschafterin oder die Gouvernante einer Kleinadelsfamilie. Es war anzunehmen, dass der Mann sie beeindrucken wollte.

Als Alfred ihn zurechtweisen wollte, hielt Violet ihn mit einem kurzen Blick zurück und stand mit einer gemurmelten Entschuldigung auf. Dass der Mann sie für einen Jungen hielt, bewies nur, wie exzellent ihre Tarnung war.

Schließlich hatte auch diese Fahrt ein Ende, und sie konnten aussteigen. Von hier aus waren es nur noch ein paar Minuten

Fußmarsch bis zur Morgue. Glücklicherweise herrschte auf der Straße so dichtes Gedränge, dass zwei Personen mehr nicht auffielen.

»Ich hoffe, Sie sind sich darüber im Klaren, dass dies alles andere als ein leichtes Unterfangen wird«, murmelte Alfred, während er den Blick über die Passanten schweifen ließ.

»Ich bin immer wieder begeistert von Ihrem Optimismus, Alfred«, entgegnete Violet. »Warten Sie doch erst einmal ab.«

»Verzeihen Sie, Mylady, aber ich kann meine Lebenserfahrung nicht so einfach abschütteln. Was schiefgehen kann, geht schief, das hat mir mal ein alter Freund gesagt. In Ihrem Alter wollte ich es auch nicht glauben, aber mittlerweile weiß ich, dass was dran ist.«

Zwei große Kutschwagen standen vor der Morgue. Der eine gehörte der Polizei, der andere dem Undertaker, wie der weiße Schriftzug auf schwarzem Grund zeigte.

Die Geschäfte des Totengräbers mussten gut laufen, denn sein Wagen war brandneu. Etwas gelangweilt wirkten allerdings seine Gehilfen, die neben dem Wagen standen und sich den Schmutz unter den Fingernägeln hervorpulten. Drei Polizisten mit Schlagstöcken umrundeten das Gebäude.

»Sehen Sie, was sage ich!«, zischte Alfred hinter ihr. »Es ist nahezu unmöglich, in das Gebäude zu kommen.«

»Ich will ja auch nicht rein, sondern an eines der Fenster. Da ist eine Lücke!« Ohne lange zu überlegen, huschte Violet davon. Die beiden Polizisten, die sich auf der anderen Straßenseite befanden, nahmen keine Notiz von ihr, die beiden von ihren Fingernägeln faszinierten Totengräber sahen sie ebenfalls nicht. Behände schlüpfte Violet am Wagen des Undertakers vorbei und huschte durch eine kleine Pforte auf den Innenhof der Morgue. Von den Särgen, die an der Wand standen, nahm sie keine Notiz. Schnurstracks strebte sie jenen Kellerfenstern zu, die zum Sektionsraum gehören mussten.

Tatsächlich vernahm sie nur wenig später Stimmen. Als sie neben einem der Fenster in die Hocke ging, bekam sie die passenden Gesichter dazu.

Lady Sharpe stand zusammen mit einem stämmigen Mann in braunem Lodenmantel neben zwei Ärzten in weißen Kitteln um die Metallbahre, auf der der nackte Körper von Lord Broockston lag. Im Hintergrund entdeckte Violet zudem noch einen Gehilfen, der gerade in der Nase bohrte.

»Lady Sharpe, meine Herren, wir haben hier den Leichnam des zweiundvierzig Jahre alten Lord Jonathan Broockston«, begann der Coroner seinen Vortrag und griff nach einem Skalpell. »Da Zeugen davon berichten, dass der Verstorbene Anzeichen von Erstickung zeigte, werde ich zuerst einen Schnitt in Höhe der Luftröhre machen.«

Dunkles Blut floss über Broockstons bleichen Hals auf die Bahre und an deren Rand in eine Rinne.

Violet hatte auf einmal wieder das Gefühl, einen Löffel Ipecac-Sirup geschluckt zu haben. Ihr Magen war unerträglich flau, und Speichel lief in ihrem Mund zusammen. Doch glücklicherweise legte sich das im nächsten Augenblick, als nämlich ihr Forscherdrang erwachte. Auch das Rauschen in ihren Ohren war vorbei, und sie lauschte nun, wie der oberste Leichenbeschauer der Königin zwei Klemmen anforderte, um den Schnitt auseinander halten zu können.

Violet schaute da besser nicht so genau hin, damit ihr Magen nicht wieder zu revoltieren begann.

»Wie Sie hier sehen können, blockiert ein Gegenstand die Luftröhre in Höhe des Kehlkopfes«, erklärte der Coroner nun, während er erneut einen Schnitt setzte und sich von seinem Kollegen dann eine lange Zange reichen ließ. »Ich werde diesen Gegenstand nun entfernen.«

Violet kniff die Augen zusammen, um alles, was ringsherum stören konnte, auszublenden. Obwohl über dem Sektionstisch eine Lampe brannte, waren die Lichtverhältnisse alles andere als gut.

Dennoch gelang es ihr, zu erkennen, um was es sich handelte.

Zuerst glaubte sie, dass es eine Patrone war, doch dafür war es beinahe zu groß. Außerdem schien es verziert zu sein. Oder waren das nur die Spuren von Broockstons Blut?

»Ich entferne eine Kapsel, etwa einen Inch lang, mit einem Durchmesser von einem halben Inch.«

Jetzt erst erkannte Violet, warum der Coroner seine Handlungen kommentierte. Ein weiterer Mann, der jetzt ein wenig näher an die Bahre getreten war, trug ein Klemmbrett in der Hand und schrieb in einer seltsamen Hakenschrift mit. Vermutlich eine Geheimschrift, dachte sich Violet.

»Damit scheint die Todesursache ermittelt zu sein«, sagte der Mann in dem Lodenmantel plötzlich, während er die Brust vorreckte.

»Dennoch möchte ich, dass Sie den gesamten Körper öffnen«, sagte Lady Sharpe ungerührt. »Ich muss wissen, ob es noch weitere Spuren gibt.«

»Aber Lady Sharpe, was soll es denn da noch geben«, entrüstete sich der Mantelträger. Als er sich ein Stück zur Seite wandte, erkannte Violet auch, warum. Er schien das Gefühl zu haben, schon viel zu lange in dem Raum zu sein. Es lag gewiss nicht an der Operationslampe über dem Tisch, dass er so grünlich im Gesicht wirkte.

»He, du da!«, schnarrte hinter ihr plötzlich eine Stimme, die die Antwort von Lady Sharpe übertönte. »Machst du etwa lange Ohren?«

Violet wirbelte erschrocken herum. Mit langen Schritten kam einer der Polizisten, die um die Morgue patrouilliert waren, auf sie zu. Seinen Knüppel hielt er drohend in die Höhe.

Violet stieß einen Fluch aus und löste sich dann vom Kellerfenster. Wo war Alfred? Hätte er den Mann nicht in irgendein Gespräch verwickeln können?

»Halt!«, rief der Polizist, doch da rannte sie schon los. Wenig später ertönte ein schrilles Pfeifen hinter ihr. Verdammt. War Lauschen mittlerweile auch ein Verbrechen?

So schnell sie konnte, rannte sie zum Hoftor. Der Pfiff hatte inzwischen auch die anderen Polizisten alarmiert. Violet huschte am Leichenwagen vorbei, dann über die Straße. Nur einen Herzschlag später packte sie jemand an der Schulter.

»Hier entlang, Mylady.«

Bevor sie begreifen konnte, was los war, zerrte Alfred sie in eine dunkle Ecke, an der die Polizisten vorbeiliefen.

»Darf ich fragen, was Sie angestellt haben?«, fragte der Butler, als er sie wieder freigab.

»Nichts habe ich angestellt. Ich habe nur gelauscht, aber einer der Bobbys dachte wohl, ich wollte etwas stehlen.«

»Hat es sich dann wenigstens gelohnt?«

»Und ob, Alfred.«

Violet spähte über die Schulter des Butlers, doch von den Polizisten war nichts zu sehen. Vorerst, gewiss würden sie wiederkommen.

»Vielleicht sollten wir uns einen anderen Ort zum Reden suchen. Offenbar ist die Sache mit Lord Broockston ziemlich heikel, die Polizisten sind schon sehr nervös.«

»In Ordnung. Kommen Sie, Mylady.«

Sie bogen in eine schmale Gasse ein, in der es nach Kloake stank und über die Leinen mit vergilbter Wäsche gespannt waren. Nach einer Weile kamen sie in einer größeren Straße wieder heraus, die jedoch keineswegs sauberer wirkte. Eine Frau schrie etwas Unverständliches, aber das galt nicht ihnen, sondern einem Mann, der mit gebeugtem Rücken davoneilte. Als das Geschrei verklungen war, vernahmen sie das ferne Stampfen einer Fabrik und das Läuten einer Totenglocke.

Als sie sicher waren, dass niemand ihnen mehr folgte, machten sie zwischen zwei Häusern Halt.

»Wie es aussieht, ist dieser Lord Broockston nicht an einem Gift gestorben, sondern erstickt. An einer Metallkapsel.«

»Eine Metallkapsel?«

Violet nickte und berichtete ihm dann kurz, was sie von der Sektion mitbekommen hatte, bevor der übereifrige Polizist sie vertrieben hatte. »Wir müssen unbedingt an die Kapsel kommen«, beendete sie ihren Vortrag.

»Ich glaube kaum, dass der Coroner sie freiwillig hergeben wird«, entgegnete Alfred und wischte sich den Staub von seiner Jacke.

»Vielleicht sollten wir ihm Geld bieten.«

»Die Kapsel ist ein Ermittlungsgegenstand, ein Beweisstück. Das wird er nicht so ohne weiteres hergeben. Vielleicht sollten Sie auf die Dienste von Mr. Blakleys Handlanger zurückgreifen.«

»Oder ich greife auf Ihre Dienste zurück, Alfred«, entgegnete Violet.

»Wenn ich Sie daran erinnern darf, Mylady, ich bin kein Dieb.«

»Das weiß ich, aber Sie sind dennoch sehr geschickt. Ich brauche die Kapsel jedenfalls dringend.«

»Und warum, wenn ich fragen darf?«

»Erinnern Sie sich an das, was Mr. Pattinson gesagt hat? Dass Metallreste im Magen des Toten gefunden wurden?«

»Sie glauben, auch er hätte eine Kapsel verschluckt?« Alfred schüttelte den Kopf. »Warum waren dann nur noch Stücke übrig? Und warum hatte Broockston eine ganze Kapsel im Hals?«

»Das werden wir herausfinden, wenn wir die Kapsel haben.«

Violet blickte Alfred eindringlich an. »Kommen Sie, Alfred, das ist doch nicht so schwer. Sie schnappen sich die Kapsel, und wir untersuchen sie heute Abend im Labor.«

»Wenn das Ihr Wunsch ist, Mylady, wird mir wohl nichts anderes übrig bleiben«, gab der Butler unwillig zurück. »Aber ich möchte Sie daran erinnern, dass wir jetzt nach Hause zurückkehren sollten, denn die Beerdigungsfeierlichkeiten für Lord Stanton werden in drei Stunden beginnen.«

11. Kapitel

Vier Pferde zogen den prachtvoll geschmückten Leichenwagen den Friedhofsweg hinauf. Unter dem mit weißen Rosen geschmückten Baldachin stand der Sarg, auf dem das Banner mit dem Familienwappen prangte. Violet, die ein schwarzes, mit Spitze verziertes Seidenkleid trug, ging zwischen ihrem Vater und ihrer Mutter, die sich ebenso wie andere Freunde und Bekannte dem Leichenzug angeschlossen hatten.

Es gab nichts Bedrückenderes als eine Beerdigung, und noch schlimmer wurde es, als Violet sich ausmalte, es hätte ihren Vater getroffen. Sicher, hin und wieder hatten sie ihre Differenzen, und manchmal wünschte sich Violet, er würde ihr ein wenig mehr Freiheit zugestehen. Doch die Vorstellung, dass er ebenfalls getötet werden könnte, erschütterte sie bis ins Mark.

Wie gern würde sie ihm von ihrem Besuch im Botanischen Garten erzählen! Sie hatte gehört, dass manche Söhne ein sehr inniges Verhältnis zu ihren Vätern hatten und mit ihnen über alles reden konnten. Doch sie war eine Tochter, und ihr Vater war ihr Vater. Wie sie ihn kannte, würde er ihr ein Jahr Hausarrest geben, wenn er von ihren Extratouren erfuhr. Selbst wenn ihr Bericht dazu führen würde, das Haus Adair zu entlasten.

Aber noch immer war sie der Meinung, dass Alfred Recht hatte. Solange der Mörder nicht gefasst war, durfte sie nicht riskieren, entdeckt und womöglich aus dem Verkehr gezogen zu werden. Lady Sharpe mochte ermitteln, wie sie wollte, doch Violets Interesse an der Aufklärung des Falls war tausendmal größer als ihres.

Als die Gruft der Stantons vor ihnen auftauchte, verlangsamte der Zug sich allmählich, und schließlich blieb der Leichenwagen, hinter dem die engste Verwandtschaft des Lords ging, stehen. Der Sarg wurde von Trägern in schwarzen Anzügen und mit weißen Handschuhen von der Pritsche gehoben und zu dem Podest getragen, wo er stehen sollte, bis der Reverend seine letzten Worte gesprochen hatte. Seltsamerweise erinnerte Violet der Anblick der Träger an ihren Butler.

Alfred wollte die Abwesenheit der Herrschaft nutzen, um an die Kapsel zu gelangen. Da Violet bereits Lady Sharpe unter den Trauergästen ausgemacht hatte, standen seine Chancen wohl gar nicht schlecht – vorausgesetzt, sie trug das Beweisstück nicht in ihrer Handtasche herum.

Schließlich reihten sich sämtliche Trauergäste vor der Gruft auf. Die nächsten Bekannten stellten sich hinter die Familie, danach folgten alle anderen. Violet tat die arme Lady Stanton leid.

Unter einem tiefschwarzen Schleier verborgen, war ihr Gesicht nicht zu erkennen – wohl aus gutem Grund. Violet hatte noch nie eine trauernde Witwe gesehen, aber ihre Augen waren sicher verquollen. Während sie mitleidig zu den Stantons hinüberblickte, bemerkte sie Percivals stechenden Blick. Er war nun das männliche Oberhaupt der Familie – und offenbar davon überzeugt, dass die Adairs etwas mit dem Tod seines Vaters zu tun hatte. Dass er nicht mehr als Heiratskandidat in Frage kam, war für Violet nur ein schwacher Trost. Nach dem Begräbnis mussten sie noch auf die Trauerfeier gehen und sich dort den Blicken der anderen Adligen aussetzen. *Als ob uns hier nicht schon genug Pfeile treffen würden*, dachte sie und senkte den Blick.

Ob es Alfred gelungen war, die Kapsel zu stehlen? Was würde sie darin finden?

»Steh aufrecht, Violet«, raunte ihr ihre Mutter zu. »Du willst doch nicht, dass die Leute denken, wir könnten ihnen nicht in die Augen sehen, oder?«

Als Violet den Kopf hob, erhaschte sie gerade noch so den Blick auf die Gesichter einiger Leute, die sich nach ihnen umgedreht hatten. Der Reverend hatte bereits mit seiner Rede begonnen, vielleicht hatte er auch etwas über die Umstände des Todes von Lord Stanton verlauten lassen, das Violet, ganz in Gedanken, nicht gehört hatte. Glücklicherweise wandten sich die Leute bereits wieder dem Geistlichen zu, der nun über die Verdienste des Verstorbenen zu schwadronieren begann.

Als der Sarg endlich in die Gruft getragen werden konnte, schluchzte Lady Stanton auf. Zwei Männer aus ihrer Verwandtschaft mussten sie stützen, damit sie den Trägern folgen konnte. Ein wenig übertrieben kam Violet diese Geste schon vor. Der Gedanke, dass vielleicht seine eigene Familie hinter seinem Tod stecken könnte, erschien Violet zwar ein wenig merkwürdig, doch wie schrieb Dr. Bell? Bei den Ermittlungen sollte man keine Person außer Acht lassen, so unschuldig sie auch erschien.

Irgendwie brachten Violet und ihre Eltern das Begräbnis und die Trauerfeier hinter sich. Man konnte nicht sagen, dass sich die Leute darum rissen, mit ihnen zu sprechen, doch irgendwann hörten die Blicke auf, und ihrem Vater gelang es schließlich sogar, ein paar Worte mit Lady Stanton zu wechseln.

Glücklicherweise bestand ihre Mutter nicht darauf, dass sie lange blieben, denn ihre Migräne kündigte sich wieder an. Nachdem sie sich ein wenig steif von Lady Stanton und ihrem Sohn verabschiedet hatten, stiegen sie in ihre Kutsche.

Zu Hause wurden sie bereits von köstlichem Bratenduft und Alfred erwartet, der meldete, ein Mr. Hayworth habe eine Nachricht für Lord Adair abgegeben.

Violet platzte vor Neugier. War es ihm gelungen, an die Kapsel zu kommen? Er wirkte nicht, als hätte er sich sonderlich angestrengt. Hatte er sie vielleicht gar nicht bekommen?

Als sie fragend zu ihm hinüberblickte, gab er vor, beschäftigt zu sein. Er nahm ihrem Vater und ihrer Mutter die Mäntel ab, dann half er ihr aus dem Cape. Kurz streifte Alfreds Handschuh ihre Haut, dann lag eine kleine schwere Pappschachtel in ihrer Hand. Ohne hinzuschauen, wusste Violet, dass er bekommen hatte, was sie wollte.

Obwohl alles in ihr danach drängte, den Inhalt der Schachtel auf der Stelle zu betrachten, wartete sie damit, bis sie wieder im Labor waren. Eigentlich war sie nach der Beerdigung vollkommen erledigt, doch die Neugierde und der Drang, im Fall Stanton weiterzukommen, trieben sie aus dem Haus und hinter ihre Werkbank.

Fasziniert betrachtete Violet die in den Schraubstock eingespannte Kapsel unter ihrer Lupe. Obwohl die rußende Petroleumlampe eine mangelhafte Lichtquelle war, konnte sie viele Einzelheiten deutlich erkennen.

Was für ein Meisterwerk! Wer auch immer die Kapsel hergestellt hatte, musste ein großer Künstler sein. Ja, sogar kleine Verzierungen hatte er in das Metall geritzt, so als wäre sie dazu gedacht gewesen, jemandem eine Freude zu machen und nicht ihn umzubringen.

Dass sie Broockston im Hals stecken geblieben war, musste ein Unfall gewesen sein. Was wäre wohl passiert, wenn sie wie geplant in seinem Magen gelandet wäre? Enthielt sie möglicherweise etwas? Eine Geheimbotschaft? Oder ein Gift?

»Vielleicht sollten Sie sich lieber Ihrer Spinnenfalle widmen, die Sie begonnen hatten, bevor Sie sich wieder diesem unseligen Waschautomaten zugewandt haben«, warf Alfred ein, der die Werkstatt ein wenig aufgeräumt hatte. »Diese Kapsel werden Sie ohne Gewalt anzuwenden nicht öffnen können.«

»Woher wissen Sie, dass ich sie öffnen will?« Violet schob die Lupe beiseite.

»Würden Sie sie sonst so genau betrachten, Mylady? Ich bin sicher, dass Sie nach einem Knopf suchen, mit dem sie sich öffnen lässt.«

»Und warum sollte sie sich öffnen lassen?«

»Weil sich etwas darin verbirgt.« Alfred setzte ein wissendes Lächeln auf.

»Zu meinen kriminellen Zeiten habe ich es oft erlebt, dass Dinge in menschlichen Körpern verborgen wurden. Manchmal wurden sie geschluckt, manchmal durch den ...«

»Danke, Alfred, ich kann es mir vorstellen«, warf Violet peinlich berührt ein.

»Auf jeden Fall hat Lord Broockston diese Kapsel nicht in den Mund genommen, weil er Eisenmangel hatte oder es liebte, an patronenähnlichen Gegenständen zu lutschen.«

Auf einmal überkam Violet eine furchtbare Erkenntnis. Bilder setzten sich zusammen wie ein Puzzle. »Alfred, glauben Sie, man könnte eine Spinne in der Kapsel verbergen?«

Der Butler zog fragend die Augenbrauen hoch. »Eine Spinne?«

»Ja? Natürlich müsste man vorsichtig sein. Vielleicht nimmt man auch eine sehr junge, kleine Spinne.«

»Das halte ich eher für unmöglich. Auch Spinnen brauchen Luft.«

»Leichenspinnen können in luftdichten Räumen existieren.«

»Allerdings nur, wenn sie Blut bekommen. Außerdem können solche Kapseln wohl nur verschlossen werden, indem man sie lötet oder zusammenpresst. Das würde keine Spinne vertragen.«

»Aber in Lord Stanton wurden auch Metallteile gefunden.«

»Teile, aber keine Kapsel.«

»Vielleicht haben Sie recht«, gab Violet nun zu. »Vielleicht war das Metall die Ursache für Stantons Tod und nicht die Spinne. Vielleicht hat sich das seltsame Tierchen nur zufällig in der Morgue herumgetrieben. Ich werde mich an die Spinnenfalle setzen.«

»Das halte ich für eine hervorragende Idee«, entgegnete Alfred, während er hinter einem Regal abtauchte.

Nicht mal eine Stunde später verließen sie das Labor wieder. Violet hatte Alfreds Rat beherzigt und an der Spinnenfalle gearbeitet, die sie vor allem deswegen erfunden hatte, weil sie die achtbeinigen Krabbler zwar nicht mochte, sie aber nicht ständig totschlagen und damit Flecken an der Wand hinterlassen wollte. Viel hatte sie nicht mehr daran tun müssen. Zum Schluss hatte sie sie probehalber scharfgestellt, für den Fall, dass sich eine der im Gemäuer vorhandenen Spinnen zeigte und Lust hatte, sich ein wenig einsperren zu lassen.

Kaum hatten sie dem Fabrikgebäude den Rücken zugekehrt, sagte Alfred leise: »Jemand folgt uns.«

Diese Worte ließen Violets Herz rasen. »Der Kerl von letztem Mal?«

»Ich bin nicht sicher. Beim letzten Mal habe ich Zigarren aus

Ostindien gerochen. Jetzt rieche ich nichts, aber ich höre sie. Und sie bemühen sich nicht gerade, leise zu sein.«

Da Violet wusste, dass es auffallen würde, sich umzudrehen, zog sie einen kleinen Spiegel aus der Jackentasche, den sie für den Fall der Fälle immer bei sich trug. Während sie vorgab, sich eine Haarlocke richten zu müssen, blickte sie hinein – und sah sie.

Zwei Männer folgten ihnen, noch in ziemlich großem Abstand, doch es war sicher kein Zufall, dass sie so plötzlich aufgetaucht waren. Wahrscheinlich hatten sie die ganze Zeit über in der Nähe der Werkstatt gewartet.

»Nun, was meinen Sie? Sind das vielleicht die Typen von neulich? Die, die uns ausrauben wollten?«

Violet klappte den Spiegel wieder zu und verstaute ihn in ihrer Tasche. »Nein, diese Burschen tragen Anzüge. Entweder sind das Ihre alten Freunde, oder wir werden gleich eine Überraschung erleben.«

»Eine Überraschung inwiefern?«

»Lady Adair! Was für ein unverhofftes Vergnügen.«

Erschrocken hielt Violet inne. Das war doch nicht möglich! Alfred schob seine Hand in die Innentasche seiner Jacke.

Eine Gestalt schälte sich aus einer Nische zwischen zwei leerstehenden Gebäuden: Annabelle Sharpe, flankiert von zwei Agenten in unauffälligen braunen Tweedanzügen, trat unter eine Gaslampe. Obwohl auch die Spy Mistress unauffällig in ein braunes Dienstbotenkleid gehüllt war, wirkte sie wie eine Wildkatze, die jeden Augenblick zum Sprung ansetzen würde.

»Sie sind ziemlich weit von ihrem Zuhause entfernt, wie ich sehe. Und haben Ihren getreuen Butler dabei. Da drängt sich mir doch die Frage auf, was Sie vorhaben.«

Hilfesuchend sah Violet sich nach Alfred um, doch der war genauso sprachlos wie sie selbst.

»Ich habe einen kleinen Spaziergang gemacht«, antwortete sie dann, denn etwas Besseres fiel ihr nicht ein.

»Einen Spaziergang, soso.«

Annabelle Sharpe trat näher und blickte ihr prüfend ins Gesicht. Violet bemühte sich, den Blick möglichst fest zu erwidern, der Spy Mistress nicht in die Augen zu sehen, wäre einem Schuldeingeständnis gleichgekommen.

»Eine junge Lady wie Sie, die kurz vor dem Debüt steht, zieht es also in eine der verrufensten Gegend dieser Stadt. Sie müssen verstehen, dass das meine Spekulationen weiter anheizt. Obendrein, was würde Seine Lordschaft dazu sagen, jetzt, wo Ihre Familie doch diesen furchtbaren Vorfall zu verkraften hat ...«

Violets Wangen glühten, als hätte sie ein paar saftige Ohrfeigen abbekommen. Was sollte sie der Spionagechefin sagen? Wahrscheinlich wusste sie schon alles. Immerhin war da diese seltsame Andeutung während des Balls gewesen ...

Violet entschied sich für die Wahrheit. Zumindest einen Teil davon. »Ich habe hier ein Labor, in dem ich Erfindungen zusammenbastele.«

Annabelle lächelte, als wüsste sie das schon längst. Der Kerl fiel Violet wieder ein, der sie durch den Torbogen beobachtet hatte. Offenbar war das einer ihrer Leute gewesen.

»Erfindungen«, brummte sie, als glaubte sie ihr kein Wort. »Ich hoffe sehr, dass Sie sich dabei nicht irgendwelchen Gefährdungen aussetzen. Es wäre doch schade für das Haus Adair, wenn es seine einzige Erbin verlieren würde.«

»Keine Sorge, ich gehe mit aller Vorsicht vor«, gab Violet zurück. *Vielleicht sollte ich ihr mal meine messerwerfende Haushaltsmaschine vorstellen ...*

»Wenn Sie wollen, führe ich Sie gern durch mein Labor.«

»Ich glaube, das ist nicht nötig«, wiegelte Annabelle ab. »Wissenschaftler sind dafür berüchtigt, ihre besten Stücke und Baupläne zu verstecken. Ich glaube kaum, dass ich in den Räumlichkeiten Ihre wahren Projekte finden würde.«

In der Ferne schlug die Glocke ein Uhr.

»Worauf wollen Sie hinaus, Lady Sharpe?«, fragte Violet.

»Nun, man berichtete mir, dass ein Beweisstück aus dem Büro des Coroners verschwunden ist. Ein recht bedeutungsloses Stück, und dennoch hätte ich es gern zurück.«

»Ich weiß nicht, was Sie meinen, Lady Sharpe«, entgegnete Violet so ruhig, wie das mit ihrem rasenden Herzen möglich war.

»Natürlich wissen Sie das nicht.« Annabelles Katzenaugen musterten sie so scharf, als stünde die Lüge ihr auf die Stirn geschrieben. »Sie würden mir doch nichts verheimlichen, was von nationalem Interesse wäre, oder?«

»Natürlich nicht«, gab Violet zurück und wünschte sich insgeheim, dass Alfred die Drei doch niedergeschlagen hätte. Doch selbst er wirkte angesichts der Agenten, als wäre er zur Salzsäule erstarrt. »Ganz im Gegenteil, sollte mir irgendetwas zu Ohren kommen, das dem nationalen Interesse dient, werde ich mich sofort bei Ihnen melden.«

Violet war sicher, dass sie Annabelle Sharpe mit ihrer Unschuldsmiene nicht täuschen konnte. Aber die Spy Mistress nickte nur mit einem unergründlichen Lächeln, als hätte sie diese Lüge geschluckt.

»Ich gebe Ihnen jetzt einen guten Rat, Lady Violet, den Sie zum Wohl Ihrer Familie beherzigen sollten.« Lady Sharpe legte den Kopf schräg, und noch immer bohrte sich ihr prüfender Blick in Violets Augen. »Sollten Sie vorhaben, auf eigene Faust im Todesfall von Lord Stanton zu ermitteln, werde ich mich genötigt sehen, Ihren Vater von Ihren nächtlichen Aktivitäten in Kenntnis zu setzen. Und sollte das noch nicht reichen, werde ich dafür sorgen, dass Ihre Familie derart in Misskredit gerät, dass Sie keine Zeit mehr für Ihre Eskapaden haben werden. Wir haben es hier mit Dingen zu tun, die Ihr Verständnis weit übersteigen, also beschränken Sie sich darauf, ihre kleinen Dinge zu erfinden, und gehen Sie mir aus der Schusslinie.«

Violet erschrak bis ins Mark. Sie hatte gehört, wie sich ihr Vater und Lady Annabelle unterhalten hatten. Freunde waren die beiden zwar nicht, aber wenn sie ihm etwas über das Labor verriet, war Violet geliefert, denn die Spy Mistress stand nicht in dem Ruf, zu lügen.

»Keine Sorge, ich kümmere mich um meine Geschäfte, wenn Sie die Ihren gut machen«, entgegnete Violet. »Sie wissen, dass für unsere Familie viel auf dem Spiel steht.«

Jetzt wurden Lady Sharpes Züge fast ein bisschen weich.

»Das weiß ich. Und nicht nur die Adairs sind bedroht, sondern ganz London.« Sie überlegte kurz, dann setzte sie hinzu: »Lassen Sie es mich wissen, wenn Ihnen etwas zu Ohren kommt, was für mich wichtig ist.«

Damit bedeutete sie ihren Männern, auch jenen, die ihnen vorhin nachgeschlichen und inzwischen nähergekommen waren, ihr zu folgen.

Violet blieb stocksteif stehen, bis die Frau verschwunden war. Erst dann wagte sie wieder, tief durchzuatmen.

»Sehen Sie, Alfred, das war eine gekonnte Erpressung«, murmelte Violet grimmig, als sie wie geprügelte Hunde in Richtung Seitenbahnstation fortschlichen. »Unser Bündnis ist nichts dagegen.«

»In der Tat.« Alfred setzte ein hintergründiges Lächeln auf. »Aber ich glaube kaum, dass Sie sich davon beeindrucken lassen, nicht wahr, Mylady?«

»Nein, natürlich nicht. Wenn sie mir nicht auf diese Art und Weise gekommen wäre, hätte ich ihr vielleicht mitgeteilt, dass ich in Lord Stantons Leiche eine merkwürdige neue Spinnenart gefunden habe, doch wer mir droht, mich bei meinem Vater zu verraten, kann auf meine Hilfe nicht hoffen.«

»Vielleicht wäre es aber besser, wenn Sie ihr Ihre Erkenntnisse doch mitteilen würden. Sie ist mit ihren Ermittlungen sicher schon viel weiter und scheint ihrem Ruf wirklich alle Ehre zu machen. Immerhin hat sie es geschafft, Ihr Labor zu finden.«

»Wenn ich es recht bedenke, scheint sie von dem Labor schon viel früher gewusst zu haben. Auf dem Ball deutete sie etwas in der Art an, nur wusste ich da noch nicht genau, worauf sie hinauswollte. Möglicherweise hat sie unsere Familie schon seit einer ganzen Weile im Visier.«

»Wenn dem so wäre, hätte sie doch auch wissen müssen, dass Lord Stanton ermordet werden sollte.«

Violets Verstand strebte in verschiedene Richtungen und bekam plötzlich einen Gedanken zu fassen, den sie bisher noch nicht gehabt hatte, der aber nicht allzu abwegig erschien, wenn man ein wenig länger darüber nachdachte. »Nun ja, angenommen Lord Stanton hat etwas getan, das die Krone bedroht.«

»Sie glauben doch nicht wirklich ...«, entrüstete sich Alfred, als hätte sie seinen Dienstherrn angegriffen.

»Man muss das Pferd manchmal auch von hinten aufzäumen. Da Lady Sharpe ein so großes Interesse daran hat, dass niemand ihr in die Quere kommt, wäre es doch möglich, dass sie nicht will, dass jemand die wahren Umstände von Stantons Tod erfährt. Weil sie ...«

Ehe sie es sich versah, tat Alfred etwas, wozu er eindeutig nicht befugt war. Er hielt ihr mit einer raschen Handbewegung den Mund zu.

»Ich weiß, was sie sagen wollen, aber sagen Sie es besser nicht, Mylady. Jeder Schatten könnte Augen und Ohren haben und wenn Ihre Vermutung stimmt, erst recht.«

Violet nickte ihm zu, als Zeichen dafür, dass sie verstanden hatte.

»Dann wäre es wohl auch nicht ratsam, diesen Verdacht in mein Ermittlungsbuch zu schreiben.«

»So ist es, Mylady. Sie haben doch einen überaus guten Verstand, in dem Sie alles Mögliche aufbewahren können. Heben Sie diesen Verdacht auf und behalten Sie ihn stets im Hinterkopf, wie auch ich ihn nicht vergessen werde. Jede Äußerung aber unterbleibt, sonst könnten wir schneller tot sein, als durch Gift eines chinesischen Gangsters.«

»Das ist wohl wahr«, entgegnete Violet nachdenklich, während sie von weitem die Bahn heranrauschen hörte. »Aber ich werde dennoch nicht aufgeben. So oder so, der Name meiner Familie muss reingewaschen werden, denn das Begräbnis von Lord Stanton war der reinste Spießrutenlauf. Und ich werde verhindern, dass weitere Menschen sterben müssen.«

12. Kapitel

Die Begegnung mit Lady Sharpe saß Violet noch in den Knochen, als sie am nächsten Vormittag schläfrig über den wenigen Indizien brütete, die sie bislang zusammengetragen hatte. Metallstücke und eine Spinne im Körper von Lord Stanton. Lord Broockston steckte eine Metallkapsel im Hals, die sich mit herkömmlichen Methoden nicht öffnen ließ und wer weiß was enthielt. Beide Männer waren auf ihre eigene Weise bedeutsam für das Königshaus – und offenbar hatte der Geheimdienst größtes Interesse an diesem Fall.

Diesmal musste sie sich nicht aus dem Haus schleichen, um ihren Ermittlungen nachzugehen. Nachdem Claire ihr das pflaumenfarbene Taftkleid gebracht hatte, von dem sie meinte, darin mindestens drei Jahre älter auszusehen, verabschiedete sie sich ganz offiziell von ihrer Mutter, der die gestrige Trauerfeier alles andere als gut bekommen war. Sie erklärte Lady Emmeline zwar, dass sie einkaufen wolle, doch das hatte sie ganz gewiss nicht im Sinn, als sie mit Alfred das Haus verließ. Diesmal ließen sie sich von einer altmodischen Pferdekutsche in das Lokal chauffieren, in dem Lord Broockston vom Tod dahingerafft worden war.

Das *Chez Martin* war trotz des Vorfalls nicht geschlossen worden. Und es saßen sogar Gäste darin. Offenbar war bereits durchgedrungen, dass Broockston nicht an mangelnden Kochkünsten eingegangen war, sondern an etwas anderem.

Violet ließ Alfred vorgehen, und während er mit dem blasierten Platzanweiser verhandelte, betrachtete sie die Gäste.

Sie gehörten ausnahmslos der höheren Schicht Londons an. Damen zweifelhafter Herkunft würden hier wohl nur in entsprechender Begleitung reinkommen.

»Mylady, der Kellner sagt Mr. Campbell, dem Geschäftsführer, Bescheid. Ich nehme an, dass er uns empfangen wird.«
»Haben Sie ihm den Zehner zugesteckt?«
»Natürlich, und er hat ihn mit Freuden angenommen. Deshalb ist er ja so motiviert, Ihren Wünschen nachzukommen.«
»Bestens!«
Tatsächlich dauerte es nur wenige Minuten, bis sich der Geschäftsführer des Lokals blicken ließ.
»Lady Adair, was für eine Freude, Sie hier begrüßen zu dürfen.« Der Mann riss die Arme hoch, als begrüßte er einen alten Freund. »Wollen Sie bei uns speisen?«
»Nein, ich möchte mit Ihnen reden, Mr. Campbell. Über Lord Broockston.«
Schlagartig erbleichte der Mann und blickte beinahe hilfesuchend zu seinem Kellner. »Warum denn das? Ich meine, er ist doch nicht verwandt mit Ihnen, oder?«
»Nein, natürlich nicht. Aber vielleicht können Sie mir mit dem, was Sie beobachtet haben, weiterhelfen. Wie Sie vielleicht schon gehört haben, ist vor einigen Tagen Lord Stanton auf ganz ähnliche Weise umgekommen. Ich möchte Sie nun fragen, ob Ihnen an dem Abend etwas Verdächtiges aufgefallen ist. Vielleicht Personen, die sich hier sonst nicht blicken lassen.«
Der Geschäftsführer schüttelte den Kopf. Noch immer war er kreidebleich, seine Lippen zitterten.
»Was ich weiß, habe ich schon der Polizei erzählt, Lady Adair.«
»Dann sollte es Ihnen doch nicht schwerfallen, es mir noch einmal zu erzählen.«
Als der Mann sie immer noch zweifelnd ansah, trat Violet näher an ihn heran. »Mr. Campbell, ich kann verstehen, dass Ihnen die Sache äußerst unangenehm ist. Das ist sie auch für meine Familie. Ich bin sicher, dass mein Vater, Lord Reginald, Ihr Etablissement wärmstens empfehlen wird, wenn sie ihm weiterhelfen.«
»Dann kommen Sie im Namen Ihres Vaters?«
»Das kann man so sagen. Und nun erzählen Sie mir bitte alles, was Sie der Polizei gesagt haben. Und auch alles, was Sie ihr nicht gesagt haben.«

Mr. Campbell sah sich unsicher um. »Also gut, Lady Adair, folgen Sie mir in mein Büro. Sie werden verstehen, dass ich solche Dinge nicht hier besprechen möchte.«

»Solange mein Butler mich begleiten darf, bin ich damit einverstanden.«

Campbell führte sie durch deinen dunklen Gang, vorbei an der Küche, wo es in Pfannen und Töpfen brutzelte und eine Küchenmaschine langsam vor sich hinstampfte.

Das Büro des Geschäftsführers wirkte ein wenig chaotisch. Auf dem Boden standen Weinkisten, Papiere lagen über die Tischplatte verstreut. Offenbar hatte er gerade eine Warenlieferung angenommen. Oder überprüfte er seinen Wein auf Gift? Vielleicht glaubte er ja noch, dass Broockston wie Lord Stanton vergiftet wurde ...

»Verzeihen Sie die Unordnung, in letzter Zeit geht es hier etwas hektisch zu.« Rasch räumte Stanton einen Stuhl frei und schob ihn vor den Schreibtisch.

Violet nahm Platz, während sich Alfred vor der Tür aufbaute, als wollte er dafür sorgen, dass der Geschäftsführer nicht floh. Campbell warf ihm einen misstrauischen Blick zu, während er sich hinter dem Schreibtisch niederließ.

»Lord Broockston kam ganz normal in unser Lokal, in Begleitung einer jungen Frau, die ich hier noch nie gesehen hatte. Angesichts ihrer Aufmachung war leicht zu erkennen, dass sie ..., nun ja, nicht gerade der feinen Gesellschaft angehörte.«

»War sie ein Freudenmädchen?«, fragte Alfred, worauf der Geschäftsführer zusammenzuckte.

»Nein, eher eine ... Begleitdame. Eine echte aus Fleisch und Blut, keine von den Maschinenfrauen.«

»Wie sah sie aus?«, fragte Violet, während sie ihr Indizienbuch und einen Bleistift aus ihrer Tasche hervorkramte. Zwar war ihr Gedächtnis hervorragend, aber für ihre Indiziensammlung würde eine Notiz viel besser sein.

»Sie hatte rotes Haar und trug ein schwarzes Kleid. Eines, das eine Frau von Welt keinesfalls tragen würde. Eigentlich war nichts Auffälliges an ihr, wenngleich man deutlich sah, was sie war.«

Daran, dass Menschen sich manchmal auch verkleideten, schien er nicht zu denken.

»Was war mit den anderen Gästen? Hat jemand mit Broockston gesprochen? Und Ihre Kellner? Wer hat Broockston bedient?«

Campbell schnappte nach Luft wie ein Karpfen an Land. »Lady Adair, ich ...«

»Sagen Sie bloß, die Polizei hat Ihnen diese Fragen nicht gestellt.«

»Nein, ich ...«

»Dann stelle ich sie Ihnen. Sie haben doch sicher mit dem Personal gesprochen nach dem Vorfall. Ich hätte das jedenfalls getan.«

»Aber natürlich habe ich das.«

»Dann sagen Sie mir bitte, was Sie wissen.« Violets Herz pochte wie wild. Sie würde ganz neue Erkenntnisse zutage fördern! *Wie die Herren Inspektoren wohl schauen werden, wenn ich ihnen die auf den Tisch lege!*

»Nun, da gibt es nicht viel. Jacques hatte an diesem Abend Dienst, er hat Lord Broockston bedient und ihm Champagner gebracht. Zu einer weiteren Bestellung kam es nicht, denn der Vorfall ereignete sich wohl, kurz nachdem er einen Schluck Champagner getrunken hatte. Urplötzlich brach er zusammen, alle Versuche, ihm zu helfen, schlugen fehl. Leider war unter den Gästen kein Arzt zugegen. Bis Dr. Philipps eingetroffen war, nach dem wir geschickt hatten, war Broockston bereits tot.«

»Und die junge Frau?«

»Die hat schreiend Reißaus genommen, wie man sich vorstellen kann. Immerhin hätte man sie sicher verhaftet, wenn sie geblieben wäre.«

Dann werden wir uns wohl auf die Suche nach dieser Frau machen müssen, dachte Violet, während sie auch diese Fakten notierte. Vielleicht würde sich Mr. Blakley dazu hinreißen lassen, seine Leute für sie einzuspannen. Nicht nur Joe the Cat hatte außergewöhnliche Fähigkeiten, auch die anderen Artisten waren mit Talenten gesegnet, die sich normale Menschen kaum vorstellen konnten.

»Und sonst, Mr. Campbell? Haben Sie irgendwelche Merkwürdigkeiten beobachtet?«

»Nein, eigentlich nicht ...« Während sich der Geschäftsführer am Kinn kratzte, schien ihm etwas einzufallen. »Doch da war noch etwas ...«

»Was?«, fragte Violet gespannt.

»Ein Mann fiel mir besonders ins Auge. Er trug eine Augenklappe und verließ das Lokal kurz nach dem Vorfall.«

Die Worte durchzuckten Violet wie ein Stromschlag. »Wissen Sie, wer er war?«

»Nein, wir fragen die Gäste nicht nach ihren Namen. Die meisten stellen sich freiwillig vor, doch bei dem Mann war das nicht der Fall.«

Der Einäugige! Steckte er hinter den Anschlägen?

»Wenn Sie mich fragen, wirkte der Kerl jedenfalls sehr verdächtig. Allerdings war wegen der Augenklappe und seinem Haar zu wenig von seinem Gesicht zu erkennen. Mir ist nur eine weiße Haarsträhne aufgefallen.«

Das war er! Violet schnappte nach Luft. Wenn sie nur wüsste, wer dieser Mann war, würde dieser Fall sicher schon bald zu den Akten gelegt werden können.

»Ist das alles, was Sie wissen, oder gibt es noch mehr?«

»Nein, ich schwöre Ihnen, das ist alles. Nicht mal der Polizei hab ich so viel gesagt.«

Violet klappte ihr Buch zu und erhob sich dann. »Vielen Dank, Mr. Campbell. Mein Vater wird sich über Ihre Kooperation sicher sehr erfreut zeigen und Ihr Lokal im Parlament wärmstens empfehlen.«

Jetzt hellte sich die angespannte Miene des Geschäftsführers wieder ein wenig auf. »Oh, vielen Dank, Lady Adair, ich bin Ihnen stets gern zu Diensten.«

Katzbuckelnd begleitete der Geschäftsführer sie zur Tür.

»Nun, was sagen Sie, Alfred?«, fragte Violet, als sie das Lokal hinter sich gelassen hatten.

»Entweder hat das Mädchen ihn umgebracht oder der Mann mit der Augenklappe.«

»Derselbe Mann, der auch auf unserem Ball aufgetaucht ist. Was für ein Jammer, dass Sie ihn nicht gesehen haben. Alfred.«

»Mittlerweile bedaure ich es selbst, Mylady.« Alfred seufzte und schüttelte den Kopf über sein Versäumnis.

»Wir müssen diesen Kerl unbedingt ausfindig machen! Vielleicht kann uns Mr. Blakley helfen.«

»Haben Sie denn schon eine Idee, wie sie seinen Auftrag erfüllen können? Das wird sicher nötig sein, damit er Ihnen noch einmal hilft.«

»Leider nicht, und deshalb werden wir jetzt ins Labor gehen, und ich mache mich gleich an die Arbeit. Wenn ich ihm wenigstens einen Entwurf zeigen kann, wird er mir vielleicht helfen.«

Violet bedauerte, dass sie nicht mehr Zeit hatte. Der Auftrag, eine Blitzkuppel zu fertigen, erschien ihr mittlerweile äußerst reizvoll, allerdings hatten die Ereignisse der vergangenen Tage es nicht zugelassen, dass sie genauer darüber nachdachte. Doch vielleicht half es, wenn sie unter Druck stand. Auch ihren Schirm hatte sie in Zeitnot erfunden. Vielleicht stimmte ja wirklich, was Siberia sagte, dass sie ein Händchen für Tesla-Energie hatte.

Bei Tage wirkte es rings um ihr Labor nicht freundlicher, ganz im Gegenteil. Das Elend, das sonst von den Schatten der Nacht gnädig verhüllt wurde, trat jetzt umso deutlicher hervor. Obwohl sie recht einfach gekleidet war, fühlte sich Violet an diesem Ort ziemlich fehl am Platze. Den Blicken einiger hohlwangiger Frauen wich sie mit schlechtem Gewissen aus. Bemerkungen, die hinter ihnen her geflüstert oder gezischt wurden, versuchte sie zu ignorieren.

Vielleicht hätte ich doch erst am Abend herkommen sollen, dachte sie, während sie zu Alfred blickte, der äußerlich die Ruhe in Person zu sein schien. Doch sein wachsamer Blick verriet, dass auch er mehr angespannt war als zu Nachtzeiten.

»Ich frage mich jedes Mal, warum Sie sich ausgerechnet in dieser Gegend ein Labor gesucht haben, Mylady«, raunte er, als sein Blick auf eine Gruppe Männer fiel, die sie von einer Hausecke aus beobachteten.

»Es ist weit genug entfernt von Belgravia und erschwinglich.

Sie wissen, dass ich nicht viel Geld zur Verfügung habe und dass große Beträge auffallen würden.«

»Dennoch wäre ein Labor im Dampfviertel besser.«

»Wo man alle zwei Schritte auf einen Erfinder stößt?« Violet schüttelte den Kopf. »Nein, ich glaube, ich bin hier genau am richtigen Ort, Alfred. So vergesse ich wenigstens nicht, wie privilegiert ich eigentlich bin.«

Fünf Minuten später standen sie vor dem alten Fabriktor. Das Plakat von Mr. Blakleys Zirkus musste vor Kurzem erst hier angebracht worden sein. War das Zufall, oder sollte es eine Nachricht sein?

»Irgendwas gefällt mir nicht«, murmelte Alfred hinter ihr. »Vielleicht sollten Sie mich vorgehen lassen. Für den Fall, dass sich im Labor jemand befindet, der hier nicht hingehört.«

»Und woran wollen Sie das erkannt haben?« Violet konnte an der Tür nichts Auffälliges entdecken.

»Ist nur so ein Gefühl.«

»Ich bleibe auf keinen Fall allein auf der Straße!«, protestierte Violet, während sie sich zu dem Karren eines Rattenfängers umdrehte, der langsam die Straße heraufgepoltert kam. Diese Männer waren mittlerweile nicht nur mit Greifeisen bewaffnet, sondern verfügten auch über aufladbare Stromschocker, die Ratten je nach Einstellung betäuben oder auf der Stelle rösten konnten. Manche Leute behaupteten, dass die Rattenfänger ihre Werkzeuge auch als Waffen einsetzten – gegeneinander, wie die beiden Männer in der Morgue, oder auch gegen unvorsichtige Spaziergänger, um an deren Geldbörsen zu kommen.

»Na gut, Sie gehen vor, Alfred, ich folge Ihnen auf dem Fuße, und sollte jemand auftauchen, der hier nicht hergehört, schicken Sie ihn ins Reich der Träume.«

»Und wenn es die Männer von Lady Annabelle sind?«

»Erst recht die!«

Ein lautes Knarren hallte durch den Durchgang, als Alfred die Tür öffnete. Noch immer war nichts Verdächtiges zu entdecken, doch Violet wusste, dass sie sich auf das Gespür ihres Butlers verlassen konnte. Er hatte sich bislang nie geirrt.

Während sie ausschritten, als wäre alles in Ordnung, spähten sie aufmerksam in die Ecken. Die dort nistenden Schatten waren groß genug, um eine Person zu verbergen. Doch nichts bewegte sich. Auch auf dem Hof war alles ruhig. Wie Alfred ihr einmal erklärt hatte, verrieten sich viele heimliche Beobachter allein dadurch, dass sie nach einer Weile nicht mehr stillstehen konnten. Sie griffen sich an die Nase, rieben sich das Kinn, alles Bewegungen, die Geräusche verursachten, und sei es das von schabendem Stoff.

Nichts dergleichen war zu hören. Nur das ferne Stampfen der Maschinen und diffuse Stimmen aus dem East End.

»Offenbar täuscht sich Ihr Gefühl diesmal doch, Alfred«, bemerkte Violet, während sie ihren Blick über die Fenster des Hauptgebäudes schweifen ließ.

Leer stehende Häuser übten auf Vandalen eine nahezu magische Anziehungskraft aus. Auch in besseren Gegenden als dieser stand kein Haus lange leer, ohne dass eine Scheibe eingeworfen wurde. Hier hatten sich die Vandalen nach Herzenslust austoben können. Wie glitzernde Haifischzähne ragten die Splitter aus den Fensterrahmen. Ein trostloses Bild – und das in einer Stadt, die durch ihre Fabriken und ihre Industrie berühmt geworden war.

Auch der Butler sah sich um, schüttelte dann leicht den Kopf, als könnte er selbst nicht glauben, sich getäuscht zu haben. »Vielleicht habe ich mich wirklich geirrt, Mylady, doch ich sage Ihnen, jemand war hier. Ich kann es förmlich riechen.«

»Riechen?«, wunderte sich Violet und schnupperte. Hier roch es nur nach Rauch, nassem Lehm, altem Maschinenöl und Dreck. »Sind an Ihrer Nase irgendwelche Veränderungen vorgenommen worden?«

»Nein, aber es lässt sich wohl nicht leugnen, dass jeder Mensch in einem Raum eine Duftspur hinterlässt. Ich rieche eindeutig billiges Rasierwasser, wie es für ein paar Pennys in den Eastend-Warehouses gibt. Und Schweiß.«

»Vielleicht war es nur einer der Artisten von Mr. Blakley. Sie haben das Plakat doch sicher gesehen.«

»Ja, und wahrscheinlich war der Plakatkleber schuld daran,

dass der Störenfried das Weite gesucht hat. Wollen wir hoffen, dass die nicht das gesamte Labor auf den Kopf gestellt haben.«

Als sie die Lagerhalle betraten, war alles ruhig. Nur der Stromzähler summte träge vor sich hin. Zu dieser Tageszeit war es unnötig, das Licht anzuschalten, auch an grauen Tagen fiel genug Tageslicht durch die riesigen schmutzverkrusteten Fenster.

Violets Herz schlug bis zum Hals, als sie die Tür zu ihrem Forschungsraum aufzog. Doch auch hier schien alles zu sein wie immer. Die Kisten standen an ihrem Platz, es gab weder fremde Fußspuren im Sand noch Schleifspuren. Alles stand dort, wo sie es zurückgelassen hatte.

Als sie nähertrat, bemerkte sie unterhalb eines Stücks Seidenpapier ein rotes Blinken. Zunächst hielt sie es für eine Bombe, doch dann erkannte sie, dass es sich um die Spinnenfalle handelte.

»Alfred, sehen Sie doch!«, rief sie, während sie das Blatt Papier anhob. »Ich hätte nicht gedacht, dass die Falle tatsächlich funktioniert!«

Alfred trat neben sie und hielt gerade noch so ihre Hand fest, bevor sie die Falle berühren konnte. »Sehen Sie die Spinne darin?«

Die Gaze, die um die Falle gespannt war, hielt zwar deren Insassen fest, doch waren die Maschen groß genug, dass eine Spinne durch sie hindurch in einen Finger beißen konnte.

»Das ist doch nicht möglich.« Vorsichtig griff Violet nach dem kleinen Henkel, den sie an dem Gitter angebracht hatte. Die Falle stieß ein leises Summen aus, als die Elektrizität in einem hellen Bogen über das Gitter glitt. Diesen Effekt hatte sie schon früher einmal beobachtet, deshalb hatte sie den Griff ein wenig länger gemacht.

»Ich kann Ihnen auch sagen, woher sie gekommen ist.« Alfred deutete auf den Schraubstock. Die eingespannte Kapsel war nicht mehr da. Allerdings war sie nicht gestohlen worden. Ihre Teile lagen über den Tisch zerstreut, als hätte jemand sie zersägt – oder als wäre sie explodiert.

»Dann war wohl doch jemand hier drin«, raunte Violet beklommen, während sie fassungslos die zerstörte Kapsel betrachtete. Der Butler schüttelte den Kopf.

»Nein, Mylady, ich glaube eher, dass die Hülse einfach nur ihren Inhalt preisgegeben hat.« Er griff nach einer Pinzette und hob das größte Metallstück vor sein Gesicht. »Sie hatten doch die Vermutung geäußert, dass vielleicht eine Spinne in der Kapsel sitzt.«

Violet richtete ihren Blick auf die Spinnenfalle. Die Leichenspinne saß noch immer ruhig auf dem Boden. *Professor Borneman wird entzückt sein, wenn ich ihm ein lebendes Exemplar bringe*, dachte Violet. Gleichzeitig fiel ihr wieder ein, was der Botaniker über diese Gattung gesagt hatte.

»Ja, das habe ich«, entgegnete Violet ein wenig abwesend, denn ihre Gedanken wirbelten wild durch ihren Kopf. Borneman wusste wirklich sehr viel über diese komische Kreuzung. Und er wirkte so merkwürdig angespannt …

Alfred nahm das Kapselstück näher unter die Lupe. »Schön, mal eine Erfindung zu sehen, die wirklich funktioniert«, murmelte er dabei.

»Was haben Sie gesagt?«, fragte Violet nach, obwohl sie genau verstanden und Alfred Bemerkung ihrem Erfinderstolz einen ziemlichen Stich verpasst hatte.

»Das hier ist einfach genial.« Alfred ließ das Metallstück sinken. »Ich versichere Ihnen, mein früherer Boss hätte für solch eine Erfindung gemordet. Eine Kapsel mit einer kleinen Zeitschaltuhr.«

»In dem Ding ist eine Uhr?« Violet nahm ihm die Pinzette samt Metallstück aus der Hand und trug sie hinüber zu ihrem Vergrößerungsglas. Mit vor Staunen offenem Mund sah sie, dass Alfred recht hatte. Die winzigen Zahnrädchen waren ohne Lupe kaum sichtbar, doch unter dem gewölbten dicken Glas kamen nicht nur sie, sondern auch winzig kleine Federn zum Vorschein und eine Unruhe, die hundertmal kleiner war als die in den feinsten Damentaschenuhren.

Nachdem sie das Uhrwerk gebührend bewundert und dabei überaus brennenden Neid empfunden hatte, wandte sie sich den Bruchstellen des Metallstücks zu. Sie waren sauber angeschliffen, nichts deutete darauf hin, dass Gewalteinwirkung die Hülse hatte auseinanderplatzen lassen. Auf einmal kam ihr ein erschreckender Gedanke. Borneman hatte doch davon gesprochen, dass Leichenspinnen hin und wieder hochgradig giftig waren. Wenn sie sich in einem Toten eingenistet hatten, war das eigentlich egal, doch was, wenn sie in einem lebenden Menschen saßen? Würden sie versuchen, ihn zu töten? Und was war mit der Magensäure? Waren sie etwa dagegen resistent?

Borneman hatte behauptet, dass sie ihren Wirt beißen und vergiften würden, wenn sie sich von der Magensäure bedroht fühlten. Und das alles wusste er von einer Spinne, die er zum ersten Mal sah?

»Ich fürchte, wir werden dem Botanischen Garten noch einen Besuch abstatten müssen«, sagte Violet, während sie sich nun wieder der Spinnenfalle zuwandte. »Ich hatte gleich das Gefühl, dass Dr. Borneman irgendetwas verheimlicht. Offenbar haben diese Spinnen noch ganz andere erstaunliche Eigenschaften. Und er kennt sie besser, als ich zunächst gedacht hatte ...«

*

Mit mürrischem Brummen schob der Mann die Zeitung zur Seite. Leider war sein Plan nur zur Hälfte geglückt. Broockston war tot, wie er es geplant hatte, doch leider war er erstickt. Sein Kunstwerk, für das er jahrelang geforscht hatte, hatte gar nicht die Gelegenheit erhalten, sich vollkommen zu entfalten, und nun wusste er nicht, ob es überhaupt funktionierte.

Das war das Dumme an seiner Erfindung – man konnte sie nicht testen. Die Kapsel war so eingestellt, dass sie ihren Insassen für eine genau festgelegte Zeitspanne beherbergte. War diese vorüber, zerfiel die Kapsel und gab ihr Innenleben preis.

Einmal hatte es bereits geklappt, allerdings hatte dieses Behältnis eine ganz andere Wirkungsweise gehabt. Bei Lord Stanton waren es noch die Magensäfte gewesen, die das Behältnis aufgelöst hatten. Die locker durch Zellulose und Gelatine verbundenen Metallstücke waren auseinandergefallen, ohne dass sie noch als Kapsel zu identifizieren waren. Bei Broockston war seine neue

Erfindung zum Einsatz gekommen. Wenn der Mann doch nur einen größeren Schluck genommen hätte ...

Ein leises Klopfen riss ihn aus seinen Überlegungen.

»Herein«, rief er und erhob sich, um zur Anrichte zu gehen. Das ganze Nachdenken hatte ihn durstig gemacht.

Sein Butler erschien in der Tür. »Mylord, eine Dame wünscht Sie zu sprechen.«

»Sie soll reinkommen.«

Als der Butler zur Seite trat, rauschte eine Frau in einem schwarzen Cape herein. Ihr schwarzer Schleierhut verbarg ihr Haar, eine schwarze Satinmaske ihre Augen. Ihre blutrot geschminkten Lippen verzogen sich zu einem Lächeln, als sie dem Hausherrn gegenübertrat. »Guten Abend, mein Lieber, ich hoffe, ich störe nicht.«

»Keineswegs, Lady X. Was verschafft mir die Ehre Ihres Besuchs?« Der Mann neigte sich über ihre Hand und küsste sie eine Spur zu heftig, doch das schien seinem Butler egal zu sein. Diskret entfernte er sich aus dem Raum und zog die Tür hinter sich zu.

Die grünen Augen der Frau funkelten den Mann durch die Maske hindurch freudig an. Jetzt, wo sie ungestört waren, hätte sie die Maske abnehmen können, doch das tat sie nicht. Aus gutem Grund.

»Ich wusste nicht, ob ich heute Abend überhaupt zu dir kommen kann«, sagte sie, während sie sich aus ihrem Mantel schälte. Die Perlen auf ihrem grünen Kleid funkelten im Licht; ihr rotes Haar war im Nacken zu einem Chignon zusammengebunden. »Die Spürhunde der Königin sind überall. Ich glaube, mittlerweile haben sie ganz Belgravia im Visier.«

»Wie es geplant war, meine Liebe, oder nicht? Wir wollten sie doch ein wenig aufscheuchen.« Der Mann nahm ein Glas von der Anrichte und füllte es mit Gin.

»Ja, das wollten wir, und es ist gelungen.«

Als der Mann ihr das Glas reichen wollte, schüttelte sie den Kopf. Darauf begab er sich zu seinem Ledersessel und ließ sich darauf nieder.

»Allerdings beunruhigt mich der Diebstahl ein wenig«, setzte Lady X hinzu.

Das hatte der Mann beinahe verdrängt. In dem Artikel hatte etwas über den mysteriösen Raub eines Beweisstücks gestanden. Da es kein anderes geben konnte, war klar, dass es sich um die Kapsel handelte.

»Ich glaube kaum, dass der neue Besitzer viel Freude damit hatte. Bestenfalls ist er jetzt ebenfalls tot.«

»Doch wer sollte die Kapsel gestohlen haben?«

»Nun, wir wissen doch, wie das mit den Gehilfen des Coroners ist. Es sind unterbezahlte, gierige kleine Bastarde, die für ein paar Pfund selbst ihre Großmutter verhökern würden. Wahrscheinlich hat einer geglaubt, dass die Kapsel auf dem Schwarzmarkt ein Vermögen bringen würde. Zumal sie ja aus einer prominenten Leiche stammt.«

»Ich weiß nicht.« Mit anmutigem Hüftschwung trat die Frau näher und ließ sich schließlich auf dem eleganten Diwan nieder, der mit cremefarbenem Damast bespannt war. Sie war sich dessen bewusst, dass sie darauf ein nahezu göttliches Bild abgeben würde.

»Was weißt du nicht?«

»Vielleicht war es Lady Sharpe selbst. Die Frau ist nicht auf den Kopf gefallen.«

Der Mann schnaubte spöttisch. »Die Spy Mistress!«, spie er aus. »Die hat doch keine Ahnung, was wirklich gespielt wird. Wahrscheinlich hat sie ihre Leute unter den Betten sämtlicher Österreicher verstaut, weil sie glaubt, die Morde wären eine ausländische Provokation.«

»Da wäre ich mir nicht sicher. Immerhin war sie bei Lord Adairs Ball. Sie ist nicht gerade eine Party-Lady. Lieber läuft sie in Männerkleidern herum und benimmt sich wie ein Mann. Wenn sie dort war, hat sie einen Verdacht. Vielleicht hat einer deiner Handlanger geredet?«

»Das glaube ich kaum. meine Leute werden gut bezahlt, in diesen Zeiten gibt niemand leichtfertig die Gelegenheit auf, für wenig Arbeit und ein bisschen Schweigen an viel Geld zu kommen.

Mal abgesehen von den Dingen, die nach dem großen Wandel folgen werden.«

»Bis dahin ist es aber noch ein langer Weg. Lord Adair wird inzwischen alles in Bewegung gesetzt haben, um seine Ehre reinzuwaschen.«

»Lord Adair ...« Ein böses Lächeln huschte über das Gesicht des Mannes. »Wo wir gerade von dem sprechen. Wann glaubst du, ist die beste Gelegenheit, sich seiner zu entledigen?«

»Nun, in ein paar Tagen, würde ich sagen. Momentan ist schwer an ihn heranzukommen, wie ich erfahren habe, sitzt er Tag und Nacht in seinem Büro und hat keine Zeit für irgendwelche Vergnügungen.«

»Auch nicht für die Wonnen, die ihm Lady Copper bereiten würde?«

Wissend um die Fertigkeiten ihrer Handlangerin lächelte Lady X. »Ich glaube kaum, dass die Methoden, die du bei Lord Broockston angewandt hast, bei Lord Adair fruchten werden. Er ist mit den anderen beiden nicht zu vergleichen. Ich weiß das.«

Der Mann musterte sie von Kopf bis Fuß, dann verbreitete sich sein Lächeln. »O ja, wer, wenn nicht du? Also gut, warten wir noch ein wenig. Vielleicht fällt dir ja inzwischen eine Möglichkeit ein, ihm unser kleines Geschenk zu übergeben. Wenn er tot ist, werden wir die nächste Phase unserer Bemühungen einläuten.«

»Und was ist mit der vierten Säule?«

»Oh, um die habe ich mich bereits gekümmert.« Der Mann prostete Lady X zu.

13. Kapitel

Diesmal fanden sie den Weg zu John Borneman allein. Die Falle in ihrer Tasche schien mit jeder Minute, die Violet sie bei sich trug, immer schwerer zu werden. Wenn sie doch dieses gefährliche Tier bloß schon los wäre! Glücklicherweise war der Professor in seinem Büro. Erstaunt starrte er Violet an, als sie auf sein »Herein!« hin durch die Tür trat.

»Guten Tag, Herr Professor«, sagte Violet, zog die Spinnenfalle aus der Tasche und stellte sie neben ein Buch mit der Aufschrift *Spiders of Australia*, in dem Bornemann offenbar gerade geblättert hatte. »Ich habe zwar geglaubt, dass ich Sie nicht so schnell wieder stören muss, aber leider bleibt mir nichts anderes übrig.«

»Lady Violet!« Borneman erhob sich von seinem Stuhl. Diesmal trug er ein braunes Glencheck-Jackett mit Lederflicken an den Unterarmen. Entweder kam er gerade von einer Besprechung oder von einer der Führungen, die die Professoren für besondere Gäste manchmal persönlich übernahmen.

Eine galante Bemerkung zu ihrem Namen sparte er sich diesmal, stattdessen fragte er: »Was kann ich für Sie tun? Haben Sie wieder einen bemerkenswerten Fund gemacht?«

Violet nickte, dann zog sie die Spinnenfalle aus ihrer Tasche. Noch immer leuchtete die Lampe rot, was Violet zugleich erleichterte und erstaunte, denn sie hätte nicht gedacht, dass das elektrische Kraftfeld so lange durchhalten würde.

»Wo haben Sie die her?«, fragte Borneman entsetzt. »Und was ist das für ein Gerät?«

»Meine Spinnenfalle. Ich habe sie kürzlich entwickelt, ohne sie wäre ich womöglich nicht mehr am Leben.«

Borneman holte ein großes Glas und stellte es mit zitternden Fingern auf den Tisch.

Violet entriegelte die Tür der Falle, und nach kurzem Schütteln purzelte die Giftspinne heraus. Kaum auf dem Boden angekommen, stellte sie sich blitzschnell wieder auf ihre acht Beine und versuchte, nach oben zu krabbeln. Auch ohne Ahnung von Spinnen zu haben, fand Violet, dass das Tierchen extrem wütend wirkte.

Borneman schraubte das Glas rasch zu und prüfte den Deckel noch zweimal, ehe er es zur Seite stellte. Da es sich um eine Leichenspinnenkreuzung handelte, brauchte er immerhin nicht zu fürchten, dass sie in dem Glas ersticken würde.

»Dr. Borneman, ich habe den Eindruck, dass Sie nicht ganz ehrlich zu mir waren«, begann Violet ohne Umschweife, denn ihren Ermittlungen brachte es nichts, wenn sie um den heißen Brei herumredete. Die Schweißperlen auf der Stirn des Professors schienen zu antworten, bevor es sein Mund tun konnte.

»Was hat es mit der Spinne auf sich?«, hakte sie nach. »Ihre Antwort ist sehr wichtig. Menschenleben könnten davon abhängen! Sie haben doch sicher vom Tod Lord Stantons und Lord Broockstons gehört, nicht wahr?«

Der Forscher zitterte und blickte über ihre Schulter zur Tür hin, als wollte er jeden Augenblick an ihr vorbeistürmen und flüchten. Was Alfred natürlich nicht zugelassen hätte.

»Möglicherweise ist Lord Stanton an dem Biss dieser Spinne gestorben. Broockston erstickte an einer Kapsel, in der diese Spinne enthalten war. Wer auch immer sie in die Kapsel getan hat, wusste, dass sie keine Luft braucht.«

Bornemann presste die Lippen zusammen, als wollte er die Worte daran hindern, ihm versehentlich zu entschlüpfen.

»Professor, bitte«, flehte Violet jetzt beinahe. »Sagen Sie mir, was das zu bedeuten hat!«

»Ich kann nicht«, entgegnete er. »Ich würde meine Zulassung verlieren.«

»Ihre Zulassung?«, fragte Alfred aus dem Hintergrund. »Haben etwa Sie diese Höllenspinnen gezüchtet?«

Borneman wurde knallrot. »Es war für einen Naturfreund. Einen sehr reichen Naturfreund.«

»Hat der Ihnen einen Namen genannt?«

»Nein, er hat mir nur eine ziemlich große Geldsumme gegeben – die ich natürlich nur zum Wohl des Botanischen Gartens angenommen habe – und mich um diese seltsame Kreuzung gebeten. Er meinte, dass er damit ein paar Freunde beeindrucken und an der Nase herumführen wollte. Diese Männer würden angeblich mit ihren Jagdtrophäen aus Afrika prahlen; und er wollte ihnen einen Denkzettel verpassen.«

Diese Spinne war ein ziemlich eindrucksvoller Denkzettel. Was war das bloß für ein sogenannter Naturfreund?

Borneman hatte recht, hierfür konnte er seine Zulassung loswerden. Und noch viel mehr, denn wenn Lady Sharpe die Sache rauskriegte, würde sie glauben, dass er dem Mörder half. Borneman wäre eine Zelle im Geheimgefängnis des Tower sicher.

»Und da erschaffen Sie mal mir nichts dir nichts eine der gefährlichsten Spinnen der Welt?« Violet schüttelte missbilligend den Kopf.

»Ich habe nicht damit gerechnet, dass die Kreuzung sich so auswirken würde. Ich dachte, das Gift der Witwe würde durch das der Leichenspinne abgemildert werden.« Betreten senkte er den Kopf.

»Doch es hat sich verstärkt«, setzte Violet hinzu. »Es hat schon seinen Sinn, warum es verboten ist, für den Menschen schädliche Tiere zu erschaffen. Hätten Sie der Leichenspinne doch nur ein paar Augen oder Beine mehr angezüchtet, anstatt solche Monstren zu erschaffen.«

»Ich hätte die Finger davon lassen sollen.« Borneman atmete schwer und wirkte auf einmal wie ein kleiner Junge, der reumütig vor den Scherben einer Fensterscheibe steht.

»Wie viele dieser Spinnen haben Sie denn gezüchtet?«, erkundigte sich Violet im Hinblick auf weitere Opfer.

»Vier. Er wollte vier Stück. Zwei Männchen und zwei Weibchen.«

Vier. Warum nur vier? Setzte er darauf, dass sie sich selbst vermehrten? Violets Kenntnisse in Zoologie reichten immerhin so weit, dass sie wusste: Beim Einsatz von zwei Männchen und zwei Weibchen verringerte sich die Gefahr von Inzuchtschäden bei den Nachkommen.

»Wie lange ist das her?«

»Ungefähr ein Vierteljahr.«

»Könnten die Weibchen inzwischen Eier gelegt haben?«

Bornemann sah sie verwirrt an. »Möglicherweise.«

»Schwarze Witwen verhalten sich bei der Paarung doch kannibalistisch, oder? Die Weibchen fressen die Männchen.«

»Das ist richtig.«

»Und wie stehen die Chancen, dass die Neuschöpfung dieses Verhalten auch an den Tag legt?«

»Sie hoffen darauf, dass die Weibchen die Männchen gefressen haben.«

»Genau. Dann hätten wir jetzt die beiden Weibchen, und die Männchen könnten keinen Schaden mehr anrichten.«

»Leider ist es so, dass Spinnenbrut auch ohne das Muttertier schlüpfen kann.«

Violet hatte Mühe, sich nicht vor Grauen zu schütteln. »Und wie viele Spinnen hat so ein Wurf?« Ein besseres Wort wollte ihr dafür nicht einfallen.

»Ein Kokon«, sagte der Forscher, »kann zehn bis zwanzig Junge beherbergen.«

»Ach du Schande!«, platzte es im Hintergrund aus Alfred heraus. »Das hieße ja, dass dieser Verrückte über zwanzig weitere Giftspinnen verfügt. Und wenn die sich vermehren ...«

Violet sah ihn an und schüttelte den Kopf. Borneman war schon niedergeschlagen genug, da musste er nicht noch einen draufsetzen.

»Das alles wollte ich nicht«, murmelte Bornemann. »Ich wollte niemandem schaden, immerhin bin ich Forscher, und unser Institut braucht das Geld dringend ...«

Was würde jetzt mit ihm geschehen? Violet war kein Polizist, sie konnte ihn schlecht festnehmen. Und eigentlich hatte er das auch nicht verdient. Dafür, dass er gegen das Züchtungsgesetz verstoßen hatte, musste er natürlich bestraft werden, doch Leichtgläubigkeit, die offenbar auch bei klugen Köpfen vorkam, stand als Tatbestand in keinem Strafgesetzbuch.

Und Violet glaubte ihm auch, dass er aus wissenschaftlicher Neugier heraus, vielleicht auch aus Geldgier gehandelt hatte, aber nicht in der Absicht, Menschen zu töten.

»Eine letzte Frage habe ich noch, Professor.«

Borneman nickte niedergeschlagen.

»Können Sie mir den Mann beschreiben, der Ihnen die Spinnen abgekauft hat?«

»Er trug einen dunklen Mantel und einen Zylinder, der sein Gesicht vollkommen überschattet hat«, entgegnete er nach kurzem Überlegen. »Wir haben uns nicht hier getroffen sondern meist in recht dunklen Ecken. Er hatte darauf bestanden.«

Wer macht schon Geschäfte mit einem schwarzbemäntelten Zylindermann! Beinahe jeder Mann konnte hinter solch einer Maskerade stecken! Violet schluckte den kleinen Fluch hinunter, der ihr auf den Lippen lag, und sagte stattdessen so sanft sie konnte: »Vielen Dank für Ihre Hilfe, Professor. Ich werde die Polizei nicht rufen, es liegt an Ihnen, was Sie tun werden. Doch Sie sollten sich vor Augen halten, dass Ihre Schöpfung Menschen tötet. Ich würde es wirklich begrüßen, wenn Sie sich stellen und der Polizei helfen würden, Ihren seltsamen Naturfreund zu finden.«

Damit wandte sie sich um und bedeutete Alfred, dass sie gehen würden.

Am Nachmittag blieb Violet nichts anderes übrig, als mit ihrer Mutter zu Lady Sissleby zu fahren, einer alten Freundin der Familie Adair.

Agnes Sissleby war seit zwei Jahren verwitwet, was ihrem Einfluss allerdings keinen Abbruch tat. Zwar konnte sie nicht mehr auf ihren Ehemann, der eine wichtige Stellung im House of Lords eingenommen hatte, einwirken, aber ihre Kontakte waren dennoch sehr weitreichend, und ihr Ansehen war sehr hoch. Wen sie zu sich einlud, der konnte sich als von allen Sünden reingewaschen betrachten – jedenfalls im gesellschaftlichen Sinne.

Missmutig blickte Violet durch das Kutschenfenster. Das Taftkleid, das sie auf Wunsch der Mutter trug, kratzte am Hals und den Handgelenken, außerdem hatte dafür das Korsett ziemlich eng geschnürt werden müssen, sodass sie beim Sitzen kaum noch Luft bekam.

Doch Luft war in den Augen der Gesellschaft ebenso entbehrlich für junge Aristokratinnen wie Gedanken oder Bücher.

Die Zeit könnte ich besser nutzen, ging es Violet durch den Kopf. Doch sie wusste, dass der Besuch unumgänglich war. Durch den Tod Lord Stantons war ein Schatten auf Adair House gefallen. Diesen mussten sie bis zu ihrem Debüt auf dem Weihnachtsball loswerden, sonst würden sich ihre Chancen, einen reichen und gut situierten Ehemann zu finden, deutlich verringern.

Violets Einwand, dass sie ja erst am Weihnachtstag achtzehn wurde und damit noch gut ein Jahr Zeit hätte, hatte ihre Mutter nicht gelten lassen. Offenbar hatte sie es sehr eilig, sie zu verheiraten.

»Violet, ich brauche dir wohl nicht zu sagen, dass dieser Besuch sehr wichtig ist«, meldete sich Lady Emmeline zu Wort, als sie auf die London Bridge fuhren. In der Ferne konnte Violet die Schornsteine des Dampfviertels erkennen, die mit ihrem schwarzen Rauch dafür sorgten, dass auch an klaren Tagen das Sonnenlicht kaum eine Chance hatte, den Boden zu erreichen.

»Hörst du mir überhaupt zu?«, hakte Emmeline nach, als Violet nicht gleich reagierte.

»Natürlich, Mutter, der Besuch ist sehr wichtig.« Violet wandte den Blick von der grauen Themse, auf der sich heute zahlreiche Lastkähne und Yachten tummelten, ab.

»Ich habe nicht vor, unserer Familie Schande zu machen. Ich werde mit sittsam gefalteten Händen auf dem Sofa sitzen, bei der Teestunde weder Tee verschütten noch krümeln und auch keine anstößigen Witze erzählen.«

»Spar dir deine Ironie, junge Dame!«, fuhr ihre Mutter sie an. »Das hier ist kein Spaß!«

»Aber ich meinte es doch gar nicht spaßig!«, verteidigte sich Violet. »Ich habe wirklich nicht vor, mich danebenzubenehmen.«

Ihre Mutter bedachte sie mit einem Blick, der ihre Aussage in Zweifel zog, dann fuhr sie fort: »Lady Stanton spricht kein Wort mehr mit mir, und sie haben sogar den Kranz abgelehnt, den wir geschickt haben.«

Vielleicht hättest du besser keinen Ball gegeben, dachte Violet. Laut sagte sie: »Findest du nicht, dass sich die Stantons ein wenig kindisch verhalten? Wenn es irgendeinen Grund gäbe, uns zu verdächtigen, hätte man uns sicher schon alle verhaftet.«

Lady Emmeline seufzte. »Das mag die Logik eines einfachen Menschen sein, in unserer Welt jedoch herrschen andere Gesetze. Bei uns muss man einem hohen Gast nur eine gesprungene Teetasse vorsetzen, um in Verruf zu geraten. Eigentlich solltest du als Tochter des Hauses Adair das wissen.«

Sie hält meine Logik für die eines einfachen Menschen? Violet wusste nicht, ob sie darüber verärgert oder froh sein sollte. Was war schon dabei, einfach zu sein und einfach zu denken? Die Denkweise der adligen Gesellschaft war zuweilen ziemlich bizarr und für einen logisch denkenden Menschen nicht nachzuvollziehen.

Wenn ich erst eine berühmte Erfinderin bin, werde ich damit nichts mehr zu tun haben und mich nur noch mit klar denkenden Menschen umgeben.

Leider war ihre Mutter mit ihrem Vortrag noch immer nicht fertig. »Ich werde Lady Sissleby darum bitten, deine Patin für das Debüt zu werden. Sie wird dich in der Zeit vor und nach dem Ball betreuen und dir alles beibringen, was in unseren Kreisen wichtig ist.«

»Aber das hast du doch schon getan, Mutter!«, entgegnete Violet beinahe entsetzt, denn sie wusste, was ihr bei Lady Sissleby drohen würde. Gähnende Langeweile! Sie würde lernen, wie man den Finger beim Halten der Teetasse korrekt abspreizte, wie man farblich zusammenpassende Tischtücher auswählte und Migräneanfälle simulierte, wenn sich das Personal durch andere Methoden nicht unter Kontrolle bringen ließ. Außerdem würde sie tanzen müssen, bis ihr die Füße bluteten und Stunden unter der Fuchtel der Schneiderin verbringen, um sich Roben anpassen zu lassen, die wirklich der neuesten Mode entsprachen. Und wann sollte sie da Zeit für ihre Forschungen haben?

»Ich fürchte, ich war mit meinen Bemühungen nicht sonderlich erfolgreich. Auch wenn du dich wirklich anstrengst, haftet dir immer noch so eine gewisse ... Bürgerlichkeit an. Du redest mit dem Personal, als wären es deine Freunde, nie habe ich mitbekommen, dass du eines der Dienstmädchen gerügt hättest. Außerdem bewegst du dich manchmal, als würdest du Hosen tragen. Ich wünschte, du würdest wenigstens kleinere Schritte machen und dich ein wenig gezierter verhalten, damit würdest du schon viel gewinnen.«

Violet verzog das Gesicht. Das klang ja fast so, als hielte ihre Mutter sie für eine Anhängerin dieses Deutschen, wie hieß er doch gleich, der sich gegen die Ausbeutung der Arbeiter einsetzte? Ach ja, richtig, Karl Marx! Violet war zu jung, um ihn zu kennen, er war bereits vor ein paar Jahren gestorben. Aber seine Schriften kursierten in den ärmeren Gegenden Londons, und hin und wieder schnappte man seine Ideen und seinen Namen auf.

Eigentlich hätte sie jetzt protestieren sollen, aber ihre Mutter hatte recht. Sie hielt nichts davon, Dienstmädchen herumzuscheuchen und auf sie herabzusehen, wo sie doch die ganze Arbeit im Haus machten und sie es ihnen erst ermöglichten, am Nachmittag in der Stadt zu flanieren und Bälle zu geben, auf denen Lords dann an einer Spinnenkapsel sterben konnten. Vielleicht war sie ja wirklich eine Marxistin? Und was die großen Schritte anging, blieb ihr, wenn sie im Labor zwischen den Regalen umhereilen oder sich heimlich aus dem Staub machen musste, gar nichts anderes übrig. Niemand konnte liebgewonnene Gewohnheiten so einfach ablegen.

Bevor ihre Mutter ihren Vortrag weiterführen konnte, erreichten sie glücklicherweise das Stadthaus der Sisslebys, in dem sich die Witwe von Sir Richard Sissleby den Herbst und Winter über aufzuhalten pflegte. Das Gebäude war im Georgianischen Stil errichtet worden und hatte in den vergangenen Jahren zahlreiche Modernisierungen erfahren, die diskret unter der alten Fassade versteckt waren. Vergeblich hielt man Ausschau nach Abluftschächten und Fenstersicherungsgittern, die automatisch heruntergefahren werden konnten. Natürlich gab es all diese technischen Vorrichtungen, allerdings waren sie geschickt hinter rankenverzierten Blenden verborgen, die Uneingeweihte für nichts anderes als Zierrat halten würden.

Die Kutsche hielt vor der breiten Treppe, an der nur wenige Augenblicke später der schwarzgekleidete Butler des Hauses erschien.

James Thompson war ein recht humorloser, blasser Mann mit Halbglatze, der meist so steif dastand, dass man ihn für ein Möbelstück halten konnte. Seit über vierzig Jahren versah er schon seinen Dienst bei den Sisslebys, makellos wie eine Maschine. Abgesehen davon, dass es keine Tochter des Hauses gab, würde er sich bestimmt niemals bereiterklären, eine solche bei nächtlichen Aktivitäten zu unterstützen. Allerdings saßen ihm auch keine chinesischen Verbrecher im Nacken. »Willkommen, Lady Emmeline und Lady Violet«, begrüßte Thompson sie, nachdem er den Kutschenschlag geöffnet hatte. »Lady Sissleby erwartet Sie bereits im Salon.«

Nachdem er ihnen beim Aussteigen geholfen hatte, geleitete der Butler sie in die prächtig ausgestattete Eingangshalle, die von einer breiten Treppe beherrscht wurde. Ringsherum glänzte und funkelte es. Schwere goldene Bilderrahmen wetteiferten mit kunstvoll verzierten Gittern, hinter denen sich eine moderne, dampfbetriebene Heizungsanlage verbarg. Ein leises Summen erfüllte die Luft. *Die Küchenmaschine der Sisslebys läuft wesentlich leiser als unsere*, registrierte Violet, als der Butler ihnen die Mäntel abnahm. *Ich sollte irgendwas tun, damit unsere Bediensteten nicht noch taub werden von der alten Stromburgh.*

Durch einen mit zahllosen Bildern und Jagdtrophäen geschmückten Korridor brachte der Butler sie schließlich zur Tür des Salons, wo er die beiden Besucherinnen ankündigte. Violet bemerkte den neidischen Blick ihrer Mutter auf die Tür, deren bleigefasstes Glas ein wunderschönes rotes Blütenmuster zeigte.

»Lady Sissleby wird Sie nun empfangen«, sagte der Butler, während er die Türflügel zur Seite schob.

Agnes Sissleby thronte wie eine Königin auf ihrer mit rot-weißer Seide bespannten Chaiselongue. Ihr feuerrotes Haar war im

Nacken zusammengesteckt und unter einer schwarzen Witwenhaube verborgen. Schwarz war auch das Nachmittagskleid, das sie trug, allerdings funkelten Tausende Perlen auf dem Stoff, und die Spitze, mit der Ausschnitt und Ärmel verziert waren, stammte gewiss aus Brüssel.

Als Violet und ihre Mutter eintraten, erhob sie sich elegant und kam mit ausgestreckten Armen auf sie zu.

»Meine liebe Emmeline! Ich freue mich, dich wiederzusehen!«

»Die Freude ist ganz auf meiner Seite, liebe Agnes«, entgegnete ihre Mutter, worauf sich die beiden Frauen umarmten.

Violet fiel ein, dass sie Lady Sissleby nicht auf dem Ball gesehen hatte. Dass man sie nicht eingeladen hatte, konnte sie sich kaum vorstellen. Wahrscheinlich hatte sie an jenem Abend Besseres zu tun gehabt, als sich auf einem Ball zu langweilen.

Lady Sissleby mochte vielleicht eine der angesehensten und mächtigsten Frauen von ganz England sein, dennoch kursierten unter den Dienstboten Geschichten über sie. Geschichten, die besagten, dass sie sich hin und wieder einen jungen Liebhaber gönnte. Geschichten, die Violet nicht kennen würde, wenn sie nicht, wie ihre Mutter sagte, beinahe freundschaftlich mit dem Personal reden würde.

»Ah, und da ist ja auch unsere kleine Violet!«

Ehe sie es sich versah, griff Lady Sissleby nach ihren Händen und zog sie einmal nach links und einmal nach rechts, um sie näher in Augenschein zu nehmen. Der Duft von Rosenparfüm stieg Violet dabei eine Spur zu aufdringlich in die Nase.

»Was für ein großes, schönes Mädchen sie doch geworden ist, beinahe schon eine Frau! Sie hat Reginalds energisches Kinn und seine scharf geschnittene Nase, aber deine wunderschönen Augen und Lippen. Ich glaube kaum, dass sie in der bevorstehenden Saison das Mauerblümchen sein wird.«

Das schien ihre Mutter ungemein zu erleichtern und zu erfreuen, während es Violet herzlich egal war. Doch ihrer Mutter und Lady Agnes zuliebe tat sie geschmeichelt und senkte scheu den Blick.

»Nun, dann setzt euch, ich werde Thompson Bescheid geben,

dass er Tee und Gebäck bringen soll.« Damit zog sie an dem Klingelseil, das über einen Schaltmechanismus eine Zahl elektrischer Impulse durch das Haus schickte, die schließlich ein lautes Schrillen im Dienstbotentrakt auslösen würden. Wenig später erschien der Butler und nahm die Anweisung mit teilnahmsloser Miene und einem Nicken entgegen.

»Die Sache mit Lord Stanton war wirklich schlimm, ich war schockiert, davon zu hören«, sagte Lady Agnes, als sie sich wie eine überlebensgroße schwarze Puppe auf ihre Chaiselongue drapierte.

Lady Emmeline wurde puterrot. Offenbar hatte sie nicht erwartet, dass die Baronin gleich damit anfangen würde. »Ja, es war auch für uns ein sehr großer Schock.«

Lady Agnes lächelte sie gewinnend an. »Keine Sorge, ich teile nicht die Ansicht einiger Hohlköpfe im Parlament, dass euch eine Schuld trifft. Ich finde es ziemlich verfehlt zu denken, dass der Gastgeber für seine Gäste in vollem Umfang verantwortlich ist. Was auch immer Lord Stanton getötet hat, muss er sich nicht auf eurem Ball zugezogen haben.«

Ganz recht, dachte Violet. *Da sich die Kapsel erst nach einer bestimmten Zeit öffnet, muss der Mörder sie ihm an einem anderen Ort verabreicht haben.*

Wie immer, wenn sie felsenfest davon überzeugt war, recht zu haben, hätte sie ihr Wissen am liebsten gleich herausposaunt. Doch sie hielt sich zurück und faltete, wie sie es ihrer Mutter versprochen hatte, sittsam die Hände über dem Schoß.

»Ich habe ganz furchtbare Geschichten über seinen Tod gehört«, fuhr Lady Sissleby fort. Das Vergnügen in ihren Augen erschien Violet ein wenig unangemessen, auch ihre Mutter blickte konsterniert drein. »Er soll bizarre Metallreste im Körper gehabt haben. Vielleicht hat er sogar eine Giftkapsel geschluckt.«

»Darf ich fragen, woher Sie das wissen, Lady Sissleby?«, meldete sich Violet nun doch zu Wort.

»Nun, eine Frau meines Standes hat gewisse Kontakte, auch zur Polizei«, gab die Baronin leichthin zurück. »Auch wenn die Leute zum Stillschweigen verpflichtet sind, tendieren sie dazu, zu tratschen. In dem Fall war es sogar der Polizeipräsident selbst, der bei der Obduktion zugegen war. Der Coroner meinte, dass es eine Giftkapsel gewesen sein könnte, allerdings wird das vor der Öffentlichkeit noch geheimgehalten, denn dieser Befund könnte zu der Schlussfolgerung führen, dass Lord Stanton freiwillig aus dem Leben geschieden ist.«

»Selbstmord?«, flüsterte Violets Mutter entsetzt. »Aber welchen Grund sollte er gehabt haben?«

»Nun, es gibt viele Dinge, durch die ein Mann von hohem Rang sein Ansehen ruinieren kann. Leichtfertige Frauenzimmer, Glücksspiel. Ich kenne die Stantons leider nicht gut genug, um genau zu wissen, welchem Laster das Familienoberhaupt verfallen war. Vielleicht musste er auch eine Ehrenschuld begleichen.«

Violet kniff unmerklich die Augen zusammen. Mit der Vermutung, dass es eine Giftkapsel war, kam Lady Sissleby der Wahrheit sehr nahe. Dass sich in der Kapsel eine Spinne befunden hatte, konnte nicht einmal der Coroner wissen. Doch warum hätte sich Lord Stanton umbringen sollen? Aus den Erzählungen ihres Vaters wusste sie, dass er kein leichtfertiger Mann gewesen war. Und als sein Freund hätte ihr Vater doch sicher etwas geahnt, wenn Spielschulden oder Frauengeschichten Lord Stanton in den Ruin getrieben hätten.

»Jedenfalls habe ich bereits begonnen, euren Namen wieder reinzuwaschen«, setzte Lady Sissleby hinzu, womit sie wohl andeuten wollte, dass sie keine weitere Diskussion über Lord Stanton wünschte. »In einem Monat wird niemand mehr über die Affäre sprechen – zumal viel größeres Augenmerk auf Lord Broockston liegt, der in Begleitung einer Dame von höchst zweifelhaftem Ruf war, als er in dem Restaurant starb. Man munkelt, er sei an einem Mittel erstickt, das seine Manneskraft ein wenig stärken sollte.«

Als Lady Emmeline entsetzt die Augen aufriss, hielt sich Violet rasch die Hand vor den Mund. Die Grimasse ihrer Mutter war einfach göttlich!

Inzwischen erschien der Butler mit Tee und Gebäck, was die Ladys dazu ermunterte, über Teesorten, Kuchen und die Künste ihrer Köchinnen zu philosophieren. Für Violet war jetzt nichts Brauchbares mehr dabei.

Während sie auf einem Scone herumkaute, sinnierte sie über das, was Lady Sissleby über die beiden Männer gesagt hatte. Was Broockston anging, lag sie ja total falsch! Aber woher sollte der Polizeichef das auch wissen, wenn sie die Kapsel in ihrem Besitz hatte. Oder besser, gehabt hatte, bevor der Zeitzünder ausgelöst worden war und die Kapsel entzweigesprengt hatte.

Da sich die beiden Frauen bald angeregt über die neueste Mode und den aktuellen Klatsch unterhielten und sie gar nicht mehr zu bemerken schienen, nutzte Violet die Gelegenheit, um aus dem Salon zu schlüpfen. Wo das luxuriös eingerichtete Badezimmer war, wusste sie, allerdings zog es sie nicht dorthin. Vielmehr wollte sie die Gelegenheit nutzen und sich ein wenig im Haus umsehen.

Es hieß, dass sich Lady Sissleby ebenfalls mit Erfindungen beschäftigte. Ob das mehr als ein Gerücht war, wusste Violet nicht, doch solche Informationen hatten meist einen wahren Kern.

Bei ihrem Einfluss und ihren Kontakten lief sie nicht Gefahr, jemand in der Academy könnte über sie lachen, dachte Violet ein wenig grollend, dann packte die Neugier sie. Womit sich Lady Agnes wohl beschäftigte? Mit Mechanik? Mit Dampftechnik? Mit Tesla-Energie? Wo sie wohl ihr Laboratorium eingerichtet hatte? Doch bestimmt nicht in Southwark oder im East End. Bestimmt befand es sich hier im Haus – bei den Sicherungsvorrichtungen. Lady Sissleby wäre dumm, das nicht zu nutzen!

Da sie wusste, dass sich im Keller die Küche, die Speisekammer, die Waschküche und das Dienstbotenzimmer befanden und dass es ausgeschlossen war, dass die elegante Lady Agnes in einer Dachkammer arbeitete, entschied sich Violet, die Räume im ersten Stock unter die Lupe zu nehmen.

Auf Zehenspitzen schlich sie die Treppe hinauf und warf dabei einen Blick auf das Porträt des verstorbenen Lord Sissleby, der in würdevoller Haltung auf die Besucher herabblickte.

Woran ist der noch mal gestorben? Violet konnte sich dunkel erinnern, dass er irgendwann einmal bei ihrer Familie zu Gast gewesen war, doch mehr als ein schemenhaftes Bild war bei ihr nicht hängengeblieben.

Oben angekommen wusste sie zunächst nicht, wohin sie sich zuerst wenden sollte. Die Türen zu ihrer Rechten oder zu ihrer Linken? *Vielleicht sollte ich mir eine nach der anderen vornehmen,* dachte Violet, *auch auf die Gefahr hin, dass ich in der Kleiderkammer lande.*

Tatsächlich befand sich hinter der ersten Tür, die sie öffnete, eine Art Ankleidezimmer, in dem zahlreiche Kleider auf Ständern aufgereiht waren.

Also die nächste Tür.

»Suchen Sie etwas Bestimmtes?«, fragte eine sanfte Männerstimme, gefolgt vom Zuklappen einer Tür.

Violet wirbelte ertappt herum. »Ich ..« Die Stimme blieb ihr im Hals stecken, als sie sah, wer sie erwischt hatte.

Der Mann mit der Augenklappe! Hatte er bereits von Weitem ein interessantes Bild abgegeben, wirkte er von Nahem ungemein anziehend.

Violet wurde abwechselnd heiß und kalt, ihre Wangen glühten wie zwei Herdplatten.

»Ich ... Ich wollte mich ... nur ein wenig umsehen.«

Ein Lächeln umspielte die sanft geschwungenen Lippen des Fremden, erst jetzt bemerkte Violet, dass das eine Auge silbergrau war, beinahe so hell wie seine Haarsträhne, die sich von seinem Scheitel über die linke Kopfhälfte zog.

Was war dem Mann zugestoßen, dass er diese Strähne bekommen hatte? Wenn sie sich nicht arg verschätzte, war er bestenfalls Mitte zwanzig – eindeutig zu jung, um zu ergrauen.

»Umsehen?«, riss der Fremde sie aus ihren Gedanken. »In den privaten Räumen von Lady Sissleby?« Das Lächeln des Mannes verbreiterte sich. »Sie gehören zum Besuch, den sie vorhin empfangen hat, stimmt's? Lady Adair, nehme ich an.«

»Ja, ich bin die Tochter von Lady Emmeline. Und wer sind Sie?«

»Hieronymus Black.« Der Mann machte eine galante Verbeugung. »Früher einmal General Hieronymus Black, aber ich habe vor einiger Zeit meinen Dienst quittiert.«

»Und da tragen Sie noch immer die Uniform?«, platzte es aus Violet heraus, was sie augenblicklich bereute. Es ging sie nichts an und ... Womöglich stand sie vor dem Mann, der für die Morde an Lord Stanton und Lord Broockston verantwortlich war!

»Es ist eine lieb gewonnene Gewohnheit. Außerdem habe ich einen Schwur abgelegt.«

»Einen Schwur?«

Black nickte. »Ja. Ich werde die Uniform erst dann ablegen, wenn ...«

Plötzlich stockte er. Ein dunkler Schatten zog über sein Gesicht. »Ich glaube, Sie sollten wieder zu Lady Sissleby zurückkehren. Sie wird Ihre Anwesenheit sicher schon vermissen.«

»Das glaube ich kaum«, entgegnete Violet unsicher lächelnd. »Sie unterhält sich bestens mit meiner Mutter. Allerdings sind ihre Themen nicht die, für die ich mich interessiere.«

»Und für welche Themen interessieren Sie sich?«, fragte Black mit einem liebenswürdigen Lächeln, das den Schatten allerdings nicht vertreiben konnte. *Etwas verbirgt er*, ging es Violet durch den Kopf, und wieder überlief sie ein Schauder. *Vielleicht weiß Lady Sissleby nicht, dass er hier ist. Vielleicht schweben wir alle in großer Gefahr! Doch warum greift er dich dann nicht an?*, fragte eine kleine Stimme in ihrem Hinterkopf.

»Erfindungen«, sagte sie. »Ich bin eine große Bewunderin von ... Zahnrädern und Dampfmaschinen.«

»Dann sollten Sie vielleicht ins Dampfviertel gehen. Oder ins Technische Museum. Vielleicht lässt sich Ihre Mutter erweichen.«

»Das glaube ich kaum. Sie hat es nicht so mit den technischen Errungenschaften, solange sie nicht zum häuslichen Wohl beitragen.«

Für einen Moment trafen sich ihre Blicke. Der junge Mann schaute noch immer etwas düster drein, doch das Lächeln blieb.

»Nun sollten Sie wirklich gehen, Miss. Ich fürchte, ich muss mich auch wieder an meine Arbeit begeben.«

»Ihre Arbeit?« Plötzlich schlug Violet das Herz bis zum Hals. Was, wenn er Lady Sissleby wirklich töten wollte? Nur mit Mühe konnte sie dem Drang widerstehen, aufzuschreien und nach unten zu stürzen. Andererseits war da auch so ein Ziehen in ihrer Brust, das nur halb unangenehm war und halb überaus angenehm.

Bleib ruhig, sagte sie sich. *Wenn du einen Mörder bei der Arbeit gestört hättest, hätte er dich längst aus dem Weg geräumt.*

»Papierkram«, entgegnete Black schulterzuckend. »Briefe an Freunde und Bekannte. Ich bin erst seit Kurzem wieder in England, müssen Sie wissen.«

»Und sind Sie mit Lady Sissleby verwandt?«

»Gewissermaßen. Sie ist meine Tante.«

»Ihre Tante?« *Kann es sein, dass er deswegen auf dem Ball gewesen war? Doch Alfred hätte den Neffen von Lady Sissleby bemerken müssen. Vielleicht hatte er seine Tante auf dem Ball vertreten?*

Auch wenn es höchst unwahrscheinlich war, dass ihr Neffe Lady Sissleby etwas antun wollte, wurde ihre Nervosität nicht weniger.

»Violet?«, tönte es da aus der unteren Etage. Offenbar war ihre Abwesenheit doch aufgefallen.

»Kind, wo steckst du?«

Violet errötete. Ihre Mutter nannte sie Kind, und dieser aufregende Mann hörte es. Nicht zu fassen!

»Sie sollten besser gehen«, sagte er.

Am liebsten hätte sie ihm gesagt, wie ungern sie das tat, doch sie lächelte nur und nickte.

»Ich hoffe, ich sehe Sie irgendwann wieder«, rief er ihr nach, und aus tiefstem Herzen hoffte Violet das auch. Und dass er nicht der Mörder war.

*

Beinahe ein wenig erschrocken blickte General Black der jungen Frau hinterher. *Wie konnte sie mich nur dazu bringen, beinahe mein streng gehütetes Geheimnis preiszugeben?*

Nachdem er sich wieder ein wenig beruhigt hatte, dachte er nach.

Violet Adair. Zumindest ihr Nachname war ihm nicht unbekannt, war er doch erst vor Kurzem auf dem Ball gewesen, der

Lord Stantons letzter geworden war. Der Vater der jungen Lady Adair steckte deshalb in ziemlichen Schwierigkeiten, jedenfalls nach dem, was er gehört hatte.

Und sie? Etwas war anders an ihr. Er konnte nicht genau sagen, was, doch er spürte, dass ihr eine gewisse Neugierde innewohnte – eine Neugierde, die sie leicht in Schwierigkeiten bringen konnte. Es war offensichtlich gewesen, dass sie nicht einfach hier oben war, weil sie das Geschwätz der Damen nicht mehr ertragen konnte. Sie hatte etwas gesucht.

Dass sie sich für Erfindungen interessierte, konnte stimmen. Auch Lady Sissleby hatte ein Faible fürs Erfinden. Wollte die kleine Lady Adair vielleicht ihre Kollegin ausspionieren?

Der Gedanke zauberte ein Lächeln auf Blacks Gesicht. *Vielleicht hätte ich ihr zeigen sollen, was meine geschätzte Tante anstellt.*

Doch er wollte nicht, dass das reizende Mädchen in Schwierigkeiten geriet. Ein wenig bedauerte er es schon, dass sie sich wahrscheinlich nie wiedersehen würden. Doch es war besser so. Besser für ihn und auch für sie, denn lange würde es bis zur Vollendung seines großen Plans nicht mehr dauern.

*

»Da bist du ja!«, rief Lady Emmeline aus, als Violet durch die Tür zum Salon trat. »Wir haben uns schon gefragt, wo du abgeblieben bist.«

»Ich habe mir nur ein wenig die Beine vertreten. Die Bilder in Ihrem Foyer sind wirklich bemerkenswert, Lady Sissleby.«

Die Baronin neigte geschmeichelt den Kopf. »Sehr freundlich von dir, Violet. Ich habe die Bilder auf der ganzen Welt zusammengetragen.«

Sage ich es ihr oder nicht?, fragte sich Violet, als sie wieder auf der Chaiselongue Platz nahm. *Wenn sie von Blacks Anwesenheit weiß, ist ja alles in Ordnung. Und wenn nicht, könnten sie etwas unternehmen.*

»Ich bin vorhin einem sehr freundlichen Gentleman begegnet«, begann Violet, nachdem sie sich noch einmal zur Tür umgesehen hatte. »Er stellte sich mir als Hieronymus Black vor.«

Lady Sisslebys Augenbrauen zuckten kurz in die Höhe. »Hat mein Neffe sein Zimmer mal verlassen?«, entgegnete sie und griff nach ihrer Teetasse. »Er ist ein richtiges Arbeitstier, kommt nur dann und wann mal raus. Die Zeit bei der Armee hat aus dem armen Jungen einen verschlossenen Eigenbrötler gemacht. Wo waren wir gleich, Lady Emmeline?«

»Bei der Planung des Debüts meiner Tochter«, half Violets Mutter, die Blacks Auftauchen nicht zu interessieren schien, der Baronin auf die Sprünge.

»Ach ja, richtig. Ich glaube, es wird da kein Problem geben. Trotz des Vorfalls sind die Adairs immer noch eine hoch angesehene Familie. Glaubt mir, bald schon spricht niemand mehr über diesen unerfreulichen Vorfall.«

Warum schiebt sie das Thema einfach beiseite?, fragte sich Violet, während sich die beiden Frauen munter über das Prozedere der Vorstellung vor der Königin unterhielten. Sie selbst interessierte das wenig. Wieder und wieder ging sie die Begegnung mit Black durch, und bei jedem Mal fand sie ihn nur noch anziehender. Gut, ein Meuchelmörder war er nicht, aber was hatte es mit dem Schwur auf sich? Und was meinte Lady Sissleby damit, dass ihn die Militärzeit zu einem Einsiedler gemacht hatte? Warum war er nicht bei seiner Kompanie?

Diese Fragen beschäftigten sie, bis ihre Mutter es schließlich für angebracht hielt, sich zu verabschieden. Inzwischen wurden draußen die Gaslaternen angezündet; Dienstmädchen eilten mit den letzten Besorgungen zu ihren Häusern zurück. Schon bald würde der Himmel sein graues Nachmittagskleid gegen eine tiefschwarze Abendrobe austauschen.

»Nochmals vielen Dank dafür, dass Sie uns empfangen haben«, sagte ihre Mutter beim Abschied. »Und dass Sie ein gutes Wort für Violet einlegen.«

Lady Sisslebys Blick traf Violet. »Keine Ursache, Ihre Tochter ist ein ganz reizendes Mädchen. Es wird mir eine Ehre sein, als Debütpatin für sie zu fungieren.«

Lady Emmeline schwebte geradezu auf Wolken, als sie zur Kutsche zurückkehrten. Violet hingegen konnte ihre Gedanken nicht von dem jungen Mann losbekommen. Trotz der Augenklappe war er wirklich gut aussehend, je länger sie über ihn nachdachte, desto mehr Details kamen ihr in den Sinn. Der Schwung der Brauen, die Form seines Nasenrückens und seine eleganten langen Hände ...

»Hörst du mir überhaupt zu?«, riss die Stimme ihrer Mutter sie aus ihren Gedanken.

»Entschuldige, Mutter, was hast du gesagt?«

Lady Emmeline schüttelte den Kopf. »Ich hoffe sehr, dass der Unterricht bei Lady Agnes etwas bringt. Du wirkst manchmal so unkonzentriert. Dass das nicht stimmte, sie sich vielmehr auf Dinge konzentrierte, von denen ihre Mutter nichts wusste, verriet sie ihr nicht.

Bei ihrer Rückkehr war Violet immer noch ganz durcheinander. Der junge Mann mit der Augenklappe ging ihr nicht aus dem Sinn. Als Alfred ihr einen Becher heiße Schokolade brachte, sah sie ihre Chance gekommen.

»Was wissen Sie über einen gewissen Hieronymus Black?«, fragte sie, während sie ihre Beine unruhig über die Bettkante baumeln ließ.

Alfreds Körper versteifte sich, dann stellte er das Tablett auf der Anrichte ab. »Er ist einer der jüngsten Generäle, die die englische Infanterie hat. Stationiert war er in Indien, bis es dort zu einem folgenschweren Vorfall kam ...«

»Erzählen Sie weiter, Alfred, was für ein Vorfall?«, hakte Violet nach, als der Butler stockte.

»Es hat eine Explosion gegeben. Genaueres weiß ich nicht, aber es wäre kein Problem, etwas darüber herauszufinden.«

»Tun Sie das!«, sagte Violet, während sie sich vom Bett schwang und sich ihre Notizen holte, um sich ein wenig von Black und seinem trotz der Augenklappe wunderschönen Gesicht abzulenken.

14. Kapitel

Ganz Belgravia war an diesem Morgen in Aufruhr. Allerdings nicht, weil es einen neuerlichen Mordfall gegeben hatte. Die Dienstboten auf den Straßen und die Herrschaften in den Fenstern reckten ihre Köpfe gen Himmel, um das bedeutendste Wunderwerk der Königlichen Luftflotte bewundern zu können. Die Queen Victoria, das größte Personenluftschiff Englands, kehrte von einer Reise nach Kanada und Indien zurück, an Bord niemand Geringeres als Königin Victoria selbst, die wie in jedem Jahr ihren Kronkolonien einen Besuch abgestattet hatte.

Auch Violet war zutiefst beeindruckt von dem walartigen Koloss, der majestätisch über die Stadt hinwegschwebte und dabei ganze Häuserzeilen überschattete. Das Brummen und Stampfen der Dampfmotoren war bis hier unten zu vernehmen, während das Luftschiff allmählich in den Sinkflug überging. Als sie ihr Fernglas vors Gesicht hob, erblickte sie Luftschiffkadetten, die in den Seilen herumkletterten und die Hilfssegel einholen, die an die Flossen von exotischen Fischen erinnerten. Der Kapitän stand aufrecht und erhaben an der Spitze der gläsernen Gondel, flankiert von seinen Offizieren. Leider gelang es ihr nicht, zwischen den Passagieren einen Blick auf die Queen selbst zu erhaschen. War sie überhaupt am Fenster? Eigentlich ließ sie es sich nie entgehen, sich dem Volk zu zeigen, denn wie Violets Vater immer behauptete, war es für einen Monarchen lebenswichtig, vor seinen Untertanen präsent zu sein. Nach so langer Abwesenheit dürsteten die Menschen förmlich danach, ihre Königin wiederzusehen und sich von ihrer Gesundheit zu überzeugen. Wahrscheinlich war sie gerade auf der anderen Seite des Luftschiffs und winkte dort ihren Untertanen zu.

Violet tröstete sich also mit dem Anblick der Waffensysteme, die unter dem Luftschiff angebracht waren. Die Kanonen und Schnellfeuergewehre – sogenannte Gatlings, ein Geschenk der Amerikaner – hätten ausgereicht, um halb London unter Beschuss zu nehmen. Doch diese Waffen waren nötig, denn wo es Luftschiffe gab, gab es auch Piraten, und die würden allein schon bei dem Anblick der gefährlich blitzenden Messingrohre das Weite suchen. Außerdem hieß es, dass die Queen Victoria im Falle eines Krieges die Flotte anführen würde. Doch Krieg hatte es jetzt schon seit beinahe siebzehn Jahren nicht mehr gegeben; die Deutschen setzten seit ihrer Niederlage in Sedan wieder eher auf Diplomatie, denn auf Luft- und Wasserschiffe.

Da in Friedenszeiten stets die besten Erfindungen gemacht wurden, hoffte Violet, dass es noch lange friedlich bleiben würde – unter Beschuss und in Lebensgefahr zu forschen, stellte sie sich einfach schrecklich vor.

Als das Luftschiff vorüber war, trat sie zurück ins Zimmer und verstaute ihr Fernglas wieder in seinem Etui. Aufgrund dieses Ereignisses war das Frühstück verschoben worden, doch nun sollte sie so schnell wie möglich ins Speisezimmer gehen, wenn sie sich nicht wieder eine Benimmstunde von ihrer Mutter einhandeln wollte.

Unten im Speisezimmer fand sie allerdings nur ihren Vater vor, der gerade die Morgenzeitung studierte.

»Guten Morgen, Papa!« Als Violet zu ihm trat und er die Zeitung herunternahm, bemerkte sie, dass er kreidebleich war.

»Ist dir nicht gut?«, fragte sie besorgt, während sie vor ihm stehen blieb, unschlüssig, ob der morgendliche Kuss auf die linke Wange gewünscht war.

»Nein, es ist nur ...« Der Blick ihres Vaters wanderte beunruhigt zu der Zeitung zurück. *Wer sind die Säulen des Königreichs?*, fragten dicke schwarze Lettern, darunter waren Fotografien von Lord Stanton und Lord Broockston abgebildet.

»Was hat das zu bedeuten?«, fragte sie erstaunt.

»Ich fürchte, es kommen dunkle Zeiten auf uns zu«, murmelte ihr Vater mit Grabesstimme. »Sehr dunkle Zeiten.«

»Und was hat es mit diesen Säulen auf sich?«

Einen Moment zögerte Lord Reginald, dann reichte er Violet die Zeitung. »Ich kann es ja doch nicht verhindern. Lies selbst.«

Violet ging mit der Zeitung auf ihren Platz. Dass Alfred eintrat und Kaffee und heiße Schokolade brachte, bekam sie nicht mit, denn ihre Augen klebten regelrecht an dem Artikel.

Während noch immer eine unheimliche Mordserie Londons Hochadel erschüttert, taucht bereits eine neue Bedrohung auf. Heute Morgen ging bei der Londoner Polizei ein mysteriöser Brief ein, in dem von den sogenannten Säulen des Königreichs die Rede ist. Dem Verfasser zufolge wird gedroht, schon bald sämtliche Säulen zu zerstören und damit den Sturz der Krone herbeizuführen.

»Was hat das zu bedeuten?«, fragte Violet, während sie die Zeitung zur Seite legte. »Den Brief muss ein Verrückter geschrieben haben. Was meint er mit Säulen?«

»Leider ist der Verfasser des Briefes nicht halb so verrückt, wie man glauben könnte.« Plötzlich zuckte Lord Reginald zusammen. Seine Miene verzerrte sich, sein Blick versteinerte.

»Was ist los, Papa?« Violet sprang auf. Im nächsten Augenblick durchzuckte ein Geistesblitz sie. War es dem Verrückten gelungen, ihm ebenfalls so eine teuflische Kapsel zu verabreichen?

Lord Reginald antwortete nicht. Stöhnend krümmte er sich zusammen.

»Alfred!«, rief Violet panisch. Ihr Herz raste. Würde ihr Vater jetzt auch sterben? Tränen schossen ihr in die Augen, während sie zur Tür stürzte.

Der Butler kam augenblicklich um die Ecke. »Mylady ...«

»Schnell, Alfred, das Brechmittel! In meinem Zimmer.«

Während Alfred losrannte, hockte sie sich neben ihren Vater. Er war leichenblass und versuchte, gegen den Schmerz anzuatmen. Schweiß perlte von seiner Stirn. Reden konnte er nicht, und so wusste Violet nicht, ob es sein Herz war oder doch eine Vergiftung.

»O Papa!«, jammerte sie.

Einen Lidschlag später kam der Butler um die Ecke gestürmt. Geistesgegenwärtig hatte er bereits eine Kappe von dem Sirup eingegossen.

»Papa, komm schluck das, das wird dir helfen.«

Zunächst reagierte er nicht. Lag er bereits im Sterben? Violets Hände zitterten wie verrückt, ihr Herz flatterte.

»Fassen Sie mit an, Alfred, ziehen Sie ihn nach oben.«

Mit einem kräftigen Ruck zog der Butler seinen Herrn auf dem Stuhl zurück.

»Papa, bitte …«

Jetzt öffnete Lord Reginald den Mund. Rasch flößte Violet ihm den zähflüssigen Saft ein.

»Halten Sie ihm Nase und Mund zu.«

Tatsächlich klappte es, und ihr Vater würgte den übelschmeckenden Sirup hinunter. Es würde eine Weile dauern, bis das Mittel wirkte, und sie konnte nur hoffen, dass es bis dahin nicht zu spät war.

»Hier, nehmen Sie das.« Alfred drückte ihr einen leeren Sektkühler in die Hand. »Soll ich Lady Emmeline Bescheid sagen?«

»Nein, holen Sie Dr. Byrton und sagen Sie Ihm, dass er etwas gegen den Biss einer Schwarzen Witwe mitnehmen soll. Wenn er denn etwas hat.«

»In Ordnung, Mylady.«

Während Alfred aus dem Esszimmer stürmte, stützte sie den Kopf ihres Vaters. Er hielt die Augen halb geschlossen und wirkte benommen. War das bei Lord Stanton auch gewesen?

»Bitte lieber Gott«, flehte sie. »Lass ihn nicht sterben. Lass ihn nicht sterben.«

Die nachfolgenden Augenblicke dehnten sich ganz furchtbar.

»Nun komm schon«, murmelte Violet am ganzen Leibe zitternd. »Verdammtes Mittel, nun wirk schon.«

Noch atmete ihr Vater, aber wie lange noch? Lord Stanton war nach dieser Zeit bereits tot gewesen.

Auf einmal zuckte Lord Reginald zusammen, würgte und beugte sich vornüber. Rasch hielt Violet ihm den Kühler unter den Kopf, gerade rechtzeitig, als er sich auch schon erbrach. Er würgte nicht nur das Frühstück hervor, dazwischen klapperte auch etwas Metallisches in den Kühler.

Violet wurde selbst übel, doch sie hielt den Kühler weiterhin tapfer fest und stützte ihren Vater.

Einige Momente später wurde die Haustür aufgerissen. Im Schlepptau von Alfred stürmte Dr. Byrton herein. Augenblicklich kam er zu Lord Reginald. Nachdem Violet ihm kurz geschildert hatte, was vorgefallen war und was sie getan hatte, zog sie sich zurück.

»Alfred, kann ich es Ihnen zumuten, das nach einer Kapsel zu durchsuchen?«, fragte Violet, während ihr Magen immer noch ein wenig revoltierte.

»Ich habe meine Hand schon in schlimmere Dinge gesteckt«, entgegnete er und nahm ihr den Kühler ab.

»Aber sehen Sie sich vor wegen der Spinne, falls sie die Kapsel schon verlassen hat.«

»Dann haben Sie also eine Kapsel gehört?«

Violet nickte und ließ ihren Blick nicht von dem Arzt, der ihren Vater jetzt untersuchte. Dass er sich noch immer auf dem Stuhl hielt, war eigentlich kein schlechtes Zeichen.

Ich sollte Mama Bescheid sagen, dachte sie. Doch sie konnte sich nicht bewegen. Wie angewurzelt stand sie zwischen den Fenstern und sah zu, wie ihr Vater allmählich wieder zu sich kam, während der Arzt sein Stethoskop hervorholte und ihn abhorchte.

»Und Sie meinen, dass es eine Vergiftung ist?«, wandte sich Dr. Byrton schließlich an Violet.

»Ja, ich fürchte schon.«

»Ihr Butler sagte etwas von Spinnengift. Wie kommen Sie darauf?«

Violet lief hochrot an. Offenbar blieb ihr nicht anderes übrig, als ihre Aktivitäten zu gestehen,

Doch dann kam ihr die rettende Idee.

»Ich habe erst vor Kurzem in einem Naturkundebuch etwas über die Schwarze Witwe gelesen. Ich dachte, das seien die Symptome.«

»Und warum haben Sie Ihm ein Brechmittel verabreicht?«

»Weil ich dachte, er hätte die Spinne verschluckt. Ich habe auch gelesen, dass manchmal Spinnen im Schlaf verschluckt werden.«

Der Arzt sah sie ratlos an, dann wandte er sich wieder seinem Patienten zu.

Nach einer Weile kehrte Alfred zurück. Gelegenheit, mit ihm zu reden, hatte Violet allerdings nicht.

»Ah, gut, dass Sie kommen«, sagte Dr. Byrton. »Helfen Sie mir, Seine Lordschaft ins Bett zu bringen.«

»Violet?«, stöhnte Reginald Adair da.

»Papa?«

Als sie zu ihm lief, hatte er die Augen geschlossen, und es sah so aus, als hätte er wieder das Bewusstsein verloren.

»Doktor, was ist mit ihm?«, fragte Violet panisch. Noch immer zitterte sie am ganzen Leib.

»Ich werde ihn oben weiter behandeln. Ich gebe Ihnen Bescheid, wenn Sie zu ihm können.«

Bange Minuten folgten, in denen Violet im Korridor vor dem Zimmer ihres Vaters auf und ab ging. Den Gedanken, ihre Mutter aus ihrem Migräneschlaf zu wecken, verwarf sie rasch, denn das hätte deren Zustand nur weiter verschlechtert.

Immer wieder fragte sie sich, ob die Spinne dazu gekommen war, ihren Vater zu beißen. Wenn ja, würden die Mittel ihres Hausarztes reichen?

Nach unzähligen Minuten, nach unzähligen Schritten öffnete sich die Tür zum Zimmer ihres Vaters, und Dr. Byrton trat heraus. Das Haar saß ihm etwas wirr auf dem Kopf, und er wirkte ziemlich geschafft.

»Sie können jetzt hinein«, sagte Dr. Byrton mit ernster Miene, als er Violet erblickte.

»Wie geht es ihm?«

»Ich habe seinen Zustand stabilisieren können. Jetzt schläft er.«

»Er wird also überleben?«

Byrton atmete tief durch. Ein schlechtes Zeichen?

»Ich denke schon. Durch den Ipecac-Sirup hat er sich noch

zweimal übergeben, jetzt dürfte wirklich nichts mehr in seinem Magen sein.«

»Und das Gift?«

»Ich habe ihm vorsorglich ein Gegenmittel gegeben. Aber Sie sollten Ihn in den kommenden Stunden unter Beobachtung lassen.«

»Das werde ich.«

Byrton sah sie daraufhin lange und eindringlich an. Sie wusste, dass er ihr die Geschichte mit der Spinne, von der sie gelesen hatte, nicht abkaufte. Aber sie war nicht bereit, irgendetwas zuzugeben.

»Nun gut, sollte sich sein Zustand verschlechtern, schicken Sie nach mir. Und wenn Seine Lordschaft wieder auf den Beinen ist, können Sie ihm ja vorschlagen, sich vielleicht doch an das Rohrpostnetz anschließen zu lassen. Ich habe damit nur gute Erfahrungen gemacht, und im Falle eines Falles wäre ich in Windeseile bei Ihnen.«

Wie kam er denn jetzt gerade auf die Rohrpost?

Es stimmte, ihr Vater sträubte sich noch immer gegen dieses Kommunikationsmittel, denn er war der Meinung, dass es höchst peinlich werden könnte, wenn eine Nachricht aus Versehen in einen anderen Anschluss geriet. Aber vielleicht war es tatsächlich gut, dergleichen in Adair House einzuführen.

»Haben Sie vielen Dank, Dr. Byrton.« Violet streckte ihm die Hand entgegen.

»Soll ich noch nach Ihrer Mutter sehen? Der Zusammenbruch Ihres Gatten war sicher ein ziemlicher Schock für sie.«

»Sie weiß es noch nicht, denn sie ist wegen ihrer Migräne dem Frühstück ferngeblieben.«

»In Ordnung, dann geben Sie mir Bescheid, wenn Sie etwas benötigen.«

Nachdem sich der Arzt verabschiedet hatte, trat Violet in das Zimmer ihres Vaters. Lord Reginald lag verschwitzt und schlafend im Bett, während Alfred damit beschäftigt war, Ordnung zu machen.

Auch wenn sie wusste, dass er vorerst nicht in Gefahr war,

stiegen ihr Tränen in die Augen. Ihr Vater wirkte in seinem Bett so klein, so verletzlich ...

Gleichzeitig verspürte sie eine unbändige Wut. Wie konnte es der Mörder wagen, ihren Vater anzugreifen! War das eine Warnung an sie? Oder hatte Lord Adair von vornherein auf der Todesliste des Mörders gestanden?

»Wäre es möglich, dass Sie sich ein wenig umhören könnten, Alfred? Ich wüsste zu gern, mit wem mein Vater in den letzten Stunden Kontakt hatte.«

»Natürlich wäre das möglich, Mylady. Und was die Kapsel angeht ...«

»Sie haben Sie also gefunden.«

Der Butler nickte. »Ja, ich habe mir erlaubt, sie in Karbol zu legen. Wenn ich sie gereinigt habe, bringe ich sie Ihnen.«

Also hatte ihr Vater auch so eine verdammte Spinnenkapsel abbekommen. Und was nun? Sollten Sie diesen Anschlag publik machen? Wenn der Mörder mitbekam, dass sein Plan gescheitert war, würde er es vielleicht noch einmal versuchen. Den Tod ihres Vaters vortäuschen wollte sie allerdings auch nicht.

Sie würde darüber nachdenken, während sie an der Seite ihres Vaters wachte.

»Brauchen Sie noch etwas, Mylady?«, erkundigte sich Alfred, bevor er zur Tür ging.

»Ja, bringen Sie mir bitte mein Schreibzeug. Ich muss nachdenken.«

»Sehr wohl.«

Praktisch den ganzen Tag saß Violet am Bett ihres Vaters. Um sich die Zeit zu vertreiben, brütete sie über ihrem Indizienbuch und versuchte sich an alle Merkwürdigkeiten der vergangenen Tage zu erinnern. Waren da noch mehr Leute, die wie Beobachter gewirkt hatten? Welche Lieferanten waren in dieser Woche ein- und ausgegangen? Wo war ihr Vater gewesen?

Sie hielt es für ausgeschlossen, dass er sich die Kapsel hier im Haus zugezogen hatte. Ein Wunder, dass sie ihm nicht in der Kehle stecken geblieben war wie diesem Broockston.

Als sie das Zimmer verließ, um sich ein wenig die Beine zu vertreten und vielleicht ein paar Scones von Mrs. Myrtlewait zu ergattern, war Alfred gerade auf dem Weg zu ihr. In seiner Hand hielt er eine kleine Streichholzschachtel.

»Wie geht es seiner Lordschaft?«

»Er schläft jetzt«, antwortete Violet und strich sich über die Stirn. ihre Haare klebten an ihrer Haut, doch der Schweiß war mittlerweile getrocknet und auch das Zittern verschwunden.

Er würde überleben. Das war das Wichtigste. »Dr. Byrton meint, dass sich das Gift, falls es denn von einer Schwarzen Witwe stammt, noch entfalten kann, aber er hat ihm ein Mittel gegeben. Aller Wahrscheinlichkeit nach wird er wieder gesund.«

Ein Lächeln huschte über das Gesicht des Butlers. »Nun, das freut mich sehr zu hören. Offenbar scheint Ihr Vater großes Glück gehabt zu haben. Ich habe eine Spinne gefunden, aber die war bereits tot.«

»Tot?«

»Ich bin kein Zoologe, doch ich denke, dass das Brechmittel dem Tier den Rest gegeben hat, bevor es Ihren Vater zu Tode bringen konnte.«

»Und die Kapsel?«

»Die muss sich nicht richtig geöffnet haben. Denkbar wäre auch, dass Ihr Vater nur den Schmerz der sich öffnenden Kapsel gespürt hat. Das Brechmittel hat das Tier aus seinem Körper gespült, bevor es beißen konnte.«

»Wollen wir hoffen, dass dem so ist«, Violet zog die Schachtel auf. Die tote Spinne lag neben der Kapsel, bei der nur die Spitze offen war. Zwei scharfkantige Seitenteile ragten hervor, die sich wohl in seinen Magen gebohrt hatten. Eigentlich hätte die Kapsel zerfallen sollen, hätte sie das ordnungsgemäß getan, hätte ihr Vater vielleicht keinen Schmerz verspürt. So hatte ihm die mangelhafte Konstruktion das Leben gerettet.

»Ein Brief ist übrigens für Sie eingetroffen, Mylady«, sagte Alfred und griff in die Tasche seines Fracks. Das Kuvert, das er daraus hervorzog, war cremefarben und aus sehr teurem Papier, wie es auch ihr Vater für besondere Briefe verwendete.

Ob wir jetzt auch irgendwelche Drohschreiben bekommen?, dachte Violet beklommen, während sie ihn an sich nahm. *Vielleicht sollte ich ihn besser zur Polizei bringen.* Doch da reichte Alfred ihr schon den silbernen Brieföffner, der ebenfalls auf dem Tablett gelegen hatte.

Violet schlitzte das Papier auf und schaute vorsichtig hinein, für den Fall, dass sich darin eine Spinne oder eine Bombe befand.

Doch nichts weiter als ein ebenfalls cremefarbenes Blatt Papier steckte darin.

Als Violet es auseinander faltete, konnte sie es kaum fassen.

»Sehr geehrte Lady Violet,

Sie mögen es kühn finden, dass ich mich so einfach an Sie wende, doch es ist mir ein Bedürfnis, Ihnen mitzuteilen, dass es mich sehr gefreut hat, Ihre Bekanntschaft zu machen. Ich wäre hoch erfreut, wenn wir bei Gelegenheit unser Gespräch über Erfindungen fortsetzen und vertiefen könnten. Ich wäre der glücklichste Mann auf Erden, wenn Sie mir eine Antwort zuteil werden ließen.

Hochachtungsvoll, Hieronymus Black, General a.D.

Violet schlug das Herz bis zum Hals. Black hatte ihr geschrieben! Und er wollte sie wiedersehen! Für einen Moment war sie versucht, in Jubel auszubrechen, denn insgeheim hatte sie sich schon in tausend Szenarien ausgemalt, wie sie sich wiedersehen könnten. Doch dann kehrte sie in die Wirklichkeit zurück, die Wirklichkeit, in der ihr Vater heute beinahe das nächste Opfer der Mordserie geworden wäre.

Natürlich konnte Black nichts dafür; die Sisslebys waren mit ihrer Familie befreundet. Ein wenig schämte sich Violet jetzt sogar dafür, dass sie ihn verdächtigt hatte. Eine Augenklappe machte noch lange keinen Schurken, oder?

»Vielleicht sollte ich meiner Mutter endlich Bescheid sagen«, sagte Violet.

»Tun Sie das, Mylady. Soweit ich mitbekommen habe, hat sie Mary bitten lassen, die Vorhänge aufzuziehen. Sie wird also bereit sein, das Zimmer zu verlassen.«

Violet betrachtete noch einmal den Brief in ihrer Hand, dann nickte sie und ging zum Zimmer ihrer Mutter.

Als der Abend über London hereinbrach, hatte sich die Aufregung im Haus Adair wieder halbwegs gelegt. Die Nachricht, dass ihr Mann plötzlich erkrankt sei, hatte Lady Emmeline schnurstracks ins Bett zurückbefördert. Die Vorhänge hatte sie nicht zuziehen lassen, doch Violet war sicher, dass sie sie weinen gehört hatte.

Sie selbst saß nun in der Laibung ihres Fensters und blickte hinaus auf die Glaslichter, die einen verwaschenen Schein auf das nasse Pflaster warfen. Neben sich hatte sie den Brief des Generals liegen. Warum musste er ihr gerade jetzt schreiben? Sie hätte das alles viel mehr genießen können, wenn der Schrecken nicht in ihr Haus gekommen wäre. Und sie hätte ihm auch gleich zurückschreiben können.

Doch nun fühlte sich ihr Kopf wie leer an. Solch ein Brief bedurfte einer wohl überlegten Antwort, und zu der war sie im Moment nicht in der Lage. Seufzend strich sie über das Kuvert und rief sich ihre Begegnung wieder vor Augen, doch das Bild verblasste nur wenige Augenblicke später, als sich ein anderer Gedanke in ihren Verstand bohrte.

Plötzlich konnte sie nicht anders, sie musste sich erheben und ihr Zimmer verlassen. Noch nie war es vorgekommen, dass sie abends in das Zimmer ihres Vaters gegangen war, doch der vergangene Tag hatte alles geändert.

Vorsichtig trat sie wieder in das Schlafzimmer, in dem ihr Vater auf seinem breiten Bett lag. Schon lange teilten ihre Eltern das Schlafgemach nicht mehr, weil Lord Reginalds Schnarchen als Ursache für Lady Emmelines Migräneanfälle gehalten wurde.

Während sich Violet vorsichtig der Schlafstelle näherte, stiegen ihr Tränen in die Augen. Ihr Vater wirkte in seinem roten Morgenmantel so verletzlich, wie sie ihn nie zuvor gesehen hatte. Kaum auszudenken, dass er beinahe tot gewesen wäre.

»Violet, komm ruhig näher«, sagte er plötzlich und streckte die Hand nach ihr aus. Noch immer war er ein wenig grün um die Nase, doch es schien ihm bereits wieder gut genug zu gehen, um zu lächeln.

»Ich wollte dich nicht stören«, sagte Violet, während sie seiner Bitte nachkam. »Ich wollte nur sehen, wie es dir geht.«

»Besser«, antwortete er. »Wesentlich besser. Allerdings muss ich schon sagen, dass dein Brechmittel ein ziemliches Teufelszeug ist. Ich hatte das Gefühl, ich würde meine Seele gleich mit ausspeien.«

»Dafür hat es dich von dem seltsamen Ding befreit.« Violet stockte. Sollte sie ihm sagen, dass sie Nachforschungen angestellt hatte? Vielleicht würde er dann glauben, dass er gerade deswegen angegriffen wurde.

»Weißt du, weshalb ich so entsetzt war, von den Säulen zu lesen?«, fragte er, während er sanft ihre Hand hielt.

»Nein, Papa?«

»Nun, unsere Familie hat vor einigen hundert Jahren einen Eid geleistet. Den Eid, das Königshaus, komme, was wolle, zu beschützen. Vier große Adelshäuser bildeten einen Bund, der sich Säulen des Königreichs nannte, ein Erbe, in das ich dich eigentlich erst einweihen wollte, wenn du volljährig bist. Doch wie man sieht, werden wir bedroht, und ich halte es für wichtig, dass du weißt, was unsere Aufgabe ist.«

Violet fühlte sich auf einmal, als hätte sie ebenfalls ein paar Löffel Brechmittel zu sich genommen.

»Wenn ich sterben sollte, hast du die Pflicht, die Königin zu schützen, komme, was wolle.«

»Aber Papa, du stirbst nicht!«, beharrte Violet, während ihr die Tränen kamen. Verdammt, seit wann war sie denn so weinerlich?

»Wie du siehst, kann es schnell gehen. Offenbar haben wir es mit einem Feind zu tun, mit dem niemand von uns gerechnet hat. Wir müssen alles daran setzen, dass er beseitigt wird. Ich werde gleich morgen Maßnahmen ergreifen. Die fehlenden Mitglieder müssen ersetzt werden. Der junge Stanton ist alles andere als geeignet, und auch Broockston war nur die zweite Wahl. Ich werde die Arundels und die Seymores bitten, wieder dem Bund beizutreten, den sie verlassen hatten, weil sie glaubten, er sei überholt.«

»Und ich werde herausfinden, wer versucht, uns und der Königin zu schaden.«

Ihr Vater sah sie erstaunt an. »Und wie willst du das tun, mein Kind?«

»Papa«, begann Violet zögerlich, während sie an der Spitze ihres Rockes nestelte. »Es gibt einiges, von dem du nichts weißt. Seit ich dich und Lady Sharpe belauscht und gehört habe, dass du vielleicht in Gefahr schweben könntest, habe ich versucht, den Mörder zu finden.«

»Violet, du hast uns belauscht?« Lord Reginald blickte sie finster an. Hätte sie zum Personal gehört, wäre sie wahrscheinlich jetzt rausgeworfen worden. Doch die Strafen für eine junge Lady Adair sahen ebenfalls nicht rosig aus. Zimmerarrest war das Mindeste.

Violet senkte schuldbewusst den Kopf, hatte aber nicht vor, irgendwelche Ausflüchte zu finden. Wenn ihr Vater sie zu Arrest verdonnerte, würde sie dank Alfred schon einen Weg nach draußen finden.

»Ja, das habe ich. Ich wollte unbedingt wissen, was los ist. Bitte verzeih mir, aber ich konnte nicht anders.«

»Und du hast Ermittlungen angestellt? Inwiefern?« Noch immer blickte ihr Vater ziemlich böse drein.

»Ich habe Informationen vom Coroner eingeholt«, entgegnete Violet. »Daher wusste ich auch, was mit dir los ist. Ich wollte die Kapsel aus dir herausholen.«

»Kapsel?«

Violet reichte ihm die Schachtel, die sie in der Rocktasche mit sich trug. Mit staunendem Blick öffnete er die Schachtel und betrachtete die Kapsel.

»Was ist das?«

»Das Werk eines Wahnsinnigen«, entgegnete Violet.

»Du wusstest, dass ich solch ein seltsames ... Ding im Magen hatte? Davon wusste ich nicht einmal selbst etwas!«

»Bei Lord Stanton und Lord Brookston war es genauso. Und jedes Mal enthielt die Kapsel solch eine Giftspinne. Dass Brookston daran erstickt ist, war nicht geplant, aber auf diese Weise bin ich immerhin an ein lebendes Exemplar einer Leichenspinne gekommen.«

»Du hast eine dieser Spinnen?« Jetzt fuhr ihr Vater auf. »Und hast sie nicht der Polizei übergeben?«

»Was hätte das denn gebracht? Du weißt genauso gut wie ich, dass unsere Polizei manchmal ziemlich nachlässig in ihren Ermittlungen ist. Vielleicht hätten sie dem Mörder die Kapsel nur wieder in die Hand gespielt.«

»So etwas kannst du nicht einfach behaupten, Violet!«

»Das würde ich draußen auch nie tun, aber dir gegenüber darf ich doch ehrlich sein, oder?« Violet setzte ein versöhnliches Lächeln auf. »Versteh doch, ich wollte nicht tatenlos zusehen. Ich habe das Tier Professor Borneman übergeben. Er hat herausgefunden, dass diese Leichenspinne mit der Schwarzen Witwe gekreuzt wurde. Sollten wir sie als Beweisstück brauchen, wird er sie sicher wieder herausgeben.«

Dass Borneman die schreckliche Spinne überhaupt erst gezüchtet hatte, verschwieg sie ihm erst einmal. Zur Not konnte sie es ihm immer noch erzählen.

Lord Reginald drückte ihre Hand. »Ich danke dir, mein Kind. Und ich bin sehr stolz auf dich.«

»Nicht böse?«

»Ich glaube kaum, dass ich im Augenblick die Kraft habe, böse zu sein. Außerdem würde ich dir gern ein paar Dinge anvertrauen.«

»Fühlst du dich dazu in der Lage? Vielleicht solltest du dich ein wenig ausschlafen.«

Lord Reginald schüttelte den Kopf. »Ich habe eigentlich genug geschlafen. Byrton meinte, dass sich in der Nacht herausstellen würde, ob ich wirklich vergiftet war und im Falle dessen, ob das Gegenmittel wirkt. Also bleibe ich lieber wach und rede mit dir, es sei denn, du willst ins Bett.«

»Glaubst du wirklich, dass ich ein Auge zubekomme, Papa?«, fragte Violet lächelnd, obwohl sie tatsächlich hundemüde war. Doch wenn sie sich sonst die Nächte damit um die Ohren schlagen konnte, nach Southwark zu fahren und im Labor zu tüfteln, würde sie wohl auch eine Nacht lang ihrem Vater zuhören können. Zumal die Geschichte interessant zu werden versprach.

Sie läutete also nach Alfred und ließ ihn etwas Tee und Kekse bringen, dann setzte sie sich auf die Bettkante und lauschte.

»Die Säulen wurden zu jener Zeit gegründet, in der erstmalig eine Königin allein über England herrschte. Vier Adelshäuser wurden ausgewählt, die Königin zu schützen. Diese Männer arbeiteten eng mit der Geheimpolizei zusammen, die damals noch von Francis Walsingham und William Cecil geleitet wurde. Mit diesen Namen kannst du sicher etwas anfangen.«

Violet nickte. Im Geschichtsunterricht, den sie wie alle anderen Stunden von Hauslehrern erhalten hatte, war ihr die englische Geschichte hoch und runter eingepaukt wurden. Es gab kaum ein Adelshaus, alt oder neu, lebend oder ausgestorben, das sie nicht kannte. Und sie wusste auch bestens über die großen Politiker Englands Bescheid.

»Die schworen sich, den jeweils herrschenden Monarchen vor Unheil zu bewahren. Besonders bei Elizabeth I. war das nötig, denn sie hatte allein schon deswegen, weil sie nicht heiraten wollte, sehr viele Feinde, auch unter ihrem eigenen Adel, der sich nicht dem Befehl einer Frau beugen wollte.«

Das alte Leid, dachte Violet ein wenig verdrossen. *In der Royal Academy war es ja auch heute noch so.*

»Ohne anmaßend klingen zu wollen – es war auch den Säulen zu verdanken, dass man die Herrschaft Elizabeths später das Goldene Zeitalter nannte. Allerdings war unsere Arbeit nicht immer von Erfolg gekrönt. Die Hinrichtung zweier Könige haben wir nicht verhindern können, doch als sich Monarchie und Parlament arrangiert hatten, wurde unsere Arbeit wieder solider und erfolgreicher. Bis heute ist es uns gelungen, unsere Könige vor Anschlägen zu bewahren. Doch ich fürchte, Victoria schwebt nun in großer Gefahr. Der Anschlag auf mich am heutigen Tag war gewiss kein Zufall, denn nun ist die Königin wieder im Land.«

»Wie viele Säulen gibt es jetzt noch?«

»Außer mir noch eine, Lord Carrington.«

»Ich werde Alfred sofort mit einer Nachricht zu ihm schicken.«

»Nachher, mein Kind«, ihr Vater hielt sie fest, als sie sich vom Bett erheben wollte. »Ich glaube, wir haben noch ein wenig Zeit, immerhin lag zwischen den anderen Anschlägen auch eine gewisse Spanne. Wenn Alfred den Brief morgen früh wegbringt, ist es noch ausreichend, glaube ich.«

Violet entspannte sich ein wenig.

»Du musst wissen, dass es auf dem Highgate Cemetery einen geheimen Versammlungsort der Säulen gibt. Die Gruft der Herzöge von Northumberland. Sie war eines der ersten Gebäude auf dem Friedhof und beherbergt das gesamte Wissen unserer Bruderschaft, sämtliche Geheimnisse und Dokumente. Sollte keiner von uns mehr sein, wirst du diese Unterlagen sichern und versuchen, mit Hilfe der Königin die Säulen wiedererstehen zu lassen.«

»Papa, ich ...«

»Du bist überaus geeignet dafür, Violet. Geeigneter als dieser blasse Bursche, der sich Stantons Sohn schimpft.«

»Mit dem du mich aber vor einigen Tagen noch verheiraten wolltest, falls du dich erinnerst.«

»Die Verbindung der Stantons mit unserer Familie wäre sehr nutzbringend für das Reich gewesen, aber wie du gesehen hast, verabscheut Percival uns zutiefst. Selbst wenn wir unseren Namen von dem Mordverdacht reinwaschen können, wird er dich nicht heiraten wollen.«

»Genausowenig wie ich ihn. Percival ist der wohl langweiligste Junge, den ich kenne. Nicht zu vergleichen mit ...« Beinahe wäre ihr General Black herausgerutscht, doch gerade noch rechtzeitig biss sie sich auf die Zunge.

Ihr Vater hatte ihre Bemerkung allerdings vernommen. »Zu vergleichen mit ...?«, wunderte er sich.

»Mit dir!«, entgegnete Violet. »Ich hoffe, ich habe eines Tages dasselbe Glück wie Mama.«

»Deine Mutter wird zutiefst erschüttert sein, wenn sie von meinem Missgeschick erfährt. Vielleicht solltest du ihr nicht davon erzählen.«

»Zu spät, Papa, sie weiß es schon. Aber ich glaube, sie wird es verkraften, immerhin lebst du ja noch.«

Lord Reginald lächelte liebevoll bei dem Gedanken an seine Frau, dann sagte er: »Um auf die Gruft zurückzukommen, der Schlüssel liegt unglücklicherweise bei den Stantons, wahrscheinlich hatte Lord Stanton nicht mehr die Gelegenheit, seinem Sohn mitzuteilen, wo er ihn versteckt hat. Aber man kann auf anderem Wege in die Gruft gelangen. Allerdings solltest du dich vor den Fallen in Acht nehmen, von denen es etliche gibt, denn wir können es uns nicht leisten, dass jemand Unbefugtes an die Dokumente gelangt.«

»Ich werde die Dokumente ganz sicher nur sichten, falls es wirklich ernst werden sollte«, sagte Violet, obwohl die Neugier sie bereits jetzt plagte. »Und wer weiß, vielleicht kommt Percy wieder zur Vernunft, sodass er dir wenigstens erlaubt, nach dem Schlüssel zu suchen.«

Den Rest der Nacht erfuhr Violet noch weitere Dinge über die Säulen – ihre Taten und ihre Mitglieder. Ihre eigene Familie gehörte seit vier Generationen dazu, mit ihr, Violet, würde die fünfte eines Tages für den Schutz der Königin sorgen.

Nachdem Lord Reginald zweimal unwillkürlich die Augen zugefallen waren, versank er gegen Morgen in einen tiefen Schlaf. Auch Violet fühlte sich so mechanisch wie eine der Attraktionen von Mr. Blakley. Dennoch schaffte sie es, eine Nachricht für Lord Carrington abzufassen, in der sie ihn vor harten Gegenständen in Mahlzeiten oder Getränken warnte.

Diese übergab sie Alfred und wankte dann in ihr Bett, um in einen von konfusen Träumen geplagten Schlaf zu sinken.

15. Kapitel

»Sie wollen also allen Ernstes in den Treffpunkt der Säulen einsteigen?«, fragte Alfred, nachdem die Seitenbahn davongerauscht war.

Violet schulterte ihren Schirm, den sie aufgrund der Umstände besser mal mitgenommen hatte. Warum nur hatte sie ihn so lange in seinem Versteck verrotten lassen, wo er doch das ideale Accessoire für eine junge Dame war?

»Und ob ich das will!«

Auf dem Weg hierher hatte sie Alfred in Kürze berichtet, was ihr Vater ihr in der vergangenen Nacht erzählt hatte. Natürlich hatte sie ihrem Vater versprochen, geheimzuhalten, was sie gehört hatte. Doch Alfred würde sie ihr Leben anvertrauen – warum dann nicht auch zwei oder drei Geheimnisse der Säulen?

Dazu hatte der geheime Treffpunkt der Gesellschaft gehört. Und zu dem waren sie jetzt, einen Tag später und nachdem klar war, dass ihr Vater wieder genesen würde, auf dem Weg.

»Aber Ihr Vater sagte etwas von Fallen«, merkte Alfred an.

»Die wir dank gutem Werkzeug umgehen können«, vervollständige Violet seinen Satz. »Sie erinnern sich vielleicht an meinen Fallendetektor?«

Alfred rollte mit den Augen. »Und ob ich mich daran erinnere! War es nicht das Gerät, das Stromschläge verteilte, sobald man es einschaltete?«

»Nichtsdestotrotz funktioniert es! Und wir brauchen es ja auch nur einmal. Wenn es hilft, die Fallen in der Gruft zu entschärfen, hat es schon seinen Zweck erfüllt.«

»Und wie wollen Sie ohne Schlüssel in die Gruft kommen?«

»Durch schiere Willenskraft!«, brummte Violet genervt.

Natürlich war sie kein zweiter Stromburgh, aber es gab doch die eine oder andere Erfindung, die ihr gelungen war. »Haben Sie meinen Fassadenkletterer vergessen?«

»Aber ausprobiert haben Sie ihn noch nicht.«

»Woran denn auch? An der Fabrikwand? Die ist durch den Rauch so schmierig, dass die Saugnäpfe nicht haften.«

»Glauben Sie denn, bei der Gruft wird das anders sein?«

»Gruften bestehen meist aus Marmor, der eine sehr ebene Oberfläche hat. Seien Sie nicht so pessimistisch, Alfred!«

»Da haben Sie gut reden, Mylady. Immerhin hätte ich heute beinahe meinen Arbeitgeber verloren, nicht zu sprechen von den Aufregungen der vergangenen Tage. Ich weiß wirklich nicht, wo ich da meinen Optimismus hernehmen soll.«

»Halten Sie sich einfach an mich, ich bin der Optimismus in Person.«, sagte Violet und schritt forsch voran durch die menschenleeren Straßen.

»Wenn ich anmerken darf, Mylady, ich glaube, wir werden beobachtet«, meldete sich Alfred nach einer Weile zu Wort, während er in die Innentasche seiner Jacke griff. Dass er dort kein Taschentuch suchte, würde ein uneingeweihter Betrachter sicher nicht bemerken, doch Violet entging das Blitzen seiner Allzweckwaffe nicht.

»Sind Sie sicher?« Wenn sie ehrlich war, hatte sie bislang noch nichts Verdächtiges gespürt, aber irgendwie steckten ihr noch immer der Vorfall von gestern Morgen und der Brief von Hieronymus Black in den Knochen, sodass ihre Sinne gewiss ein wenig getrübt waren.

»Ich bin sicher. Bestimmt wieder die Schergen von Lady Sharpe. Offenbar hat sie Ihnen nicht abgenommen, dass Sie sich aus der Sache raushalten wollen.«

»Das habe ich auch gar nicht versprochen!«, entgegnete Violet, während sie einen kurzen Blick über die Schulter warf. Hatte sich dort in den Schatten etwas bewegt? »Außerdem darf ich doch wohl in mein Labor gehen!«

»Ich habe keine Ahnung, wie die Spy Mistress das sieht, aber es wäre besser, wenn wir uns auf Ärger einstellen würden.«

»Was meinen Sie denn, warum ich meinen Schirm mitgenommen habe!«

»Immerhin wäre es möglich, dass sich noch jemand anderes für uns interessiert, wo Sie schon auf General Black getroffen sind.«

Violet betrachtete Alfreds Profil, dann kniff sie die Augen zusammen. »Warum nur habe ich das Gefühl, dass Sie mir über ihn nicht alles gesagt haben, was Sie wissen?«

»Ich gebe nicht gern Informationen weiter, die nicht gesichert sind, Mylady«, gab Alfred zurück. »Gerüchte führen manchmal nur in die Irre.«

»Aber hin und wieder gibt es einen wahren Kern darin. Also, warum erzählen Sie mir nicht, was man sich über Hieronymus Black erzählt?«

»Ich fürchte, dazu haben wir keine Zeit.«

Die vier Männer vor ihnen waren zunächst kaum mehr als Schatten, ihre schwarze Kleidung ließ darauf schließen, dass sie tatsächlich im Sold von Annabelle Sharpe standen.

»Vielleicht sollten Sie sich schon mal vorbereiten, Mylady. Ich glaube kaum, dass die sich alle auf mich stürzen werden.«

Violet betätigte den kleinen Hebel am Griff ihres Schirms. Ein kurzer Ruck ging durch den Gegenstand, dann spürte sie ein leichtes Vibrieren. Alles lief normal. *Mr. Tesla wäre stolz auf mich*, dachte sie zufrieden. Allerdings konnte die offensichtlich korrekte Funktionsweise des Schirms ihr Herz nicht davon abhalten, plötzlich wie wild zu rasen.

Die Männer waren mittlerweile nur noch geschätzte vier Meter von ihnen entfernt. Plötzlich hielten sie an und bauten sich wie eine Mauer in der schmalen Gasse auf. Violet und Alfred verlangsamten ihre Schritte und blieben schließlich ebenfalls stehen.

»Guten Abend, die Herrschaften«, begann Alfred mit einem schmallippigen Lächeln. »Schönes Wetter für einen Spaziergang, nicht wahr?«

Die Männer reagierten nicht, sondern starrten sie unter den Krempen ihrer Hüte hervor an. Violet überlief ein Schauder. Offensichtlich waren das Geheimagenten. Nur was wollten sie von ihr? Sie hatte doch in letzter Zeit nichts getan, was Annabelle Sharpe hätte mitbekommen können? *Oder empfängt sie etwa meine Gedankenwellen?*

»Wir wollen die Kapsel«, sagte einer der Männer ohne Umschweife.

Violet blickte zu Alfred. Dessen Miene war wie versteinert. Offenbar ahnte auch er, woher der Wind wehte. Lady Sharpe bekam nicht, was sie wollte, und so versuchte sie es auf diese Weise.

»Ich weiß nicht, wovon Sie reden«, entgegnete Violet kühl. »Und jetzt wäre ich Ihnen sehr dankbar, wenn Sie mir aus dem Weg gehen würden.«

Nicht so schnell, Mylady«, entgegnete einer der Männer und streckte die Hand aus. »Die Kapsel, die Sie aus der Morgue gestohlen haben.«

Aha, tatsächlich Geheimagenten. Violet umklammerte den Griff des Schirms fester und freute sich jetzt regelrecht darüber, dass ihm seine besondere Funktionsweise nicht anzusehen war.

»Ich besitze keinen derartigen Gegenstand. In Ihrem eigenen Interesse – lassen Sie uns vorbei und behelligen uns nicht mehr.«

»Tut mir leid, Lady Adair, das ist nicht möglich. Wir sind angewiesen worden, die Kapsel notfalls aus Ihnen herauszuschütteln.«

Als der Mann die Hand nach ihr ausstreckte, um sie zu packen, riss Violet blitzschnell den Arm mit dem Schirm nach vorn, gegen seine Beine. Ein leuchtender Blitz entlud sich, worauf der Mann stöhnend zu Boden ging. Die anderen starrten Violet erschrocken an, dann stürzten sie sich auf sie. Violet sah die Waffe in Alfreds Hand aufblitzen, und wenig später krachte die erste Kinnlade. Ihr selbst blieb zunächst nichts anderes übrig, als Raum zwischen sich und die Männer zu bringen, denn der Schirm brauchte ein Weilchen, um sich wieder aufzuladen.

»Verfluchtes Weibsstück, bleib stehen!«, schimpfte einer der Kerle hinter ihr her. Violet hörte die Männer näher kommen und verfluchte sich dafür, keinen Sport zu treiben. Als die Männer so nah waren, dass sie ihren Atem förmlich im Nacken spüren konnte, begann der Schirm in ihrer Hand wieder zu vibrieren. Blitzschnell wirbelte sie herum. Die Hände, die sich gerade um ihren Arm legen wollten, bekamen den Schirm zu fassen. Der Blitz, der aus der Spitze fuhr, kroch am Arm des Mannes hinauf zu seinem Hals und stellte seine Haare senkrecht auf, ehe er losließ und auf den Boden kippte. Sein Begleiter wich vor Violet zurück, als diese den Schirm auf ihn richtete.

»Na, willst du auch eine Ladung?«, fuhr sie ihn an. Doch bevor der Mann etwas antworten konnte, tauchte hinter ihm Alfred auf und versetzte ihm einen schnellen Handkantenschlag zwischen Schulter und Hals, der ihn ohnmächtig niedersinken ließ.

»Gute Arbeit, Mylady. Ihre Erfindung funktioniert hervorragend!«

»Ja, es war eine meiner genialeren Ideen, Spannung aus der Luft in der Schirmstange zu bündeln«, entgegnete sie, ohne sich sonderlich über das Lob freuen zu können. »Aber jetzt sollten wir verschwinden, ehe die Burschen wieder zu sich kommen.«

Ohne auf die Männer am Boden zu achten, stürmten sie voran.

»Sie werden es nicht glauben, Alfred«, keuchte Violet, nachdem sie drei Straßen weiter innehielten und sich schwer atmend vergewissert hatten, dass ihnen keiner der Männer gefolgt war.

»Was werde ich nicht glauben, Mylady?«

»Einer der Männer, die ich geschockt habe, ... war ein Stallbursche von Lady Sissleby!«

Alfred zuckte zusammen. Es gab nicht viel, das ihn aus der Ruhe bringen konnte, doch diese Feststellung ließ seine Gesichtszüge entgleisen. »Ein Stallbursche von Lady Sissleby?«

»Ja! Er hat die Pferde in Empfang genommen, als Mutter und ich bei ihr waren.« Violet schüttelte verwirrt den Kopf. Wie kam dieser Kerl nur dazu, mit der Geheimpolizei zusammenzuarbeiten? Und warum griffen die Kerle sie an? Lady Sharpe musste doch wissen, dass ihr Vater zu den Säulen gehörte.

Aber du gehörst nicht dazu, sagte eine kleine Stimme in ihrem Hinterkopf hämisch. *Und du störst ihre Ermittlungen.* »Nun, dafür gibt es eigentlich nur eine logische Erklärung«, entgegnete Alfred. »Lady Sharpe hat einen ihrer Männer in Lady Sisslebys Haushalt eingeschmuggelt.«

»Aber mir will noch immer nicht in den Kopf, warum diese Männer uns angegriffen haben und vorhatten, uns umzubringen. Lady Sharpe kann es sich nicht leisten, mich umbringen zu lassen.«

Bist du dir da so sicher?, fragte die kleine Stimme in ihrem Hinterkopf. *Die Spy Mistress ist noch zu ganz anderen Dingen fähig.*

»Wissen Sie ganz genau, dass Sie bei Ihrem Diebstahl der Kapsel nicht gesehen wurden?«, fragte Violet zweifelnd.

»Wie man soeben gesehen hat, bin ich recht gut darin, einen Verfolger zu erkennen, bevor er sich zeigt. Ich hätte den Diebstahl nicht gewagt, wenn ich gespürt hätte, dass Geheimdienstleute in der Nähe waren.«

»Dann muss sie es auf anderem Weg erfahren haben.« Ein Gedanke durchschoss Violet wie ein Blitzschlag. »Los, Alfred, wir müssen zum Labor.«

Bevor der Butler protestieren konnte, setzte Violet sich wieder in Bewegung. Während sie voranstürmte, tauchten die schrecklichsten Szenarien vor ihrem inneren Auge auf: das Labor verwüstet, ihre Erfindungen zerstört. Vielleicht hatten sie sogar ihre gefährliche Waschmaschine mitgenommen. Schlimmstenfalls war der Trupp eben nur eine Vorhut gewesen, und der Rest der Schlägerbande lauerte an der Fabrik.

Aber dennoch verlangsamte sie ihren Schritt nicht. *Wenn wir diese Kerle geschafft haben, werden wir auch mit weiteren fertig.*

Zorn brannte in Violets Magengrube und zehrte die letzten Reste ihrer Bewunderung für Lady Sharpe auf. Wie konnte die Spy Mistress nur versuchen, sie umzubringen? Wenn sie zurück war, würde sie ihren Vater davon unterrichten und vielleicht auch eine Nachricht an Lady Sissleby schicken, damit sie ihre Angestellten unter die Lupe nahm.

Auf den ersten Blick wirkte die alte Fabrik, als wäre nichts geschehen. Die rußgeschwärzten Mauern ragten stumm in den dunklen Nachthimmel. Ringsherum war alles still. beinahe zu still, wie Violet fand.

Kurz nach ihr traf Alfred ein, der Mühe gehabt hatte, Schritt zu halten.

»Was meinen Sie?«, wisperte Violet, während sie die dunkle Tür fixierte. »Ist hier irgendwer?«

Alfred lauschte einen Moment, dann schüttelte er den Kopf. »Wenn hier jemand lauern sollte, muss er verdammt leise sein.«

»Gut, dann sehen wir uns die Sache mal von Nahem an.«

Während sie, den Schirm vor sich haltend, zum Tor schritt, rechnete Violet damit, dass plötzlich jemand aus den Schatten springen und sich ihnen in den Weg stellen würde. Doch nichts dergleichen geschah. Das einzige, was Ihnen aus dem Durchgang entgegenkam, nachdem sie die Tür aufgezogen hatten, war der Geruch nach Ruß, altem Maschinenöl und verfaulten Blättern.

»Offenbar waren die Herren wirklich nur darauf aus, uns die Knochen zu brechen«, stellte Alfred fest, nachdem sein Blick über das Laborgebäude geschweift war.

»Das werden wir sehen, wenn wir drin sind.« Mit dem Gefühl, ein viel zu enges Korsett zu tragen, zog Violet ihren Schlüssel unter der Bluse hervor. Das Geräusch des aufschnappenden Schlosses hallte über den Innenhof. Noch immer war es viel zu leise hier.

Lauerten die Kerle vielleicht im Inneren? Dazu hätten sie nicht einmal Gewalt anwenden müssen, denn Nachschlüssel konnten zu jedem Schloss angefertigt werden. Auch sie hatte das getan für das Schloss, das hier gehangen hatte, bevor sie diesen Ort in Beschlag nahm.

»Vielleicht sollte ich vorgehen, Mylady. Für den Fall der Fälle.«

»In Ordnung, Alfred.«

Elegant schob sich der Butler durch die Tür und verschwand dann beinahe lautlos im Inneren des Gebäudes. Violet hielt draußen den Schirm bereit, für den Fall, dass sie Alfred zu Hilfe kommen musste.

Als es auf einmal klapperte und schepperte, stürmte sie durch die Tür.

»Alfred, alles in Ordnung mit Ihnen?«

»Ja, Mylady, ich bin nur gegen ein Regal gelaufen. Hier ist niemand.«

»Sind Sie sicher?«

»Ganz sicher!« Violet knipste nun das Licht an. Auf dem Boden lagen ein paar alte Blechdosen, offenbar war Alfred mit dem Ärmel an der Kante des Kartons hängen geblieben und hatte ihn mitgerissen.

Von einem Einbruch war hier nichts zu sehen, die Unordnung war immer noch dieselbe, die Violet beim letzten Mal hinterlassen hatte.

»Ich werde nach dem Fassadenkletterer suchen und Sie nach dem Fallendetektor.«

Alfred, der sich Staub vom Ärmel klopfte, sah sie erschrocken an. »Den Detektor? Und wenn der mir einen Schlag versetzt? Wie wollen Sie das Ihrem Vater erklären?«

»Mein Vater dürfte sich nach dem heutigen Tag über gar nichts mehr wundern. Aber falls es Sie beruhigt, Alfred, ich hatte den Detektor unschädlich gemacht, bevor ich ihn verstaut habe.«

»Und wie wollen Sie ihn dann verwenden?« Widerwillig ging Alfred zu der Truhe, in der die missratenen Versuche lagerten. Auch wenn eine Erfindung nichts taugte, war sie immer noch als Ersatzteillager gut.

»Indem ich ihn wieder aktiviere. Reichen Sie mir mein Werkzeug, es wird nicht lange dauern.«

*

Mit schuldbewusst gesenkten Köpfen standen die Männer, die einen schrecklichen Anblick boten, vor ihrer Herrin. Zwei von ihnen hatten große Brandlöcher in den Anzügen, ein dritter wurde immer wieder von seltsamen Zuckungen geschüttelt. Einzig der Anführer des Trupps schien außer ein paar Schnitten und blauen Flecken nichts abbekommen zu haben.

»Was ist, habt Ihr sie?«, fragte Lady X, die, wie immer maskiert, vor den Männern auf und ab schritt.

»Tut mir leid, Mylady, die beiden waren wehrhafter, als wir vermutet hatten.«

»Ein Mädchen und sein Butler!«, rief die Frau spöttisch aus. »Gegen die beiden kommt ihr nicht an?«

»Der Butler ist ein sehr guter Kämpfer. Und das Mädchen ...«

Eine messerscharf gezupfte Augenbraue erschien über dem Rand der Maske von Lady X. »Du willst mir doch nicht erzählen, dass dieses Mädchen mit einer Waffe umgehen kann. Lord Adair würde so etwas nicht dulden.«

»Sie hatte einen Schirm bei sich, aus dem Blitze schossen.«

»Blitze?« Die Frau beugte sich vor und schnupperte am Atem ihres Gegenübers. »Hast du getrunken?«

»Nein, Madam, das Mädchen hat wirklich Blitze auf uns abgeschossen. Deshalb haben Tim und Jimmy auch Brandlöcher in der Jacke. Und Clay ...« Er blickt mitleidig auf den Mann, der immer noch unter unter Zuckungen litt. »Wegen den Blitzen ist er so.«

Etwas angewidert betrachtete Lady X den Genannten, dann straffte sie sich und wandte sich wieder dem Anführer zu.

»Wir müssen die Kapsel bekommen, koste es, was es wolle.«

16. Kapitel

Unruhig rutschte Violet auf dem Sitz der Seitenbahn herum, die Hände fest um den Kasten mit dem Fassadenkletterer geklammert. Was würde sie in der Gruft finden? Nur irgendwelchen Kultkram, den alle möglichen Sekten und Geheimgesellschaften Londons benutzten? Oder doch einen Hinweis auf den Mörder?

Ein Gedanke war in den vergangenen Stunden immer bohrender geworden: Wenn die Gesellschaft wirklich so geheim war, konnte nur jemand davon wissen, der mit dem Geheimnis vertraut war. Sicher gab es außer den Säulen auch noch Helfer und Eingeweihte. Vielleicht würde sie in der Gruft eine Art Mitgliederliste finden. Mit etwas Glück befand sich der Name des Mörders darauf ...

Froh darüber, endlich die letzte Station erreicht zu haben, verließ sie, von Alfred gefolgt, den Waggon.

»Wollen Sie das wirklich tun?«, fragte der Butler, nachdem er sichergestellt hatte, dass niemand hier war, der hier nicht hingehörte.

»Natürlich, Alfred. Zumindest will ich einen Blick hineinwerfen, ohne mich vorher mit dem geistlosen Percy Stanton auseinandersetzen zu müssen.«

Einige Straßen weiter fing die Totenstadt an. Dunkel und unheilvoll ragte das hohe Tor in den Himmel. Zwischen den dicken Wolken ließ sich jetzt ein wenig der Mond sehen, das Rauschen der Maschinen war nur gedämpft zu hören. Hier, am Rand der Stadt, konnte sich auch am Tage aufhalten, wer nicht gesehen werden wollte.

Wenn ich ein Verrückter wäre, der die Macht an sich reißen will, würde ich genau an einen Ort wie diesen gehen, dachte Violet grimmig und ließ ihren Blick in die Dunkelheit schweifen.

»Manche Leute glauben, dass es Unglück bringt, nachts über einen Friedhof zu streifen«, murmelte sie leise vor sich hin, dann drückte sie gegen den Torflügel, der daraufhin leise ächzte.

»Was soll hier schon Unglück bringen?«, entgegnete Alfred spöttisch. »Und dennoch würde niemand, der lautere Absichten hat, bei Nacht hierherkommen.«

»Es sei denn, er hält es vor Trauer nicht aus und will unbedingt an den Ort, an dem der geliebte Mensch liegt. Ich habe mir sagen lassen, dass es einigen so ergeht.«

»Sie haben mir nie erzählt, ob es Menschen in Ihrem Leben gibt, die sie lieben, Alfred.«

»Sie haben mich nie danach gefragt«, gab Alfred zurück, doch der Spott in seiner Stimme war wackelig. »Also dachte ich, dass Sie das ebenso wie alles andere über mich herausgefunden haben.«

»Sie vergessen, dass ich nicht wie die bin, vor denen Sie geflohen sind. Ich wollte wissen, wer Sie sind. Aber das heißt noch lange nicht, dass ich in der Vergangenheit einer Person herumstochere, bis sie nackt und bloß vor mir steht. Also frage ich Sie jetzt. Wollen Sie mir davon erzählen?«

Alfred zögerte einen Moment. Seine Nachlässigkeit hatte ihn in die Lage gebracht, Violet Adair helfen zu müssen. Eigentlich hatte er ein ruhiges Leben führen wollen, nur um dann einsehen zu müssen, dass es so etwas wie Ruhe nicht gab. Wenn er ehrlich war, gefiel es ihm auch besser, nachts umherzustreifen, anstatt die Abende in seiner Kammer über der Wohnung seiner Herren zu verbringen. Gewohnheiten und Talente konnte man nicht einfach abschütteln. Und mittlerweile hegte er echte Sympathie für die junge Frau, die für ihn noch vor ein paar Jahren eine unerträgliche Nervensäge war.

»Natürlich gibt es Menschen, die ich liebe. Wegen einem von ihnen hatte ich mich entschlossen, mein altes Leben hinter mir zu lassen.«

»Eine Frau?«, hakte Violet nach, worauf er nickte.

»Ja, eine Frau. Aber ich bin mir nicht sicher, ob Sie die Geschichte hören wollen.«

Violet hob mit einem feinen Lächeln die Augenbrauen. »Sehe ich so aus, als würde ich eine gute Geschichte verschmähen?«

Alfred kaute auf seiner Unterlippe, als bereute er, ihr das Angebot gemacht zu haben.

»Sie war die Tochter eines Mannes, der meinen Boss erpressen wollte und den ich töten sollte. Doch das Mädchen kam mir in die Quere. So eine schöne Frau hatte ich noch nie in meinem Leben gesehen. Ich verliebte mich in sie und brachte es nicht übers Herz, ihren Vater umzubringen. Dafür bekam ich natürlich höllischen Ärger und eine ziemlich empfindliche Strafe. Wenn Sie jemals meinen Rücken sähen, würden Sie sich wahrscheinlich erschrecken, denn er ist voller Peitschennarben.«

»Wie barbarisch!«, entfuhr es Violet, und Zorn ballte sich in ihrer Magengrube. Warum hatten es die Menschen in so vielen Jahren noch nicht geschafft, das Verbrechen einzudämmen und zu vernichten?

»Ja, das war es. Danach beschloss ich, meinem Boss den Rücken zu kehren und mit dem Mädchen zu fliehen. Doch ich kam zu spät. Einer meiner Kollegen hatte den Vater getötet und sie gleich mit – als Strafe für mich. Dieser Mann war mein letzter Mord, dann tauchte ich unter. Jetzt verstehen Sie vielleicht, warum.«

»Ja, das verstehe ich, Alfred«, entgegnete Violet erschüttert. »Und glauben Sie mir, auch wenn Sie nicht ganz freiwillig mein Gehilfe geworden sind, so haben Sie jetzt die Gelegenheit, ein paar Dinge wiedergutzumachen.«

»Die Rettung der Königin wird mir May nicht wiederbringen.«

»May hieß sie?«

Alfred nickte und senkte den Kopf.

»Ein sehr schöner Name.«

»Still!«, zischte Alfred plötzlich und zog Violet mit sich hinter einen riesigen Engel, der auf seinen Armen eine sterbende Frau hielt. Der Schatten des Grabmals war glücklicherweise groß genug, um sie beide zu verbergen.

Bevor Violet fragen konnte, was los war, hörte sie es auch. Schritte knirschten über den Kieselweg! Irgendwer näherte sich von Norden der Gruft, die sie ins Auge gefasst hatten.

Wer war außer ihnen noch so spät in Highgate? War ihnen vielleicht noch jemand von Lady Sharpes Leuten gefolgt?

Alfred bedeutete ihr, still zu sein und sich nicht zu bewegen, dann schob er seinen Kopf vorsichtig hinter der Statue hervor.

Der Mann ging zunächst unbeirrt weiter, stockte dann allerdings, als würde er lauschen. Alfred zog sich wieder hinter den Stein zurück und schloss kurz die Augen. Nach einer Weile setzte der Mann sich wieder in Bewegung und schritt auf eine der größeren Gruften zu.

Hinter dieser tauchte auf einmal ein zweiter Mann auf.

Hat er uns vielleicht beobachtet oder belauscht?, schoss es Violet durch den Kopf. Dann offenbarte sich allerdings, dass er nicht sie im Visier gehabt hatte.

»Ich habe bereits auf Sie gewartet, Sir«, sagte er zu dem Hinzukommenden.

»Bestens!«, entgegnete er Mann freudig. »Ich hoffe, Sie haben dabei, was ich bestellt habe.«

»Natürlich.« Der Mann griff in seine Jackentasche und zog ein kleines Holzkästchen hervor, dessen Messingbeschläge kurz im Mondschein, der sich durch die Wolken drängte, aufblitzte. »Wollen Sie hineinschauen?«

Der Mann schüttelte den Kopf. »Ich denke, das ist nicht nötig.«

»Aber wenn sie Ihnen nun nicht gefällt?«

»Ich kenne Ihre Arbeit und verlasse mich auf Ihr Können. Sie werden mich gewiss nicht enttäuschen.«

Während Violet den Kopf ein wenig weiter vorschob, fragte sie sich, wo sie den zweiten Mann, den, der das Kästchen ausgehändigt hatte, schon einmal gesehen hatte. Beim besten Willen wollte ihr keine Gelegenheit einfallen, aber dennoch war ihr die Gestalt sehr vertraut.

In diesem Augenblick zog der Mann, der die Lieferung entgegennahm, einen Umschlag aus der Tasche und händigte ihn seinem Geschäftspartner aus. Die beiden reichten sich die Hände, dann wandte sich der zweite Mann in ihre Richtung. Blitzschnell verschwanden Violet und Alfred wieder hinter dem Engel.

Der Mann schien sie nicht bemerkt zu haben, Gleichförmig gingen seine Schritte an ihnen vorbei. Währenddessen verschwand der andere Mann in die entgegengesetzte Richtung. Als beider Schritte verklungen waren, atmete Violet erleichtert auf.

»Was war das?«, fragte sie, während sie zu den Fußspuren schaute, die die Männer auf dem matschigen Wegrand hinterlassen hatten.

»Eine Übergabe«, antwortete Alfred. »Wenn mich nicht alles täuscht, klang das sehr danach, dass einer einem anderen eine Erfindung ausgehändigt hat.«

»Eine Erfindung? Seit wann vollzieht die Society ihre Transaktionen auf dem Friedhof?«

»Ich glaube kaum, dass eine offizielle Stelle dahintersteckt. Das alles wirkte höchst illegal.«

Wer waren also die beiden Männer?, fragte sich Violet, obwohl sie bezweifelte, dass das hier irgendetwas mit ihrem Fall zu tun hatte. Vielleicht sollte sie sich doch wieder auf die Gruft konzentrieren.

»Kommen Sie«, sagte sie zu Alfred und trat dann hinter dem Engel hervor. »Wir haben noch etwas zu tun.«

»Sie wollen den beiden nicht hinterherspionieren?«

»Haben Sie etwas was von Spinnen gehört, Alfred? Nein, ich denke, wir sollten uns um die Gruft kümmern.«

Damit wandte sie sich um und schritt den Friedhofsweg hinauf. Nachdem Alfred ihr eine Weile grüblerisch nachgesehen hatte, folgte er ihr.

*

Es kam nicht selten vor, dass John Borneman bis spät in die Nacht in seinem Büro saß. Besonders jetzt, wo unheimliche Dinge in der Stadt vor sich gingen, zog der Wissenschaftler das nie ruhende Gewächshaus mit seinen Insekten, Vögeln und anderen Lebewesen seiner einsamen Wohnung vor, wo ihn statt Nachtfaltern nur seine eigenen Gedanken umkreisten – und das schlechte Gewissen.

Doch in dieser Nacht ließen sich die Bilder und Worte in seinem Kopf schlechter beherrschen als sonst. Eigentlich hätte er einen Bericht über tropische Gottesanbeterinnen, die er seit geraumer Zeit beobachtete, schreiben wollen. Doch immer wieder schweifte sein Blick zu dem Glasbehälter, in dem die Spinne saß, die die junge Lady Adair ihm gebracht hatte. Schweiß sammelte sich unter seinem steifen Hemdkragen, während er das lauernde Tier beobachtete.

Er war gegenüber der jungen Frau wirklich nicht ganz ehrlich gewesen. Er wusste, wer ihm die Spinne abgekauft hatte. Dass sein Kunde die Tiere eingesetzt hatte, um Morde zu begehen, hatte ihn jedoch ehrlich schockiert.

Nein, er schlug sich hier nicht nur die Nacht um die Ohren, weil er sich vor der Einsamkeit fürchtete. Er hatte auch Angst vor dem Mann, dessen Identität sich ihm durch Zufall offenbart hatte. Nach ihrem letzten Treffen war er dem Mann nachgeschlichen und hatte ihn in eine Kutsche steigen sehen. Eine Kutsche, deren Wappen er gut kannte! Wenn der Mann herausfand, dass er es wusste, würde er sicher alles daran setzen, um ihn zu töten. Hier, im gut bewachten Botanischen Garten überfallen zu werden, war nahezu unmöglich. Also blieb er hier, solange es eben ging.

»Guten Abend, Dr. Borneman«, sagte eine ruhige Männerstimme.

Erschrocken wirbelte der Forscher herum und stieß dabei sein Tintenfass um. Wie dunkles Blut breitete sich der Tintenfleck auf den Seiten seines Berichts aus. Doch das war Borneman in diesem Augenblick egal. Während sein Besucher auf ihn zu kam, erhob er sich von seinem Stuhl und wich zurück.

»Wie kommen Sie hierher? Ich dachte, ich würde Sie nach Abschluss des Handels nicht wiedersehen.«

»Das habe ich auch gehofft«, erwiderte der Besucher. »Allerdings hat es eine kleine Unannehmlichkeit gegeben. Ich glaube, Sie haben, was eine Klausel unseres Vertrages angeht, versagt.«

»Aber Sir, ich …«

»Bevor Sie leugnen, schauen Sie sich das Glas auf Ihrem Schreibtisch an. Eigentlich wollten wir dieses Tierchen auch nicht wiedersehen, oder? Wie ist es zu Ihnen zurückgekommen?«

»Ich ...«

»Und erzählen Sie mir keinen Unsinn.«

»Ich habe nichts verraten. Wirklich nicht. Das Mädchen ...«

Borneman biss sich auf die Lippe. *Lord Reginald war immer so gut zu mir*, schoss es ihm durch den Kopf. *Er hat mich gefördert und dafür gesorgt, dass ich aufsteigen konnte. Ich kann unmöglich seine Tochter verraten.*

Doch es war zu spät, denn der Fremde fragte: »Welches Mädchen?«

»Ich ... Ich weiß nicht, wer sie war. Aber sie hat mir diese Spinne gebracht. Sie hat sie gefangen.«

»Soso, gefangen«, sagte der Mann, während er langsam um den Schreibtisch herumschritt. »Einfach auf der Straße, oder?«

Borneman lächelte unsicher. »So hat sie es mir jedenfalls erzählt.«

»Und Sie können sich nicht daran erinnern, wer dieses Mädchen war? Kann es sein, dass sie vielleicht einer angesehenen Familie entstammt und ihre Nase in Dinge steckt, die sie nichts angehen?«

Borneman schluckte. Woher wusste der Kerl das? War Lady Violet in Gefahr?

»Ich weiß wirklich nicht, wer dieses Mädchen war. Sie hat mir die Spinne gebracht, und damit hatte es sich.«

Ein eisiges Lächeln breitete sich im Gesicht des Mannes aus. »Nun, wenn das so ist, wäre es vielleicht an der Zeit, eine weitere neue Spezies kennenzulernen.« Mit diesen Worten zog er eine kleine Schachtel hervor.

Erschaudernd beobachtete der Wissenschaftler, wie er den Deckel anhob. Was die Schachtel enthielt, konnte er nicht erkennen, doch was, außer einer extrem giftigen Spinne, sollte er bei sich haben?

»Bitte, verstehen Sie doch, was immer Sie getan haben, ich habe nichts verraten.«

Noch immer lächelte der Mann, während er den Inhalt der Schachtel betrachtete. »Was soll ich denn getan haben?«

»Etwas, das mich überhaupt nichts angeht. Und jetzt gehen Sie bitte, Sir, und nehmen Sie mit, was Sie da in der Schachtel haben.«

»Aber, aber, Dr. Borneman, wo bleibt denn Ihr Forschergeist?« Damit stellte der Mann das Kästchen ab. Eine ganze Zeit lang passierte nichts, doch schließlich ertönte ein metallisches Klicken. Als wenig später ein Spinnenbein mit einem leisen Klacken auf die Tischplatte klopfte, weiteten sich Bornemans Augen vor Entsetzen.

»Sie sind wahnsinnig!«, keuchte der Botaniker, doch im nächsten Augenblick machte das Gebilde einen Satz auf ihn zu.

17. Kapitel

Auf ungefähr anderthalb Metern Höhe röchelte der Motor noch ein letztes Mal, zischte und dampfte, dann fiel das Gerät von der Wand. Seltsamerweise schien nichts kaputtgegangen zu sein, aber daran, den Fassadenkletterer mit dem Gewicht eines Menschen zu belasten, war nicht zu denken.

»Das war wohl nichts«, murrte Violet.

»Wir hätten vielleicht doch auf die klassische Methode zurückgreifen sollen, Mylady«, merkte Alfred spöttisch an. »Mit einem Seil wären wir schon drin.«

»Sie haben recht, Alfred«, gab Violet zu, denn sie hatte keine Lust, sich mit ihm zu streiten. »Beim nächsten Mal nehmen wir auch etwas Klassisches mit, wenn Sie daran denken.«

Alfred runzelte die Stirn. Eigentlich hatte er sich schon auf das kleine Streitgespräch gefreut. Und jetzt gab sie einfach so nach? »Alles in Ordnung mit Ihnen, Mylady?«

»Ja, ich ärgere mich nur ein wenig darüber, dass wieder eine Erfindung von mir nicht klappt.«

»Ihr Schirm und Ihre Spinnenfalle sind hervorragend.«

»Das sind alles Dinge, die mit Tesla-Energie betrieben werden. Aber wenn es um Dampf geht, bin ich eine Niete.« Wütend schleuderte sie den Fassadenkletterer auf den Boden – wobei er dann doch Schaden genommen zu haben schien, zwei Zahnräder rollten nach rechts, und einer der Saugnäpfe machte einen Satz und blieb vor des Butlers makellos polierter Stiefelspitze liegen – und blickte zu den unerreichbar hoch eingesetzten Fenstern der Gruft auf, die eher einem Tempel glich als einer Begräbnisstätte. Warum machte sie es sich manchmal so schwer, wenn andere Lösungen einfacher waren?

»Wir sollten zusammenpacken und es morgen wieder versuchen«, murrte Violet, als sie sich nach den Teilen des Fassadenkletterers bückte.

»Nicht die schlechteste Idee, Mylady. Ein neuer Tag bringt neue Weisheit, lautet ein Sprichwort der Chinesen. Ein bisschen was ist schon dran, an ihren Sprüchen.«

Nachdem sie alles wieder in die Tasche gepackt hatten, verließen sie die Totenstadt, hinter der allmählich der Morgen heraufzudämmern begann.

»Ich frage mich, was dieser Mann in seiner Schachtel hatte«, sagte Violet, als sie zur Seitenbahnstation gingen.

»Eine höchst illegale Erfindung, was denn sonst?«

»Und wenn es nun doch eine neue Kapsel war? Vielleicht die für Lord Carrington?«

»Der gute Lord Carrington ist dank Ihres Schreibens gewarnt. Jedenfalls hoffe ich, dass er die Botschaft gelesen hat.«

»Das wird er schon. Nach den vergangenen Mordfällen wird er eine Warnung sicher nicht ignorieren.«

»Ehrlich gesagt finde ich immer noch bemerkenswert, wie es jemandem gelingen kann, die Tiere in diese Kapseln zu zwängen«, sagte Alfred nach kurzem Überlegen.

»Ein gewiefter Forscher wird schon einen Weg finden.«

»Aber dennoch, die armen Tiere.«

»Die giftigen Tiere meinen Sie wohl.« Violet unterdrückte ein Schaudern und schritt dann forsch weiter.

An der Station Botanischer Garten, die sich ganz in der Nähe der Glaskuppel befand, herrschte, obwohl es noch längst nicht hell war, reger Betrieb. Seltsamerweise war auch ziemlich viel Polizei unterwegs. Auf Velocipeden und Pferden eilten sie vorbei, einige Streifenpolizisten gingen zu Fuß.

»Officer, ist irgendwas passiert?«, fragte Violet einen von ihnen, der sich durch die Menschenmenge zu kämpfen versuchte.

»Zum Botanischen Garten!«, entgegnete er, doch bevor sie nach dem Grund dafür fragen konnte, hatte die Menge ihn bereits vollkommen verschluckt.

»Es gibt nicht viel, was die Polizei zu solchem Tempo veranlasst«, sagte Alfred.

Violet überlegte nicht lange und packte ihn am Ärmel. »Kommen Sie, wir schauen uns an, was da passiert ist!«

»Mit einer Droschke wären wir schneller.«

»Aber woher wollen Sie die um diese Zeit kriegen? Wir werden laufen. Los, Alfred!«

Damit spurtete sie voran, und dem Butler blieb nichts anderes übrig, als Schritt zu halten. Sie rannten durch Seitenstraßen, die glücklicherweise weniger belebt waren, und erreichten schließlich keuchend den Botanischen Garten, vor dessen Eingang sich bereits eine Horde Schaulustiger drängte. Die Leute reckten die Hälse, als gäbe es irgendein fremdartiges Tier zu bewundern.

»Wissen Sie, was passiert ist?«, sprach Violet einen älteren Mann in abgewetztem Jackett an. Dieser stieß ein Murren aus, dann wandte er sich um und musterte sie von Kopf bis Fuß.

»Solltest du nicht besser zu Hause sein, Kleine?«

»Keine Unverschämtheiten!«, knurrte Alfred und zog ein Gesicht, als wollte er den Kerl ein wenig schütteln.

»Ist ja schon gut!« Der Mann hob beschwichtigend die Hände. »Aber ich sag's Ihnen, das hier ist nichts für so'n junges Ding.«

»Ich denke schon, dass ich einiges vertragen kann, Sir. Also wollen Sie es mir sagen, oder soll ich jemand anders fragen?«

»Sie sagen, da drin soll ein Mord passiert sein«, mischte sich eine Frau mit dicker Jacke und zerzaustem Haar ein. »Irgendwer ist auf schreckliche Weise umgekommen. Wahrscheinlich war's dieser Kerl, der die ganzen Adeligen umbringt.«

»Aber da drin ist doch niemand adelig!«, entrüstete sich der Mann. »Sie können doch nicht einfach irgendwelche Behauptungen in die Welt setzen, Mrs. Finchley!«

»Das war keine Behauptung!«

Während zwischen den beiden nun ein Streit entbrannte, bedeutete Violet Alfred mit einer knappen Kopfbewegung, dass sie sich vielleicht einen anderen Platz suchen sollten.

»Ich frage mich gerade, wie viel kriminelle Energie noch in Ihnen steckt, Alfred«, sagte sie, als sie die Menschenmenge hinter sich gelassen hatten und die Anlage umrundeten. Der fahle Morgenhimmel spiegelte sich in der enormen Glaskuppel, unter der ein dichtes Gewirr von Pflanzen wucherte. Von der gegenüberliegenden Straßenseite kamen noch ein paar Polizisten herbei.

»Wie Sie wissen, habe ich meiner Vergangenheit abgeschworen, Mylady.«

»Und dennoch sind Sie mit Ihrer netten, kleinen Waffe ziemlich gut. Würden sie damit vielleicht auch ein Türschloss knacken können? Ich glaube kaum, dass man den Hintereingang des Botanischen Gartens unverschlossen lässt. Immerhin sind hier ein paar seltene Orchideen ausgestellt, die allein schon ein Vermögen wert sind.«

»Und was wollen Sie im Botanischen Garten? Wenn mir diese Frage erlaubt ist, Mylady.«

»Ich will mit eigenen Augen sehen, was geschehen ist. Ich habe da eine böse Ahnung.«

»Sie meinen, Ihr Bekannter könnte zu Schaden gekommen sein?«

»Immerhin habe ich ihm diese blöde Leichenspinne überlassen. Möglicherweise hat sie sich selbstständig gemacht.«

»Oder aber jemand hat mitbekommen, dass der Botaniker und Sie in Kontakt stehen. Auf Verrat stehen in diesen Kreisen schreckliche Strafen.«

An der Tür angekommen, hielt Violet Wache, während Alfred sich an die Arbeit machte. Nur wenige Augenblicke dauerte es, bis das Schloss ein leises Klicken von sich gab.

»Mylady, wir können«, flüsterte Alfred, während er seine Waffe, die offenbar auch gut als Werkzeug geeignet war, wieder in der Jacke verschwinden ließ. Violet blickte sich noch einmal nach allen Seiten um, dann huschte sie hinein.

Der Geruch nach feuchter Erde und leichter Fäulnis stieg ihr in die Nase, als Alfred die Tür hinter ihnen schloss. In diesem Teil des Botanischen Gartens war sie zwar noch nie gewesen, aber sie war sicher, dass sie sich anhand der Stimmen orientieren und den Tatort finden würde.

Momentan mussten sie sich in der Nähe der Präparationsräume befinden, wo die Gehilfen der Wissenschaftler Tiere und Pflanzen konservierten.

»Ich muss gestehen, ich fühle mich im selben Gebäude mit so viel Polizei nicht wohl«, seufzte Alfred, als sie sich den Gang entlang tasteten, von Türklinke zu Türklinke, die im fahlen Morgenlicht glänzten, das durch kleine Fenster unter der Decke fiel. Licht zu machen wagten sie nicht, obwohl sie dann wesentlich schneller vorangekommen wären. »Besonders dann nicht, wenn ich gerade in dieses Gebäude eingebrochen bin.«

»Nun haben Sie sich nicht so«, beruhigte ihn Violet. »Wir stehen auf der Seite des Gesetzes.«

»Das könnten die aber ein wenig anders sehen. Ich glaube kaum, dass Lord Reginald begeistert sein wird, wenn er uns aus der Polizeiwache abholen lassen muss.«

»Keine Sorge, so weit wird es nicht kommen. Wir versuchen einfach nur, uns einen kleinen Überblick zu verschaffen, und schneller, als Sie Bobby sagen können, sind wir auch schon wieder draußen.«

Am Labor für Präparate vorbei gelangten sie in den Gang, der zu den Büros der Forscher und zur Pflanzenhalle führte. Jetzt kannte sich Violet wieder aus. Und sie hörte auch die Stimmen. Über nach Bohnerwachs duftendes, knarzendes Parkett huschten sie auf eine Treppe zu, die in die erste Etage des Gebäudes führte. An Blumenkübeln vorbei eilten sie zum Ende des Ganges, von wo ein weiterer Gang abging. Jetzt waren die Stimmen lauter.

»Wer ist nur zu so etwas imstande?«, hörte Violet und »Miller, seien Sie doch vorsichtig!« und dann das Schaben von Stuhlbeinen auf Parkett. Um die Ecke mussten sich die Polizisten befinden, wie der helle Lichtschein verriet. Mit einem mulmigen Gefühl in der Magengrube spähte Violet um die Ecke und hätte um ein Haar aufgeschrien. Die Tür, vor der die Männer standen, gehörte tatsächlich John Borneman.

»Offenbar hat es Mr. Borneman erwischt«, berichtete sie, als sie sich wieder zurückzog.

»Vielleicht ist seine Spinne ausgebüxt und hat ihn gebissen«, entgegnete Alfred und zog unbehaglich den Kopf ein.

»Ich glaube kaum, dass er so unachtsam war«, sagte Violet, ohne sich für das Unbehagen ihres Butlers zu interessieren. »Ich hatte Ihnen doch erzählt, dass ich den Eindruck hatte, er würde etwas verbergen. Vielleicht hat ihn sein Geheimnis eingeholt. Eines, das vielleicht mit unserem Fall zu tun hat.«

Als Schritte zu hören waren, spähte Violet erneut um die Ecke. Gerade in diesem Augenblick kamen drei paar Männer mit einer Trage aus dem Raum. Bornemans bleiches Gesicht war zu sehen und ein riesiger Blutfleck auf seinem Bauch. Ein paar blutige Kleidungsfetzen hingen an den Seiten von der Trage, direkt neben dem schlaffen Arm, dessen Hemdsärmel ebenfalls blutgetränkt war.

»Du meine Güte!«, murmelte Violet, von Grauen gepackt.

»Was sehen Sie, Mylady?«, erkundigte sich Alfred im Flüsterton.

»Die Leute haben nicht übertrieben, er ist auf schreckliche Weise ums Leben gekommen.«

»Verdammt noch mal, gibt es denn hier nichts, womit man die Leiche zudecken kann!«, donnerte da die Stimme eines Mannes durch den Gang. »Sucht gefälligst etwas, so kommt er mir nicht aus dem Haus!«

Als Schritte über das Parkett knallten, wich Violet zurück.

»Irgendwas hat ihn aufgeschlitzt«, flüsterte sie ihrem Butler zu. »Eine Spinne war das ganz gewiss nicht.«

»Vielleicht ein Skarabäus?«, fragte Alfred. »Ich habe gehört, dass sich diese riesigen Mistkäfer aus Leichen herausfressen.«

»Mal abgesehen, dass Mr. Borneman ziemlich frisch verstorben aussieht, bezweifle ich, dass er einen Skarabäus geschluckt hat. Nein, das hier war etwas anderes. Schlimmstenfalls ein Killer, der ziemlich grob mit seinen Messern zu Werke gegangen ist.«

Inzwischen hatten die Polizisten etwas gefunden, womit man die Leiche bedecken konnte.

»Habt euch aber Zeit gelassen«, murrte ihr Vorgesetzter. »Los, deckt ihn zu und dann ab mit ihm in die Morgue!«

Wenig später trampelten die Männer wieder los – in Richtung von Violet und Alfred!

»Vielleicht sollten wir besser von hier verschwinden, ehe sie uns entdecken!«, schlug der Butler vor, doch Violet schüttelte den Kopf.

»Negativ, Alfred, dazu bleibt uns keine Zeit. Los, in die Nische da! Und blieben Sie so ruhig, Sie können!«

Kaum hatten sie sich hinter dem Blumenkübel verborgen, kamen die Männer auch schon um die Ecke gebogen. Das Licht schalteten sie in dem Gang nicht ein, doch der Polizist, der voranging, leuchtete ihnen mit einer Laterne. Der Lichtstrahl fiel auch in die kleine Nische und streifte ihre Gesichter, doch die Männer blickten glücklicherweise nicht zur Seite.

»Armer Teufel«, murmelte der Träger am rechten Fußende. »Sieht aus, als sei er regelrecht von innen heraus zerschnitten worden.«

»Ach, und woher willst du das wissen?«, brummte sein Nachbar.

»Na hast du nicht gesehen, wie sein Bauch aussah? Richtig durchgefressen hat sich da was.«

Kurz noch sah Violet, dass Borneman nun unter einem grauen Tuch ruhte. Flach zeichnete sich sein Körper auf der Bahre ab. Erst als die Männer vorbei waren, wagte sie, richtig durchzuatmen.

»Und nun?«, flüsterte Alfred, der sich nun ebenfalls wieder zu regen begann. »Wir können ihnen nicht folgen, da würden wir auffliegen.«

»Wir bleiben noch ein Weilchen hier«, beschloss Violet. »Vielleicht können wir einen Blick in Bornemans Büro werfen. Vielleicht finden sich irgendwelche Spuren.«

»So, wie der leitende Inspektor oder wer auch immer das war, geklungen hat, wird er darüber nicht erfreut sein.«

Violet zuckte mit den Schultern. »Wir werden ja nicht reingehen, wenn er noch da ist. Aber glauben Sie mir, die Polizei hält sich nie lange an irgendeinem Tatort auf, denen sind die Erkenntnisse von Dr. Bell schnuppe.«

»Dann sollten wir uns aber wenigstens in eines der Büros begeben, hier draußen ist es mir eindeutig zu gefährlich.«

Violet nickte, schlich dann wieder zu der Ecke, und als sie sah, dass niemand vorhatte, das Haus auf dem gleichen Weg zu verlassen wie Borneman, bedeutete sie Alfred mitzukommen.

Hinter der ersten Tür, die sie unverschlossen vorfanden, verschwanden sie. Das Büro musste ebenfalls einem Mitarbeiter gehören, der es allerdings vorgezogen hatte, das Verwaltungsgebäude rechtzeitig zu verlassen. Von den beiden Fenstern aus hatten sie einen wunderbaren Blick auf die Straße. Zur ihrer Rechten erblickte Violet die sensationslüsterne Menschenmenge – woher diese Menschen nur von dem Mord wussten? – zu ihrer Linken konnte sie den Hinterausgang sehen, durch den sie gekommen waren und vor dem nun ein Fuhrwerk stand.

Manchmal sind Polizeiinspektoren nicht so schlecht wie ihr Ruf, ging es Violet durch den Kopf.

Wie lange sie wie bestellt und nicht abgeholt in dem muffigen Büro standen, das vollgestopft war mit eingestaubten Schmetterlingspräparaten, überprüfte Violet nicht. Als es ihm zu langweilig wurde, blätterte Alfred in einem in dickes Leder gebundenen Buch, das er aber schon bald mit angewiderter Miene zuschlug.

»Sie haben es nicht so mit dem Krabbelzeugs, stimmt's?«, stellte Violet fest, während sie auf dem Buchdeckel den Titel *Die Welt der niederen Insekten* las.

»Seit ich in Shanghai mal eine sage und schreibe sieben Inch lange Kakerlake im Bett hatte, nicht mehr. Die Abbildung eben hat mich an eine der schlimmsten Nächte meines Lebens erinnert.«

»Ich wusste ja gar nicht, dass Sie sich von so einem doch relativ harmlosen Krabbler erschrecken lassen.« Violet zuckte vielsagend mit den Augenbrauen.

»Harmlos? Die starrte mich an, als würde sie gleich einen Revolver ziehen!«

Violet schossen Tränen in die Augen, während sie sich bemühte, nicht laut aufzulachen. »Das können Kakerlaken? Oh, das möchte ich sehen! Irgendwo müssten sich doch auch in England größere Exemplare auftreiben lassen. Vielleicht in der Küche des Pub, in den Sie an Ihren freien Nachmittagen gehen.«

»Ich bitte Sie, Mylady, verschonen Sie mich mit diesen Viechern!«, flehte Alfred schaudernd. »Bevor ich eine von denen anfasse ...«

Plötzlich stockte er.

»Was ist?«, flüsterte Violet.

»Ich glaube, sie sind jetzt weg.«

»Sind Sie sicher?«

»Hat sich mein Gehör jemals getäuscht?«

Nein, hatte es noch nie. Nachdem Violet prüfend durch das Schlüsselloch gespäht hatte, verließen sie das Büro und huschten sie zu Bornemans Tür, um wenigstens einen Blick sein Büro zu werfen.

Dass die Tür offen stand, konnte nur ein Versehen sein, und Violet nahm im Stillen zurück, was sie gerade noch über die Polizei und ihren zu Unrecht schlechten Ruf gedacht hatte.

Abgesehen von dem riesigen Blutfleck, der sich vom Schreibtisch auf den Teppich ergossen haben musste, war alles hier ordentlich und aufgeräumt. Borneman schien keine Gelegenheit für einen Kampf gehabt zu haben, der Mörder hatte ihn eiskalt überrascht und wahrscheinlich erstochen. *Der Naturfreund?*, fragte sich Violet, und nur zu gern hätte sie nach Fingerabdrücken gesucht, doch weder hatte sie das dazu erforderliche Pulver, noch die Zeit, denn nun wurden am anderen Ende des Ganges wieder Stimmen laut.

»Kommen Sie, verschwinden wir«, flüsterte sie Alfred zu, dann huschten sie zurück zu dem Schmetterlingsbüro. Als sie vom Fenster aus sah, dass der Leichenwagen abgefahren war und niemand mehr vor dem Hinterausgang stand, verließen sie das Gebäude und machten sich auf den Heimweg.

»Ich muss zu Blakley«, sagte sie, während sie mit langen Schritten über den Gehweg eilte. »Wir brauchen Hilfe, wir brauchen jemanden, der seine Ohren überall dort haben kann, wo wir sie nicht haben.«

»Wenn Sie mich fragen, wäre dies der beste Zeitpunkt, aus diesem Fall zusteigen. Wenn wir uns jetzt zurückziehen und den

Behörden die Ermittlungen überlassen, könnten wir Glück haben und die Sache überleben.«

»Glauben Sie wirklich?«, entgegnete Violet spöttisch. »Ich bin vielmehr der Meinung, dass wir keine andere Wahl haben, als weiterzumachen, wenn wir überleben wollen. Allein schon die Sache mit den Säulen betrifft meine Familie, und jetzt treibt es dieser Mörder auf die Spitze! Der Käufer der Spinnen beginnt, Zeugen zu beseitigen.«

Da die meisten Motordroschkenfahrer in der Nähe damit beschäftigt waren, sich in die Menge der Schaulustigen vor dem Botanischen Garten einzureihen, mussten sie notgedrungen die Seitenbahn nehmen. An der Station Mayfair stiegen sie aus und marschierten, Violet voran, Alfred ergeben hinterher, zum Zirkuszelt, das, von Nebel umwabert, zu dieser frühen Stunde noch in friedlichem Schlummer lag. Wieder blieb Alfred vor dem Zirkus zurück, während sich Violet zwischen den Wagen entlangschlängelte und am Käfig des schnarchenden Nestor vorbei, dessen Mähne bei jedem Atemzug erzitterte.

Am Wagen von Blakley und Siberia angekommen, erklomm sie die Treppe und klopfte. Draußen war zwar eine Klingel angebracht, aber sie wollte nicht den gesamten Zirkus aus den Federn scheuchen. Das Klopfen blieb ohne eine Antwort. Violet klopfte ein wenig lauter und nachdringlicher, worauf ein Brummen ertönte, dann Schritte. Schließlich würde die Tür geöffnet.

»Lady Violet, was führt Sie zu dieser frühen Stunde in meinen Zirkus?«, wunderte sich Blakley, während er seinen Morgenmantel vor dem Bauch zusammenzerrte und dann sein zerzaustes Haar zu glätten versuchte.

»Liebling, wer ist das?«, fragte Siberia aus dem Hintergrund. Offenbar war auch sie noch ziemlich verschlafen. Kein Wunder, denn die letzte Vorstellung war erst nach Mitternacht vorbei gewesen.

»Lady Violet!«, rief Blakley nach hinten. »Und frage mich bitte nicht, was sie zu dieser Stunde schon hier sucht, das weiß ich bisher auch nicht.« Damit wandte er sich, jetzt aber mit einem Lächeln, wieder Violet zu.

»Ich möchte, dass Sie etwas für mich herausbekommen, Mr. Blakley. Oder besser gesagt, dass einer Ihrer Leute etwas für mich herausbekommt. Joe the Cat vielleicht, der hat die besten Ohren.«

»Sie sprechen in Rätseln, verehrte Lady, wissen Sie das?«

Violet blickte sich um. Alfred stand noch immer dort, wo sie ihn zurückgelassen hatte, und er wirkte auch nicht sonderlich beunruhigt.

»Leider zwingen mich die Umstände dazu. Aber wenn Sie Klartext wollen: Im Botanischen Garten ist heute ein guter Bekannter ermordet worden. Ein regelrechtes Gemetzel war das. Ich fürchte, es gibt einen eklatanten Zusammenhang zwischen diesem Mord und den Morden an Lord Stanton und Lord Broockston.«

»Und worin soll der Zusammenhang bestehen? Seit ich Ihnen bei der Sache mit dem Leichenschauhaus zu Diensten sein durfte, haben Sie mich nicht mehr aufgesucht.«

»Nun, derweil ist sehr viel passiert, aber sollten wir das nicht drinnen besprechen? Zwar habe ich meinen getreuen Butler vor der Tür postiert, doch wer sagt mir, dass in der Nähe nicht ein paar modifizierte Ohren lauschen.«

»Nun, was Joe angeht, ich vertraue ihm voll und ganz, aber ich weiß schon, was Sie meinen. Treten Sie also ein in meine gute Stube.«

Im Wagen roch es nach abgestandener Luft und Bettfedern. Sogleich überfiel eine bleierne Schwere Violet, die in letzter Zeit viel zu wenig Schlaf bekommen hatte und deren Bettdecke bis hierher nach ihr zu rufen schien.

»Es ist in den vergangenen Tagen sehr viel geschehen«, begann Violet, die sich auf einem klapprigen Hocker gegenüber vom Bett niedergelassen hatte, auf dem Blakley im Morgenmantel saß und herzhaft gähnte. Siberia, die einen spitzenbesetzten Morgenmantel trug, hatte sich ein Kissen in den Rücken geschoben und sah Violet wie in Erwartung einer spannenden Gutenachtgeschichte hoffnungsvoll an. »Zum einen habe ich in Lord Stantons Kehle eine neuartige Giftspinne gefunden, etwas später erstickte Broockston an einer Kapsel, die ebenfalls eine Spinne enthielt.

Borneman hatte diese Spinnen gezüchtet und einem Unbekannten gegeben. Wenig später wurden Alfred und ich auf dem Weg zu meiner Werkstatt von Männern angegriffen, die diese Kapsel haben wollten. Nachdem erst gestern ein Anschlag, ebenfalls mit einer Spinnenkapsel, auf meinen Vater verübt wurde, ist heute nun in seinem Büro im Botanischen Garten Professor Borneman ermordet worden.«

»Mein Gott!«, rief Siberia entsetzt aus und zuckte zusammen, dass die Tentakel nur so flogen. »Ihr Vater ist doch nicht etwa ...«

»Nein, er ist nicht tot«, beruhigte Violet sie. »Ich habe ihm rechtzeitig ein Brechmittel verabreicht. Außerdem hatte die Kapsel einen Konstruktionsfehler, der meinem Vater zwar Schmerzen verursacht hat, aber der Spinne nicht die Gelegenheit gelassen hat, ihn zu beißen. Da war ich mit meinem Ipecac-Sirup schneller.«

»Ich sag's doch, Sie sind genial, Lady Violet!«, rief Blakley begeistert aus.

Da hätten Sie vorhin mal meine Versuche mit dem Fassadenkletterer sehen sollen, dachte Violet und sagte dann höflich: »Das ist sehr freundlich von ihnen, Mr. Blakley.«

»Wie Sie sehen, ist die Lage wirklich ernst, und ich brauche Ihre Hilfe.«

»Sagen Sie mir, was wir tun sollen, ich stehe Ihnen mit allem, was ich habe, zur Verfügung«, sagte Blakley, während Siberia im Hintergrund bekräftigend nickte.

»Nun, ich fürchte, ich muss Sie darum bitten, sich ein wenig für mich umzuhören. Einer der Männer, die uns wegen der Kapsel angegriffen haben, gehörte zum Personal von Lady Sissleby. Ich bin mir nicht sicher, ob er in ihrem Namen gehandelt hat oder von Lady Sharpe angeheuert wurde.«

Blakley saugte geräuschvoll Luft zwischen den Zähnen ein.

»Lady Sharpe ist ein ziemlich schweres Kaliber. Ich hatte leider schon die Ehre, sie kennenzulernen.«

»Wie das?«, wunderte sich Violet, der das »leider« nicht entgangen war.

»Sie wollte einige meiner Artisten für ihre Geheimpolizei

anwerben. Joe und unseren Fliegenmann auch. Man könnte ja meinen, dass das eine Ehre wäre, aber ich brauche meine Leute in meinem Zirkus. Und ich will auch nicht, dass der Service sie verheizt. Die Arbeit dort ist mächtig gefährlich, und dafür wollte ich meine Jungs nicht opfern.«

»Die Sache jetzt könnte auch gefährlich sein«, gab Violet hinzu. »Allerdings würde ich Sie nur darum bitten, Lady Sisslebys Haus im Auge zu behalten. Ich will wissen, ob sich die Spy Mistress dort blicken lässt – oder jemand anderes.«

Blakley wiegte nachdenklich den Kopf, dann blickte er zu Siberia, wie um ihr Urteil zu erbitten. Die Oktopuslady nickte ihm zu.

»Also gut«, sagte er daraufhin. »Ich werde die Jungs fragen. Nur sagen Sie, unterhält Ihre Familie nicht freundschaftliche Beziehungen zu den Sisslebys?«

»Meine Eltern und die Lady sind Bekannte, sonst nichts. Und selbst Freundschaft schützt wohl nicht vor Verrat, oder?«

»Das stimmt manchmal. Manchmal aber auch nicht.« Blakley reichte ihr die Hand. »Wir sind im Geschäft. Vergessen Sie meine Blitzkuppel nicht.«

»Wie könnte ich!«, entgegnete Violet lächelnd und verabschiedete sich dann.

Auf dem Weg zurück nach Belgravia, Alfred war auffallend stumm, grübelte Violet darüber nach, welchen anderen Grund, als ein Bündnis mit Lady Sharpe, Lady Sissleby haben konnte, ihr irgendwelche Schläger auf den Hals zu hetzen. Eine Antwort konnte sie nicht finden. Vielleicht sollte sie ihren Vater fragen, ob es in der Vergangenheit zwischen ihren Familien irgendwelche Streitigkeiten gegeben hatte.

»Lady Adair«, sagte jemand neben ihnen, kurz bevor sie Adair House erreicht hatten.

Violet wirbelte erschrocken herum. Eine Gestalt trat aus dem Schatten. Zunächst sah sie nur einen langen schwarzen Mantel, dann leuchtete eine weiße Strähne unter der Kapuze auf. Alfred ging sofort in Kampfhaltung, seine Hand fuhr unter sein Jackett.

»Nicht, es ist General Black!«, rief Violet schnell.

Der Mantelträger verbeugte sich galant und zog dann seine Kapuze ein Stück zurück, damit sie sein Gesicht sehen konnte.

»Verzeihen Sie, wenn ich Ihnen einen Schrecken eingejagt habe. Haben Sie meinen Brief erhalten?«

»Natürlich!« Violets Herz pochte. Und gleichzeitig war sie sauer auf ihn. Wieso fiel es ihm immer dann ein, Kontakt zu ihr zu suchen, wenn sie gerade mit anderen Dingen beschäftigt oder hundemüde war? »Und ich kann Ihnen versichern, dass ich hocherfreut war. Allerdings hatte ich noch nicht die Gelegenheit, Ihnen zu antworten.«

War er deswegen verstimmt? Blacks Miene wirkte hart.

»Nun, das kann ich verstehen, nach allem, was man so über mich redet. Ich bin auch nicht hier, weil ich mir eine Antwort von Ihnen abholen will, sondern um Sie zu warnen.«

»Warnen? Wovor?« Violet wurde auf einmal heiß und kalt zugleich, was nicht daran lag, dass der Mann vor ihr auch in einem Lodenmantel unverschämt gut aussah.

»Sie haben sich auf Dinge eingelassen, die vielleicht eine Nummer zu groß für Sie sein könnten.«

»Was für Dinge?«

»Spielen Sie nicht das Unschuldslamm, Lady Violet. Auch wenn Sie glauben, dass niemand etwas von Ihren Aktivitäten mitbekommt, haben doch gewisse Stellen bereits Wind davon bekommen, dass Sie eigene Ermittlungen angestellt haben.«

Lady Sharpe, dachte Violet wütend. *Hat sie Kontakt zu Black?* Sie wusste nicht warum, doch plötzlich verspürte sie so etwas wie einen Stich der Eifersucht. Nicht die Tatsache, dass Annabelle Sharpe von ihren Ermittlungen wusste, ärgerte sie, sondern dass Black zu der höchst attraktiven Spy Mistress Kontakt hatte. Wer weiß, vielleicht war er ja nur ihretwegen auf dem Ball gewesen.

»Sorgen Sie sich nicht um mich, ich komme zurecht.«

»Noch. Aber das könnte sich bald schon ändern. Und damit bringen Sie nicht nur sich sondern auch Ihre Familie in Gefahr. Die Leute, die hinter den Morden an Broockston und Stanton vermutet werden, sind äußerst gefährlich.«

Plötzlich wirkte sein Blick gehetzt. Sah er irgendwen im Hintergrund? Violet fiel es schwer, sich nicht umzudrehen. War dort eines von Lady Sharpes Augen? Sollte sie nicht erfahren, dass er mit ihr sprach?

»Ich muss gehen. Treffen Sie mich am Abend in Highgate. Da erzähle ich Ihnen mehr. Und gehen Sie um Himmels Willen heute nicht mehr auf die Straße.«

Damit schlang er den Mantel fester um die Schultern, wandte sich grußlos ab und verschwand in den Schatten.

Violet stand mit rasendem Herzen auf dem Trottoir. Von einem Beobachter oder Verfolger war nichts zu sehen.

»Was war das, Alfred?«

Der Butler wirkte angespannt, als befürchte er einen Angriff. »Keine Ahnung, Mylady. Entweder hat er den Verstand verloren, oder wir sollten seinem Ratschlag folgen. Sie wissen, dass ich kein Hasenfuß bin, aber ich tendiere eindeutig zu Letzterem.«

»Nun, ich hatte ohnehin nicht vor, in den nächsten Stunden einen Ausflug zu unternehmen. Mama wird wie immer Kopfschmerzen haben und Papa auch den heutigen Tag im Bett verbringen, um die Vergiftung auszukurieren. Und was mich angeht, ich habe einiges nachzulesen und zu studieren. Und meine Beweissammlung will ich auch vervollständigen.«

»Das klingt sehr vernünftig, Mylady. Wenn Sie wollen, höre ich mich ein wenig in der Nachbarschaft um.«

»Vielen Dank, Alfred. Und jetzt lassen Sie uns besser reingehen, ehe noch jemand aus einer Nische springt. Ich kann jetzt eine große Mütze Schlaf gebrauchen.«

Nachdem sie beinahe den ganzen Vormittag verschlafen hatte, brütete Violet am Nachmittag über ihrer Beweissammlung. Den ermordeten Wissenschaftler fügte sie ebenso hinzu wie den Angriff der schwarz gekleideten Männer.

Dass Black sie angesprochen hatte, deutete darauf hin, dass Lady Sharpe ihre Hände im Spiel hatte. Auch die Angreifer konnte sie geschickt haben. Doch was war mit dem Mordversuch an ihrem Vater und dem Mord an Borneman? Es lag nur ein Tag dazwischen. Wer auch immer hinter den Morden steckte, schien keine Zeit mehr verlieren zu wollen.

Etwas später suchte Violet ihren Vater auf. Dieser saß aufrecht im Bett, auf dem Schoß die Morgenzeitung, in der Hand eine Tasse Tee, die Alfred ihm gebracht haben musste. Gedankenverloren blickte er aus dem Fenster, auf das der Schatten der Straßenbäume fiel, und schien Violets Eintreten gar nicht zu bemerken.

»Darf ich stören?«, fragte Violet vorsichtig.

Lord Reginald zuckte zusammen, dann sah er sie an. »Aber natürlich, mein Kind. Was kann ich für dich tun?«

Während sie näher trat und die Tür hinter sich schloss, wurde Violet bewusst, dass es zwischen ihr und ihrem Vater kaum einmal einen innigen Moment gegeben hatte. Sie hatte ihn nur beim Frühstück und beim Dinner zu Gesicht bekommen, ansonsten hatte er gearbeitet.

»Ich habe gerade meine Beweismittel gesichtet und fragte mich, auf welche Weise die Kapsel in deinen Körper gelang sein könnte.«

Ihr Vater lächelte, amüsiert, wie ihr schien, was wirklich verwunderlich war, angesichts der Tatsache, dass ein Anschlag auf ihn verübt worden war. Hatte er doch die Polizei benachrichtigt und betrachtete ihre Nachforschungen bestenfalls als Spielerei? Oder war er selbst aktiv geworden? Immerhin war er eine Säule der Königin. Vielleicht hatte er Lady Sharpe Bescheid gegeben ...

»Nun, was das angeht, kann ich wohl kaum eine große Hilfe sein, ich weiß es nicht.«

»Lord Broockston ist an der Kapsel erstickt«, erklärte Violet, während sie ihre Gedanken beiseite drängte, die ihr sagten, dass ihr Vater ihre Ermittlungen nicht ernstnehmen würde. »Er muss sie irgendwie in den Mund bekommen haben, ohne es zu merken. Vielleicht hatte sie in einem Getränk gelegen.«

Ihr Vater runzelte die Stirn, dann schien ihm etwas einzufallen. »Nun, ich habe mir sagen lassen, dass manche Männer auf die dumme Idee kommen, ihren Angebeteten den Verlobungsring in ein Glas Wein oder Champagner zu tun, damit sie ihn auf dem Boden finden. Manchmal endet dieses ehrenvolle Ansinnen damit, dass die Damen die Ringe verschlucken und dann entweder hoffen müssen, dass sich das Schmuckstück auf natürlichem Wege zeigt, oder aber sich in die Hände eines erfahren Chirurgen begeben.«

Violet rekapitulierte, was der Inhaber des Restaurants erzählt hatte. Eine Frau von zweifelhaftem Ruf mit rotem Haar hatte ihn begleitet. Rotes Haar! Hatte sie so eine Frau auf dem Ball nicht mit General Black reden sehen? Auf einmal wurde ihr ganz flau zumute. Hatte er doch was mit der Sache zu tun? Oder war das nur Zufall? Bevor ihre Gedanken bei dem General verweilen konnten, wo sie nur zu gern verweilen wollten, richtete sie ihre Aufmerksamkeit rasch wieder auf den Mord.

Wahrscheinlich hat Broockstons Begleiterin ihm die Kapsel ins Glas gegeben. Fasziniert von ihrem Aussehen hatte er nicht hingeschaut und den Inhalt des Glases hinuntergeschüttet. Das wäre eine Erklärung.

Aber wie war es bei ihrem Vater? Er würde sich doch nicht etwa mit einer anderen Frau eingelassen haben? Dass Broockston ein Frauenheld war, wusste ganz London, aber der ehrenwerte Lord Reginald Adair?

»Und du hast nicht irgendwas Seltsames im Essen bemerkt?«, hakte Violet nach. »Etwas wie einen Kirschkern vielleicht oder eine zu harte weiße Bohne?« Letzter Vergleich passte am Besten, denn die Kapseln hatten ungefähr diese Größe.

Ihr Vater kratzte sich am Kopf. »Nun ja, wenn ich es recht bedenke ... Vorgestern habe ich meinen Lunch im Club eingenommen. Das Essen war vorzüglich, es gab Kalbsbraten mit Bohnengemüse auf Toast. Ich dachte, ich hätte einen Knochen oder eine schlecht gekochte Bohne geschluckt, doch ich war dermaßen in Eile, dass ich mich nicht darüber beschwert habe. Und ehrlich gesagt, habe ich die Sache auch sofort vergessen gehabt, doch nun ...«

Violet überlegte eine Weile. »Eigentlich ist es ja ziemlich riskant, diese Kapsel unters Essen zu mengen. Wenn das Opfer die Kapsel nun vorher findet ...«

»Wahrscheinlich wissen diese Mistkerle genau über ihre Opfer Bescheid, kennen deren Gewohnheiten. Lass es bitte nicht deine Mutter wissen, aber ich bin um die Mittagszeit meist ziemlich in Eile und esse eher hastig. Ich weiß nicht, wie das bei Lord Stanton war, aber sie müssen von meinen Essgewohnheiten gewusst haben, und das haben sie ausgenutzt.«

Ähnlich hat es sich bei Lord Broockston verhalten, ging es Violet durch den Kopf. Sie wussten, dass er sich von einer schönen Frau würde ablenken lassen, und deshalb haben sie auf den Ringtrick zurückgegriffen, was allerdings schiefgegangen war.

Mitten in ihren Überlegungen, spürte sie plötzlich die Hand ihres Vaters auf ihrer. »Versprich mir, dass du vorsichtig bist.«

»Natürlich bin ich das«, antwortete Violet. »Ich sitze lediglich in meinem Zimmer und kombiniere.«

»Aber letzte Nacht warst du an der Gruft, nicht wahr?«

Violets Augen weiteten sich überrascht. »Woher ...«

Lord Reginald lächelte gütig und besorgt zugleich. »Du bist eine Adair. Du bekommst keine Information, ohne sie zu nutzen. Außerdem konnte ich nicht schlafen und habe dich über den Gang schleichen gehört. Ich war zunächst außer mir vor Sorge und wollte dir nachlaufen, doch dann habe ich gesehen, dass du jemanden bei dir hattest. Alfred, nehme ich an.«

»Ich ...« Violet stockte, während ihre Wangen wie Feuer glühten. Leugnen würde nichts helfen, ihr Vater ließ sich für gewöhnlich nicht für dumm verkaufen. Doch wenn Alfred seine Anstellung verlor, war das für sie beide eine Katastrophe. »Ich habe ihm befohlen, mitzukommen«, erklärte sie schließlich. »Er trägt keine Schuld. Wenn du jemanden schelten musst, dann mich.«

Reginald Adair seufzte. »Das wäre zu spät, wo das Kind schon in den Brunnen gefallen ist. Ich brauche wohl nicht zu erwähnen, dass es sehr leichtsinnig ist, nachts durch die Straßen zu gehen.« Er verstummte kurz, dachte nach und fügte dann hinzu: »Offenbar bist du nicht in die Gruft eingestiegen, oder?«

Violet schüttelte den Kopf. »Nein, ich habe ...« Sollte sie ihm von den Männern und der Schachtel erzählen? Ein prüfender Blick zeigte ihr, dass ihr Vater erschöpft wirkte. *Später*, dachte sie.

Wenn es ihm wieder besser geht, kann ich ihm alles erzählen. »Ich wusste nicht, wie ich an den Fallen vorbeikommen sollte.«

Lord Reginald Augenlider sanken herab. »Ist gut, es muss auch nicht sein, dass du da reingehst. Eines Tages wirst du das tun, aber jetzt ...« Die letzten Worte gingen in ein Seufzen über, und ihr Vater schlief ein. Vorsichtig zog Violet die Hand unter seiner hervor und hob das Tablett von seinem Schoß. Dann verließ sie vorsichtig sein Zimmer.

Draußen auf dem Gang traf sie auf ihre Mutter, die erstaunt auf das Tablett in Violets Hand blickte. Sie wirkte ein wenig müde, was eigentlich ein Wunder war, da sie doch den ganzen Tag in ihrem Zimmer verbracht hatte.

»Er schläft«, flüsterte Violet, in der Annahme, dass Lady Emmeline zu ihrem Mann wollte.

Ihre Mutter sah sie prüfend an. »Hat er mit dir gesprochen? Hat er dir gesagt, was hier vorgeht?«

Violet schüttelte den Kopf. Offenbar war ihre Mutter doch nicht so abwesend, wie sie immer glaubte. Was, wenn die Migräne nur vorgeschützt war und sie diese Zeit nutzte, um über alles nachzudenken? Von irgendwem musste Violet ihren wachen Geist ja haben, und ihr Vater war eher ein Mann der Praxis. Komisch, dass sie sich darüber noch nie Gedanken gemacht hatte.

»Hier ist etwas ganz und gar nicht in Ordnung, das spüre ich«, sagte Lady Emmeline mit einer Ernsthaftigkeit, die Violet an ihr noch nie gesehen hatte. »Ich weiß nur nicht, was. Dein Vater kann ein richtiger Geheimniskrämer sein, auch zu Lord Stanton und Lord Broockston hat er mir kaum etwas erzählt. Sag du mir, was soll das alles?«

Das konnte sie ihr unmöglich erklären! So gern sie es auch getan hätte.

»Du solltest dir nicht so viele Sorgen machen, Mama, Papa wird es schon bald wieder gut gehen«, antwortete sie ausweichend. »Es wird sich alles aufklären, immerhin hast du jetzt eine Debütpatin für mich, und bis zum Weihnachtsball wird der ganze Spuk vergessen sein, da bin ich sicher.«

Da geschah etwas, das sie schon lange nicht mehr erlebt hatte. Ihre Mutter, die sonst immer distanziert wirkte, nahm sie in die Arme und zog sie an sich. Violet, die Mühe hatte, ob des Ansturms das Tablett nicht hinunter zu werfen, spürte, dass ihre Mutter am ganzen Körper zitterte. Vielleicht wusste sie nicht, was vor sich ging, doch sie hatte Angst. Große Angst.

Während sie das Rosenparfüm einatmete, das ihre Mutter eigentlich ständig umgab, schwor sich Violet, den Fall aufzuklären – damit bis zum Weihnachtsball der ganze Spuk wirklich vergessen war.

18. Kapitel

Dass Highgate Cemetery an diesem Abend gruselig wirkte, lag nicht so sehr an dem Ort selbst, sondern an den Gefühlen, die Violet heimsuchten. Das Wissen, dass sie hier jemand vielleicht in eine Falle locken wollte, verursachte ihr ziemliches Magenkneifen. *Hoffentlich meinte er es ehrlich*, dachte sie bang. Was Hieronymus Black anging, versagte ihr Instinkt. Immer wieder ließ sie sich von romantischen Anwandlungen ablenken, sodass sie kein eindeutiges Urteil über ihn fällen konnte. Ja nicht einmal die Lektüre von Dr. Bells Artikeln hatte sie vom General ablenken können. Zum Glück hatte sie genügend Angst, um nachher auf keinen Fall seufzend in seine Arme zu sinken. Dennoch sagte sie zu Alfred: »Vielleicht sollte ich allein mit ihm reden. Wenn Sie in der Nähe sind, fürchtet er vielleicht, eine Abreibung zu bekommen.«

»Sonderlich furchtsam wirkte er nicht auf mich«, entgegnete Alfred. »Wenn er feige wäre, hätte er in seinem Alter noch keine vier Sterne auf der Schulterklappe. Tut mir leid, Mylady, dass ich das sagen muss, aber ich halte Ihren Vorschlag für inakzeptabel.«

»Aber ich denke, dass er mir mehr erzählen würde, wenn er sich sicher fühlt.«

»Auch unsicher kam er mir nicht vor.«

Violet seufzte. »Ach Alfred, wollen Sie heute nicht verstehen? Einem schutzlosen Mädchen gegenüber wird er offener sein, als wenn hinter mir ein Schläger steht. Und bevor Sie beleidigt sind, Alfred, ja, Sie sehen verdammt wehrhaft aus.«

»Ich verstehe Sie schon, Mylady, aber Sie haben nicht bedacht, dass Sie nicht die Spur wie ein wehrloses Mädchen aussehen. Black schien über Ihre Eskapaden im Bilde zu sein, was er entweder der Bekanntschaft mit Lady Sharpe verdankt oder der Komplizenschaft mit dem Mörder. Für den Fall, dass Letzteres zutrifft, werde ich Sie auf keinen Fall allein lassen.«

Violet blieb nichts anderes übrig, als einzulenken. »Also gut, Alfred, Sie dürfen mich beschützen. Allerdings bestehe ich darauf, dass Sie ein Stück hinter mir bleiben. Für den Fall der Fälle habe ich ja meinen Schirm dabei. Sollte Black irgendwas versuchen, ist er um eine schockierende Erfahrung reicher. Und sollten Sie Gefahr wittern, dürfen Sie natürlich ohne meine ausdrückliche Anweisung eingreifen.«

Alfred deutete eine Verbeugung an. »Sehr wohl, Mylady.«

Violet nickte ihm zu, dann stieß sie das Tor zum Friedhof auf.

Das Knirschen der Kiesel unter ihren Schnürstiefeln kam ihr lauter vor als gestern. Oder war das ihr Herzschlag?

Erst jetzt fiel ihr ein, dass Black nicht gesagt hatte, wo sie sich treffen sollten. Die Totenstadt Highgate war groß – unzählige kleine Gräber, dazu Statuen und Gruften in allen Größen. Sollte sie zu der Gruft des Geheimbundes gehen? Nein, das war nach der gestrigen Erfahrung mit den beiden Männern keine gute Idee. Und irgendein Punkt auf dem Friedhof wäre auch unpassend, denn wo sollte er sie in diesem Gewirr suchen?

Leider wusste sie kaum etwas über die Familie Black, lediglich der Name war ihr geläufig. Vielleicht hätte sie beim Privatunterricht ihrer Mutter doch besser aufpassen sollen, statt ihre Gedanken bei Zahnrädern, Dampfrohren und Gasometern zu haben.

Doch wenn sich Black schon im Hause der Sisslebys aufgehalten hatte, würde er vielleicht auch wissen, wo deren Familiengruft war. Violet erinnerte sich noch vage an die Beerdigung von Lord Arthur. Damals war sie vielleicht zehn oder elf gewesen und hatte gar nicht gewusst, was sie da sollte. Lord Sissleby war für sie ein vollkommen Unbekannter, hatte sie doch die meiste Zeit ihres Lebens damals noch mit ihrer Nanny in der Kinderstube und im Garten verbracht.

Doch dann hatte sie etwas entdeckt, das ihre Aufmerksamkeit gefesselt hatte. Die Vorrichtung, mit welcher der Holzsarg in den Sarkophag befördert wurde, hatte aus zahlreichen Zahnrädern und Seilen bestanden, eine Maschine, die den Trägern die Arbeit erleichtern sollte. Wie die Zahnräder ineinander griffen, hatte Violet dermaßen fasziniert, dass sie später in ihrer Kinderstube Zahnräder aus Pappe ausgeschnitten und versucht hatte, sie an Strohhalmen ebenso ineinandergreifen zu lassen.

Die Erinnerung zauberte ein Lächeln auf Violets Gesicht, doch sie vertrieb die Bilder schnell wieder, denn sie musste sich nun auf den Weg konzentrieren. An dem Engelpaar vorbei, dann auf die großen Ulmen zu und links an der Gruft der Cornwalls entlang ...

Ah, da war sie. Wie eine kleine Ausgabe des Sissleby-Landhauses thronte die Gruft in der Dunkelheit. Zwei Engel flankierten den Kiesweg zur Eingangstür, neben der sich zwei dorische Säulen erhoben. Die mit Rankenmustern verzierte Tür hätte so auch ein Stadtpalais zieren können und zeigte deutlich den Reichtum der Familie Sissleby.

Während sie mit der linken Hand ihren Schirm fest umklammert hielt, zog Violet mit der rechten ihre kleine Taschenuhr hervor und ließ den Deckel aufschnappen. Zehn Minuten vor Mitternacht. Nun sage noch einer, dass Frauen unpünktlich sind.

Nachdem sie sich umgesehen und vergeblich nach Alfred Ausschau gehalten hatte – der ihr allerdings ohne Zweifel gefolgt war, nur verbarg er sich gut – lehnte sie sich an den Sockel des linken Engels. Erst jetzt fiel ihr auf, dass sie von hier aus einen großen Teil von Highgate überblicken konnte, das den Namen Totenstadt nicht zu Unrecht trug, wie sie fand. Da gab es einen Stadtteil, in dem die Bürger und Handwerker ihre letzte Ruhe fanden, einen Stadtteil für den niederen Adel und einen für den Hochadel – jeder Teil streng abgegrenzt von den anderen. Auch ein Armenviertel fehlte hier nicht. Diese Menschen wurden in einfachen Gräbern am Rand bestattet, wie sie am Stadtrand gelebt hatten. *Eigentlich*, ging es Violet durch den Sinn, *war Highgate ein recht genaues Abbild Londons.*

Wieder zog sie ihre Taschenuhr hervor. Mittlerweile war es fünf Minuten nach Mitternacht.

»Bitte verzeihen Sie meine Verspätung, Lady Adair.«

Violet wirbelte herum und presste die Hand auf den Mund, um nicht laut aufzuschreien. Aus dem Schatten neben der Gruft trat Hieronymus Black, in seinem Aufzug kaum von der Umgebung zu unterscheiden. Nur die weiße Haarsträhne leuchtete im spärlichen Mondschein.

»Könnten Sie es unterlassen, mich ständig irgendwie zu erschrecken?«, fauchte sie, während sie versuchte, ihr pochendes Herz wieder unter Kontrolle zu bekommen.

»Sie sollten immer auf Ihren Rücken achten, Lady Adair, unehrenhafte Gegner ziehen stets den überraschenden Angriff von hinten vor.«

Ein Schauder überlief Violet, wie sanft er doch sprach!

»Sind Sie etwa ein solcher Gegner?«, fragte sie und klang dabei vermutlich nicht gerade wie jemand, der in der Lage war, einem Angriff zu widerstehen. Was war nur mit ihr los? Jetzt hatte dieser Kerl sie schon zum dritten Mal überrascht, und sie stand vor ihm, als hätte er ihr gerade Rosen geschenkt.

»Nein, ich bin ein ehrenvoller Soldat«, entgegnete er lächelnd, nahm ihre Hand und küsste sie formvollendet.

Violet schnappte überrascht nach Luft. Wie konnte er es wagen, sie anzufassen! Eigentlich müsste sie ihm gleich eins mit dem Schirm verpassen.

Doch alle Kraft schien sie verlassen zu haben. Sogar ihre Knie zitterten, als seine Lippen sanft ihren Handrücken streiften. Wie warm sich sein Mund anfühlte ...

Plötzlich stellte sich Violet vor, wie es wäre, diese Lippen auf ihren zu spüren. Doch bevor sie in diesem Wunschtraum versinken konnte, meldete sich ihr Verstand wieder zu Wort. *Das kann doch wohl nicht wahr sein!*, schien eine kleine Stimme ihr zuzurufen. *Du bist hier nicht bei einem romantischen Stelldichein, sondern es geht um die Mordfälle, und viele Menschen sind in Gefahr!*

»Weshalb wollten Sie mich sprechen?«, fragte Violet also beinahe ein bisschen zu ruppig, doch das war ihre einzige Möglichkeit, sich wieder unter Kontrolle zu bringen.

»Weil ich Ihnen noch einmal ans Herz legen möchte, sich aus der Sache rauszuhalten.«

»Und wenn ich mich nicht raushalten will? Nicht raushalten kann?«

»Dann fürchte ich, schweben Sie und Ihre Familie in großer Gefahr.«

Das tun wir ohnehin, dachte Violet und schnaufte spöttisch. »Richten Sie Lady Sharpe meinen Gruß aus und sagen Sie ihr, dass ich mich nicht einschüchtern lasse.«

»Lady Sharpe?«

Violets Augen wurden schmal. Endlich wurden die romantischen Anwandlungen von Zorn überdeckt. »Nun tun Sie doch nicht so, als wüssten Sie von nichts! Sie waren auf unserem Ball, genauso wie Lady Sharpe! Ich bin sicher, dass sie Sie geschickt hat, um mir Angst einzujagen, nachdem ihre Schläger nichts ausrichten konnten.«

Black wirkte verwirrt »Annabelle Sharpe hat Ihnen Schläger auf den Hals gehetzt?«

»Ja, da staunen Sie über Ihre Chefin, was?«

Black schüttelte den Kopf. »Sie ist nicht meine Chefin. Dennoch kann ich mir nicht vorstellen, dass Sie Ihnen ihre Leute auf den Hals hetzt. Bei mir wäre das etwas anderes, sie hat mich seit meiner Rückkehr im Visier, und ich ...«

Violet legte den Kopf schräg. »Ja?«

»Nun ja, sagen wir es so, Lady Sharpe und ich sind nicht besonders gut aufeinander zu sprechen.«

»Aus welchem Grund?«

»Einem privaten, der Sie nichts angeht.«

Black schnaufte. Auf einmal wirkte er gar nicht mehr freundlich oder wohlwollend. »Die Leute, mit denen Sie sich anlegen, wollen das Königshaus auslöschen. Wenn sich damit nicht jemand befasst, der kundig ist und über eine gewisse Macht verfügt, wird alles in einer Katastrophe enden. Aber meinetwegen, behindern Sie die Ermittlungen, und bringen Sie sich in Lebensgefahr! Ich habe Sie gewarnt.«

Damit wandte er sich um.

»Warten Sie!«, sagte Violet atemlos. »Wer will das Königshaus auslöschen? Ich weiß, dass der gesamte Hochadel und ein paar andere Menschen in Gefahr sind, aber das Königshaus hat bisher niemand erwähnt.«

Black wandte sich ihr wieder zu. Auf seinem Gesicht spielte ein finsteres Lächeln. »Aber nur darum geht es doch. Um das Königshaus. Jemand versucht, sämtliche Mitglieder und ihre Beschützer zu vernichten, damit er selbst in der Thronfolge nachrücken kann. Vielleicht sollten Sie Lady Sissleby einen kleinen Besuch abstatten. In ihrem Haus finden Sie sicher etwas, das Sie interessieren könnte.«

Damit stiefelte Black von dannen.

Violet blieb verwirrt stehen. Jemand wollte in der Thronfolge nachrücken? Und deshalb stiftete er dieses ganze Durcheinander?

Als es hinter ihr raschelte, wandte sie sich um. Alfred trat hinter der hohen Hecke hervor, die die Grabparzelle der Sisslebys umgab.

»Alles in Ordnung, Mylady?«

Violet nickte. »Ja, Alfred, es geht mir gut. Allerdings weiß ich jetzt nicht so recht, was ich tun soll.«

»Wenn Sie mich fragen, klingt Blacks Behauptung zwar ein wenig verrückt, aber nicht unglaubwürdig. Auch ohne ein Politiker zu sein, weiß ich, dass gewisse Kräfte es nicht gern sehen, dass England von einer Königin geführt wird. Eine Frau erscheint ihnen zu schwach und vor allem zu wenig dem Krieg zugeneigt. Die Männer, für die ich früher einmal arbeitete, haben mit verschiedenen Dingen gehandelt – auch mit Waffen. Sie können sich vorstellen, wie groß ihre Enttäuschung jedes Mal war, wenn Victoria statt des kriegerischen den diplomatischen Weg in einem Konflikt wählte.«

»Also will man einem kriegerischen König zur Macht verhelfen.«

Alfred nickte. »Und das schon seit Victoria den Thron bestiegen hat. Lady Sharpe und ihr Vorgänger haben alles getan, um ihr die Macht zu sichern, aber offenbar gehen unser Spy Mistress langsam die Ideen aus. Und wenn ich anmerken darf, die Schläger, die uns ans Leben wollten, waren keine Geheimdienstleute.«

»Was? Woher wollen Sie das wissen?«

»Ich habe lange darüber nachgedacht. Geheimdienstleute werden in einer bestimmten Kampftechnik ausgebildet, dem Bartitsu. Damit hätten sie uns weitaus größere Schwierigkeiten machen können, als diese Straßenschläger. Diese Männer mochten vielleicht aussehen wie Geheimdienstleute, doch nicht mal die gewöhnlichsten Shanghaier Schläger kämpfen so schlecht. Mit Bartitsu dagegen hätte man sogar mich zusammenfalten können.«

»Sie?« Violet schüttelte zweifelnd den Kopf. »Das ist nicht möglich.«

»Ich fürchte schon.«

»Und warum erlernen Sie dieses Bartitsu dann nicht? Immerhin sind Sie mein Leibwächter! Und bei der Gelegenheit könnten Sie mir das auch gleich beibringen.«

Alfred blickte vielsagend auf den Schirm unter ihrem Arm. »Ich glaube, Sie sind schon schlagkräftig genug, Mylady.«

Ehe Violet etwas dazu sagen konnte, schoss ihr durch den Kopf, was Alfred eigentlich hatte andeuten wollen. Wenn diese Männer nicht auf Lady Sharpes Lohnliste standen, dann war Lady Sissleby wahrscheinlich auf andere Weise in die Sache verwickelt. Sie musste das herausfinden!

»Lassen Sie uns ins Labor gehen, Alfred. Ich habe ein paar Vorkehrungen zu treffen.«

Auch wenn sie ihn nicht ansah, spürte sie seinen zweifelnden Blick.

»Wäre es nach dem Zusammentreffen mit Black nicht ratsamer, sich dort nicht blicken zu lassen?«

»Warum denn?«, entgegnete Violet. »Glauben Sie, er schleicht uns hinterher?«

»Möglicherweise.«

»Das halte ich für ausgeschlossen. Allerdings denke ich, dass ihn irgendwer geschickt hat, um uns Angst einzujagen.«

»Aber er hat doch bestritten, mit Lady Sharpe bekannt zu sein!«

»Dennoch hat er recht glaubhaft erklärt, dass jemand das Königshaus auslöschen will. Das kann er doch eigentlich nur wissen, wenn er für den Geheimdienst arbeitet.«

»Oder für die Gegenseite.«

»Glauben Sie, in dem Fall würde er uns etwas erzählen? Nein, wenn er mit jemandem unter einer Decke steckt, dann mit dem Secret Service.« *Und vielleicht auch mit Annabelle Sharpe persönlich*, dachte Violet, und da war er wieder, der scharfe Stachel der Eifersucht. Sie straffte sich.

»Kommen Sie, Alfred, in diesem Augenblick kann ich mir nichts Besseres vorstellen, als irgendwas zu erfinden.«

Eine halbe Stunde später erreichten sie Southwark, wo eine unangenehme Überraschung sie erwartete. Schon als sie sich dem Gebäude näherten, hatte Violet ein seltsames Gefühl. Dieses bestätigte sich, als sie sahen, dass die Tür zum Durchgang eingetreten war. Offenbar hatte sich hier jemand nicht die Mühe machen wollen, das Schloss zu knacken.

Erschrocken schlug Violet die Hand vor den Mund und blieb stehen.

»O mein Gott.«

Neben ihr schnaufte Alfred erbost. »Bleiben Sie besser hier, Mylady, ich sehe nach, was los ist.«

»Nein, Sie gehen nicht allein!«, entgegnete Violet. »Die Kerle könnten noch immer dort sein.«

»Aber Mylady …«

»Keine Wiederrede, Alfred! Das ist mein Labor, also gehen wir gemeinsam hinein!« Entschlossen hob sie ihren Schirm und ging voran. Nachdem Alfred den gesplitterten und schief hängenden Türflügel beiseite geschoben hatte, traten sie in den Durchgang. Ohne Licht zu machen erkannte Violet bereits, dass sämtliche Fensterscheiben des Labors eingeschlagen worden waren. Böse glitzerten die Scherben im orangefarbenen Zwielicht, das in diesem Stadtteil allgegenwärtig war.

»Offenbar sind die Burschen schon wieder abgezogen«, bemerkte Alfred säuerlich. »Bestimmt war das ein kleines Dankeschön dafür, dass wir den Schlägern in der vergangenen Nacht das Fell gegerbt haben.«

Violet konnte darauf erst einmal nichts sagen. Gewiss hatten die Schläger es nicht dabei belassen, die Fenster zu zerstören.

»Vielleicht sollten wir die Polizei rufen«, schlug Alfred vor. »Sie wissen, mir behagt es gar nicht, den Bobbys zu begegnen, aber dennoch handelt es sich hier um ein Verbrechen.«

»Eines, das bestimmt von Annabelle Sharpe angeordnet wurde«, gab Violet zurück. »Sicher steckt sie dahinter. Ich habe ihre Warnung missachtet, wahrscheinlich sind wir zu jeder Stunde beobachtet worden. Auf Black wollte ich auch nicht hören, also hat sie zu dieser Methode gegriffen.«

»Aber Black hat doch ausdrücklich gesagt, dass er mit ihr nichts zu tun hat. Außerdem, woher soll sie auf die Schnelle Leute abbeordern? Wie das hier riecht, müssen die Männer schon seit einer Weile fort sein, außerdem weiß ich aus Erfahrung, dass es dauert, bis man einen Ort so zugerichtet hat.«

Da hatte er wohl recht, trotzdem war Violet der festen Überzeugung, dass Black etwas mit der Sache zu tun hatte. »Ich bleibe dabei, keine Polizei. Die würden wissen wollen, wem das Labor gehört, herausfinden, dass ich Violet Adair bin und dann meinen Vater benachrichtigen. Die Folgen können Sie sich ausmalen.«

»Aber wenn ich Sie recht verstanden habe, haben Sie Ihrem Vater gebeichtet, dass Sie in dem Fall ermitteln.«

»Nicht so ganz, ich habe es angedeutet. Von meinem Labor weiß er nichts. Und das soll auch so bleiben, und eines Tages werden wohl wieder normale Verhältnisse herrschen.«

»Das hoffe ich, Mylady.« Prüfend blickte Alfred auf das Laborgebäude. »Wenn wir nun schon keine Polizei holen – was ich mit Verlaub immer noch für das beste hielte ...«

»Alfred!«, mahnte Violet genervt. »Die Polizei würde sowieso keine Zeugen finden, denn in dieser Gegend sind die Menschen mit Taubheit und Blindheit geschlagen, sobald ein Uniformträger vor ihnen steht. Das müssten Sie doch am besten wissen.«

»Also gut«, entgegnete Alfred seufzend.

Den Anblick, der sich ihnen bot, als sie durch die nur noch in einer Angel hängenden Labortür schritten, hätte sich Violet in ihren schlimmsten Albträumen nicht ausmalen können.

Nahezu alles war durchwühlt oder kurz und klein geschlagen worden. Holzwolle, vermengt mit Schrauben, Muttern, Bauteilen, Kabeln und Werkzeugen bildete auf dem Fußboden ein bizarres Kunstwerk.

»Offenbar hat hier jemand nach etwas gesucht«, erklärte Alfred, als er die Lage überblickt hatte. »So gehen Einbrecher nur vor, wenn sie etwas Bestimmtes wollen.«

Violet warf einen Blick auf ihre gefährliche Waschmaschine, die die Diebe offenbar nicht hatten haben wollten. Dabei kam ihr ein Gedankenblitz. Mit großen Schritten durchquerte sie die Unordnung, bis sie an ihrem Arbeitstisch ankam. Dort reichte ein Blick um festzustellen, dass etwas ganz Bestimmtes fehlte.

»Die Kapsel. Oder besser gesagt, die Reste der Kapsel sind verschwunden.«

»Sind Sie sicher, Mylady?«

»Ganz sicher. Ich hatte sie hier hingelegt. Offenbar waren es nicht die hellsten Einbrecher, anstatt gleich hier zu schauen, haben sie erst einmal die ganze Einrichtung umgedreht.«

»Verschleierungstaktik«, entgegnete Alfred trocken. »Die Männer haben die Unordnung nur angerichtet, damit man nicht gleich sieht, worauf sie aus waren. Die Polizei würde das hier für einen ganz normalen Einbruch halten, bei dem die Täter auf Geld oder andere wertvolle Dinge aus waren. Immerhin gibt es auch Wissenschaftler, die Edelmetalle verwenden.«

Wer sollte so etwas tun?, spottete Violet im Stillen. *Etwa Stromburgh?*

»Sehen Sie, es war also doch gut, dass wir die Polizei nicht gerufen haben. Die Herren hätten uns auf keinen Fall geglaubt, dass wir nur eine Metallkapsel, die wie eine Patrone aussieht, verloren haben. Dafür hätte Lady Sharpe brühwarm Bescheid bekommen, dass wir etwas aus der Morgue entwendet haben.«

»War es doch Lady Sharpe, die sich einfach das Beweisstück zurückholen wollte? Immerhin weiß sie von dem Labor.«

»Ich glaube nicht, dass Lady Sharpe mit der Holzhammermethode vorgehen würde. Sie hat Vorrichtungen, um Schlösser unauffällig zu öffnen, und als Chefin des Geheimdienstes weist sie ihre Leute sicher an, diskret vorzugehen, sonst hätte der Service den Zusatz Secret nicht verdient.«

Violet rieb sich die Schläfe. Allmählich gewann sie einen Eindruck davon, wie es ihrer Mutter ging, wenn die Migräne sie niederstreckte. Warum war das alles so verwirrend?

»Offenbar wird es Zeit, dass ich mir Lady Sissleby doch mal ein wenig genauer ansehe«, murmelte Violet, nachdem sie das Chaos noch eine Weile betrachtet hatte. »Lassen Sie uns ein paar nützliche Dinge mit nach Hause nehmen, morgen werde ich Mr. Blakley aufsuchen und fragen, wie weit seine Leute mit der Beschattung der Lady sind.«

»In Ordnung, Mylady«, entgegnete Alfred, dann tauchte er in einem Haufen von Kisten ab und förderte eine Schachtel ans Tageslicht, in der sie die wichtigsten Dinge aus dem Labor verstauen konnte.

»Meine Damen und Herren, hereinspaziert!«, sagte Hiracus wieder und wieder feierlich am Zelteingang, während die Besucher unbeirrt hinein strömten. Londoner aller Gesellschaftsschichten bevölkerten das Zelt, und angesichts der in Aussicht gestellten Sensationen war es ihnen auch beinahe egal, neben wem sie saßen. Natürlich waren die Plätze in der vordersten Reihe dem Adel und den reichen Bürgern vorbehalten, aber dicht dahinter tummelten sich Arbeiter, Dienstmädchen, Kaufleute und Geistliche.

Violet ärgerte sich ein wenig, dass sie erst am Abend die Gelegenheit gefunden hatte, aus dem Haus zu schlüpfen. Den ganzen Tag über hatte ihre Mutter sie mit Nachdruck bei sich behalten, angeblich um Violet selbst ein paar Dinge für das Debüt mitzugeben. Violet meinte aber bald den wahren Grund ermittelt zu haben, warum ihre Mutter sie nicht von ihrer Seite lassen wollte. Lady Emmeline fürchtete sich. Davor, ihren Mann zu verlieren und vielleicht auch ihre Tochter. Davor, dass ihre Familie in Misskredit geraten und somit alles zerbrechen könnte, woran sie so felsenfest glaubte.

Glücklicherweise hatte Lady Adair beschlossen, den Abend bei ihrem Mann zu verbringen. Da sie sich für gewöhnlich nach dem Gutenachtkuss nicht mehr im Zimmer ihrer Tochter blicken ließ, hatte Violet die Chance ergriffen und war mit Alfred nach Mayfair gefahren.

Natürlich hatte sie sich gedacht, dass die Vorstellung gut besucht sein würde. Damit, dass hier regelrecht der Teufel los war, hatte sie allerdings nicht gerechnet.

»Ich muss irgendwie durch die Absperrung und hinter das Zelt kommen«, überlegte sie laut. »Leider bekommt man vor lauter Leuten keinen Fuß auf den Boden.«

»Wenn die Vorstellung begonnen hat, ändert sich das sicher«, entgegnete Alfred.

»Allerdings ist es dann zu spät. Mr. Blakley als Direktor wird die Vorstellung eröffnen und dann die einzelnen Nummern ankündigen müssen. Viel Zeit für ein Gespräch wird er dann nicht mehr haben. Und bis die Vorstellung vorbei ist, ist die Nacht schon halb vorüber.«

Doch so sehr Violet auch nach einem Schlupfloch suchte, sie fand keines. Erst als die letzten Zuschauer in das beinahe berstende Zelt eingelassen wurden, war es ihr möglich, durch das Gitter zu schlüpfen und dann das Zirkuszelt zu umrunden.

Alfred blieb zurück, für den Fall, dass jemand auftauchte, der hier nicht hingehörte.

Am Gehege der fliegenden Affen und dem Löwenkäfig vorbei lief Violet zum Wassertank, der nur darauf wartete, in die Manege gefahren zu werden. Als sie das mächtige, wassergefüllte Behältnis passiert hatte, erschien vor ihr der Hintereingang des Zeltes. Da die Artisten vor ihrem Auftritt nichts weniger schätzten als Ablenkung, schob sie kurzerhand die Zeltplane zur Seite. Lautes Gemurmel schlug ihr entgegen, und der Duft von gebrannten Mandeln und Zuckerwatte stieg ihr in die Nase.

Nachdem sie sich kurz umgesehen hatte, stellte sie fest, dass sie sich unterhalb der ersten Loge befand. Wenn sie sich unter den erhöht angeordneten Sitzen entlang schlich, würde sie hinter den Vorhang gelangen, durch den die Artisten zu ihrem Auftritt gingen.

Dort würde auch Mr. Blakley auf seine Einsätze warten.

Während die Dampforgel begann, die erste Melodie zu spielen und die ersten Artisten saltoschlagend in der Manege auftauchten, setzte Violet ihren Plan in die Tat um. Als die Zuschauer erstaunte »Ah!«- und »Oh«-Rufe ausstießen, fragte sie sich, was die Akrobaten da machten, doch Zeit, um einen Blick zwischen den Hosenbeinen und Rocksäumen hindurch zu riskieren, hatte sie nicht.

Als sie endlich den Vorhang erreichte und dahinter verschwand, kehrte Blakley gerade von seiner Ansage zurück. In seinem pfauenblauen Frack und mit dem Zylinder auf dem Kopf hätte man ihn leicht mit einem Dandy verwechseln können. Das Violett seines Halstuchs gefiel Violet ebenfalls außerordentlich.

»Psst!«, machte sie, worauf sich der Zirkusdirektor umwandte.

»Wer ist da?« Noch geblendet von den Scheinwerfern, die die Manege erhellten, konnte er Violet im Zwielicht nicht gleich ausmachen.

»Mr. Blakley, ich muss Sie unbedingt sprechen«, wisperte sie hinter dem Vorhang hervor.

»Lady Violet, wie kommen Sie …«

»Ich kenne mich bestens in Ihrem Zelt aus, wissen Sie das nicht mehr?«

»Natürlich weiß ich das, aber warum sind Sie nicht vor der Vorstellung zu mir gekommen?«

»Weil es hier ringsherum nur so von Leuten gewimmelt hat. Kaum zu glauben, dass Sie alle in diesem Zelt unterbringen können.«

»Wenn sie sitzend oder stehend unseren Attraktionen folgen, nehmen Sie nicht viel Platz weg.« Prüfend warf Blakley einen Blick nach vorn, doch Hiracus' Kraftnummer war noch nicht beendet. »Ich nehme an, Sie kommen wegen Lady S.«

Wenn er einen geheimen Auftrag hatte, neigte Mr. Blakley dazu, die Namen der Zielpersonen abzukürzen.

»Gewissermaßen. Ich würde mich gern ein wenig in ihrem Haus umsehen. Gestern ist jemand in mein Labor eingedrungen und hat eine ziemliche Unordnung hinterlassen. Ich bin mir nicht sicher, ob die Spy Mistress dahinter steckt oder jemand anderes.«

»Also wollen Sie bei jemand anderem nach Spuren suchen.«

Violet nickte. »Die Männer haben etwas gesucht. Die Kapsel aus Broockstons Hals. Leider haben sie sie auch gefunden. Ich könnte mich in den Hintern beißen, dass ich sie nicht bei mir getragen habe.«

»Lassen Sie es mich wissen, ob Ihnen das gelingt«, entgegnete Blakley verschmitzt. »Ich meine das in den Hintern beißen. Dann werde ich noch einen Versuch starten, Sie anzuwerben.«

Violet wollte schon kritisch anmerken, dass jetzt nicht die Zeit für irgendwelche Witze war. Da brach das Publikum in Beifall aus.

»Ich bin gleich wieder bei Ihnen«, sagte Blakley, während er sein Megafon anschaltete. »Dann erfahren Sie von mir alles, was Sie wissen müssen.«

Als Violet sich umwandte, sah sie Estella mit ihren halbmechanischen Pferden. Beruhigend redete die blonde Frau, die in ihrer goldenen Rüstung aussah wie eine Mischung aus Walküre und griechischer Göttin, auf den Leithengst ein, der dafür verantwortlich war, dass die gesamte Nummer stimmte.

Ihr entgegen kam Hiracus mit seinen Gewichten. Der halbmechanische Mann ging um Violet herum, ohne dass er sie zu bemerken schien. Estella dagegen warf er eine Kusshand zu, dann verschwand er nach draußen. Wenig später hörte Violet ihn nach dem Maschinisten rufen. Offenbar hatte er sich an einem seiner mechanischen Teile etwas zugezogen.

Bevor Violet hören konnte, was genau er wollte, huschte Estella leichtfüßig an ihr vorbei, gefolgt von ihren Pferden. Genau in dem Augenblick, als Blakley ihren Namen rief, tauchte die Dresseurin unter dem tosenden Applaus der Zuschauer in das Rampenlicht ein. Violet spürte das Donnern der Pferdehufe unter ihren Füßen, und noch während sie den Tieren fasziniert nachsah, stand Blakley wieder neben ihr.

»Kommen Sie, lassen Sie uns an einen ruhigen Ort gehen.«

Dieser ruhige Ort war Siberias Garderobe. Die Oktopuslady hatte bereits ihr schillerndes rosafarbenes Schwimmkleid angelegt, in dem sie wie eine echte Meduse aussehen würde.

»Violet, meine Liebe!«, rief sie verwundert aus. »Was machen Sie hier?«

»Ich benötige Informationen«, entgegnete Violet, nachdem sie Siberia, die sich kühl und weich anfühlte, umarmt hatte. »Mr. Blakley ist so freundlich, sie mir zu geben.«

»Hören Sie«, erklärte der Zirkusdirektor, nachdem er sein Megafon neben Siberias Schminkutensilien abgestellt hatte. Eigentlich brauchte Blakleys Star unter Wasser nicht viel davon, aber auf ein wenig Flitter im Gesicht – auch wenn er abgewaschen wurde – wollte sie nun einmal nicht verzichten.

»Lady Sissleby hat die Angewohnheit, jeden zweiten Abend das Haus zu verlassen. Wohin sie fährt, konnten wir nicht ermitteln, aber sicher ist, dass sie dann mindestens für drei Stunden fort ist. Die Dienerschaft hat den Abend frei, man zieht sich in seine Kammer zurück oder verlässt das Haus. Bis zuletzt ist nur der Butler wach, er empfängt seine Herrin, wenn sie von ihrem Ausflug zurückkehrt. Meist begibt sich Lady S. gleich danach ins Bett und steht am nächsten Tag erst spät auf.«

Violet war zutiefst beeindruckt. All diese Informationen waren Gold wert! Wie war Blakley nur daran gekommen? Hatte er Alois, den Fliegenmann, beauftragt, sich neben den Fenstern an die Hausfassade zu kleben? Zusammen mit Joe the Cat war er der Beste, wenn es darum ging, Leute auszuspionieren.

»Drei Stunden Zeit und notfalls eine ganze Nacht dürften doch eigentlich reichen, um sich bei ihr umzusehen, nicht wahr?«

Violet lächelte breit. »Das sollte in der Tat reichen. Haben Sie vielen Dank, Mr. Blakley.«

Der Zirkusdirektor neigte den Kopf, dann ergriff er sein Megafon und zwinkerte ihr zu. »Ich wünsche Ihnen viel Glück, Lady Violet. Und denken Sie ja an meine Blitzkuppel.«

»Die werden Sie auf alle Fälle erhalten, Mr. Blakley, sobald ich wieder ein wenig Zeit zum Nachdenken habe.«

»Was hoffentlich bald der Fall sein wird.« Blakley gab Siberia noch einen Kuss, dann verschwand er aus der Garderobe.

»Ich wünsche Ihnen ebenfalls Glück, Violet«, sagte die Oktopuslady. »Und seien Sie vorsichtig. Kalaphenia hatte vor Kurzem ganz schreckliche Visionen, und das, was in den Straßen von London geredet wird, ist auch alles andere als beruhigend.«

»Alfred passt schon auf mich auf, darin hat er Übung.«

Siberia lächelte. »Ja, Ihr Butler ist wirklich bemerkenswert. Wenn mein Herz nicht schon vergeben wäre, könnte ich mich durchaus für ihn interessieren. Ihn umgibt so eine dunkle Aura.«

Was Alfred wohl dazu sagen würde?

Violet nahm sich vor, das auf dem Weg zu Lady Sisslebys Haus herauszufinden. »Viel Erfolg, Siberia!«, sagte sie, nahm sie in die Arme und spuckte ihr dreimal über die linke Schulter, was im Zirkus Glück bringen sollte.

»Ich freue mich schon auf Ihren Bericht, Violet!«

Kurz winkte sie ihr zu, dann wandte sich Siberia wieder ihrem Spiegel zu und begann, Flittersterne über ihre Augenbrauen zu kleben.

19. Kapitel

»Wussten Sie eigentlich, dass Sie Lady Siberia gefallen?«, fragte Violet, während die Seitenbahn in Richtung Innenstadt rumpelte.

Alfred hob erstaunt die Augenbrauen. »Was sagen Sie da?«

»Das hat sie mir vorhin selbst gesagt. Sie meinte, wenn sie ihr Herz nicht schon an Mr. Blakley verloren hätte, würde sie versuchen, Sie für sich zu gewinnen.«

»Nun, das ehrt mich, aber ...«

»Sie haben doch wohl keine Bedenken wegen ihrer Tentakel? Also Mr. Blakley scheint das nichts auszumachen.«

»Die Tentakel stören mich nicht, und ich muss zugeben, dass Lady Siberia sehr schön ist – jedenfalls nach dem zu urteilen, was ich von ihr zu sehen bekommen habe. Meine Bedenken gelten eher Mr. Blakley. Ich habe schon erlebt, wie jemand von einem Mann mit künstlichem Arm erwürgt wurde. Diese Erfahrung möchte ich auf keinen Fall machen.«

»Seien Sie nicht immer so humorlos. Die Frage ist doch rein hypothetisch, Alfred«, entgegnete Violet, während sie sich vorstellte, wie es aussähe, wenn ein vor Eifersucht tobender Zirkusdirektor versuchte, ihren Butler aus seinem Frack zu schütteln. »Wenn Mr. Blakley nicht wäre, dann würde sie sich um Ihr Herz bemühen, Alfred. Wenn, ...dann.«

»Falls ich mich recht an das erinnere, was Sie erzählt haben, Mylady, würde sie ohne Mr. Blakley gar nicht in dieser Form existieren. Also ist es müßig, darüber nachzudenken, was wäre, wenn Mr. Blakley nicht wäre.«

»Da haben Sie auch wieder recht.« Violet musste einsehen, dass Alfred heute offenbar nicht zum Scherzen aufgelegt war.

»Sie haben mir nie erzählt, wie dieser Blakley zu seinem mechanischen Arm gekommen ist«, sagte Alfred, nachdem er eine Weile schweigend vor sich hingebrütet hatte. »Er hat sich doch wohl nicht aus Spaß den echten amputieren lassen um so ein goldenes, mit Drähten durchsetztes Ding zu tragen.«

Violet schüttelte den Kopf. »Nein, aus Spaß ganz sicher nicht. Es war ein Arbeitsunfall, wenn man so will.«

»Ein Arbeitsunfall in einem Zirkus?«

»Mr. Blakley war einmal Löwenbändiger, damals, als er noch nicht die Mechanik für sich entdeckt hatte. Er trat mit einer gemischten Gruppe auf, das heißt, nicht nur Löwen sondern auch Tiger, Panther und Pumas. Nestor, sein wichtigster Löwe, das Alphatier, wenn Sie so wollen, war eigentlich die Ruhe in Person, nichts hat dieses alte Tier aus der Ruhe bringen können. Blakleys besonderer Trick war, den Arm oder den Kopf tief in seinen Rachen zu schieben.«

»Ich ahne, wohin die Geschichte führt.«

»Und Ihre Ahnung ist vermutlich richtig, denn eines Tages war Nestor erkältet. Blakley wurde gewarnt, die Nummer nicht durchzuziehen, doch er lachte nur und sagte, sein Nestor sei ein echter Kerl, der werde nicht gleich bissig wie ein Lama wegen so einem bisschen Halsweh.«

»Doch es kam, wie es kommen musste, und der gute Nestor hat ihm den Arm abgebissen.«

»So war es! Er musste husten während der Nummer, und ehe Blakley den Arm herausziehen konnte, schnappte das Gebiss zu. Tagelang schwebte der Zirkusdirektor zwischen Leben und Tod. Seinen Arm konnten die Ärzte nicht wieder annähen, obwohl Nestor ihn ausgespuckt hatte – wie gesagt, es war keine böse Absicht. Dafür experimentierte einer der Chirurgen gerade mit künstlichen, dampfbetriebenen Gliedmaßen. Halb im Fieberdelirium entschied sich Blakley für den Eingriff – und kam so zu seinem mechanischen Arm. Bei einem vollkommen gesunden Menschen hätten die Chirurgen das nicht gewagt, doch Blakley stand sowieso schon mit einem Bein im Grab, also war es kein großes Risiko. Der Zirkusdirektor erholte sich wieder, und obwohl nicht nachgewiesen ist, dass die neuronalen Anschlüsse irgendeine positive Wirkung auf einen Menschen hatten, ist er doch bis heute davon überzeugt, dass der Arm ihm das Leben gerettet hat. Fortan unterstützte er die Ärzte, wo er nur konnte – und eröffnete wenig später einen Zirkus mit mechanischen Attraktionen, zu denen schon bald Menschen gehörten, die durch die Segnungen der Technik vor dem Tod bewahrt worden sind, oder denen man dank mechanischer Hilfen das Leben erleichtert. Blakley gab ihnen eine Heimat, nachdem sie von den meisten Menschen als Freaks oder unnormal angesehen wurden, zumindest in der ersten Zeit. Mittlerweile ist es ja fast normal, fehlende Gliedmaßen oder Organe mechanisch zu ersetzen.«

»Und was ist mit dem armen Nestor passiert?«, fragte Alfred mitfühlend.

»Sie meinen, mit der Killerbestie? Jedenfalls nannten ihn die Zeitungen von damals so.«

»Der arme Kerl hat es doch nicht absichtlich getan. Mit Verlaub, auch Ihnen würde die Kinnlade zuschnappen, wenn jemand Ihren Rachen reizt, Mylady.«

»Ich sage ja nur, dass die Zeitungen ihn so genannt haben. Ich selbst finde auch, dass man ein Tier nicht für menschliche Unvorsichtigkeit bestrafen kann. Sie scheinen Tiere zu mögen, Alfred.«

»Ja, ich mag Tiere. Besonders Katzen. Sie sind so geheimnisvoll und manchmal unnahbar, aber dann wieder anschmiegsam und flauschig.«

»Nun, einen Löwen würde ich eher nicht als flauschig bezeichnen, aber sei's drum. Blakley hat jedenfalls den alten Nestor, der in jenem Zirkus kurz vor stand, das Fell über die Ohren gezogen zu bekommen, gekauft und gibt ihm heute in seinem eigenen Zirkus das Gnadenbrot.«

»Das ist sehr anständig von ihm.«

»In der Tat. Blakley teilt Ihre Meinung, dass man das Tier nicht bestrafen darf. Außerdem glaubt er, dass ihm der Löwe vom Schicksal gesandt wurde. Nur durch ihn hat er je in den Genuss eines mechanischen Arms kommen können – mittlerweile ist es bereits der dritte, den er trägt –, und sein Zirkus läuft wesentlich erfolgreicher als jener, bei dem er früher gearbeitet hat. So kann man in allem Schlechten auch etwas Gutes entdecken.«

Kaum hatte sie das gesagt, hielt die Seitenbahn mit lautem Getöse an der Station Fleet Street. Von hier aus war es nur noch ein kleiner Fußmarsch bis zum Haus der Sisslebys. Violet fragte sich, warum Lord Sissleby der Innenstadt treu geblieben war und niemals ein Haus in Belgravia bezogen hatte, wo dieser Stadtteil doch der Lieblingswohnsitz der Adligen war.

Während sie schweigend durch die menschenleeren Straßen gingen, die weitaus weniger bedrückend wirkten als das East End und Southwark zu dieser Stunde, überlegte Violet, wie sie ins Haus gelangen sollten. Die Informationen von Mr. Blakley waren zwar sehr hilfreich, um sich unbemerkt im Haus aufhalten zu können – doch wie sollten sie hinein kommen?

Violet verfügte nicht über mechanische Fliegenbeine, Saugnäpfe oder Flügel. Ihre Klettervorrichtung lag, einmal abgesehen davon, dass sie sowieso nicht funktionierte, zu Hause unter den Bodendielen.

»Alfred, in früheren Zeiten mussten Sie doch manchmal auch in irgendwelche Häuser einsteigen, oder irre ich mich da?«, wandte sie sich an den Butler, dessen wachsamer Blick die Straße hinunterglitt.

»Recht selten, aber hin und wieder kam es vor.«

»Sie haben sicher auch gehört, dass das Sissleby-Haus sehr gut gesichert ist. Hätten Sie irgendwelche Ideen, wie man dort hineinkommen könnte, ohne gleich sämtliche, in diesem Teil Londons stationierten Polizisten auf den Plan zu rufen?«

»Was die Sicherheitsmaßnahmen angeht, bin ich recht gut im Bilde. Und ich weiß auch, dass man nahezu jede umgehen kann. An Leibwächtern schleicht man sich vorbei, Alarmanlagen setzt man außer Gefecht. Wenn das alles nicht hilft, besticht man jemanden. In jedem Herrenhaus gibt es jemanden, der sich unterbezahlt fühlt. Den kann man sehr leicht mit einer etwas größeren Zuwendung dazu bringen, hilfreich zu sein.«

»Ich glaube kaum, dass wir bei den Sisslebys die Zeit haben werden, herauszufinden, wer bestechlich ist. Aber das Ausschalten von Alarmanlagen klingt nicht schlecht. Kennen Sie sich zufällig damit aus?«

»Ich dachte, Sie wären die Erfinderin von uns beiden.«

»Das mag sein, aber bisher hatte ich noch nie mit Alarmanlagen zu tun. Wie Sie wissen, hält mein Vater stattdessen halbmechanische Hunde. Eine Alarmanlage, wenn sie denn losginge, würde meiner Mutter eine geschlagene Woche lang Migräne verschaffen, das riskiert er nicht.«

»Nun, ich glaube nicht, dass etwas Derartiges in Belgravia vonnöten wäre.«

»Die Stantons denken mittlerweile sicher anders darüber«, entgegnete Violet nachdenklich. Brauchten sie wirklich keine zusätzlichen Sicherungsvorrichtungen? Gut, ihr Vater und die Getöteten hatten die Patrone mit der Giftspinne aller außer Haus zu sich genommen, doch niemand wusste, auf was der irre Mörder noch so alles kam.

Schließlich tauchte das Haus der Sisslebys bedrohlich und düster vor ihnen auf. Zur Straße hin war keines der Fenster erleuchtet; nur das Licht der Straßenlampen spiegelte sich in den länglichen Scheiben. Doch sicher brannte noch Licht im Dienstbotentrakt.

Da man nicht mit einem nächtlichen Angriff rechnete, waren die Gitter nicht heruntergefahren worden, doch das konnte sich in Windeseile ändern. Der Butler musste nur versehentlich den dafür zuständigen Hebel betätigen, und sie würden in der Falle sitzen. Außerdem gab es sicher auch Vorrichtungen, die das Haus vor Einbrechern bewahrten. Natürlich wäre kein Londoner so lebensmüde, irgendwo einzubrechen, aber von der Hungersnot gebeutelte Iren schrieben recht häufig alle Vorsicht in den Wind.

»Nur gut, dass ich schon einmal eine Alarmanlage lahmgelegt habe, damals in Shanghai«, bemerkte Alfred, während Violet die Fassade mit all ihren versteckten technischen Anlagen kritisch beäugte. »Ein englischer Kaufmann, der bei meinem Boss auf der Abschussliste stand, hatte sich in seiner Villa geradezu verbarrikadiert. Leibwächter, Alarmanlagen, das ganze Programm von jemandem der um sein Leben fürchtet.«

»Und Sie haben das im Alleingang erledigt?« Schon oft hatte sich Violet gefragt, ob Alfred vielleicht irgendwann bereit sein würde, seine Memoiren zu veröffentlichen. Sie würde seine erste Leserin sein! Wahrscheinlich würden haarsträubende Dinge zutage treten. Doch zuvor würde er als Butler der Adairs kündigen müssen. Und anschließend irgendwohin ins Exil gehen, wo ihn sein ehemaliger Arbeitgeber nicht fand. Nein, vielleicht war es doch besser, er blieb bei ihr, wo er zwar nicht vor Unheil, aber vor rachsüchtigen Chinesen sicher war.

»Nein, ich hatte ein paar Männer bei mir, die das Grobe – also die Wachmänner – erledigt haben. Ich habe mich um die Anlage gekümmert. Auch ohne Techniker zu sein, habe ich sie lahmgelegt.«

»Und wie haben Sie das gemacht?«

»Einfach die richtigen Kabel zerschnitten. Oder besser gesagt, alle Kabel zerschnitten.«

»Es kann aber durchaus auch sein, dass Sie das Falsche erwischen und der Alarm erst recht losgeht?«

Alfred zuckte mit den Schultern. »Dieses Risiko muss man eingehen.«

Vorsichtig schlichen sie um das Anwesen herum, zu dem im hinteren Teil auch ein kleiner Innenhof mit Garten gehörte, in dem die Sisslebys früher Partys im kleinen Kreis gegeben hatten. Die Umzäunung war so hoch, dass selbst ein großer Mann nicht ohne Weiteres drüberklettern konnte. Doch wo es einen Zaun gab, gab es auch eine Pforte, denn der Dienstboteneingang befand sich auf der hinteren Seite des Hauses.

Sie hatten Glück, dass der Letzte, der die Pforte durchquert hatte – vielleicht ein Dienstmädchen auf dem Weg zu einem Stelldichein mit ihrem Liebsten – ziemlich nachlässig gewesen war und das Tor nicht ins Schloss gedrückt hatte. Auf jeden Fall kamen sie leichter als gedacht in den Innenhof.

Allerdings begann nun die eigentliche Schwierigkeit, denn wie sie wenig später feststellten, war der Eingang gut gesichert. Vielleicht konnte man sich deshalb erlauben, es bei der Gartenpforte nicht so genau zu nehmen.

»Wir sollten es doch beim Vordereingang versuchen«, schlug Alfred flüsternd vor. »Ich glaube, ich habe dort einen Kasten gesehen, an dem ich irgendwas manchen könnte.«

»Sie sollten aber nichts durchschneiden. Denken Sie daran, dass Lady Sissleby meine Debütpatin ist.«

Nachdem sie den Innenhof verlassen hatten, rollte eine Kutsche die Straße herauf. Kehrte Lady Agnes schon zurück? Rasch drückten sich Violet und Alfred im Schatten an die Wand.

Doch das Gefährt rollte vorbei.

Als das Rasseln der Räder verklungen war, schlug ihr das Herz bis zum Hals. *Wenn das hier vorbei ist,* schwor sie sich, *werde ich mich erstmal wochenlang meinen Erfindungen widmen, anstatt die Detektivin zu spielen.*

»Alfred, ich …« Als sie zur Seite blickte, war der Butler verschwunden. Sie entdeckte ihn neben der Haustür, wo er seelenruhig an einer der Zierblenden herumwerkelte.

Nachdem sie sich vergewissert hatte, dass niemand sie beobachtete, ging sie zu ihm und reichte ihm das Etui mit dem Notwerkzeug, das sie bei sich trug.

»Versuchen Sie es hiermit. Aber lassen Sie um Himmels Willen nicht alle Sicherheitsgitter herunter.«

Alfred besah sich die Kiste kurz, entnahm dem Etui eine Zange und setzte sie an das erste Kabel an. Kurz stockte er, denn in der Nachbarschaft bellte ein Hund. Da dieser aber gleich wieder verstummte, drückte er zu.

Violet presste Lippen und Augen zusammen, in Erwartung des großen Alarms. Doch nichts passierte.

»Sehen Sie, Mylady, so schlecht war das doch gar nicht für den Anfang.«

»Für den Anfang nicht, aber wer weiß …« Violet stockte, als sie bemerkte, dass er bereits das zweite Kabel durchgekniffen hatte. Nachdem er auch das dritte Kabel erledigt hatte, blieb ebenfalls alles still.

»Vielleicht sollten wir versuchen, die Tür zu öffnen.«

Violet nickte und schlich dann so leise wie möglich die Treppe hinauf. Schon als sie vorsichtig die Hand auf den Türknauf legte, merkte sie, dass das Durchknipsen der Kabel zumindest hier keinen Erfolg gezeigt hatte. »Wenn ich bitten dürfte, Mylady ...«

Während sich Alfred am Türknauf zu schaffen machte, hielt Violet Ausschau nach möglichen Störenfrieden. Außerdem durften sie nicht außer Acht lassen, dass sich Lady Sissleby nicht ewig bei ihrem geheimnisvollen Gastgeber aufhalten würde. Immer dann, wenn sie Kutschräder oder das ferne Knattern einer Motordroschke zu hören meinte, wollte sie Alfred schon die Hand auf die Schulter legen, doch dann verschwand das Geräusch wieder.

»Tut mir leid, Mylady«, flüsterte Alfred schließlich. »Ich fürchte, die Tür kann nicht ohne großen Aufwand geöffnet werden.«

»Vielleicht sollten wir klingeln und vorgeben, die Lady sprechen zu wollen«, murrte Violet frustriert.

»Das halte ich für keine gute Idee«, entgegnete Alfred ernst. »Lassen Sie es uns noch einmal auf der anderen Seite versuchen.«

»Nun gut, dann wieder auf die Rückseite.« Frustriert stapfte Violet hinter Alfred her durch das Gartentor. Am Hintereingang hatte sich allerdings tatsächlich etwas geändert. Das Gitter war verschwunden. Hatten sie das Alfreds zweifelhaften Handwerkskünsten zu verdanken? Egal, die erste Hürde hatten sie auf jeden Fall hinter sich gelassen, ohne einen Alarm auszulösen oder sich einzusperren. Jetzt mussten sie nur noch einen Beweis dafür finden, dass Lady Sissleby irgendwie die Hände im Spiel hatte – oder Black.

Während sie nach allen Seiten hin lauschten, schritten sie vorsichtig über die Bodendielen, dann über Teppich und erreichten schließlich eine Tür. Alfred drehte langsam den Türknauf und öffnete.

»Soweit ich sehen kann, ist da niemand. Da Sie schon etliche Male in diesem Haus zu Gast waren, würde ich vorschlagen, dass Sie vorausgehen. Ich werde Ihren Rücken decken.«

»In Ordnung.«

Violet war tatsächlich einige Male hier gewesen war, und es war beinahe eine Tradition, dass sie sich aus dem Gespräch mit Lady Agnes davonstahl und dann, wie ihre Mutter das einmal genannt hatte, im Haus herumkroch. Seltsam, dass sie noch nichts Interessantes dabei gefunden hatte. Besaß Lady Sissleby auch geheime Tischplatten, die sie verschwinden ließ, sobald irgendwelcher Besuch anrückte?

Da sie wusste, dass die unteren Räume uninteressant waren, lotste sie Alfred möglichst über Teppiche zur Treppe. Einmal stoppten sie neben einer Tür, weil Alfred meinte, seinen Amtskollegen lachen zu hören.

»Kaum vorstellbar, dass James lacht«, flüsterte Violet, als sie die ersten Stufen hinter sich gebracht hatten. Was für ein Segen, dass auch auf der Treppe Teppich verlegt war, der ihre Schritte dämpfte. »Zumindest wenn ich da bin, spielt er immer den Sauertopf. Ein Clown könnte auf den Händen durch die Halle marschieren und God Save the Queen furzen, und er würde nicht lachen.«

»Da würde ich allerdings auch nicht lachen.«

»Ja, weil Sie ein Angsthase sind. James Thompson ist einfach nur humorlos, das ist etwas vollkommen anderes!«

In der oberen Etage galt es erst recht, vorsichtig aufzutreten, damit es über den Köpfen der Bediensteten, die sich im Erdgeschoss aufhielten, nicht rumpelte.

Aus welcher Tür war Black noch mal gekommen? Violet kniff kurz die Augen zusammen, um sich die Erinnerung wieder ins Bewusstsein zu holen. Es war die zweite – nein, die dritte Tür rechts gewesen. Direkt daneben hatte sich eine Obstschale befunden.

Ein seltsamer Schauer kroch über ihre Arme. Was, wenn er wieder auftauchte?

Während sie sich noch fragte, ob er wieder hierher zurückgekehrt war, erkundigte sich Alfred: »Wollen wir es bei dieser Tür versuchen?«

Er deutete auf die, die vor der, die sie eigentlich im Sinn gehabt hatte, lag.

»Die dahinter, Alfred. Von dort war Black gekommen.«

Der Butler verzog zweifelnd das Gesicht, jedenfalls wirkte es im Zwielicht des Ganges so.

»Sind Sie sicher? Es wäre auch möglich, dass wir geradewegs in sein Schlafzimmer stolpern. Immerhin hat er hier wohl Quartier bezogen.«

»Wenn er denn noch hier ist. Ich bin mir immer noch nicht sicher, zu wem er jetzt genau gehört, zu Lady Agnes oder zu Lady Annabelle. Aber bei einem bin ich mir sicher – das da ist kein Schlafzimmer.«

»Und woraus schließen Sie das, Mylady?«

»Aus Schlafzimmern dringt immer der typische Bettengeruch. Dergleichen habe ich nicht gerochen, als Black mir entgegentrat.«

»Na gut, wenn Sie glauben, dass dies das richtige ist …«

»Ich weiß es, Alfred. Wenn Sie jetzt so freundlich wären und das Schloss öffnen würden?«

Nickend zog der Butler seine Universalwaffe hervor. Einen Lidschlag lang glaubte sie, er würde auf das Schloss schießen wollen, doch dann zeigte sich, dass die Waffe noch eine ganz andere Spezialität zu bieten hatte. Der feine Haken war kaum sichtbar, entfaltete aber eine durchschlagende Wirkung beim Öffnen der Tür. Innerhalb weniger Augenblicke schnappte das Schloss auf.

Schon beim Eintreten bemerkte Violet, dass sie recht hatte. Das hier war kein Schlafzimmer. Es roch nach Holz, nach Tinte, Bleistiften, Radiergummi, Blech und Öl. Durch ein Fenster, das mit einem statischen Gitter gesichert war und wahrscheinlich zum Hof hinaus zeigte – statische Gitter hätten die Außenfassade verschandelt – fiel ein wenig orangefarbenes Nebellicht, das allerdings nicht reichte, um das, was hier aufbewahrt wurde, genau zu erkennen.

»Wir bräuchten eine Kerze oder eine Lampe. So was hat Ihre Wunderwaffe nicht zu bieten, oder?«

»Es wäre an Ihnen, dergleichen zu erfinden. Aber ich fürchte, nicht einmal Mr. Stromburgh wäre in der Lage, etwas Entsprechendes aus dem Nichts zu bauen.«

Alfred sah sich kurz um und blickte dann aus dem Fenster. Hinter dem Sissleby-Haus erhob sich die Seitenfassade eines Zeitungsverlages, in dem um diese Zeit niemand mehr arbeitete. Dass die Angestellten im Dienstbotenzimmer etwas mitbekamen, war ziemlich unwahrscheinlich. Also riss Alfred ein Streichholz an und entzündete die Petroleumlampe, die er auf dem Schreibtisch ausgemacht hatte. Der sanfte gelbe Schein, der von dem ansonsten ziemlich stark rußenden Docht ausging, legte sich auf Aktenordner, Papierrollen, Karten und Modelle verschiedener technischer Teile. Da glitzerten Zahnräder, Lötdraht und riesige Platinen, die offenbar zur Steuerung irgendwelcher Maschinen dienen sollten. Im Grunde genommen sah es hier nicht wesentlich anders aus als in ihrem eigenen Laboratorium.

Violet blieb beinahe die Luft weg. Lady Sissleby betätigte sich tatsächlich als Erfinderin. Das musste es sein, was Black hier gefunden hatte.

Staunend schritt sie um den Schreibtisch herum. Dort ausgebreitet lag eine Konstruktionszeichnung, aus der sie nicht schlau wurde. Sie klemmte ihren Schirm, den sie vorsorglich mitgenommen hatte, falls es brenzlig wurde, unter den Arm und beugte sich tiefer über das Blatt. Doch noch immer konnte sie nicht sehen, was das hier zu bedeuten hatte. Wissenschaftler sollten eigentlich so übersichtlich wie möglich arbeiten, besonders bei sehr komplexen Erfindungen. So wurde es jedenfalls von der Royal Academy gefordert. Doch das hier war ein heilloses Durcheinander aus Linien unterschiedlicher Art, Zahlen und Schraffuren. Nur ganz vage war zu erkennen, dass es sich um eine Art Fahrzeug handelte.

Dennoch, Lady Sissleby sollte das gezeichnet haben? Einfache Erfindungen hätte sie ihr noch zugetraut, aber so etwas? Diese Zeichnung sah aus, als sei sie dem Hirn eines Wahnsinnigen entsprungen.

»Ziemlich bizarr, nicht wahr?«, fragte Alfred, der die Zeichnung ebenfalls betrachtete.

»Das ist gar kein Ausdruck«, entgegnete Violet.

»Haben Sie eine Ahnung, was die Initialen D. M. bedeuten?« Alfred deutete auf die beiden Buchstaben, die in einem Kästchen am linken Blattrand standen.

Violet stutzte. D. M. konnten viele Leute sein, doch ihr wollte niemand einfallen, auf den diese Initialen passten.

»Vielleicht hat sie jemanden für diese Erfindungen angestellt«, sagte sie, während sie mit dem Finger über die Zeichnung fuhr, die man leicht für ein exzentrisches Kunstwerk halten konnte. »Einen Forscher, der vielleicht das Rad neu erfinden soll oder so.«

»Das sieht mir nicht nach einem Rad aus, höchstens nach einem Zeichner, der eine Schraube locker hat«, entgegnete Alfred kopfschüttelnd. »Ich glaube nicht, dass wir hier im richtigen Raum sind, um irgendwelche Beweise gegen Black zu finden.«

»Wenn wir uns sämtliche Zeichnungen anschauen, vielleicht doch.«

Violet zog die Schublade direkt unter der Tischplatte auf, war sie doch als einzige groß genug, um Entwürfe aufzubewahren, ohne ihnen hässliche Knicke zufügen zu müssen.

Tatsächlich kamen weitere große Papierbögen zum Vorschein. Die Zeichnungen darauf waren teilweise noch verworrener. Studien zu irgendwelchen Teilen, die Violet nicht zuordnen konnte. Und unter all den Zeichnungen entdeckte Violet eine sehr ordentliche und detailgenaue Zeichnung einer Spinne. Diese Zeichnung war weder signiert, noch wies sie irgendwelche Notizen auf. Einfach nur eine riesige Spinne. Hatte Borneman diese Zeichnung angefertigt?

Ein ungeheuerlicher Verdacht kam ihr. War vielleicht Lady Sissleby die Naturliebhaberin? Hatte sie die Spinnen auf die Adligen losgelassen?

Das klang absurd, warum sollte sie Mitglieder des Hochadels töten? Doch dann fiel Violet wieder ein, dass Lady Agnes ein kleines Geheimnis hatte, das sie vor Tiefergestellten hervorragend verbergen konnte – doch der Hochadel wusste darum und schwieg freundlich.

»Ich glaube, wir sollten uns jetzt die anderen Räume ansehen«, sagte Violet, während sie die Spinnenzeichnung wieder zurückschob.

»Sie klingen, als hätten Sie einen Verdacht, Mylady«, entgegnete Alfred, während er sie genau musterte. Violet wusste selbst, dass sich ihre Stimme änderte, wenn sie meinte, mit einem Gedanken auf dem richtigen Weg zu sein.

»Oh, den habe ich, aber den werde ich Ihnen erst mitteilen, wenn ich einen stichhaltigen Beweis habe.«

»Können Sie mir denn einen Tipp geben, wonach wir suchen?«

»Spinnen, Alfred. Einen Behälter oder ein Terrarium.«

»Sie meinen …«

Violet nickte. »Aber das müssen wir natürlich beweisen können. Kommen Sie, machen wir uns auf die Suche.«

Nachdem sie die rußende Lampe wieder gelöscht hatten, verließen sie das Zimmer. Kaum auf dem dunklen Gang zurück, hörte Violet ein leises Zischen. Als sie herumwirbelte, erkannte sie einen Umriss – und spürte im nächsten Augenblick einen stechenden Schmerz in der Seite.

»Mylady, Vorsicht!«, rief Alfred, dann hörte sie ein Rumpeln.

»Alfred?«, fragte sie erschrocken, doch Dunkelheit zog sich um sie zusammen, und sie hatte das Gefühl, in einen langen, tiefen Schacht zu fallen.

20. Kapitel

Das Erste, was Violet spürte, als sie wieder zu sich kam, waren Handfesseln, die hart und unnachgiebig in ihre Handgelenke schnitten. Sie musste an eine Stuhllehne gefesselt worden sein, jedenfalls hingen ihre Arme nicht in der Luft, sondern lagen auf etwas Hartem auf. Dann strömte ihr ein seltsamer Geruch in die Nase. Moder. Wo waren sie hier?

Es gelang Violet nicht, die Augen zu öffnen, ihre Lider fühlten sich an, als seien sie mit Bleigewichten beschwert worden.

Was war geschehen? Das Letzte, an das sie sich erinnern konnte, war das seltsame Zimmer in Lady Sisslebys Haus. Alfred und sie wollten den Raum gerade verlassen, als sich irgendwas in ihre Seite gebohrt hatte.

»Ich muss wirklich sagen, dass das Betäubungsmittel hervorragend wirkt«, sagte eine eisige Frauenstimme.

Violet erkannte Lady Agnes – allerdings sprach sie sonst weicher und einschmeichelnder. Diese Variante wirkte irgendwie militärisch.

»Vielleicht hätten Sie aber die Dosis ein wenig geringer ansetzen sollen.«

Offenbar war noch jemand im Raum. Violet wollte den Kopf zur Seite drehen, doch auch das klappte nicht.

»Mit dieser Menge kann man einen Elefanten umhauen. Sie hätten unsere beiden Gäste töten können, Miss Silver.«

»Aber sie sind noch am Leben, Mylady.«

»Das ist korrekt, aber allmählich geht mir das Warten auf den Geist.«

Auf den Geist? Seit wann redete die edle und ehrenwerte Lady Sissleby so? Offenbar war an dem Geheimnis doch was dran.

»Sie werden schon wieder aufwachen«, meldete sich eine dritte Frauenstimme zu Wort. »Mein Vater sagte immer, Vorfreude ist die schönste Freude.«

Wer war diese Frau, die so respektlos mit Lady Agnes redete?

»Vielleicht sollten wir dieses Mittel bei der alten Schnepfe verwenden. Dann können wir uns die Mühe sparen.«

»Ein wenig mehr Respekt, Lady Gold!«, mahnte die Frau, die von Lady Agnes Lady Silver genannt worden war.

»Warum denn?«, entgegnete die andere frech. »Sie wird nicht mehr lange genug am Leben sein, um sich darüber aufzuregen.«

»Meine Damen!«, mischte sich Lady Sissleby wieder ein. »Denken Sie immer daran, dass Manieren stets Anklang finden in der Gesellschaft, in die Sie aufzusteigen gedenken.«

Endlich konnte Violet die Augen ein wenig öffnen. Das erste, was sie sah, war eine Tür. Keine, die zu einem ordentlichen Raum gehörte, eher eine Kellertür. Hatte Lady Sissleby sie etwa in den Keller gesteckt?

Das Spinnenbild kam ihr wieder in den Sinn. Und damit fiel ihr auch alles andere ein.

»Ah, offenbar haben Sie recht, Lady Gold. Sie kommen wieder zu sich. – Verschwindet, alle drei!« Während Schritte durch den Keller hallten, schob schwarzer Taft sich in Violets Sichtfeld. Der Duft von Veilchenparfüm stieg ihr in die Nase. Die Hand, die sich unter ihr Kinn schob, war weich und kalt und roch nach Orangen.

»Lady Violet, was für ein Jammer!«

Lady Sissleby lächelte sie eisig an. Noch sah Violet sie ein wenig verschwommen, doch kein Zweifel, die Frau vor ihr, die mit der Generalsstimme, war ihre Debütpatin.

Am liebsten hätte sie ihr eine Beleidigung entgegengeschleudert, doch ihre Zunge gehorchte ihr noch nicht.

»Sie sind wirklich eine junge Dame mit großem Potenzial. Schade, dass Sie so neugierig sind. Sie hätten es bei den Basteleien in Ihrem albernen Labor belassen sollen. Aber nein, Sie wagen sich immer weiter vor. Sie haben sogar den Schneid, in mein Haus einzubrechen und hier zu schnüffeln.«

»Haben Sie denn etwas zu verbergen, Mylady?«

»Das hat doch jeder, nicht wahr?«

Auch wenn das Betäubungsmittel ihren Verstand noch immer vernebelte, zählte sie auf einmal eins und eins zusammen. »Sie stecken hinter diesen Morden? Sie haben diese Spinnen in die Kapseln gesteckt?«

Einen Moment lang wirkte Lady Sissleby ehrlich geschockt. »Nein, das war nicht ich. Allerdings beanspruche ich die Ehre, auf die Idee gekommen zu sein. Ausgeführt hat sie ein anderer.«

»Und wer, wenn ich fragen darf?«

»Das geht Sie nichts an«, entgegnete Lady Agnes schnippisch.

»Mylady?«, fragte jemand neben Violet. Noch klang Alfred, als sei er betrunken, doch er konnte immerhin schon sprechen.

»Ah, Ihr Butler ist auch wieder unter den Lebenden«, bemerkte Lady Sissleby, ohne ihr Kinn loszulassen. »Er scheint ja recht talentiert sein. Vielleicht sollten Sie den Arbeitgeber wechseln.«

»Fahren sie zur Hölle, Lady Sissleby!«, entgegnete Alfred jetzt laut und deutlich.

»Nun, was das angeht, glaube ich, dass eher Sie diesen Weg einschlagen werden. Zusammen mit Ihrer jungen Lady.«

Endlich zog sich die Hand von Violets Gesicht zurück.

Violet konnte nun auch den Kopf allein heben und sah mehr von dem Ort, an dem sie gefangen waren. Tatsächlich handelte es sich um einen Kellerraum, doch dieser war nicht etwa vollgestellt mit irgendwelchen Kisten voller Krempel. Vor ihr standen seltsame Kästen, die mit Kabeln verbunden waren. Als sie an sich hinabsah, bemerkte sie, dass sie auf einer Art Stuhl saß. Und sie spürte nun auch, dass sie etwas auf dem Kopf trug. Als sie den Kopf zu Alfred wandte, sah sie die Apparatur vollständig.

War das etwa …?

»Ah, Sie bewundern meine neue Anschaffung? Sie stammt von einem sehr talentierten Amerikaner namens Edison.«

Der Konkurrent von Tesla, ging es Violet durch den Kopf.

Von dieser Teufelsmaschine hatte sie schon gehört. Man hatte sie in den Vereinigten Staaten an Tieren ausprobiert, weil die Regierung eine bessere Methode, Verbrecher hinzurichten, suchte.

War sie wegen Tesla schon nicht gut auf Edison zu sprechen gewesen, hatte dieser Artikel sie nur noch bestätigt.

»Sie wollen uns mit einem Elektrischen Stuhl umbringen?« Eine bisher noch nie dagewesene Welle der Angst durchzog ihren Körper. Hiervor würde nicht mal Alfred sie retten können. Was sollte sie nur machen? Zu Hause lag ihr Vater immer noch krank im Bett, er verließ sich darauf, dass sie das Erbe der Säulen weitertrug, und hatte keine Ahnung, dass sie kurz davor stand, von einem Elektrischen Stuhl ausgelöscht zu werden!

»Oh, Sie sind mit diesem Wunderwerkzeug bekannt? Nun, dann kann ich mir ja die Erläuterungen dazu sparen.«

Würdevoll, als würde sie einen Ballsaal betreten, schritt Lady Sissleby zu einer Art Hebel, der wohl der Auslöser war.

»Warum haben Sie gewartet, bis wir wach sind?«, fragte Alfred mit einem schiefen Grinsen. »Sie hätten uns doch längst erledigen können.«

Lady Agnes schnalzte mit der Zunge. »Halten Sie mich für so feige, Butler? Glauben Sie nicht, dass ich mir mit meinen Gefangenen etwas Spaß gönnen sollte? Der Tod auf dem Stuhl soll furchtbar qualvoll sein. Das wird mir Entschädigung sein für all die Schwierigkeiten, die ihr mir bereitet habt.«

Während Lady Sissleby mit vor Triumph leuchtenden Augen dastand, entdeckte Violet, deren Magen schmerzte, als hätte sie lebende Flusskrebse gegessen, an der Seite der rechten Armlehne ein paar Kabel, die vielleicht ihre Rettung sein konnten. Nur musste sie Agnes davon abhalten, den Schalter sofort umzulegen.

»Bevor Sie uns zur Hölle schicken, wie wäre es mit ein paar Erklärungen?«, fragte sie also, in der Hoffnung, dass Lady Sissleby wie so viele Verbrecher – das hatte Violet in einer ihrer ebenfalls von ihren Eltern verbotenen Sixpence-Novels gelesen, dermaßen stolz auf ihre Tat war – dass sie sie ihren todgeweihten Gefangenen alles haarklein darlegte.

Und tatsächlich, Lady Sissleby hielt inne!

»Erklärungen?«

»Die Spinnen«, entgegnete Violet, während sie ihre rechte Hand vorschob. Ihre Finger schmerzten von der unnatürlichen

Drehung, die sie vollführte, um unter die Kabel zu kommen, doch es lohnte sich. Die Kabel saßen nicht besonders fest und lösten sich nach kurzem Ruck. Würde das reichen, um den Stuhl außer Kraft zu setzen?

»Sie haben diese Zeichnung doch nicht zufällig in Ihrem Schreibtisch? Und was ist mit Borneman? Haben Sie eine Ihrer Freundinnen losgeschickt, um ihn zu töten?«

Die Augen der Baronin weiteten sich.

»Und was ist mit meinem Vater? Wollten Sie Ihn töten lassen? Haben sie auch die anderen beiden Männer getötet? Und der Brief über den Tod der Säulen? Wenn wir schon sterben müssen, schulden Sie uns zumindest eine Erklärung!!«

Lady Sissleby presste die Lippen zu einem schmalen Strich zusammen.

»Sie sind wirklich ein schrecklich neugieriges Ding! Aber gut, wenn Sie es wissen wollen.« Nun entfernte sie sich wieder von dem Hebel. »Der Grund, aus dem die Säulen und auch der Palast fallen müssen, ist der, dass diese alte Hexe auf dem Thron einfach nicht sterben will. Nicht Platz machen will für einen anderen König. England könnte längst die ganze Welt beherrschen, doch unsere Königin verhandelt, anstatt ihre Truppen marschieren zu lassen. In den königlichen Werkstätten werden prachtvolle und bis an die Luken bewaffnete Luftschiffe gebaut, Maschinensoldaten erwachen in den Geheimlabors zum Leben. Doch nichts davon nutzt sie! Wir brauchen einen anderen König, einen neuen, starken König, der all das, was die englischen Werkstätten zu bieten haben, dafür nutzt, um England zur Herrin über die Welt zu machen.«

»Und Tausende Soldaten in den Tod zu schicken«, entgegnete Violet.

»Was kümmert mich der Tod dieser Maden! Menschen sind unwichtig, wenn man Kreaturen aus Stahl formen kann. Nur die Elite wird überleben, und wir werden die Welt beherrschen!«

So was Verrücktes hatte sie noch nie gehört!

Während die Lady weiterhin von Weltherrschaft und Krieg schwadronierte, bedeutete Violet Alfred mit den Augen und mit

Bewegungen ihrer Finger, er möge die Kabel lösen, die an seiner Armlehne befestigt waren.

»Sind Sie sicher?«, flüsterte er lautlos.

Violet nickte. Dann schaute sie rasch wieder eingeschüchtert drein – was ihr überhaupt nicht schwerfiel –, denn Lady Sissleby wandte sich ihr erneut zu.

»Und was Borneman angeht, so hat er Ihnen doch sicher verraten, welch sonderbare Schöpfung ihm da gelungen ist.«

»Eine Kreuzung zwischen Leichenspinne und Schwarzer Witwe.« Warum sollte sie ihr Wissen jetzt noch leugnen?

»Der Tod im Gewand einer harmlosen Spinne«, versuchte sich Lady Sissleby nun an Poesie, nicht besonders geglückt, wie Violet fand. Während sie zuhörte, schielte sie immer wieder zu Alfred, der Probleme hatte, die Kabel zu erreichen, denn seine Hände waren größer und weniger gelenkig als die von Violet. Doch schließlich schien es ihm zu gelingen.

»Aber Borneman haben Sie nicht mit seiner eigenen Schöpfung getötet, nicht wahr?«

Lady Sissleby lachte gackernd auf. »Nein, wir haben ihn mit einer unserer Eigenkreationen erledigt. Regelrecht zerfetzt hat es ihn! Und genauso wird es all den Kriechern ergehen, die um Victorias Thron herumscharwenzeln. Aber das werden Sie leider nicht mehr mitbekommen, Violet, denn Sie werden jetzt sterben!«

Blitzschnell legten sich ihre Hände auf den Hebel.

»Halt, warten Sie!«, rief Violet aus, doch da setzte Lady Sissleby den Stuhl unter Strom.

21. Kapitel

Zufrieden blickte Lady Sissleby auf ihre beiden Gefangenen, die schlaff in den Stühlen hingen. Der Todeskampf war nicht halb so faszinierend gewesen, wie man ihn ihr beschrieben hatte, doch tot war tot, und damit war der Weg für sie frei. Endlich hatte sie keine lästigen Schnüffler mehr im Nacken!

Jemand klopfte an die Tür.

»Komm herein, lieber Neffe«, sagte Agnes.

Der Mann mit der Augenklappe trat ein. Kurz ruhte sein Blick auf den beiden Toten, dann verschränkte er die Hände hinter dem Rücken. »Sie sind also erledigt.«

»Wie man sieht.« Lady Sissleby lächelte zufrieden.

»Du wirst dafür sorgen, dass die Leichname in der Themse landen, noch vor dem Morgengrauen.«

»Sehr wohl, Tante. Und was wirst du solange tun?«

»Unserem Verbündeten mitteilen, was geschehen ist. Und dass er mit der nächsten Phase unseres Plans beginnen kann. Ich glaube, er freut sich schon, die Tierchen endlich am lebenden Objekt testen zu dürfen.«

»Was ist mit Lord Adair und Lord Carrington?«

»Die beiden sind inzwischen sicher tot. Um die brauchen wir uns nicht mehr zu kümmern.« Lady Agnes beugte sich vor und gab ihrem Neffen einen Kuss auf die Wange. »Begleite mich noch nach oben, und dann kümmere dich um die beiden.«

»Mit Vergnügen, verehrte Tante.« Black verbeugte sich und bot ihr dann seinen Arm an.

»Alfred, leben Sie noch?«, flüsterte Violet in die Dunkelheit, darauf vertrauend, dass ihr Butler die richtigen Kabel erwischt hatte.

»Und Sie, Mylady?«, kam es von der anderen Seite.

»Ich glaube schon, dass ich noch lebe. Offenbar ist Ihre Methode, einfach Kabel rauszureißen, gar nicht schlecht.«

»Und wenn ich mir die Bemerkung erlauben darf, Mylady, Ihre schauspielerischen Fähigkeiten sind ebenfalls nicht von schlechten Eltern.«

»Ich habe nicht bloß gespielt, Alfred, ich habe den Strom wirklich gespürt. Allerdings nur schwach, es war nicht mehr als das Kribbeln, das mein Schirm von sich gibt.«

»Dann habe ich das auch gespürt. Ich danke allen Heiligen, die wir längst nicht mehr anbeten, dafür, dass wir noch leben.«

»Vielleicht sollten Sie wieder anfangen zu beten«, sagte plötzlich eine Stimme, dann flammte Licht auf. Als Violet den Kopf hob, erkannte sie Black. Der hatte hier gerade noch gefehlt.

»Wollen Sie beenden, was Ihrer Tante nicht gelungen ist?«, giftete Violet, während sie an ihren Fesseln zerrte.

»Mitnichten, Lady Violet. Ohne mich wären Sie jetzt tot. Ich habe diesen Stuhl manipuliert.«

»Ha!«, entgegnete Violet. »Ich habe an der Seite die Kabel rausgerissen, sonst wären wir gebraten worden wie eine Kuh bei Gewitter.«

Black schüttelte den Kopf und zog ein Schlüsselbund hervor. »Nein, das hätte nicht viel genützt. Sie hätten lediglich eine Phase unterbrochen, doch der Stromschlag hätte Sie trotzdem getroffen. Ich habe mich schon seit Wochen mit dem Stuhl befasst, er ist ein teuflisches Spielzeug. Genau wie diese Kapseln. Ihr Vater trägt eine in seinem Magen, die sich wahrscheinlich nicht geöffnet hat.«

Violet schüttelte ungläubig den Kopf. Das war doch nicht möglich!

»Und ob sich das Ding geöffnet hat!«, fuhr sie Black an. »Sie hat ihn fast umgebracht, zum Glück hatte ich zufällig Brechmittel im Haus.«

»Brechmittel?« Black hob die Augenbrauen, dann schlich ein Lächeln über sein Gesicht.

»Sie sind wirklich ein schlauer Kopf, Lady Violet.«

»Wie sonst hätte ich die Kapsel aus ihm herausbekommen sollen? Die halb offene Spitze hat ihm in den Magen geschnitten. Außerdem wusste ich, dass sich im Innern eine Giftspinne befindet.«

Black lächelte weiter. »Ich glaube, das sollte ich mir merken, falls ich mal eine von den Dingern abbekomme.«

»Wenn Sie Ihr Essen dreißig Mal kauen, wie es Ihre Mutter Ihnen gesagt hat, wird Ihnen schon nichts passieren.«

Seltsamerweise wirkte Blacks Lächeln so ansteckend, dass sie selbst nicht umhin kam, zu grinsen. Dabei sollten sie ihm doch eigentlich böse sein. Außerdem, woher wusste sie, dass er die Wahrheit sagte und nicht gleich doch irgendeinen Schalter umlegte?

Aber da begann er auch schon damit, die Eisenbänder an ihren Handgelenken und Knöcheln aufzuschließen. Auf einmal war er ihr so nahe wie nie zuvor. Der Duft seiner Haut, gepaart mit dem Geruch von Waffenöl und Rasierwasser, und die Wärme, die von ihm ausging, als er sich über sie beugte, benebelten Violet und ließen sie alles um sich herum vergessen. Nur schwerlich konnte sie sich zurückhalten, sich nicht an ihn zu lehnen. Sie schloss die Augen und war auf einmal auf einer grünen Wiese, bei einem Nachmittagspicknick inmitten eines Meers von Margeriten. Dort würde er ihr gegenüber sitzen und sich dann langsam vorbeugen, um sie ...

»So, das wäre es«, sagte er sanft und zog sich wieder zurück. Als Violet die Augen öffnete, war sie ein wenig enttäuscht, weil das schöne Traumbild wie eine Seifenblase zerplatzte. Aber was hatte sie sich denn gedacht? Dass er sie auf seinen Armen aus dem Keller tragen würde? Außerdem war Alfred bei ihnen. Welchen Eindruck hätte das denn gemacht, wenn sie sich Black an den Hals geworfen hätte!

»Und was jetzt?«, fragte sie betont barsch, während sie sich die Gelenke rieb. »Wartet hinter den Türen vielleicht ein Erschießungskommando, gebildet aus den drei Furien, die uns betäubt haben?«

»Bitte, Sie müssen mir glauben, ich will Ihnen helfen«, beschwor Black sie und nahm ihre Hände. »Denken Sie denn wirklich, ich hätte Ihnen geschrieben, wenn Sie mir vollkommen gleichgültig gewesen wären?«

»Sie hätten mich warnen sollen, dass Lady Sissleby über Betäubungsmittel verfügt. Und über einen Elektrischen Stuhl!«

»Ich habe Ihnen lieber auf meine Weise geholfen:«

»Sie hätten mich warnen müssen, dass mein Vater solch eine Spinnenkapsel abbekommt.«

»Ich konnte nicht wissen, dass sie sich doch öffnet. Aber er ist am Leben.«

»All die Aufregung wäre nicht nötig gewesen, wenn Sie mir oder Lady Sharpe gesagt hätten, was hier gespielt wird!«

Tränen schossen Violet in die Augen. Sie zitterte am ganzen Körper und wusste nicht, ob sie Black danken oder ihm an die Kehle gehen sollte. Die Kraft, ihre Hände aus seinem Griff zu befreien, hatte sie allerdings nicht.

»Wissen Sie denn wenigstens, was das für Tierchen sind, von denen Lady Sissleby gesprochen hat?«

»Nein, leider nicht. Ihr Bekannter hat damit auf dem Landsitz experimentiert. Ich nehme an, dass es irgendwelche künstlich verbesserten Tiere sind, mit denen sie die Königin angreifen will.«

»So wie unsere Hunde!« Violet blickte zu Alfred, der immer noch auf seinem Stuhl saß und dem gerade dasselbe Licht aufzugehen schien.

»Ihre Hunde?«

»Mein Vater hat künstlich verbesserte Hunde. Sie haben Eisenzähne, künstliche Gelenke und ein modifiziertes Gehör.«

»Wenn meine Tante und ihr mysteriöser Freund an der Sache gearbeitet haben, wird es etwas viel Schlimmeres sein. Wir müssen sofort los und herausfinden, wo sie diese Dinger aufbewahren und ob sie schon in London sind.«

»Wenn wir sie aufhalten wollen, brauchen wir Verstärkung!«, sagte Violet.

»Wir könnten Lady Sharpe benachrichtigen.«, wandte Black ein.

»Nein, wir haben unsere eigene Armee. Menschen, die mechanisch verbessert sind und teilweise übermenschliche Kräfte haben.«

»Sie denken an den Zirkus?«, meldete sich Alfred zu Wort, nachdem er ihnen die ganze Zeit über zugehört und sie versonnen lächelnd beobachtet hatte.

»Ja, der Zirkus!«, rief Violet begeistert aus, dann schnappte sie sich die Schlüssel von Black und löste Alfreds Fesseln.

Noch ein bisschen steif staksten Violet und Alfred die Treppe hinauf. Violets Knie fühlten sich an wie eingerostete Scharniere. Als sie auf den Stufen kurz schwankte, waren Alfreds und auch Blacks Arme sofort da, um sie festzuhalten.

»Danke«, wisperte Violet, dann rief sie sich zur Ordnung. Nein, sie war keines von diesen Mädchen, die versuchten, einen Mann durch Schwäche zu gewinnen! Als es ihr gelang, ihren Blick von Black loszureißen, bemerkte sie eine Spinne, die sich direkt vor ihrer Nase abseilte. Sie zuckte zusammen, aber da schoss Blacks Hand vor und ergriff den Achtbeiner.

»Nur eine harmlose Kellerspinne«, sagte er und setzte das Tierchen auf dem Treppengeländer ab. Dann grinste er Violet breit an, und zu ihrem großen Ärgernis errötete sie.

Oben angekommen reichte Black ihr einen länglichen Gegenstand.

»Mein Schirm!«

»Ich habe gehört, dass er Ihnen gute Dienste geleistet hat. Meine Tante konnte damit nichts anfangen und wollte ihn schon wegwerfen. Doch ich habe bei den Erzählungen gut zugehört.«

»Erzählungen?«

»Einmal kamen ihre Schläger vollkommen demoliert zu ihr und berichteten, was geschehen war. Ich habe an der Tür gelauscht und mit angehört, dass Ihr Schirm Blitze verschießt, also habe ihn an mich genommen, als man Sie beide vorhin nach unten brachte.«

Violet hätte ihm jetzt vorhalten können, dass er da bereits hätte versuchen können, sie zu befreien und ihr einen Haufen Todesangst zu ersparen. Doch das hätte zu viel Zeit gekostet.

Später würde sie sicher noch Gelegenheit haben, ihm Vorwürfe zu machen.

Da Lady Sissleby ihre drei Gehilfinnen mitgenommen hatte, war es keine Schwierigkeit, aus dem Haus zu gelangen. Dennoch nahmen sie zur Sicherheit den Hinterausgang.

»Nicht weit von hier ist ein Droschkenstand. Wir werden uns eine ... ausleihen.«

»Sie wollen einen Fahrer in die Sache mit reinziehen?«, fragte Alfred verwundert.

»Nein, ich sagte doch, wir werden die Droschke ausleihen. Oder sollte ich besser kapern sagen?«

»Nun, kapern wäre verständlicher«, entgegnete Alfred grinsend. »Also gut, ich bin dabei, wenn Mylady erlauben.«

»Erlaubnis erteilt, Alfred!«, entgegnete Violet, dann stürmte sie zur Gartenpforte.

Wenig später knatterten sie durch die beinahe menschenleeren Straßen von London. Es war nicht das neueste Droschkenmodell, dafür hatten sie den Fahrer auch nicht mit Gewalt überreden müssen, sie herzugeben. Ein paar Geldscheine, von Black aus der Tasche gezogen, hatten fürs Leihen gereicht. Dass vom Zurückbringen keine Rede war, schien er übersehen zu haben.

Während der gesamten Fahrt grübelte Violet darüber nach, was Lady Agnes und ihr geheimnisvoller Freund den Tieren wohl eingebaut hatten, um sie zu tödlichen Monstern zu machen. Und sie dachte über Black nach, der schweigend neben ihr saß und das gesunde Auge geschlossen hielt, als würde er träumen.

»Da hinten ist der Zirkus!«, verkündete Alfred schließlich und deutete nach vorn.

Violet stutzte. Eigentlich hätte eine Lichtsäule in den Himmel steigen sollen. Natürlich war die Vorstellung schon vorbei, doch die Tiere mussten zurück in ihre Wagen, und die Artisten setzten sich abends zusammen, um zu feiern.

Doch jetzt war alles dunkel und durch die übliche Nachtluft drang ein seltsamer Geruch.

»Halten Sie!«, rief sie Alfred zu. Kaum war die Droschke zum Stehen gekommen, rannte sie los.

»Warten Sie!«, riefen ihr Alfred und Black im Chor hinterher, doch sie wollte nicht hören. Ihr Herzschlag donnerte in ihren Ohren, und ihr Magen schmerzte schon wieder.

Am Zirkuszelt angekommen war tatsächlich alles dunkel. Schon der furchtbare Geruch hätte sie warnen müssen. Doch in ihrer Eile hatte sie ihn nicht so stark wahrgenommen. Jetzt stach er ihr in die Nase: Metallisch wie Rost, süß klebrig wie verdorbener Nektar – Blut. Als sie auf den Boden blickte, sah sie, dass eine dunkle Flüssigkeit ihren Rocksaum tränkte. Außerdem roch es verbrannt.

Das Zirkuszelt war zerfetzt und angesengt. Einige Streben ragten als mahnende Finger in den Nachthimmel, vor dem die mondbeschienen Wolken wie Geisterpferde entlangjagten.

»O mein Gott, nein!« Mit einem erstickten Wimmern lief sie los, gefolgt von Alfred und Black. Nur wenige Schritte weiter fanden sie den ersten Toten.

»Joe!« Entsetzt schlug Violet die Hand vor den Mund. Etwas hatte ihm den gesamten Körper von oben bis unten aufgeschlitzt. Ein Ausdruck des Entsetzens lag auf seinem Gesicht.

»Du meine Güte!«, gab Alfred erstickt von sich. Obwohl er schon viel Schrecken in seinem Leben gesehen hatte, musste er sich abwenden.

»Das kann kein Mensch getan haben«, murmelte Black finster, während er sich neben den toten Artisten kniete. »Das sind präzise Schnitte, wie sie nur von einer Maschine ausgeführt werden können.«

Maschinenmenschen?, schoss es Violet durch den Kopf, doch das Grauen schnürte ihr dermaßen die Kehle zu, dass sie ihren Gedanken nicht laut aussprechen konnte.

»Mylady, alles in Ordnung?«, fragte Alfred besorgt.

Violet nickte, obwohl nichts in Ordnung war. Joe war gewiss nicht der einzige Tote. War dies die Rache dafür, dass sie die Zirkusleute angewiesen hatten, Lady Sissleby im Auge zu behalten?

Wie betäubt erhob sie sich, dann ging sie weiter.

»Mylady?«, fragte Alfred hinter ihr besorgt, doch sie hörte nicht auf ihn. Nicht einmal drei Fuß weiter entdeckte sie den nächsten Toten. Jim, den Vogelmann, der mit seinen Metallschwingen fliegen konnte. Er war nicht dazu gekommen, sich seine Flügel anzustecken, sonst wäre er der Gefahr gewiss davongeflogen. Weitere tote Artisten folgten, bis Violet schließlich ganz nah beim Zelt, hinter dessen zerfetzten Planen alles kurz und klein geschlagen war, Hiracus fand. Kleine Blitze liefen über die mechanischen Teile seines Körpers, doch alles, was noch Fleisch und Blut an ihm war, war tot, aufgeschlitzt und versengt.

Violets Augen füllten sich mit Tränen, und heftige Schuldgefühle übermannten sie. *Diese Menschen könnten noch am Leben sein, wenn ich Mr. Blakley nicht gebeten hätte, sie für mich spionieren zu lassen.*

Blakley!

Wo war er überhaupt? Violet wandte sich um und lief mit tränenblindem Blick voran. Wer auch immer die Angreifer gewesen waren, sie hatten nicht einmal die halbmechanischen Tiere verschont. Lediglich den plappernden Papageien war es gelungen, aus ihren Käfigen zu entkommen.

Mit jedem Schritt nahm ihre Verzweiflung zu. Hatte denn wirklich niemand diesen Angriff überlebt?

Dann entdeckte sie unweit der Dampfmaschine eine Gestalt auf dem Boden.

»Das ist Mr. Blakley!«, rief sie aus und rannte sogleich zu ihm. Dabei erkannte sie, dass jemand vor ihm lag. Siberia! Ihre Tentakel ragten schlaff unter ihrem Rocksaum hervor. Auch sie hatte zahlreiche Schnitte auf dem gesamten Körper. Ihr Haar war nass von Blut.

Während er leise vor sich hinwimmerte, hielt der Zirkusdirektor sie zärtlich in den Armen und wiegte sie.

Nein!, hallte es durch Violets Verstand. *Nicht Siberia!*

Sie beugte sich über ihn. »Mr. Blakley?«

Der Mann reagierte nicht. Seine Gefährtin im Arm haltend, schien er alles rings um sich vergessen zu haben. Verzweifelt überlegte Violet, ob sie nicht etwas tun konnte. Siberias Wunden sahen nicht halb so schlimm aus wie das, was den anderen angetan worden war. Vielleicht war sie auch nur ohnmächtig ...

»Sie ist tot«, sagte Blakley mit tränenerstickter Stimme.

»Sind Sie sicher?« Violet hockte sich neben Siberia und nahm ihre schlaffe Hand. Noch fühlte sie sich warm an.

»Ich habe nach ihrem Puls gefühlt, aber da ist nichts.«

Auch Violet fand kein Lebenszeichen, weder pochte der Puls, noch strömte Atem aus Siberias Mund. Doch nun kam ihr eine Idee. Nicht umsonst hatte sie sich die Nächte mit den Medizinbüchern und Wissenschaftsartikeln um die Ohren geschlagen. Was, wenn Dr. Sylvester mit seinem Bericht im Science Magazin recht hat und es möglich ist, Menschen ins Leben zurückzuholen …

»Treten Sie zur Seite!«, rief sie, während sie ihren Schirm auflud.

»Was haben Sie vor?« Blakley sah sie gequält an.

»Ich werde versuchen, sie wiederzubeleben.«

»Das ist unmöglich, von dort, wo Siberia ist, kehrte noch niemand je zurück! Nicht mal ein Arzt würde es schaffen, sie zurückzuholen. Und Sie sind kein Arzt.«

Violet schüttelte unwirsch den Kopf. Jetzt war keine Zeit für Diskussionen darüber, was sie war und was nicht.

»Gehen Sie zur Seite, Mr. Blakley, sonst versetze ich Ihnen aus Versehen auch noch einen Schlag. Wir haben nichts zu verlieren!«

Mit Tränen in den Augen schob Blakley Siberia von seinem Schoß. Ächzend erhob er sich, ging aber nicht weiter als drei Schritte weg.

Die entgeisterten Blicke von Black und Alfred ignorierend, schaltete Violet ihren Schirm ein. Als dieser in ihrer Hand vibrierte, setzte sie der Krakenlady die Spitze auf die Brust. Der Blitz entlud sich, der Oberkörper der Oktopuslady wurde hoch geschleudert, dann fiel er wieder in sich zusammen. Kein Lebenszeichen. Doch Violet wusste, dass es selten beim ersten Mal klappte, was nach Dr. Sylvester erheblichen Stress bei denjenigen verursachte, die mit der Wiederbelebung befasst waren. Das konnte sie bestätigen, Schweiß troff ihr über die Stirn, und sie zitterte am ganzen Leib.

Du musst weitermachen!, feuerte sie sich an. *Wenn du es nicht versuchst, ist sie verloren.*

»Komm schon, Siberia!«, murmelte sie, während sie den Schalter wieder auf Aufladen schob. Der Schirm gab ein leises Surren von sich, dann folgte wieder das Vibrieren. Erneut setzte sie die Spitze auf. Der Blitz entlud sich in die Brust der Krakenlady, der Geruch von verbranntem Fleisch verhieß nichts Gutes. Blakley stieß ein gequältes Stöhnen aus und wollte Violet schon den Schirm aus der Hand reißen, damit sie den Körper seiner Gefährtin nicht weiter malträtierte. Doch da begann Siberia plötzlich zu husten. Zwei ihrer Tentakel spannten sich, dann folgten weitere.

»Sie lebt!«, verkündete Alfred und schaute halb triumphierend, halb ungläubig in die Runde. Violet starrte die erwachende Oktopusfrau entgeistert an, dann stieß sie einen Jubelschrei aus.

Nachdem Blakley den kurzen Moment des Unglaubens überwunden hatte, warf er sich neben sie auf die Knie und hob ihren Oberkörper sanft an.

»Siberia, mein Liebes, hörst du mich?«

Die Oktopuslady sah ihn an und rang sich ein Lächeln ab. Sprechen konnte sie nicht, doch das erwartete auch keiner von ihr, nachdem sie gerade erst aus dem Totenreich zurückgekehrt war.

Auch Violet kniete sich nun neben Siberia. »Es wird alles gut. Wir bekommen Sie schon wieder hin.«

Während sie ihrer Freundin übers Haar strich, wandte sie sich an Blakley. »Sie sollten Sie unbedingt ins Wasser bringen, damit ihre Haut wieder Feuchtigkeit bekommt und sich regenerieren kann. Und dann braucht sie Fisch, wenn ich mich nicht irre.«

»Ja, natürlich«, entgegnete Blakley mit Freudentränen in den Augen. »Sie bekommt Fisch, so viel sie mag.« Jetzt blickte er hinüber zu Black und Alfred. »Glücklicherweise ist der Tank unversehrt. Wenn die Herren mir bitte helfen würden, mein mechanischer Arm versagt seinen Dienst.«

»Ich schlage vor, wir bringen die Lady ins Wasser, während Violet sich um Ihren Arm kümmert«, sagte General Black. »Sie haben doch Ihr Werkzeug dabei, oder?«

»Ich gehe nie ohne mein Notwerkzeug aus dem Haus«, entgegnete Violet, während sie das kleine Etui aus ihrer Gürteltasche zog. Dann wandte sie sich wieder an Siberia, die dem Gespräch mit ängstlichem Blick folgte. Obwohl sie eindeutig wieder am Leben war, schienen ihre Sinne, vielleicht aufgrund der Austrocknung, noch immer nicht richtig zu funktionieren.

»Keine Sorge, Sie werden bald gesund, Siberia. Ich flicke nur noch schnell Mr. Blakley zusammen, dann bekommen Sie ihn wieder. Alfred und General Black bringen Sie jetzt zu Ihrem Wassertank.«

»Aber sehen Sie zu, dass sie mit dem Kopf nicht unter Wasser gerät!«, mahnte der Zirkusdirektor. »Nur im Vollbesitz ihrer Kräfte kann sie die Luft anhalten. Sie müssen Ihren Kopf unbedingt über Wasser halten!«

»Das machen wir, Sir«, versprach Alfred, dann hoben er und Black die Oktopuslady vorsichtig an und trugen sie in das windschiefe Zelt. Zitternd schaute Blakley ihr nach, und erst, als sie aus seinem Blickfeld verschwunden waren, wandte er sich Violet zu. »Ich weiß nicht, wie ich Ihnen danken soll. Ohne Sie wäre sie sicher gestorben.«

»Sie wird mir die Ohren langziehen, wenn sie den Brandfleck auf ihrer Brust sieht. Wahrscheinlich behält sie dort eine Narbe.«

Blakley winkte mit dem gesunden Arm ab. »Was ist schon eine Narbe gegen das Leben? Die Narbe wird sie immer daran erinnern, dass Sie ihr das Leben gerettet haben, Lady Violet. Bitte verzeihen Sie, dass ich an Ihnen gezweifelt habe.«

»Die Zweifel waren durchaus angebracht, denn so eine große Erfinderin, wie Sie vielleicht glauben, bin ich dann doch noch nicht. Aber in dieser Sache war ich mir ziemlich sicher.«

»Und dafür danke ich Ihnen sehr.«

Violet spürte nun doch einen Funken echter Verlegenheit. Und während die Spannung allmählich von ihr abfiel, wurde ihr auch wieder bewusst, was hier geschehen war. Zwei hatten überlebt – von über dreißig! Wer hatte nur solch ein Gemetzel veranstaltet?

Da Mr. Blakley immer noch unter Schock zu stehen schien, beschloss Violet, sich erst einmal um seinen Arm zu kümmern und nicht gleich mit der Tür ins Haus zu fallen. Bei der Reparatur würden sie genug Zeit zum Reden haben.

»Gehen wir am besten da rüber, damit ich mir Ihren Arm ansehen kann«, schlug sie vor und bugsierte den Zirkusdirektor unter die hellste der Gaslampen in der Umgebung. Während sich der Mann setzte, fielen Violet ein paar Scharten im Lampenmast ins Auge, die aussahen, als seien sie mit einer großen Axt ins Metall gehackt worden.

Waren das Spuren der Angreifer? Hatte es sich bei ihnen vielleicht um Maschinen gehandelt? Es hieß, die Königin ließ Maschinenmenschen bauen. Was, wenn der Verrückte, der auch ihren Vater töten wollte, den Schlüssel zu den Werkstätten gestohlen und sie losgelassen hatte? Nein, das erschien ihr zu unwahrscheinlich. Aber dass Schäden wie diese nicht von einfachen Menschen verursacht werden konnten, war sonnenklar.

»Mr. Blakley, können Sie mir sagen, was hier geschehen ist?«, fragte Violet nach einer Weile, während sie die schadhaften Kabel hervorzog. »Autsch!«, rief sie, als eines der Kabel ihr einen kleinen Stromschlag in die Hand verpasste. Der Schmerz zuckte bis zu ihrer Schläfe hinauf.

»Alles in Ordnung mit Ihnen?«

»Natürlich, nur ein kleiner Stromschlag. Sie wissen doch, dass körpergetragene Prothesen nicht mit lebensgefährlichem Starkstrom betrieben werden dürfen.«

Blakley lächelte schief. »Ja, das weiß ich. Und was das Grauen betrifft, das über uns hereingebrochen ist ...« Plötzlich hielt er die Luft an, als würde ein Schmerz ihm den Atem nehmen.

»Ist das ein Neuronalkabel?«, fragte Violet, als sie vorsichtig ein rot isoliertes Kabel nach oben bog.

»Ja, auf jeden Fall geht mir der Schmerz bis in den Unterkiefer.«

»In Ordnung, ich glaube, dieses Kabel löte ich zuerst, dann haben Sie wenigstens wieder Gefühl im Arm.«

»Gut.« Blakley biss die Zähne zusammen.

Mit Neuronalkabeln hatte Violet bisher noch nicht gearbeitet, aber sie wusste einiges darüber. Wenn ein solches Kabel gelötet wurde, konnte der Patient Schmerzen fühlen, also musste sie ziemlich behutsam vorgehen.

Der tragbare Lötkolben lief an, Dampf entwich dem Ventil. Wenig später erschien ein kleiner Lichtstrahl. Ein bisschen von der roten Ummantelung ging flöten, als Violet die Kabel verband, doch die Drähte verschmolzen wenig später. Blakley atmete heftig gegen den Schmerz an, doch er konnte ein Wimmern nicht unterdrücken.

»Gleich gut, ich beeile mich«, murmelte Violet, während sie versuchte, ihre Hände so ruhig wie möglich zu führen. Schließlich konnte sie den Lötkolben zurückziehen.

Blakley saß noch eine Weile mit geschlossenen Augen da und wagte nicht, sich zu bewegen. Dann schlug er die Lider auf, und ein unsicheres Lächeln glitt über sein Gesicht. »Ich spüre meinen Arm wieder. Ob es geglückt ist, kann ich allerdings erst sagen, wenn ich die Finger bewegen kann.«

»Dann verliere ich am besten keine Zeit mehr.«

Nacheinander verlötete Violet die farblich zusammenpassenden Kabel. Dabei entdeckte sie, dass ein paar feine Kabel auf einer Platine durchgeschmort waren. Diese ersetzte sie mit ein wenig Lötdraht aus ihrem Etui, worauf ein Zucken durch den Arm ging. Offenbar war er wieder dienstbereit.

»Würden Sie bitte die Finger bewegen?«, bat Violet, während sie den Blick nicht von den Kabeln ließ. Als sie sah, dass durch die künstlichen Muskelfasern, die mit Strom versorgt wurden, ein Ruck ging, lächelte sie breit. Blakley bewegte die Finger zunächst vorsichtig, dann ein wenig sicherer.

»Ich würde sagen, dass Sie ein großes Talent für die Prothesentechnik haben, Lady Violet.«

»Freuen Sie sich nicht zu früh, Mr. Blakley. Bevor Sie die Haut über der Wunde zunähen lassen, würde ich an Ihrer Stelle einen echten Techniker konsultieren.«

»Das wird nicht nötig sein, mein Arm fühlt sich gut an, und wenn ich richtig gesehen habe, verstehen Sie mit dem Lötkolben umzugehen.«

Der Zirkusdirektor hob langsam die Hand vor sein Gesicht. »Gute Arbeit, Lady Violet!«

»Danke.«

»Und was Ihre Frage nach den Angreifern angeht ... Es waren Spinnen«, erklärte er, während er den Arm wieder senkte. Tränen traten ihm in die Augen. Er musste sich zwingen weiterzusprechen. »Riesige Spinnen, bewehrt mit Messerbeinen. Einige von ihnen haben Metallstücke abgefeuert, andere sind umhergewirbelt und haben meine Leute regelrecht zerschnitten. Wir haben versucht, Widerstand zu leisten, doch es war zwecklos.«

»Wie haben Sie überlebt?«

»Indem ich so feige war, mich totzustellen, als ich einsah, dass ich nichts gegen sie ausrichten konnte. Die Viecher haben Bewegungssensoren. Glücklicherweise keine Wärmesensoren. Sonst hätten sie mitbekommen, dass ich noch lebe. Ich habe mich einfach steif gemacht, da sind sie an mir vorübergezogen. Als sie fort waren, bin ich gleich zu Siberia gelaufen.«

Das schreckliche Bild seiner schwer verletzten und leblosen Gefährtin schien wieder vor ihm aufzutauchen. Er schüttelte den Kopf, als könnte er es so vertreiben, dann sah er Violet in die Augen. »Ich kann Ihnen eines dieser Dinger zeigen. Viele konnten wir nicht erlegen, aber immerhin ein paar. Sie sind ziemlich kaputt, aber ich glaube, Sie könnten sie wieder zusammenbauen.«

»Ich bin mir nicht sicher, ob ich das wirklich will, wenn sie in der Lage waren, so verheerende Schäden anzurichten.«

»Sie sind Forscherin, Lady Violet. Sie werden sich diese Gelegenheit doch nicht entgehen lassen!«

Violet lächelte ihn milde an. »Bestimmt nicht. Zumal wir fürchten müssen, dass das Empire durch sie in Gefahr ist.«

»Das Empire?«

»Glauben Sie denn, dieser Angriff hier galt wirklich Ihnen? Das hier war bestenfalls ein Versuch. Ich habe solche Spinnen schon einmal gesehen, allerdings waren sie wesentlich kleiner. Der Geldlord kam so um, und auch mein Vater sollte durch eine solche Spinne getötet werden. Wer auch immer dahintersteckt, glaubt wohl, dass es an der Zeit ist, die letzte Phase des Plans durchzuführen. Leider habe ich außer Lady Sissleby keine andere Verdächtige. Und ich glaube kaum, dass die Lady über das Wissen verfügt, mechanische Spinnen herzustellen.«

Blakley stieß ein wütendes Knurren aus. »Diese Mistkerle werde ich mir persönlich vornehmen.«

»Sie sollten sich lieber um Siberia kümmern und sie beschützen. Ich werde gemeinsam mit General Black und Alfred alles Weitere veranlassen.«

Violet reichte ihm die Hand und half ihm wieder auf die Beine. »Wird es gehen?«

Blakley nickte, während er sich zu voller Größe aufrichtete. »Zum Glück habe ich an den Beinen nur ein paar leichte Schnitte.«

Im Schein der Gaslaterne sah Violet nun auch die Risse in seiner Hose, die blutige Ränder hatten. Jetzt, wo die Spannung ein wenig von ihr abfiel, bemerkte Violet den unangenehmen Geruch wieder. Während sie zum Zelt gingen, fing sie, ohne dass sie es hätte verhindern können, haltlos zu weinen an. Sie dachte daran, dass Hiracus sie nie wieder vor dem Zirkus begrüßen würde, dass sie nie wieder Estellas Pferdekunststücke sehen und nie wieder mit Joe und Alois und den anderen reden würde.

»Black hat ein mechanisches Auge, nicht wahr?«, fragte Blakley und hielt ihr ein Taschentuch hin.

Violet wischte sich damit über die Wangen und sah Blakley verwundert an. »Woher wissen Sie das?«

»Ich habe immer noch gute Kontakte zu Modifikatoren. Das künstliche Auge von General Black war lange Zeit Gesprächsthema in diesen Kreisen. Ein Auge zu verpflanzen ist höchste Implantationskunst. Bei Armen mögen wenige Neuronalkabel reichen, bei Augen muss man sehr viele mehr und auch wesentlich kleinere verpflanzen und mit dem Gehirn beziehungsweise dem Sehnerv verbinden. Wer auch immer ihm das Auge eingepflanzt hat, muss begnadet sein.«

»Begnadet genug, um solche Spinnen herzustellen?«

»Warum nicht?« Blakley stockte einen Moment. »Vielleicht sollten Sie Ihren Freund fragen, bei wem er diese Arbeit hat machen lassen.«

Violet wurde auf einmal ganz flau im Magen. Was, wenn Black ein falsches Spiel mit ihr trieb?

»Hier ist eine von ihnen.« Blakley deutete auf ein Gebilde, das von Weitem wie ein Haufen Metallschrott aussah. Doch bei näherer Betrachtung erkannte Violet den typischen Spinnenkörper, in dem ein Uhrwerk oder eine Dampfmaschine lief, dann die Beine mit den verschiedenen Gelenken. Wenn eines dieser Dinger aufrecht stand, musste es etwa halbe Mannshöhe erreichen. Kein Wunder, dass einige der Artisten in der Mitte durchgeschnitten worden waren.

»Da mein Arm nun wieder funktioniert, helfe ich Ihnen gern beim Tragen. Vielleicht schaffen Sie es bis in die Seitenbahn damit.«

»Wir haben eine Motordroschke gekapert. Abgesehen davon, dass wir in der Bahn mit unserem Fang die Leute erschrecken würden, haben wir es ziemlich eilig und können nicht an jedem Milchbock Halt machen, um Passagiere aufzunehmen.«

»In Ordnung, dann zu Ihrer Droschke.«

Blakley zog das spinnenartige Gebilde an einem der Beine in die Höhe. Das untere Ende blitzte rasiermesserscharf im Mondlicht auf. Erfreut stellte Violet fest, dass sie alle zerstörten Kabel in seinem Arm ordnungsgemäß gelötet hatte, denn das Gewicht des metallenen Untiers schien Blakley nichts auszumachen. Allerdings erschütterte ihn der Anblick der toten Artisten ziemlich.

»Hat außer uns wirklich niemand überlebt?«, murmelte er vor sich hin, während sie das Zirkuszelt hinter sich ließen.

Violet presste die Lippen zusammen. Am liebsten hätte sie ihm Hoffnung gemacht, doch das wäre eine Lüge gewesen. Sie schüttelte den Kopf und sagte: »Achten Sie auf Siberia, sie kann die Ruhe jetzt brauchen. Ich komme zu Ihnen, sobald wir den Rest unserer Arbeit erledigt haben.«

22. Kapitel

Alfred trat zu ihnen an die Droschke. Blutflecke verunzierten sein Hemd, seines Jacketts hatte er sich wohl noch im Wohnwagen entledigt.

»Wir haben Siberia in ihren Tank gebracht. Sie ist jetzt wieder wach und fragt nach ihnen, Mr. Blakley. Der General sucht gerade Verbandszeug, um ihre Kopfverletzung zu verbinden.«

»Ich werde das übernehmen«, sagte Blakley, klopfte Violet noch einmal auf die Schulter und lief dann los.

»Was ist das?«, fragte der Butler, während er das Blechgebilde auf dem Droschkensitz betrachtete.

»Das ist eine mechanische Spinne, eine Spinne, die mit Zahnrädern angetrieben wird. Agnes Sissleby hatte nicht vor, irgendwelche Tiere zu verbessern. Sie hat ihren Helfer neue bauen lassen!«

»Und was wollen Sie mit dem Ding tun?«

»Mitnehmen. Ich werde sie später untersuchen. Offenbar sind sie nicht unkaputtbar, das ist immerhin beruhigend.« Violet zog an einem der Beine, die an den Enden wie Messer angeschliffen waren. Die Gelenke gaben ein leichtes Quietschen von sich, der Geruch von angebranntem Öl stieg auf. Offenbar hatte die Spinne ein Beleuchtungskabel abbekommen. Konnte Elektrizität, ja vielleicht sogar Tesla-Kraft die Dinger außer Gefecht setzen?

Wenige Augenblicke später kam auch Black zu ihnen.

Als sie ihn sah, fiel Violet wieder ein, was der Zirkusdirektor gesagt hatte. Mit grimmiger Miene richtete Violet den Schirm auf seine Brust. Verdattert sah er sie an.

»Was soll das?«

Auch Alfred wirkte ein wenig verwirrt. »Lady Violet ...«

»Sagen Sie, General, kann es zufällig sein, dass Sie von dem Überfall auf die Artisten wussten?«

Blacks Miene zeigte keine Regung, als er antwortete: »Nein, woher sollte ich davon gewusst haben?«

»Dann ist es also purer Zufall, dass jene Leute, die ich gebeten habe, Lady Sissleby zu beschatten, alle ermordet wurden?«

»Ich schwöre Ihnen, ich habe nichts mit dieser Sache zu tun. Und ich wusste auch nichts davon, dass sie die Zirkusleute töten wollte. Sie sprach lediglich von einer zweiten Phase und davon, dass ihr Freund seine Tierchen am lebenden Objekt ausprobieren wollte.«

»Vielleicht wird es Zeit, mit offenen Karten zu spielen, General Black«, mischte sich Alfred ein und spannte sich, als wollte er ihn jeden Augenblick angreifen. «Warum wollen Sie Ihre Tante, die Sie so lange gedeckt haben, plötzlich ans Messer liefern?«

Black senkte den Kopf.

»Ganz einfach. Weil ich mich an den Mördern meiner Verlobten rächen will.«

Als er in seine Jacke griff, lud sie den Schirm, der noch immer auf Black gerichtet war, auf, worauf dieser sie finster ansah.

»Glauben Sie wirklich, ich will meine Waffe ziehen?«

»Warum denn nicht, wo wir Sie ertappt haben!«, entgegnete Violet wütend, worauf Black den Kopf schüttelte. Dann zog er eine Kette hervor, an der ein messingfarbenes Medaillon hing.

»Hiermit werde ich Sie wohl kaum töten können.«

Als Black den Deckel des Medaillons aufschnappen ließ, kam das Porträt einer jungen Frau zum Vorschein. Ihr kastanienbraunes Haar war im Nacken zu einem Chignon gebunden, einzelne Löckchen, die sich aus der Frisur gelöst hatten, umspielten das ebenmäßige Gesicht, in dem grüne Katzenaugen leuchteten.

»Das war meine Sarah. In der Blüte ihres Lebens dahingerafft von einem feigen Anschlag, der eigentlich der Königin galt. Seit ihrem Tod hat es für mich keinen Tag gegeben, an dem ich nicht auf Rache gesonnen habe. Und nun bin ich meinem Ziel nahe, vorausgesetzt Sie verpassen mir nicht dummerweise einen Stromschlag mit dem Ding.«

»Der Schlag würde Sie wohl kaum töten«, entgegnete Violet.

»Das nicht, aber vielleicht Ihr sogenannter Butler. Für wen haben Sie gearbeitet? Für einen Opiumbaron oder die Triaden?«

Alfred blickte vorwurfsvoll zu seiner Herrin, worauf Black schief grinste.

»Ah, offenbar weiß die werte Lady von Ihrer Vergangenheit. Aber keine Sorge, sie hat mir nichts verraten. Während eines Aufenthaltes in China hatte ich mit Männern Ihres Schlages zu tun. Allen gemein ist die Kombinationswaffe, die Sie unter Ihrer Jacke verbergen.«

»Nicht Alfred ist derjenige, über den ich etwas wissen will, sondern Sie!«, fuhr Violet den General an. »Wer hat Ihre Verlobte getötet? Lady Sissleby kann das unmöglich getan haben, oder?«

Black betrachtete noch einmal versonnen das Medaillon, dann klappte er es wieder zu.

»Lady Sissleby nicht, aber vermutlich war sie darin verwickelt.« Er stockte kurz und lauschte. Dann setzte er hinzu: »Aber wäre es nicht besser, die Geschichte in der Droschke zu besprechen? Wenn wir hier herumstehen, verlieren wir vielleicht wichtige Zeit.«

»Zeit wofür?

»Nun, da der Schöpfer der Maschinen seinen Test erfolgreich durchgeführt hat, wird er die nächste Phase seines Unternehmens starten. Ich fürchte, dass nun die Königin selbst in Gefahr ist.«

Black legte seine Hand auf den Schirm und drückte ihn sanft herunter. Dann stiegen sie in die Droschke.

»Die Wahrheit ist manchmal verwinkelt wie ein altes schottisches Landhaus, falls Sie dieses Sprichwort kennen.«

»Tue ich nicht, aber wo wir gerade von Häusern sprechen: Es wäre gut, wenn Sie Licht in den Gängen machen würden, damit wir nichts Missverständliches in den Schatten vermuten.«

Ein leichtes Lächeln spielte um Blacks Lippen. *Verdammt*, dachte Violet, während sie mit ihrer Beherrschung kämpfte. *Muss er das tun?*

»Und wohin soll ich fahren?«, fragte Alfred nachdem Violet ihm zugenickt hatte.

»Zum Palast«, entgegnete Hieronymus, worauf die Motordroschke losknatterte.

»Das war vor zwei Jahren in Indien. Sarah war die Tochter eines Teeplantagenbesitzers. Sie gehörte neben einigen anderen jungen Frauen zu dem Begrüßungskomitee für die Königin«, begann Black, als sie den Zirkus hinter sich gelassen hatten. »Wie immer gab es ein hohes Aufkommen an Sicherheitskräften am Lufthafen, diesmal war auch ich zusammen mit meinen Männern dabei. Eigentlich hätte ich nicht zugegen sein müssen, doch ich wollte die Gelegenheit nutzen, um Sarah zu sehen. In den vergangenen Wochen hatten wir uns nur selten treffen können, die Vorbereitungen für den Besuch der Königin hatten sowohl mich als auch meine Verlobte sehr in Anspruch genommen. Bei unserem letzten Treffen hatte sie ganz aufgeregt von ihrem neuen Kleid berichtet und von der kleinen Ansprache, die sie vor der Königin halten sollte. Das wollte ich mir nicht entgehen lassen und meldete mich freiwillig für den Wachdienst. Im Nachhinein musste ich einsehen, dass unsere Sicherheitsvorkehrungen ziemlich mangelhaft waren. Dem Attentäter gelang es, sehr nahe an die Königin heranzukommen, indem er nämlich seine in einem unscheinbaren Karton deponierte Bombe nahe dem Landeplatz des Luftschiffes platzierte. Allerdings verschätzte er sich, was den Zünder anging. Die Bombe ging in dem Augenblick hoch, als sich das Empfangskomitee gerade erst versammelt hatte und das Luftschiff zur Landung ansetzte.

Der Luftschiffkapitän konnte die Queen Victoria mit knapper Not stabilisieren und dann wieder in die Luft bringen, sonst hätte der Attentäter sein Ziel vielleicht doch noch erreicht. Doch unsere Königin blieb mitsamt ihres Hofstaates und ihrer eigenen Sicherheitsleute unversehrt, während meine arme Sarah und einige andere Frauen und Männer getötet wurden.«

Black hielt inne und blickte hinaus in die von Gaslampen erhellte Nacht. Tränen glitzerten in seinem unbedeckten Auge.

»Was danach geschah, erlebte ich mit, als befände ich mich außerhalb meines Körpers. Während ich handelte, glaubte ich, mich von oben zu betrachten. Von jenen, die von der Bombe erwischt wurden, blieb kaum etwas übrig. Das einzige, was ich fand, war ein Fetzen des Kleides, das Sarah getragen hatte. Ich war außer mir vor Schmerz und Zorn. Dass jemand die Königin angreifen wollte, war nichts Neues, und auch diesmal war sie dem Anschlag entkommen. Doch derjenige, der den Anschlag verübte, hat billigend in Kauf genommen, dass Sarah und die anderen Mädchen sterben! Am liebsten hätte ich den Verantwortlichen gleich zur Hölle geschickt. Doch wohin hätte ich mich wenden sollen?

Nur wenig später detonierte ein zweiter Sprengsatz. Diesmal traf es mich und meine Männer. Nicht so schlimm, wie das Empfangskomitee, wie später herausgefunden wurde, gab es bei dem zweiten Sprengsatz einen Defekt, der nicht die ganze Ladung in die Luft jagte, doch etliche von uns wurden verletzt. Mir bohrte sich ein Splitter ins Auge und zerstörte es vollständig. Ich verlor das Bewusstsein und erwachte erst Wochen später wieder. Als ich die Augen aufschlug – beide Augen wohlgemerkt, denn ich wusste zunächst nicht, dass ich ein künstliches Auge erhalten hatte – erfuhr ich, dass ich in Delhi war.«

Black schwieg nachdenklich, dann wandte er sich Violet zu. »Möchten Sie das Auge sehen?«

Violet nickte stumm. Wie furchtbar musste es sein, jemanden auf so grausame Weise zu verlieren, den man innig liebte! Da das Leben ihres Vaters ebenfalls am seidenen Faden gehangen hatte und sie mit den getöteten Artisten gute Freunde verloren hatte, konnte sie verstehen, was in Hieronymus die ganze Zeit über vor sich gegangen war.

Er löste nun das Band seiner Augenklappe, beließ die Hand aber auf dem Auge. »Es könnte ein wenig erschreckend auf Sie wirken.«

»Ich glaube kaum, dass mich etwas mehr erschrecken kann, als das, was ich soeben gesehen habe«, entgegnete Violet, bemüht, so unerschrocken wie möglich zu klingen. Wieder hatte sie im Ohr, was Blakley über das Auge gesagt hatte.

Black nahm die Hand herunter. Er hatte recht. Jemandem, der nur wenig über Körpermodifikationen wusste, würde dieses

Auge einen gehörigen Schrecken einjagen. Dabei war es nicht so, dass es sonderlich groß und klobig war. Es hatte die Maße eines kleinen Monokels und war auch so in die leere Augenhöhle eingepasst worden. An der Stelle, wo sich die Lider befunden hatten, zog sich rosafarbenes Narbengewebe unter der Augenbraue entlang. Der Splitter musste tatsächlich das gesamte Auge samt dem Lid zerstört haben. Am faszinierendsten war allerdings das Innenleben unter dem Glas. Zahlreiche Zahnräder unterschiedlicher Größe bewegten sich darin und justierten die Linse, auf der ein seltsamer, purpurfarbener Glanz lag.

Violet bekam vor Staunen den Mund nicht mehr zu.

»Furchterregend, nicht wahr?« Black wollte das Auge schon wieder mit der Augenklappe bedecken, doch Violet legte ihm die Hand auf den Arm.

»Nein, lassen Sie es doch unbedeckt. Ich finde, es ist ein Meisterwerk der Technik. Und ich fürchte mich nicht davor.«

Einen Moment lang sahen sie sich an, dann zog Violet verwirrt die Hand zurück.

»Eigentlich müsste ich es nicht verbergen, denn dieses Auge funktioniert genauso gut wie mein gesundes. Nein, es funktioniert sogar noch besser, kann ich doch damit auch weit entfernte Ziele sehen, wenn ich das gesunde Auge zukneife. Außerdem hat es eine Visiervorrichtung, die es mir ermöglicht, noch genauer zu schießen. Eben das, was ein guter Soldat braucht.« Ein halb trauriges, halb spöttisches Lachen entrang sich seiner Kehle.

»Sobald ich mich von meiner Verletzung erholt hatte, bat ich um meine Entlassung aus dem Dienst. Ich schob seelische Probleme vor, ausgelöst durch den Anschlag und den Tod meiner Verlobten. Auf eine richtige Entlassung wollte sich der Verteidigungsminister nicht einlassen. Aber er beurlaubte mich immerhin auf unbestimmte Zeit. Wenn ich mich stark genug fühle, soll ich wieder bei ihm vorsprechen. Ich wusste damals schon, dass ich mich nicht zurückmelden würde. Stattdessen machte ich mich auf die Suche nach Sarahs Mördern, und die Entscheidung, zu meiner Tante zu gehen, erwies sich als goldrichtig. Ich habe Erstaunliches über sie herausgefunden.«

»Und was?« Als Violet zur Seite blickte, fuhren sie gerade an der Themse vorbei.

»Lady Sissleby hat, wie ich schon sagte, Kontakt zu einem zwielichtigen Kerl, dessen Namen niemand kennt. Einige nennen ihn das Phantom, andere den Rächer. Ich dachte, wenn ich dem Rat meines Vaters folge, mich in London niederzulassen und mich darauf vorzubereiten, die Geschäfte meiner Familie zu übernehmen, kann ich mehr über ihn erfahren. Also bin ich nach London gereist, habe Kontakt zu meiner Tante aufgenommen und mich schließlich, als klar war, dass sie die Drahtzieherin war, zum Schein auf ihre Seite geschlagen. Und hier bin ich nun.«

Black breitete mit einem hilflosen Lächeln die Arme aus, und Violet konnte nicht anders, als seine Hand zu ergreifen und zu drücken. »Es tut mir leid, dass ich Sie verdächtigt habe.«

»Sie haben nur gesunden Menschenverstand bewiesen, das ist alles. Vielleicht darf ich Sie ja mal zum Essen einladen, wenn das alles vorbei ist?«

Während Violet versuchte, ein halbwegs neutrales Lächeln hinzukriegen, schoss ihr das Blut in die Wangen. *Was für ein Wechselbad der Gefühle*, dachte sie. *Gerade noch habe ich ihn für einen Verräter gehalten, und jetzt lasse ich mich von ihm zum Essen einladen.*

»Dürfen Sie. Vorausgesetzt, wir kommen hier lebend raus.«

»Das kann ich nicht garantieren, doch wir werden unser Bestes tun, nicht wahr, Mr. Alfred?«

»Alfred reicht völlig, so nennt mich jeder«, entgegnete der Butler. »Und ja, wir tun unser Bestes, was mich aber zu der Frage bringt, ob Sie wirklich einfach so in den Palast spazieren wollen. Die Wächter halten uns sicher für verrückt.«

Ein siegessicheres Lächeln erschien auf Blacks Gesicht.

»Warum denn nicht? Allerdings werden wir nicht spazieren, sondern fliegen.«

»Fliegen?«, sagten Alfred und Violet gleichzeitig.

»Ja, fliegen. Auf unserem Weg befindet sich eine Lagerhalle, in der ein kleines Luftschiff steht. Es ist nicht groß genug, um sich beispielsweise mit der Queen Victoria anzulegen, doch dafür werden die Palastwachen es auch nicht so schnell bemerken.«

»Und wenn Sisslebys Geliebter damit unterwegs ist?«

»Das glaube ich kaum. Er hat ein Tunnelnetz unter der Stadt gegraben, in dem er sich mit einer Art Raupenfahrzeug bewegt.«

»Das haben Sie alles herausgefunden?«

Black nickte. »Wenn man Sie für einen Invaliden hält, werden die Sicherheitsmaßnahmen eher lax gehandhabt. Ich habe sehr gut den geistig Abwesenden gespielt und dabei jede Nacht Baupläne studiert. Als wir beide in Lady Sisslebys Haus aufeinandertrafen, hatte ich gerade selbst ein bisschen spioniert.« Violet grinste.

»Na gut, und wo genau ist diese Halle?«, erkundigte sich Alfred, »Wo soll ich langfahren?«

»Biegen Sie an der nächsten Kreuzung links ab, dann geht's geradeaus bis zu einer kleinen Brücke. Dort rechts rein, und Sie stehen praktisch auf dem Hof.«

»Und was ist mit Wächtern? Die werden das Luftschiff doch nicht unbewacht lassen, oder?«

»Darum wird sich Maverick kümmern.«

»Maverick? Haben Sie Helfer?«

»Früher einmal hieß mein Vorgesetzter so. Jetzt ist es meine Kanone!«

Black strich über seine Jacke.

»Sie haben Ihrer Kanone einen Namen gegeben?«, wunderte sich Violet.

»Natürlich!«, entgegnete der General, als sei es das Normalste der Welt. »Jeder gute Soldat tut das. Jedenfalls dann, wenn er die Waffe gefunden hat, die seine Bestimmung ist.«

»Und diese Waffe ist Ihre Bestimmung?«

»Zumindest solange, bis ich Sarahs Tod gerächt habe.«

»Und dann?«

»Vorausgesetzt, ich überlebe, werde ich mir danach Zeit nehmen, um Pläne zu schmieden. Ein Soldat macht im Voraus keine Pläne, denn er weiß nie, wie lange sein Leben noch währt.«

23. Kapitel

Nachdem Alfred zweimal recht scharf und viel zu schnell abgebogen war, stellte er den Motor ab und ließ die Droschke nur noch rollen. Vor dem Tor der Halle standen wie erwartet zwei Männer. Lässig lehnten sie an der Wand und nahmen von dem Gefährt keine Notiz. Vielleicht glaubten sie, der Droschke sei der Brennstoff ausgegangen.

Zigarren rauchend waren sie in ein Gespräch vertieft, das sie auch dann nicht unterbrachen, als die Droschke nicht mal sechs Fuß von ihnen entfernt hielt.

»Nachdem ich die beiden ausgeschaltet habe, stürmen wir in die Halle. Das Luftschiff ist nicht zu übersehen.«

»Sie wollen die einfach so töten?«

»Betäuben trifft es eher. Ich habe zwei Gaspatronen und zehn echte geladen. Diese beiden dort werden großes Glück haben.« Mit einer kurzen Drehung an der Ladetrommel stellte Black die richtige Munition ein, dann verließ er die Droschke. Entschlossenen Schritts strebte er auf das Tor zu.

Die beiden Männer zuckten zusammen, als sie Black sahen. Als wüssten sie, was er vorhatte, schnellten ihre Hände unter ihre Jacken. Doch sie waren zu langsam.

Der Maverick zischte zweimal, dann lagen die Männer am Boden. Ohne Umschweife riss der General die Pforte auf.

»Dann wollen wir mal«, sagte Violet zu Alfred, der fasziniert war von der Schnelligkeit, mit der Black gehandelt hatte. »Kommen Sie, Alfred, starren Sie keine Löcher in die Luft.«

Rasch huschten sie durch die Pforte, die Black, sich wachsam umschauend, offen hielt. Zunächst konnte Violet nicht viel erkennen, denn in der Halle war es stockfinster. Einen Lichtschalter konnte sie auch nicht ausmachen, doch da leuchtete ein bleicher Lichtstrahl an ihnen vorbei. Der Maverick konnte nicht nur schießen, er verfügte auch über eine Lichtquelle. Violet warf Alfred einen triumphierenden Blick zu, hatte dessen Waffe doch keine integrierte Leuchte. Der Strahl streifte die Außenhaut eines kleinen Zeppelins, der in der Mitte der Halle stand. Hieronymus enterte sogleich die Gondel und machte sich an den Steuerinstrumenten zu schaffen.

»Dieses Luftschiff ist so einfach wie genial. Ein wenig Brennstoff zum Erhitzen der Luft, und schon schweben wir. Kommen Sie, Alfred!« Black stieg aus, und die beiden Männer verschwanden in der Halle, während Violet nun die Gondel betrat. Die Einrichtung war recht einfach gehalten, es gab zwei Sitzbänke, das Steuerrad und das Armaturenpult. Vom Komfort, den es in der Queen Victoria geben sollte, war hier nichts zu entdecken.

Während Alfred mit einem Eimer voller Brennstoffpellets zurückkehrte, ertönte über ihnen ein metallisches Kreischen. In Erwartung einer metallenen Killerspinne, wollte Violet schon fliehen, doch als sie aus der Gondeltür an die Hallendecke blickte, sah sie durch eine sich öffnende Luke den nebligen, orangefarbenen Himmel, und an einer Seitenwand stand Black und bediente seelenruhig ein kleines Pult.

Wenig später, Alfred war gerade dabei, das Heizmodul der leichten Dampfmaschine zu füttern, die für heiße Luft sorgen würde, betrat Black das Luftschiff. Er ließ ein wenig Hilfsgas in den Ballon strömen, das er mit einem Streichholz entzündete.

»Dann machen Sie mal Dampf, Alfred!«, rief er dem Butler zu, nachdem er auch dem Brennstoffbehälter Feuer gegeben hatte. Dank der hervorragenden Brenneigenschaften der Pellets, die, wie Violet wusste, auch in der Metallurgie und Hochofentechnik verwendet wurden, war der Kessel nur wenig später heiß genug, um Dampf zu produzieren, der durch eine Filtereinrichtung in den Luftsack strömte.

Als das Luftschiff plötzlich anruckte, stolperte Violet mit einem kleinen Aufschrei, doch sie wurde sofort von zwei starken Armen aufgefangen.

»Nicht so stürmisch, Lady Violet«, sagte General Black mit einem Lächeln. Violet wurde heiß und kalt. Verwirrt blickte sie zu ihm auf, versuchte eine schlagfertige Bemerkung zu machen, doch kein einziges Wort wollte ihr über die Lippen kommen. Sie sahen einander in die Augen, und plötzlich meldeten sich diese dussligen romantischen Gefühle zurück, die sie doch netterweise gerade für ein paar Augenblicke in Ruhe gelassen hatten. Aber bevor sie sich ganz darin verlieren und womöglich auf dumme Gedanken kommen konnte, stellte Black sie zum Glück wieder auf ihre Füße.

»Es wäre besser, wenn Sie sich irgendwo festhielten. Gerade beim Aufstieg schwanken kleinere Luftschiffe immer ziemlich.«

»Das wusste ich nicht«, gab Violet ein wenig beschämt zurück. »Ich bin noch nie in einem Luftschiff unterwegs gewesen.«

»Na dann wurde es ja mal Zeit.« Wieder lächelte Black sie auf eine Weise an, die ihr Gänsehaut über den Körper jagte. »Aber jetzt sollten wir überlegen, wie wir im Palast vorgehen. Sie müssen sich vor Augen halten, dass es dort nur so von Wachen wimmelt. Unsere einzige Chance wären die Dienstboteneingänge. Allerdings müssten wir uns zuvor Kleidung organisieren.«

»Ich wollte schon immer wissen, wie Sie in einem Dienstmädchenkleid aussehen, Mylady«, spottete Alfred, der nun, da sie genug an Höhe gewonnen hatten, die im Fußboden angebrachten Seilverankerungen löste.

»Das wird sicher ein ganz reizender Anblick sein!«, fügte Black hinzu, der inzwischen seinen Platz hinter dem Steuerrad eingenommen hatte. Violet setzte gerade zu einer Entgegnung an, da ruckte das Luftschiff, von seinen Halteseilen befreit, erneut zur Seite. Diesmal bekam sie rechtzeitig einen der Griffe zu fassen, die von der Gondeldecke herabbaumelten.

Als sie herumgeworfen wurde, streifte ihr Blick eines der Fenster. Eine grandiose Aussicht! London wirkte von oben besehen wie ein Meer aus Lichtern, wie ein Feld voller Glühwürmchen, nein, wie der Sternenhimmel selbst. Kaum vorstellbar, dass sie noch vor wenigen Augenblicken dort unten gewesen waren.

»Beim ersten Mal schauen alle so«, sagte Black, der natürlich ihr Starren mitbekommen hatte. »Und nahezu alle vergessen, was sie gerade sagen wollten.«

»Wie?«, fragte Violet, dann errötete sie.

»Sie wollten Ihren Butler doch eigentlich wegen der Frechheit mit dem Dienstmädchenkleid rügen.« Black wandte sich um und zwinkerte ihr zu, was ihr Gesicht nur noch mehr glühen ließ.

»Wollte ich das? Sie müssen wissen, dass ich solche Frechheiten von ihm gewohnt bin. Ich weiß ja, dass er es nicht ernst meint.« Violet lächelte Alfred zu. »Außerdem hat er mir schon einige Male den Hals gerettet, ich denke also, dass ich ihm diese Bemerkung verzeihen kann.«

»Wenn das so ist, werde ich mich in Ihrem Haus als Laufbursche bewerben. Ihre Familie scheint wirklich ein angenehmes Arbeitsklima zu bieten.«

»Der Spross einer Adelsfamilie als Laufbursche?«, wunderte sich Violet lachend. »Wo gibt's denn so was?«

»Warum denn nicht? Ich bin der Meinung, dass keinem Menschen ehrliche Arbeit schadet. Laufbursche zu sein, ist sicher wesentlich besser, als Menschen zu töten. Das werde ich, wenn es denn sein muss, nur noch einmal tun, nämlich um die Königin zu beschützen und meine Sarah zu rächen. Danach werde ich Maverick unter den Bodendielen meines Hauses verschwinden lassen und nur wieder hervorholen, falls meine Familie und alle, die ich liebe, in Gefahr sind.«

Warum sah er sie bei den letzten Worten so eindringlich an?

Violet, krieg dich wieder ein, rief sie sich selbst zur Ordnung. *Er hat nicht dich damit gemeint. Er ist ein Mann und du bist bloß ein Mädchen. Er würde sich nie mit dir abgeben und alles, was er tat, tat er aus Anstand und weil es unserem Vorhaben dienlich ist.*

»Da hinten ist schon der Palast!«, unterbrach Black Violets Ringen mit ihren Anwandlungen. »So haben Sie Ihn sicher noch nie gesehen, nicht wahr?«

Violet trat neben das Steuerrad. »Sie etwa?«

»Natürlich, schon einige Male. Bevor ich nach Indien versetzt wurde, habe ich ein Flugtraining absolviert. Wie sonst könnte ich dieses Luftschiff steuern?«

Darüber hatte sie sich gar keine Gedanken gemacht.

»Eigentlich sollte man glauben, dass Luftschiffe nichts für die Artillerie sind.«

»Doch Sie benötigen das Wissen, um Luftschiffe abschießen zu können«, sagte Alfred, der an eines der Fenster getreten war und ebenfalls fasziniert auf den rasch näher kommenden Palast blickte.

»Ganz richtig. Für einen ehemaligen Opiumgangster wissen Sie sehr viel, Alfred.«

Der Butler verzog missmutig das Gesicht. »Man wird nicht als Gangster geboren. Und im Leben kann man es sich nicht immer aussuchen, wo man landet. Versucht man es doch, muss man häufig dafür bezahlen – und den Rest seines Lebens in Alarmbereitschaft und Angst verbringen.«

»Entschuldigen Sie, ich wollte Sie nicht beleidigen«, entgegnete Black. »Ich war nur erstaunt über Ihr Wissen. In den Straßen Londons würde man eher einen Vogel gezeigt kriegen, wenn man behauptete, dass Artilleristen Flugunterricht bekommen.«

»Ich wollte einmal zur Artillerie«, sagte Alfred nun etwas, das selbst Violet noch nicht gewusst hatte. »Allerdings reichte das Geld für die Akademie nicht, und nach dem Tod meines Vaters war ich gezwungen, meine Familie finanziell zu unterstützen. Allerdings habe ich hier und da etwas über die Armee aufgeschnappt, und deshalb weiß ich auch, dass Artilleristen fliegen lernen. Genauso wie Offiziere der Luftflotte Ballistik beigebracht bekommen, damit sie den Geschossen ausweichen können.«

Black lächelte hintergründig vor sich hin. »Vielleicht fällen Menschen insgesamt ihre Urteile viel zu schnell.«

»Vielleicht. Aber nach dem, was ich gesehen habe, haben die meisten Verbrecher die schlechte Meinung verdient, die man von ihnen hat – auch ich in meinen jungen Jahren. Aber man sollte schlechten Menschen doch zugestehen, dass sie sich ändern können.«

»Sie sind kein schlechter Mensch, Alfred«, schaltete sich Violet, die nachdenklich gelauscht hatte, ein. »Besonders in der letzten Zeit haben Sie sehr viel für mich und meine Familie getan.

Sie werden es schaffen, und sollte Ihre Vergangenheit Sie doch einholen wollen, haben Sie in mir jemanden, der fest zu Ihnen steht. Sie werden Ihr ehrliches Leben führen können, das verspreche ich Ihnen!«

»Das ist sehr freundlich, Mylady.«

»Nennen Sie mich doch einfach Violet. Wir sind nicht in Adair House. Und selbst dort dürfen Sie mich von nun an Violet nennen.«

Alfred lächelte schief. Waren das Tränen, die sie in seinen Augen glitzern sah?

»Das wird Ihre Eltern aber nicht erfreuen.«

»Sie können es halten, wie Sie möchten. Ich werde mein Angebot sicher nicht zurückziehen.«

Als sie fast über dem Schlossgarten waren, schaltete Hieronymus die Maschine aus, und sie gingen in den Schwebflug über.

»Offenbar haben uns die Wächter noch nicht bemerkt«, sagte Black nach einem Blick durch das Fernglas. Wenn wir im Park landen, können wir vielleicht unbemerkt in den Palast kommen.«

»Warum nehmen wir eigentlich nicht die Vordertür?«, fragte Violet. »Immerhin wollen wir Ihre Majestät vor Unheil bewahren. Da werden uns die Wächter doch nicht abweisen.«

»Wovor wollen Sie Ihre Majestät denn warnen?« Black legte den Kopf schräg. »Vor einer Invasion mechanischer Spinnen? Man wird uns für verrückt erklären und ins Asylum stecken lassen, wo sie uns die Köpfe scheren.«

»Nun, was das angeht, bekommt man aus Ihrem Skalp sicher eine ganz reizende Perücke. Nach einer Strähne wie der Ihren wären die Damen ganz wild.«

»Skalp?«

»Lesen Sie keine Westerngeschichten?« Violet zog die Augenbrauen hoch, dann prustete sie los.

»Hat sie den Verstand verloren?«, wandte sich Black wispernd an Alfred.

»Nein, Sir, Mylady hat nur einen recht besonderen Sinn für Humor«, entgegnete der Butler ungerührt. »Sie spielt damit auf den Verkauf von Haaren in Irrenanstalten an.«

»Das habe ich verstanden, aber was ist so lustig an Westerngeschichten?«

»Sie sollten diese Art der Unterhaltung einmal ausprobieren, dann wissen Sie es.«

Als sich Violet wieder beruhigt hatte, setzte Black zum Landeanflug an. Glücklicherweise hatte Ihre Majestät eine ausgeprägte Vorliebe für ausladende Gartengestaltung. So gab es genug Bäume und Büsche, hinter denen sie ihr Luftschiff tarnen konnten.

»Inzwischen werden die Wachposten vom des Hangar wieder auf den Beinen sein und Lady Sissleby und ihrem Liebhaber Bescheid geben, dass wir das Luftschiff haben.«

»Ich glaube kaum, dass sie die beiden antreffen werden«, entgegnete Black. »Sicher sind sie bereits unterhalb der Stadt unterwegs. Wenn sie sich nicht längst im Palast befinden.«

»Das wäre eine Katastrophe!«

»Sie sagen es.«

Nachdem sie das Luftschiff verlassen und gesichert hatten, schlichen sie durch die weitläufige Parkanlage und an einigen Wirtschaftsgebäuden vorbei zum Palast. In diesem waren noch gut die Hälfte aller Fenster erleuchtet, was darauf schließen ließ, dass sich die Königin immer noch bei der Arbeit befand.

Doch als sie näher kamen, stockte Black auf einmal und bedeutete ihnen, sich hinter einem Rhododendronstrauch zu verstecken.

»Irgendwas stimmt hier nicht«, presste er durch die Zähne.

Wie zur Bestätigung seiner Worte stürmten plötzlich Gardisten herbei. Stiefel trampelten über den Hof, Befehle peitschten, Waffen klirrten.

Sie haben uns entdeckt!, dachte Violet erschrocken, doch dann sah sie, dass sie Soldaten nicht in den Garten ausschwärmten sondern in den Palast liefen.

»Wir sollten ihnen folgen.«

»Und was wird aus der Dienstbotenkleidung?«, erkundigte sich Violet, der das Herz immer noch bis zum Hals klopfte.

»Ich glaube, darauf können wir verzichten«, antwortete Hieronymus. »Wenn ich die Hektik richtig deute, haben die Wachen jetzt anderes zu tun.«

Als sie den Palast durch das hintere Portal betraten, trafen sie weder auf Lakaien noch auf Wachposten. Dafür schien es in den Kellerräumen des Palastes hoch herzugehen. Schüsse krachten, Metall klirrte. Zwischendurch ertönten Schreie. Als Schritte hinter ihnen über das Parkett polterten, versteckten sich Alfred und Violet hinter einer Säule, während Black stehen blieb und abwartend die Augen zusammenkniff. Ein Soldat erschien mit einem Arm voller Gewehre. Als er Black sah, nahm er Haltung an und wollte salutieren, doch da besann er sich auf seine Fracht und nickte nur.

»Was ist passiert?«, fragte Black.

»Maschinen greifen den Palast an!«, antwortete der Soldat panisch. »Vom Keller aus! Wir wollen sie daran hindern, in die oberen Räumlichkeiten zu gelangen.«

»Was für Maschinen?«

»Spinnen! Wir werden von mechanischen Spinnen angegriffen!«

»Ist die Königin bereits informiert?«

»Ja, Sir!«

»Danke, Soldat, weitermachen!«

Der Bursche rannte wieder los mit seiner Ladung auf dem Arm, während Black hinter die Säule trat.

»Es ist, wie ich mir gedacht habe. Der Angriff hat begonnen. Die Spinnen strömen durch den Keller nach oben, die Palastwachen werden versuchen, sie aufzuhalten.«

»Wir müssen die Königin schützen!«, warf Alfred ein.

»Wie Sie gehört haben, weiß sie Bescheid und hat sich gewiss verschanzt«, entgegnete Black. »Wir sollten versuchen, ebenfalls in den Keller zu kommen und unsere Leute zu unterstützen.«

»Und wie sollen wir diesen Spinnen beikommen?«

»Maverick wird sicher was dagegen ausrichten können – und wie wäre es, wenn Sie die Spinnen ein wenig schocken?« Er deutete auf Violets Schirm, dann zog er seine Kanone unter seinem Uniformrock hervor und überprüfte die Ladung.

»Dasselbe habe ich mir auch schon gedacht.«

Black lächelte breit. »Sie sind wirklich ein schlauer Kopf, Lady Violet.«

»Und wie schnell können Sie Ihren Maverick nachladen?«, meldete sich Alfred zu Wort und deutete auf Blacks Waffe.

»Schnell genug. Aber ich glaube, für die Spinnen brauche ich ohnehin nur eine einzige Patrone.« Mit diesen Worten holte Black einen fingerdicken, mit roten Streifen verzierten Stift aus der Jacke und schob ihn oberhalb der Patronentrommel in den Maverick.

»Und was, wenn die Soldaten merken, dass wir nicht zum Palast gehören?«, fragte Violet, während sie durch verwinkelte Gänge hasteten, um zu dem Zugang zum Keller zu gelangen.

»Das wird ihnen in diesem Augenblick herzlich egal sein, glauben Sie mir.«

Als sie um die nächste Ecke bogen, wurde der Krach lauter. Nur wenige Augenblicke später kamen ihnen ein paar Männer entgegen gestürmt.

»Rettet euch! Diese Dinger sind Ungeheuer!« Damit verschwanden sie auch schon in den Tiefen des Kellers.

»Offenbar hat da jemand seine Männer nicht unter Kontrolle«, bemerkte Alfred trocken. Doch das Grinsen verging ihm, als ein metallisches Klappern ertönte. Aus der Dunkelheit schoss plötzlich eine Spinne hervor, etwa kniehoch, mit sehr schön geformten Gelenken.

Lange mit der Betrachtung aufhalten konnten sie sich allerdings nicht, denn das kleine Maschinchen wurde zu genau dem, was der Soldat beschrieben hatte. Kurz hielt es inne, als wollte es die Menschen, die ihm gegenüber standen, betrachten. Dann richtete es sich auf vier seiner Beine auf, riss die anderen vier Beine in die Höhe und fuhr an seinem Leib einige seltsame Fortsätze aus. Einen Lidschlag später hagelte es Schrapnelle.

»In Deckung!«, brüllte Black, während er Violet und Alfred packte und mit sich zog. Von scharf geschliffenen Metallteilen verfolgt, hetzten sie den Gang entlang und verschwanden hinter der nächstbesten Ecke.

»War das nicht Ihre Waschmaschine?«, merkte der Butler keuchend an, als sie sich an die Wand pressten.

»Diese Misthunde haben meine Erfindung gestohlen«, schnauzte Violet aufgebracht, was ihre Mutter sicher zu Tode erschreckt hätte. Dass sie um ein Haar von den Geschossen durchsiebt worden war, schien ihr aber eine gute Entschuldigung zu sein. »Dieser Späher! Erinnern Sie sich an den, Alfred?«

Der Butler nickte beiläufig, während er lauschte, ob das achtbeinige Monster näher kam. Kein Wunder, dass die Soldaten Reißaus genommen hatten. Violet war sicher, dass selbst Black und Alfred das Herz gewaltig in die Hose gerutscht war angesichts dieser Dinger.

»Wahrscheinlich hat er gesehen, wie meine Waschmaschine in die Luft gegangen ist.«

»Sie haben etwas in die Luft gejagt?«, fragte Black amüsiert.

»Nicht direkt, aber meine Allzweck-Spülmaschine hat ihre Ladung wieder ausgespuckt.«

»Und sie wie Schrapnellgeschosse durch die Gegend geschleudert«, setzte Alfred hinzu, dann hob er die Hand, als wollte er das Startsignal für einen Wettlauf geben. »Ich glaube, sie ist da!«

Blitzschnell schoss Black in die Höhe, riss seine Waffe herum, an der er eine Weile herumgefingert hatte, dann sprang er der Spinne in den Weg. Bevor diese sich aufrichten konnte, um sich den Weg freizuschießen, feuerte Black aus seinem Maverick einen seltsamen roten Strahl ab. Dieser brannte ein großes Loch in die Spinne und ließ sie reglos zur Seite kippen. Zufrieden mit seinem Abschuss ließ Black die Waffe wieder sinken und huschte hinter die Ecke.

»Das war ziemlich brillant!«, lobte Violet, die vor Staunen kaum den Mund zubekam. »Ist das die Patrone, von der Sie sprachen?«

Hieronymus nickte. »Man nennt das Annihilations-Laser. Eine der neuesten Errungenschaften der Armee. Ist eigentlich noch im Teststadium, doch da ich ein Mitglied der ehrenwerten Familie Black bin, hat man mir ein Erzeugungsmodul für meine Waffe gewährt.«

»Also ich wäre sehr entzückt, wenn Sie Ihre Beziehungen spielen lassen und mir so was auch für meinen Schirm besorgen könnten.«

»Ich bezweifle, dass ich momentan auch nur in die Reichweite eines entsprechenden Lagers komme …« Black stutze, dann hob er einen Finger. »Hören Sie mal!«

Lange brauchte Violet ihr Gehör nicht anzustrengen. Metallisches Geklapper hallte über den Palastboden. Die Spinnen hatten den Keller verlassen!

»Du liebe Güte, und was nun?«, fragte Alfred, während er instinktiv seine Hand in die Jackentasche schob und seine Allzweckwaffe zu einem kleinen Revolver auseinanderklappte.

»Wir müssen versuchen, die Blechviecher davon abzuhalten, zur Königin zu gelangen, ganz einfach. Ich hoffe nur, dass der Hauptmann der Palastwache jemanden losgeschickt hat, um Verstärkung zu holen.«

»Die Männer, die an uns vorbeigelaufen sind, sahen eher aus, als hätten sie den Dienst quittiert«, bemerkte Violet bissig.

»Wenn die Spinnen mit dem Palast fertig sind, werden sie in die Stadt laufen und sich die Leute dort vornehmen. Ich glaube kaum, dass sie einen Schalter haben, an dem man sie ausstellen kann.«

Alfreds Worte ließen einen eisigen Schauer über Violets Rücken laufen.

»Leider muss ich Ihnen recht geben, Alfred« sagte Black, »Genau das wird passieren. Die Spinnen werden so lange Angst und Schrecken verbreiten, bis sie gestoppt werden.«

»Aber nachdem sie in Blakleys Zirkus eingefallen sind, konnten sie doch auch zurückgepfiffen werden!«, merkte Violet an. »Sie haben die große Feder in dem Exemplar, das wir gefunden haben, gesehen.«

»Ja, die habe ich gesehen«, entgegnete Hieronymus. »Allerdings gibt es wie bei einer Uhr immer die Möglichkeit, die Laufzeit zu bestimmen. Zieht man nur schwach auf, läuft die Uhr kürzer. Zieht man die Feder bis zum Anschlag auf, hält sie bis zu zwei oder drei Tage durch. Sissleby und ihr geheimnisvoller

Liebhaber werden sich darüber im Klaren sein, dass eine kurze Aktion nichts bringt.«

»Dann haben sie die Dinger also bis zum Anschlag aufgezogen«, bemerkte Violet seufzend.

»Davon gehe ich aus. Je schneller sie die Königin finden, desto mehr Zeit haben sie, in der Stadt für Unheil zu sorgen.«

»Also sollten wir sie beschäftigen, solange es geht.«

Da so viele Beine über ihren Köpfen herumklapperten, konnte Violet ihre Anzahl nicht abschätzen. Aber egal, wie ihre Schätzung ausgefallen wäre, die Spinnenarmee, die nur einen Moment später an ihnen vorüberzog, war größer, als sie es sich je hätte vorstellen können.

»Nun, dann sollten wir wohl mal. Bleiben Sie von dem Lichtstrahl fern, Wesen aus Fleisch und Blut pulverisiert er.« Damit sprang Black auf, stürmte auf den Gang und begann, wild um sich zu schießen. Ein lautes Klappern ertönte, wenig später flogen wieder Schrapnelle, was ihn allerdings nicht davon abhielt, zu feuern.

»Violet, Ihr Schirm wäre jetzt nicht schlecht!«, tönte seine Stimme durch das Rasseln und Klirren. »Ich habe die drei Schapnellschussmaschinen eliminiert, aber ich fürchte, die anderen wollen mich zerschneiden.«

Augenblicklich schaltete Violet ihren Schirm ein. Als sie das Summen spürte, sprang sie ebenfalls in den Gang und richtete den Schirm auf die erstbeste Spinne. Das Metalltier wollte gerade seine mit scharfen Klingen bewehrten Beine in sie bohren, doch sie wich blitzschnell zur Seite aus und entlud den Blitz aus der Spitze des Schirms auf den Rücken der Spinne. Diese zuckte noch ein paar Mal, dann kippte sie zur Seite.

»Bravo!«, kam es von rechts, während erneut ein roter Lichtstrahl aufflammte. »Machen Sie weiter.«

Violet war immer noch im positiven Sinne erschüttert, dass ihr Schirm etwas gegen die Metallspinnen ausrichten konnte. Lange über ihren Triumph freuen konnte sie sich allerdings nicht, denn nun sprangen gleich zwei Spinnen auf sie zu.

Ob sie über einen Bewegungs- oder Wärmesensor verfügen? Und was genau zerstöre ich, wenn sich der Blitz entlädt? Diese Fragen mussten warten. Als der Schirm wieder bereit war, stieß Violet ihn zwischen die zwei Spinnen, die ziemlich dicht beieinander standen. Die Entladung erfasste alle beide, der Blitz überlief ihre glänzenden Rücken, dann schwankten sie und kippten zur Seite. Eine der Maschinen zog sogar stilecht die Beine an wie damals die Spinne aus Lord Stantons Leiche.

»Ha, nehmt das!«, rief sie triumphierend, während sich der Schirm in ihrer Hand schon wieder auflud.

»Freuen Sie sich nicht zu früh!«, mahnte Alfred, der seinerseits mit dem Revolver keine besonders großen Erfolge erzielte. Obwohl er kontinuierlich feuerte, brachte er mit seinen Kugeln zwei der Spinnen lediglich dazu, verwirrt im Kreis herumzulaufen.

Blacks Maverick schien hingegen immer effektiver zu werden, je länger er in Gebrauch war. Der Annihilations-Laser brannte immer größere Löcher in die Spinnen, die kleineren wurden zu einer unförmigen Masse zusammengeschmolzen.

Einen wesentlichen Unterschied machte es aber nicht – genauso viele Spinnen, wie vernichtet wurden, kamen aus dem Keller nach.

»Was meinen Sie, wie lange werden Sie noch durchhalten?«, schrie Violet über das Getöse hinweg.

»Das Plasma hält noch ein Weilchen. Aber wir sollten uns langsam etwas anderes einfallen lassen.«

»Auf die Verstärkung brauchen wir wohl nicht zu hoffen, oder?«, fragte Alfred fast ein bisschen verzweifelt, und Violet war sicher, dass er jetzt lieber in ein Gefecht mit seinen ehemaligen Opium-Baron-Kollegen verwickelt gewesen wäre.

»Nein, besser nicht.«

Zisch – wieder ein Treffer.

Plötzlich zwickte etwas Violet ins Bein und ließ sie aufschreien. Als sie an sich hinabblickte, konnte sie zunächst nichts entdecken, doch dann erblickte sie eine nicht mal handtellergroße Metallspinne, die sich mit ihren Beinen, die so scharf waren wie Rasierklingen an Violets Haut zu schaffen machte. Hatte so eine Spinne Bornemann getötet?

Wütend schüttelte Violet sie ab und gab ihr dann einen Stromstoß. Schließlich bückte sie sich, hob die Spinne auf, und nachdem sie sie kurz betrachte hatte, ließ sie sie in ihrer Rocktasche verschwinden.

Die werde ich mir mal ganz genau ansehen, nahm sie sich vor, und im nächsten Augenblick entlud sie ihren Schirm auch schon wieder gegen zwei heranrasselnde Spinnen.

»Mylady, alles in Ordnung?«, fragte Alfred, der ihren Schrei mitbekommen hatte. Bevor Violet entgegnen konnte, dass sie eine kleine Spinne erbeutet hatte, entdeckte sie, dass zwei der Tiere gerade den Rücken ihres Butlers enterten. Einen Stromstoß konnte sie ihnen nicht versetzen, also schlug sie kurzerhand mit dem Schirm danach.

»Aua!«, schimpfte er. »Was soll denn das?«

»Ich habe Ihnen nur zwei kleine Quälgeister vom Hals geschafft«, antwortete Violet. Blitzschnell erledigte sie die Spinnen mit einem Stromstoß. »Die hätten Ihnen glatt die Halsschlagader durchgeschnitten«, erklärte sie und zeigte ihm dann ihr verletztes Bein. Blut sickerte in ihren Seidenstrumpf, und das Brennen war höllisch, aber Violet biss die Zähne zusammen.

»Sie sind ja verletzt.«

Violet winkte ab. »Ich werde es überleben. Passen Sie auf!«

Im selben Augenblick baute sich eine große Spinne vor Alfred auf und schlug mit ihren Messerbeinen aus, um ihm den Hals zu durchtrennen. Da er das auch erkannte, wich Alfred erschrocken zurück, doch mit seinem Revolver war er zu langsam. Verzweifelt sah er sich nach Hieronymus um, da schoss auch schon dessen Laserstrahl an ihm vorbei. Er schrammte über Alfreds Jacke, wo er eine schmale Brandspur hinterließ – die Spinne jedoch wurde von der Wucht des Strahls gegen die Wand geworfen und qualmte dort vor sich hin.

»Vielen Dank!«, stammelte Alfred, worauf der General kurz salutierte. Doch dann tauchten weitere Spinnen auf – und als wäre das noch nicht schlimm genug, hatten sie ihre menschlichen Herrn im Gefolge.

»Na sieh mal einer an, wen haben wir denn da?«

Die ölige Stimme verursachte Violet einen unangenehmen Schauer. Der Mann, der diese seltsame Frage gestellt hatte, wirkte mit seinem Grinsen, als trüge er eine Maske. An Oberlippe und Kinn hatte er einen rotbraunen Bart, seine Augen waren unter buschigen Augenbrauen und schweren Lidern verborgen. Dafür stach sein Kinn lang hervor.

Violet schnappte nach Luft und hätte sich um ein Haar einen Schnitt von einer der größeren Spinnen zugezogen, doch Black, der keinesfalls überrascht wirkte, Lady Sissleby und ihrem Liebhaber gegenüber zu stehen, reagierte geistesgegenwärtig und schoss.

Die Spinne gab ihren Geist auf, und Violet dämmerte, mit wem sie es hier zu tun hatte. Natürlich! D. M.! Der grinsende Kerl mit dem Maskengesicht war kein Geringerer als der Duke of Moray, ein ziemlich entfernter Verwandter Ihrer Majestät, aber auch wenn er in den untersten Rängen der Thronfolge rangierte, hatte er eindeutig einen Anspruch auf die Krone.

Natürlich würde er auf normalem Wege nie zum König gekrönt werden, aber wenn die Königsfamilie sorgsam reduziert wurde …

»Wenn ich mich nicht täusche, ist das Ihre Debütantin, Lady X.«

Lady X? Während sie stutzte und sich fragte, wie Lady Agnes zu diesem Namen kam, schockte sie eine weitere Spinne, die allerdings nicht gleich umkippte, sondern erst einmal einen verrückten Tanz aufführte, als hätte sie ohnehin einen Schaden in der Leiterplatine.

Ah ja, richtig, der Mädchennamen von Lady Agnes war Xavier! Wie hatte sie das vergessen können!

»Ich glaube kaum, dass sie es zum Debüt schaffen wird«, entgegnete Lady Sissleby mit einem höhnischen Lachen. »Vielleicht, wenn sie sich nicht eingemischt hätte, doch so …«

»Sie haben versucht, meinen Vater zu töten!«, entgegnete Violet wütend. »Wie soll ich mich da nicht einmischen! Außerdem, warum besinnen Sie sich gerade jetzt auf Ihren bürgerlichen Namen, Agnes?«

Lady Sissleby erbleichte. Dass sie vor ihrer Ehe mit Lord Sissleby eine Bürgerliche gewesen war, wussten nur sehr wenige Leute. Dass Violet es erfahren hatte, war dem Umstand geschuldet, dass sie als kleines Mädchen Einschlafschwierigkeiten gehabt hatte. Während ihrer geheimen Wanderungen durch das Haus hatte sie einmal ein Gespräch ihrer Eltern belauscht, in dem sich ihre Mutter darüber ausgelassen hatte, wie Lord Sissleby nur auf die Idee kommen konnte, die Gesellschafterin seiner Mutter zu heiraten. Obwohl sie die Bedeutung des Gesagten damals gar nicht richtig begriff, hatte es sich doch in ihrem Gedächtnis festgesetzt.

»Das wirst du bereuen, kleine Ratte!«, fauchte sie und richtete eine Waffe direkt auf Violet. Auf einmal gab es einen Knall, dann sah Violet schwarz. Aber nicht etwa, weil ihr die Sinne schwanden oder sie ihr Sehvermögen eingebüßt hätte. Nein, sie sah schwarze Anzüge, in denen ungefähr vier Dutzend Geheimagenten steckten. Angeführt wurden sie von Lady Sharpe, die in ihren Händen ein zweiläufiges Gewehr trug, in dessen Ladekammern es bösartig rot leuchtete. Plasma, dachte Violet fasziniert, doch ihre Freude, die Spy Mistress zu sehen, erhielt einen herben Dämpfer, als Lady Annabelle sie erblickte.

»Ich hatte Ihnen doch gesagt, dass Sie sich aus der Sache raushalten sollen!«, bellte sie. Offenbar war sie doch nicht darüber informiert worden, dass Violet weitergemacht hatte.

»Das wird Konsequenzen für Sie haben!«, drohte die Spy Mistress, dann eröffnete sie umstandslos das Feuer auf die Spinnen – und auf Moray und Lady Sissleby. Dass gleich der erste Strahl haarscharf an Violet vorbeiging, war gewiss kein Zufall, aber Violet, glücklich, schon zum zweiten Mal der Hinrichtung durch Lady Sissleby entgangen zu sein, nahm der Spy Mistress ihre Wut nicht übel.

Sie wurde von Alfred zur Seite gezogen und spürte wenig später eine kalte Marmorwand an ihrem Rücken. Leuchtend rote Strahlen zischten nun durch den Raum. Von dem Licht geblendet konnte Violet im ersten Moment weder erkennen, wo Black war, noch wie es den beiden Hochverrätern erging.

»Wir haben deinen Vater, Violet!«, kreischte eine Stimme, dann brach Lady Agnes in hysterisches Lachen aus. »Komm, hol ihn dir, wenn du dich traust!«

Im gleichen Augenblick stieß Lady Sharpe einen sehr unflätigen Fluch aus. Offenbar war es Moray und Sissleby gelungen, zu flüchten – was ein regelrechtes Kunststück in diesem Gang war. Doch da strömte Violet auch schon Rauchgeruch in die Nase. Wenig später waberten die ersten Schwaden durch den Gang und brachten die Agenten zum Husten. Offenbar hatten die beiden Verräter Rauchgranaten benutzt, um ihren Rückzug zu verschleiern. Den Rückzug wohin? In den Keller?

Violet blickte verwirrt zu Alfred. »Sie blufft, nicht wahr? Wie diese schlechten Kartenspieler in den Westerngeschichten.«

Eine Sorgenfalte erschien zwischen Alfreds Augenbrauen. »Ich glaube kaum, dass sie blufft.«

Bevor Violet etwas dazu sagen konnte, tauchte Black neben ihnen auf.

»Diese Frau blufft nie«, sagte er. »Und nach allem, was ich über ihn gehört habe, ist auch Moray niemand, der mit solchen Spielen seine Zeit vertändelt. Wir müssen ihnen hinterher und herausfinden, wo sie Ihren Vater gefangen halten. Wenn er denn noch am Leben ist.«

Die Bemerkung fühlte sich für Violet wie ein Schlag in den Magen an. So schlecht war ihr noch nicht einmal von dem Ipecac-Sirup gewesen!

»Suchen Sie mit Black nach Ihrem Vater, Lady ..., ich meine, Violet«, sagte Alfred. »Ich habe eine Idee, wie ich Ihnen helfen kann, aber dazu muss ich aus dem Palast.«

»Sie wollen mich wirklich allein lassen?«, fragte Violet verwundert.

Alfred blickte zu Black. »Ich glaube, Sie sind beim General in den besten Händen. Und jetzt gehen Sie, wir sehen uns in Kürze wieder.«

24. Kapitel

Wie vom Teufel und seinen Heerscharen gehetzt, rannten sie durch den Park. Erst als sie am Luftschiff angekommen waren, fragte Violet: »Haben Sie eine Ahnung, wo sie meinen Vater gefangen halten könnten?«

»Es gibt da zwei Möglichkeiten«, antwortete Hieronymus. »Entweder am Versammlungsort der Säulen oder in der Gruft der Morays.«

»In der Gruft?«

»Soweit ich mich erinnern kann, ist sie ziemlich geräumig. Zudem hatte Moray genügend Zeit, sie seinen Bedürfnissen anzupassen. Ich halte die Gruft für wahrscheinlicher – und vielleicht gibt es dort sogar einen Zugang zu dem Tunnelsystem.«

»Stimmt«, sagte Violet. »In den Versammlungsort der Säulen würde Moray nicht kommen, weil der mit Fallen gespickt ist. Außerdem wissen Nichtmitglieder eigentlich nicht, wo sich der Versammlungsort befindet.«

»Aber Sie wissen das, nicht wahr?«, fragte Black, während er sie in die Gondel zog und dann den Kessel anheizte.

»Mein Vater hat es mir verraten.«

»Das wundert mich nicht, als sein einziges Kind sind Sie seine Nachfolgerin in der Gesellschaft. Und wenn ich das anmerken darf, Sie werden das Königshaus ganz hervorragend bewachen und beschützen.«

Violet fühlte schon wieder, dass ihr Gesicht rot wie ein Granatapfel wurde. »Ich bin nur eine Erfinderin und noch dazu eine lausige. Wie sollte ich das Königshaus beschützen?«

Black schloss die Kesselluke, richtete sich auf und legte sanft seine Hände auf ihre Schultern.

»Ich finde nicht, dass Sie lausig sind, Violet. Ihr Schirm funktioniert hervorragend.«

Violet kam wieder in den Sinn, was Siberia gesagt hatte. Wie es ihr und Mr. Blakley jetzt wohl ging?

»Und außerdem ist noch kein Meister vom Himmel gefallen. Allerdings wurden aus Anfängern schon oft große Meister, ist Ihnen das klar?«

Auf einmal waren sich ihre Gesichter so nahe, dass man glauben konnte, er wollte sie küssen. Violet starrte ihn an wie ein Kaninchen die Schlange. Die Nähe zu ihm verwirrte sie, doch sie hatte nicht die Kraft, sich zurückzuziehen. Sie schloss die Augen, bereit seine Lippen auf ihren zu spüren.

»Wir sollten uns jetzt auf den Weg machen«, sagte er.

Violet riss die Augen auf. Er war schon wieder auf dem Weg zum Steuerpult. Offenbar hatte er sie gar nicht küssen wollen. Verdammt, wie konnte sie sich dermaßen zum Narren machen? Verlegen räusperte sie sich, dann antwortete sie: »Ja, Sie haben recht.«

Black sah sie ein wenig seltsam an, dann trat er hinter das Steuerpult. *Wahrscheinlich macht er sich über meine Anwandlungen lustig*, dachte sie, zornig auf sich selbst. Doch jetzt war nicht die Zeit, um mit sich zu hadern. Das Leben Ihres Vaters stand auf dem Spiel und das war ihr noch wichtiger als das Leben der Königin. Die hatte ja Annabelle Sharpe und ihre Männer, Violets Vater dagegen hatte leider nur Violet.

»Sie sagten, Sie hätten einiges über diesen Moray gehört«, begann sie, als ihr das Schweigen zu unangenehm wurde. »Woher?«

»In Lady Sisslebys Haus bin ich auf Unterlagen über ihn gestoßen. Hauptsächlich Briefe, die er an meine Tante geschrieben hatte. Es war nicht schwer, zu kombinieren, dass die beiden ein Paar waren. Tante Agnes, die tatsächlich bürgerlich war, wie Sie ihr ja so nett unter die Nase gerieben haben, hatte schon immer eine Schwäche für mächtige Männer, und so ist es nur logisch, dass sie sich für Moray interessierte, nachdem er um ihre finanzielle Unterstützung angesucht hatte. Bisher habe ich noch keine Beweise dafür, doch ich bin sicher, dass sie schon zum Zeitpunkt des Anschlags in Delhi seine Geldgeberin und Geliebte war. Meine eigene Tante, die meine Verlobte sogar kannte, hat es gewagt, für einen vom Größenwahn besessenen Mann mein Glück zu zerstören.«

Zorn verhärtete Hieronymus' Züge, doch dann schlich sich ein trauriger Zug um seine Lippen. »Ich dachte, mich trifft der Schlag, als ich das herausgefunden habe. Von dem Augenblick an spielte ich den Labilen und nahm mir vor, meiner Tante den Verrat heimzuzahlen, sobald sich eine Gelegenheit ergeben würde. Als ich dann auf Sie traf, als ich Sie beobachtete und herausfand, dass Sie in den Mordfällen ermitteln – ich habe da auch so meine Methoden, glauben Sie mir – wusste ich, dass die Zeit gekommen ist. Und dass ich eine Verbündete haben würde. Eine, die vielleicht etwas schwierig ist, aber dennoch klug und mit einem guten Herzen.« Jetzt sah er sie wieder an. »Eigenschaften, die ich an einem Menschen sehr schätze, müssen Sie wissen. Meine Sarah war auch eigensinnig, klug und gutherzig.«

Wieder wurde Violet von Scham überfallen, doch diesmal nicht, weil sie sich irgendwelche Dinge einbildete, sondern weil sie bisher noch nicht darüber nachgedacht hatte, wie sehr Black seine Sarah geliebt haben musste und wahrscheinlich immer noch liebte. Was war sie nur für ein Trampeltier.

»Auf alle Fälle hat Moray neben seinem Größenwahn noch eine andere Macke«, erklärte Black, jetzt beinahe belustigt.

»Und welche?«, fragte Violet.

»Die Zeit. Moray ist besessen von der Zeit. Das Motto seiner Familie lautet *Tempus fugit.*«

»Die Zeit vergeht.«

»Ganz richtig. Und was mich betrifft, so finde ich, dass seine Zeit abgelaufen ist. – Da hinten ist Highgate.«

Als Violet aus dem Fenster sah, fühlte sie sich in ihrem Eindruck, dass Highgate eine Miniaturabbildung von London war, abermals bestätigt. Zwar gab es keine Themse, aber einen breiten Mittelweg, der die nördliche und die südliche Hälfte voneinander trennte. Und tatsächlich waren die Armengräber an der Stelle, wo in London das East End lag.

»Wissen Sie denn, wo sich die Gruft der Morays befindet?«

»Natürlich!«

»Und was machen wir, wenn sie uns bereits erwarten?«

»Davon müssen wir ausgehen«, entgegnete der General lächelnd. »Allerdings sind wir beide bewaffnet und können uns zur Wehr setzen. Wir werden uns schon durchkämpfen, keine Sorge.«

Black landete das Luftschiff auf dem Ende des Friedhofes, das erst vor Kurzem gerodet worden war, um Platz für neue Gräber zu schaffen. Der Weg zur Gruft der Morays, die sich so ziemlich in der Mitte befand, gab ihnen die Zeit, ihre Taktik ein wenig zu besprechen.

»Halten Sie sich möglichst hinter mir, wenn es zum Schusswechsel kommt. Sie wissen bereits, dass Maverick einige durchschlagende Argumente hat«, referierte Hieronymus wie ein junger Universitätsprofessor. »Beim Nahkampf können Sie meinetwegen zeigen, was in Ihnen, beziehungsweise Ihrem Schirm, steckt. Ist es eigentlich möglich, bei diesem Schirm die Stromstärke einzustellen?«

»Bisher nicht.«

»Sie sollten dringend eine Vorrichtung dafür erfinden. Es wäre sehr reizvoll, wenn man zwischen Schmerzen zufügen, Betäuben und Töten wählen könnte.«

»Töten?«, fragte Violet entsetzt. »Ich erfinde doch nichts, um Menschen zu töten!«

»Für die Militärtechnik wäre das aber eine gute Sache«, hielt Black dagegen.

»Für das Militär würde Betäuben oder Lähmen auch schon genügen. Todeswaffen sollen sich andere ausdenken, nicht einmal Mr. Stromburgh entwickelt Waffen.«

»Sagen Sie bloß, Sie bewundern diesen Schaumschläger.«

»Bewundern trifft es nicht ganz«, gab Violet ehrlich zu. »Ich bin neidisch auf ihn. Neidisch darauf, dass er von der Society anerkannt ist und ich nicht. Neidisch darauf, dass er ein Mann ist und der Star der Society ...«

Violet schwieg verwirrt, als sie Blacks Hand auf ihrem Arm spürte. Zunächst glaubte sie, er wollte sie vor etwas warnen, doch dann sah sie, dass sein Blick so liebevoll auf ihr ruhte, wie sie das noch nie zuvor gesehen hatte.

»Sie brauchen die Pfeifen von der Academy nicht. Mit ein wenig Hartnäckigkeit, die Sie zweifelsohne besitzen, werden Sie bald berühmter als dieser Stromburgh sein. Dessen Stern ist bereits im Sinken begriffen, er bildet sich nur noch ein, der Star zu sein, nichts weiter. Viele geniale Erfinder haben den Protzbau der Society nie betreten, verdienen inzwischen aber Millionen mit ihren Erfindungen oder sind wegen ihrer Einfälle berühmt oder sogar berüchtigt. Aus der Royal Society rieselt leise der Staub, und Sie wollen doch nicht mit Spinnweben im Haar herumlaufen.«

Violet schüttelte lächelnd den Kopf. »Nein, was Spinnen angeht, ist mein Bedarf gedeckt. Sobald ich wieder zu Hause bin, werde ich meine Spinnenfalle noch ein wenig verfeinern, damit wir sicher sind vor diesen Biestern.«

»Sie sollten einen Metalldetektor einbauen, damit Sie auch gegen Zahnradspinnen geschützt sind.«

»Wird gemacht!«

Die heitere Stimmung, die sich an sie geschmiegt hatte wie eine verschmuste Katze, verschwand augenblicklich, als sie hinter einer kleinen Gruft Halt machten. Davor erhob sich, wie ein riesiges Schloss vor einem ärmlichen Dorf, ein Mausoleum, wie es Violet noch nie zuvor gesehen hatte. Nicht einmal Lord Sisslebys Grabmal war so prachtvoll. Auch wenn die Dukes of Moray allmählich in der Bedeutungslosigkeit versanken, ihr Grabmal war eines der größten in Highgate. Allein eine königliche Grabstelle könnte es noch übertreffen, doch Könige wurden nicht auf einem Stadtfriedhof beerdigt.

»Meine Güte, was für ein Koloss!«, wisperte Violet, während sie vorsichtig hinter der kleinen Gruft hervorspähte.

»Sie brauchen nicht zu flüstern«, sagte Hieronymus, während er seine Waffe hervorzog. Mit Bedauern registrierte Violet, dass er nicht vorhatte, den Annihilations-Laser an den Entführern ihres Vaters anzuwenden. Das hätte doch so richtig tolle Löcher gegeben!

»Warum nicht?«, fragte Violet, immer noch flüsternd.

»Weil Moray und meine missratene Tante bereits wissen, dass wir hier sind. Oder glauben Sie wirklich, sie hätten keine Außenabhöranlagen angebaut? Sie wissen, dass wir da sind, und wahrscheinlich wetzen ihre Gehilfinnen bereits die Messer. Sie wissen schon, die Frauen aus dem Keller. Miss Copper. Miss Silver und Miss Gold.«

Violet nickte.

»Schön und tödlich wie australische Trichternetzspinnen«, fuhr Black fort. »Eine von ihnen haben Sie vielleicht auch auf dem Ball gesehen, so oft wie Sie mich im Blick gehabt haben.«

»Ich … Sie …«, stammelte Violet.

»Leugnen ist zwecklos, ich habe es bemerkt. Und ich habe auch gesehen, wie furchtbar unglücklich Sie in der Gesellschaft des Stanton-Sprosses waren. Percival ist seinem Bruder Nicodemus schon sehr ähnlich.«

»Sie kennen den ältesten Stanton?«

»Und ob, wir sind beide an derselben Akademie gewesen. Nicodemus war so langweilig, dass die feindlichen Soldaten im Schützengraben eingeschlafen sind. Seine größte Heldentat war es, sich mit seinem Vater wegen einer wirklich hübschen Inderin zu zerstreiten.«

»Der Skandal hat monatelang die Gespräche in den Salons von Belgravia beherrscht. Meine Mutter hat sich gar nicht mehr eingekriegt.«

»Soweit ich gehört habe, soll Nicodemus mittlerweile eine Teeplantage besitzen und drei Kinder haben. Ein Jammer, das der alte Stanton so stur war. So hat er seine Enkel nie kennengelernt, was ich wirklich schlimm finde. – Aber genug geplaudert, wir haben zu tun. Ist Ihr Schirm bereit?«

Violet legte mit dem Daumen den Schalter um. Wenig später spürte sie das leise Summen, das das Metallgestänge durchzog.

»Ja, ist bereit!«, antwortete sie, dann traten sie hinter der kleinen Gruft hervor.

Violet hätte damit gerechnet, dass sofort jemand das Feuer auf sie eröffnete, sobald sie sich der Gruft näherten. Doch nichts dergleichen geschah. Waren die Hausherren etwa noch nicht wieder zurück? Hatte es unterwegs im Tunnel einen Stau gegeben, weil eine Horde Maulwürfe ein Tunnelstück zu ihrem Men's Club erkoren hatten?

Die Vorstellung belustigte sie, allerdings nicht genug, um ihre Konzentration zu stören. Der Schirm summte erwartungsvoll in ihrer Hand, und ihre Ohren waren gespitzt.

Jetzt könnten wir Papas Hunde gebrauchen, dachte sie, dann fragte sie sich, wie es Moray überhaupt gelungen war, Lord Reginald aus seinem Schlafgemach zu entführen. Ihre Mutter hatte dem Duke doch ganz sicher nicht die Tür geöffnet!

Auch wir müssen einen Anschluss an das Tunnelsystem haben, schoss es ihr in den Kopf. *Wenn wir zurück sind, muss ich Alfred mal einen Tipp geben. Vielleicht findet er den Zugang.*

»In Deckung!«, rief Black. Dann packte er sie und riss sie mit sich ins Gras. Dass er dabei auf ihr zu liegen kam, erschreckte Violet zunächst ein wenig, doch dann fand sie seine Nähe doch ziemlich angenehm. Zu angenehm, um sich zu beschweren. Sie sahen einander in die Augen, ihre Gesichter waren nur wenige Inches von einander entfernt. So nahe, dass sie sich beinahe küssen konnten … Aber sie wusste ja, dass er sie nicht küssen wollte. Außerdem hatte sie keine Zeit, sich über diesen kleinen Vorteil ihrer ansonsten alles andere als rosigen Lage zu freuen.

Nicht mal einen Lidschlag später flog die Tür der Gruft auf. Violet erblickte gerade noch ein kupferbraunes, ein silbergraues und ein goldgelbes Kleid, dann flog auch schon eine Ladung blauer Bohnen über sie hinweg.

Wütend feuerten die drei Frauen aus allen ihnen zur Verfügung stehenden Rohren. Jede von ihnen hatte in jeder Hand jeweils eine Pistole oder ein Gewehr.

Und was nun?, hätte sie Black am liebsten gefragt und sich heulend auf den Boden geworfen, doch dieser wirkte nicht sonderlich beunruhigt, nicht einmal, als einige der Kugeln nur eine Armlänge entfernt neben ihnen einschlugen.

Als die erste der Frauen ihre Munition verschossen hatte, riss er seinen Maverick hoch und gab eine Salve auf Lady Gold ab. In die Körpermitte getroffen, taumelte sie zurück. Ihre beiden Begleiterinnen schienen nicht damit gerechnet zu haben, dass Black zurückschießen würde. Nachdem sie Lady Gold noch einmal entsetzt angestarrt hatten, zogen sie sich hinter die Tür zurück.

»Vorwärts!«, rief Black. »Jetzt wird's lustig!«

Das bezweifelte Violet, doch ihr blieb nichts anderes übrig, als ihm zu folgen. Das erste, was sie sah, als sie in die Gruft stürmte, war ein riesiger Engel, der flehend die Hände nach dem Hereinkommenden ausstreckte. Oder wollte er ihn willkommen heißen? Was der Künstler mit seiner Darstellung im Sinn gehabt hatte, konnte sie nicht mehr herausfinden, denn nun stürmten die beiden Furien auf sie zu. In den Händen hielten sie lange, leicht gebogene Schwerter, beinahe ein Unding in einer Zeit, in der alles technisiert war.

Black feuerte auf die Frau im silberfarbenen Kleid, doch diese duckte sich rasch unter der Ladung weg und stieß dann ihr Schwert gegen Hieronymus' Brust. Der General parierte die Klinge mit seiner Kanone, schaffte es aber nicht, die Mündung in eine günstige Schussposition zu bringen. Ehe Violet ihm mit ihrem Schirm zu Hilfe kommen konnte, bekam sie es mit Lady Copper zu tun.

Nur mit Mühe entging sie den schnellen Schwerthieben der Frau, die sie immer weiter gegen den Engel drängte.

War Lady Copper etwa in irgendeiner Weise modifiziert worden?

Zeit, um nach künstlichen Gelenken oder anderen Hinweisen zu suchen, hatte sie indes nicht, da Lady Copper, offenbar in der Absicht sie zu töten, energisch ihre Waffe gegen Violet schwang. Als diese mit ihrem Schirm parierte, zerfetzte das scharfe Metall den Stoff, und Violets Hand wurde dermaßen zurückgeworfen, dass sie den Finger nicht an den Blitzauslöser bringen konnte.

Gerade als es brenzlig wurde, fuhr eine zweite Klinge dazwischen. Offenbar hatte Hieronymus ebenfalls noch einen altmodischen Dolch unter der Jacke oder im Stiefel getragen. Während Black nun Lady Copper übernahm und sich ein altmodisches Fechtduell mit ihr lieferte, blieb Violet nicht viel Zeit zum

Durchatmen. Lady Silver war kurz bewusstlos gewesen, doch sie rappelte sich wieder auf und stürmte auf Violet zu!

Zuerst wollte Violet einfach nur schreien, doch dann entsann sie sich der Kräfte des Schirms. Dem Schwerthieb von Lady Silver ausweichend, betätigte sie den Ladeknopf. Bei all dem Taft in diesem Raum, der die Atmosphäre noch zusätzlich auflud, dauerte es nur wenige Augenblicke, bis er bereit war.

Wie ein geübter Fechter fing Violet den Schwertstreich mit ihrem Schirm auf – und drückte den Auslöser. Der hellblau leuchtende Blitz schlängelte sich um die Klinge, und bevor Lady Silver die Waffe loslassen konnte, traf sie der Blitz und ließ sie mit abstehenden Haaren zu Boden gehen.

Glücklich über ihren Sieg jubelte Violet – und spürte nur wenige Augenblicke später etwas Hartes, Kaltes an ihrem Hals.

»Aufhören!«

Sogleich erstarrte Black. Violets Herz stolperte. Sie hatte nicht mitbekommen, dass jemand hinter ihr aufgetaucht war.

»Ich muss schon sagen, dass du mich enttäuschst, mein Junge!« Lady Sisslebys Stimme tönte eisig durch die Gruft. »Leg deine Waffe weg, sonst töte ich deine kleine Freundin!«

Black sah bedauernd zu Violet, dann hob er die Hände und ging langsam in die Hocke, um Maverick auf den Boden zu legen.

»Nun, wie es aussieht, ist heute dein Glückstag, Violet.«

Agnes strich mit dem Lauf ihrer Kanone, einer langläufigen Pistole mit breiter Mündung über Violets Schulter und nahm ihr den Schirm ab.

»Dein Freund zeigt Vernunft, wenigstens etwas Erfreuliches, nachdem ihr uns so viele Schwierigkeiten bereitet habt.«

In dem Augenblick trat Moray durch die Tür. Auch er trug eine Waffe bei sich, ein langläufiges Gewehr, das ein wenig antiquiert wirkte, doch wie man am Gasometer, dem Dampfbehälter und den Gasabzügen erkennen konnte, hatte es eine kleine Modernisierung erfahren.

»Schwierigkeiten ist gar kein Ausdruck.«

Wieder diese Grauen erregende quakende Stimme, die sie schon im Gang des Palastes gehört hatte.

»Wie ist es Ihnen gelungen, an die Kapsel aus Broockstons Kehle zu kommen?«

»Ich habe sie gestohlen«, entgegnete Violet stolz.

»Wohl eher Ihr Butler. Wie schade, dass er von unseren Spinnen getötet wurde.«

»Als ich ihn verließ, war er noch ziemlich am Leben!«

»Glauben Sie wirklich, gegen mein Spinnenheer könnte Lady Sharpe etwas ausrichten? Sie war nicht einmal im Stande, herauszufinden, dass sich hinter ihrem Rücken eine Verschwörung zusammenbraut. Mal ganz zu schweigen davon, dass sie keinem Mitglied der Säulen das Leben retten konnte.«

»Sie vergessen, dass mein Vater noch am Leben ist.«

»Wobei die Betonung auf *noch* liegen sollte, denn wenn ich mit Ihnen fertig bin, wird er es nicht mehr lange sein.«

»Spucken Sie keine großen Töne, Moray«, meldete sich Black zu Wort. »Noch ist die Königin am Leben. Und selbst wenn sie in dieser Nacht sterben sollte, werden Sie die Krone nicht auf ihre Hohlbirne gesetzt bekommen.«

»Ah, der verlorene Neffe. Was ist, Agnes, möchtest du ihn wieder liebevoll an deine Brust drücken?«

»Das würde ich nie und nimmer zulassen«, brummte Hieronymus. »Wenn ich die Gelegenheit bekomme, euch beide hinter Gitter zu bringen, werde ich sie ergreifen. Immerhin habt Ihr meine Verlobte auf dem Gewissen!«

Moray schnalzte missbilligend mit der Zunge. »Habe ich es dir nicht gesagt, Agnes? Er wird dahinterkommen, dass wir seine Kleine in die Luft gejagt haben. Du hättest ihm wirklich ein anderes Mädchen zuspielen sollen. Vielleicht eine der Debütantinnen vom Vorjahr.«

Violet sah deutlich, wie sehr sich Hieronymus beherrschen musste. Unter anderen Umständen hätte er wohl versucht, Moray aus dem schlecht sitzenden Anzug zu schütteln, doch damit würde er ihren Tod riskieren, und das schien nicht seine Absicht zu sein. Wie hatte sie ihm je unterstellen können, sie töten zu wollen!

»Diese Mädchen hätte ich nicht mit der Kneifzange angerührt, das weiß meine Tante.«

»O ja, leider kenne ich deinen Sturkopf, mein Lieber. Allerdings hätte ich nicht gedacht, dass sich in dir solch ein guter Schauspieler verbirgt. Als labiler Kriegsveteran warst du wirklich sehr überzeugend. Bis zum heutigen Tag wusste ich nicht, dass du mir, deiner dich liebenden Tante, in den Rücken fallen würdest.«

»Es muss schon sehr lange her sein, dass ich für dich so etwas wie Liebe empfunden habe«, entgegnete Black. »Und wenn du vorhattest, mir das Angebot zu machen, mich wieder auf deine Seite zu schlagen, so muss ich leider ablehnen.«

Aus dem Augenwinkel heraus beobachtete Violet, wie Lady Sissleby die Lippen zusammenkniff. Was würde jetzt folgen?

»Also gut, wie du willst. Es bricht mir das Herz, deinem Vater schreiben zu müssen, dass sein Erbe bei einem tragischen Unfall umgekommen ist.«

»Unfall? Vielleicht einer mit deinen Spinnen? Dein Geliebter muss ein ziemlich kranker Mistkerl sein.«

»Wie kannst du es wagen!«

»Das ist ja alles sehr rührend, aber könnte ich wohl die Hände runternehmen?«, meldete sich Violet zu Wort, die schon kein Gefühl mehr in ihren blutleeren Fingern hatte. »General Black wird ganz sicher nicht mehr die Seiten wechseln, und was auch immer Sie mir anbieten wollen, können Sie sich sowieso an den Hut stecken. Also, wo ist mein Vater?«

Moray musterte sie aus schmalen Augenschlitzen, dann nickte er Lady Copper zu. »Gehen wir nach unten mit ihnen.«

Damit zog er am linken Ringfinger des großen Engels, worauf sich sogleich eine Wendeltreppe vor ihnen auftat.

»He, ich habe Ihnen eine Frage gestellt!«, protestierte Violet, doch Moray ignorierte sie.

»Da runter!« Lady Sissleby versetzte Violet einen Stoß, der sie beinahe die Treppe hinunterbeförderte. Modergeruch stieg ihnen entgegen, die Luft war abgestanden.

Unter dem Widerhall ihrer Schritte vernahm Violet Stimmen.

»Dort entlang!«, herrschte Lady Agnes sie an und zerrte Violet in einen dunklen Gang. An dessen Ende wurde es ziemlich luftig. War das etwa das Labor? Woher kam der Luftzug?

Beim Eintreten stellte sie fest, dass es sich nicht um ein Labor handelte, sondern um einen von flackernden Lämpchen in schummriges Licht getauchten Tunnel, in dem ein seltsames Fahrzeug stand. Ein wenig ähnelte es einer Draisine, doch es verfügte über einen Motor und zahlreiche Zahnräder.

Hinter das seltsame Gefährt war eine Art Käfig gehängt, in welchem, an die Gitter gekettet, zwei Männer standen. Einer von ihnen trug einen roten Schlafrock und wirkte, als sei er geradewegs aus dem Bett gezogen worden.

»Vater!«, rief Violet aus, erfreut, dass er noch am Leben war. Was immer auch diese beiden Verrückten vorhatten, sie hatte die Möglichkeit, eine Lösung zu finden.

»Lord Carrington?«, fragte Hieronymus inzwischen verwundert. »Ich dachte, man hätte Sie bereits erledigt.«

»Passen Sie bloß auf, was Sie sagen, Junge!«, krächzte der Angesprochene und zerrte trotz seines Alters so heftig an seinen Fesseln, als wollte er sich losreißen und Black eine Tracht Prügel verpassen.

»Es stimmt, Hieronymus, eigentlich hätte er schon tot sein sollen«, erklärte Lady Sissleby. »Allerdings hat er die Spinnenkapsel nicht geschluckt, sondern aus seinem Bohnengemüse heraussortiert. Wir haben bei unseren Überlegungen ganz vergessen, dass alte Leute beim Essen mäkelig sind und jeden Bissen dreimal herumdrehen, ehe sie ihn in den Mund nehmen.«

Violet lächelte ihren Vater verschwörerisch an.

»Und die Spinne hat ihn nicht auf anderem Wege gebissen?«, fragte sie dann, denn eigentlich hätte die Kapsel ja zerspringen und die Spinne freigeben müssen.

»Nein, denn er hat die wertvolle Kapsel in den Müll geworfen, der alte Banause.«

Carrington funkelte die Lady wütend an. »Vorsicht, Agnes, wenn ich hier loskomme, versohle ich Ihnen den Hintern.«

Darauf lachte Lady Sissleby nur und klapperte mit den Schlüsseln.

»Ich fürchte, niemand von Ihnen wird noch dazu kommen, irgendetwas zu tun!«, meldete sich Moray nun zu Wort.

Sein öliger Tonfall erregte heftigen Widerwillen in Violet. Nicht auszudenken, wenn dieser Kerl König wurde und das Volk dann mit irgendwelchen Reden quälte, nur weil er selbst sein bester Zuhörer war.

»An Ihrer Stelle wäre ich mir da nicht so sicher«, knurrte Violet.

»Miss Adair, es ist wirklich bedauerlich«, sülzte Moray nun, während er auf sie zukam. »Als Ihr neuer König hätte ich Sie gern tanzen sehen. Sie sind wirklich ein ganz reizendes kleines Ding.«

Reizendes Ding? Violet verpasste ihm einen Tritt vors Schienbein. »Da haben Sie Ihr reizendes kleines Ding! Und dass Sie König werden, können Sie Hohlkopf vergessen!«

Moray stöhnte auf und machte dann einen Schritt rückwärts. »Eigentlich müsste ich dafür Ihren Vater vor Ihren Augen töten, doch leider haben wir wenig Zeit. Wir werden uns jetzt unverzüglich zum Ort des Geschehens begeben, denn es ist nur höflich, dass wir rechtzeitig vor der Vorstellung unsere Plätze einnehmen. Immerhin ist das hier kein Vorstadttheater, sondern Sie werden Zeugen des größten Feuerwerks in der englischen Geschichte. Wo Guy Fawkes versagt hat, werde ich triumphieren!«

25. Kapitel

Sie rasten durch feuchte, schwarze Schächte, in denen ein modriger Gestank lag.

»Sind wir bald da-a?«, leierte Violet im quengelnden Ton ungeduldiger Kinder, die das Ende einer Reise nicht abwarten können. Weder Moray noch die beiden Frauen reagierten. Mit einem schiefen Grinsen blickte sie zu ihrem Vater, der beinahe so elend aussah wie kurz nach der Giftspinnenattacke.

»Wir werden hier schon rauskommen, keine Bange«, versuchte sie, ihn zu beruhigen, doch ihr Vater schüttelte nur resigniert den Kopf.

Auch Lord Carrington und selbst Hieronymus sahen nicht wesentlich optimistischer aus.

Ja gab es denn keinen, der ihr ein wenig Mut zusprechen konnte? Nach einer ganzen Weile, in der sie durch mehr oder weniger enge Schächte gerast waren, machte der Wagen ziemlich unsanft in einer Art unterirdischem Saal Halt.

Violet traute ihren Augen nicht.

Waren das da hinten etwa Dynamitstangen und Sprengstofffässer? Vier Männer warteten hier. Violet erkannte die Schläger, die sie in Southwark überfallen hatten. Lady Sisslebys Stallbursche war auch darunter.

»Endstation, meine Herrschaften!«, verkündete Moray, während er von der Draisine sprang. »Und das können Sie wörtlich nehmen, denn hier wird für Sie alles zu Ende sein. Aber trösten Sie sich, Sie werden nicht allein sterben.«

Mit diesen Worten gab er seinen Handlangern einen Wink, worauf sie die Gefangenen losmachten, sie vom Wagen zerrten und sie dann in Richtung der Fässer stießen.

»Irgendeine Idee, wie wir hier rauskommen können?«, raunte Violet Hieronymus zu. Dieser schüttelte den Kopf.

»Sagen Sie bloß, Sie hatten keine Ahnung, dass so was auf uns warten würde. Das erklärt natürlich, warum Sie vorhin so siegessicher in die Gruft marschiert sind.«

»Ich hatte tatsächlich keine Ahnung«, entgegnete Hieronymus geknickt. »Ich dachte, sie wollten nur die Königin töten.«

»Sind Sie überrascht?«, fragte Moray. »So soll es auch sein, denn nur meine engsten Vertrauten wissen etwas von dem zweiten Teil meines Plans.« Bei diesen Worten warf er Black einen spöttischen Blick zu, der wohl soviel heißen sollte wie: Du gehörst nicht dazu!

»Wie Sie vielleicht wissen«, setzte er seinen Monolog fort, »wird der König durch das Parlament bestätigt. Ohne das Parlament kann er nicht den Thron besteigen. Außerdem beschneidet das Parlament die Handlungsfreiheit des Monarchen. Also werde ich mich dieses Störfaktors entledigen.«

Violet zog, überrascht vom Ausmaß seines Größenwahns, die Augenbrauen hoch und vergaß für einen Moment, dass sie beinahe vor Todesangst verging, und, was noch schlimmer war, dass sie keine Ahnung hatte, was sie tun sollte. »Sie haben ein Detail übersehen, Duke«, meldete sie sich zu Wort. »Das Parlament tritt erst am Morgen zusammen.«

»Nun, was das angeht …« Moray zückte seine Taschenuhr. Violet fiel wieder ein, was Black über den Zeitfimmel des Duke gesagt hatte.

»Können Sie sich noch über ein wenig Lebenszeit freuen. Ich werde das Parlament erst dann in die Luft jagen, wenn die Herren anwesend sind. Angesichts der Vorfälle in der vergangenen Nacht, wäre es sogar möglich, dass die Königin erscheint. Was gäbe es Besseres?«

»Und solange sollen wir uns Ihren elenden Monolog anhören?«, warf Violet ein.

Moray warf ihr zunächst einen giftigen Blick zu, doch dann tat er so, als würde sie nicht existieren.

»Es ist wirklich ein Jammer, dass Sie nicht mehr mitbekommen, wie ich den Thron besteige und dann die Welt erobern werde. Sämtliche Technik, sämtliche Maschinen des Landes werden England zu höchstem Ruhm führen. Und nach Jahren voller Schmach ...«

»... am untersten Ende der Thronfolge ...«, fiel Violet ihm ins Wort, worauf sie Gelächter von ihrem Vater, Black und sogar von dem Stallburschen erntete. Lady Sissleby verzog das Gesicht, als hätte sie in eine Zitrone gebissen.

Moray hingegen schien dermaßen von sich überzeugt zu sein, dass er nahtlos an seine vorherigen Worte anknüpfte: »... werde ich endlich die Stellung einnehmen, die mir gebührt. Und ich werde die Welt beherrschen, die ganze Welt.«

Verdammt, warum fällt mir nichts ein?, schimpfte Violet im Stillen mit sich. Bis neun Uhr war zwar noch ein bisschen Zeit, aber sie hatte keine Möglichkeit, an Werkzeug heranzukommen, und ihren Blitzschirm hatte sie auch nicht dabei ... Auf einmal stutzte sie. Was war das für ein Klappern?

Zunächst dachte sie, dass eine Maus zwischen den Sprengstofffässern herumkletterte, doch dann ...

»Ich glaube, es ist Zeit für die Vorstellung!«, rief plötzlich eine Stimme.

Blakley? Violet wandte den Kopf zur Seite. Da standen sie. Alfred, Blakley und Siberia, bis an die Zähne bewaffnet. Hinter ihnen klapperte es metallisch.

Moray wich das Blut aus dem Gesicht.

»Der Gaukler!«, presste er hervor.

»Richtig, du Schweinepriester!«, knurrte Blakley, während er eine recht antik wirkende Pistole mit geschwungenen Beschlägen auf Moray richtete. »Offenbar warst du auch in meinem Zirkus! Wie konntest du es über dich bringen, meine Leute zu töten? So viele herzensgute, unschuldige Menschen!«

»Eigentlich hättet ihr beide auch tot sein sollen«, giftete Lady Sissleby, dann richtete sie den Blick auf Siberia. »Besonders diese Missgeburt da, die Schlimmste von allen.«

Siberias Augen verengen sich zu schmalen Schlitzen. Dass jemand sie Missgeburt nannte, war zuletzt in dem russischen Heim passiert, aus dem Blakley sie herausgeholt hatte. Diese Bezeichnung verletzte sie nicht nur zutiefst, sie beschwor auch furchtbare Erinnerungen herauf. Erinnerungen, die die Oktopuslady verdammt zornig werden ließen.

Neben Violet ruckte Black an seinen Fesseln. Jetzt, wo alle Zeichen auf Kampf standen, hätte er gern mitgemischt, doch die Handschellen hielten hervorragend.

»Immer mit der Ruhe«, sagte Violet. »Sie werden das schon hinkriegen. Alfred und Blakley sind hervorragende Kämpfer.

Doch in diesem Augenblick schossen die Spinnen vor. Violet schrie auf, doch dann erkannte sie, dass die kleinen Kampfmaschinen nicht sie oder ihre Retter ins Visier nahmen, sondern die Angreifer. Zwei der Handlanger verließ der Mut; sie machten auf dem Stiefelabsatz kehrt und türmten zurück in den Schacht. Die anderen zogen ihre Schusswaffen.

»Nun, gut, ihr habt es so gewollt!«, kreischte Moray wie im Wahn. Er sprang in die Höhe und ließ ein dröhnendes Lachen hören. »Dann fliegen wir eben alle in die Luft.«

Ehe jemand es verhindern konnte, entzündete er mit seinem Feuerzeug die Lunte. Dann brach der Kampf los. Geschosse flogen und prallten als Querschläger von den massiven Höhlenwänden ab. Als die Handlanger keine Munition mehr hatten, um die Spinnen abzuwehren, versuchten sie es mit ihren Totschlägern und Messern – mit recht geringem Erfolg. Wem es gelang, den Spinnen zu entkommen, traf auf Alfred und Blakley. Siberia kam derweil zu den Gefangenen

Die Lunte«, rief Violet wie von Sinnen. »Siberia, löschen Sie zuerst die Lunte!«

Als die Oktopuslady auf den Sprengstoffhaufen zuglitt, stellte sich ihr Agnes Sissleby entgegen.

»Ich glaube, ich werde morgen Abend Tintenfisch essen!«, höhnte sie.

Doch da schoss schon einer der Tentakel unter dem Rock hervor. Zu Violets großer Überraschung trug er so etwas wie eine metallene Verstärkung. Wahrscheinlich hatte Blakley ihr diese Vorrichtung gebaut.

Siberia ergriff die Lady und umschlang sie nicht nur mit dem verstärkten Tentakel, sondern auch mit zwei anderen.

»Eine Missgeburt soll ich sein, wie?«, knurrte sie. Zum ersten Mal bemerkte Violet fasziniert, dass sich im Zorn die Augen, ein Teil ihres Gesichts und die Tentakel der Oktopuslady schwarz verfärbten, eine Sache, von der sie bisher nur gehört hatte und die von der Tinte kommen sollte, die diese Tiere produzierten.

»Kein Mensch der Welt hat das Recht, mich so zu nennen. Du schon gar nicht, bist du doch genauso gewöhnlich, wie du aussiehst!«

Agnes wollte etwas erwidern, doch dann blieb ihr die Luft weg, und sie fand sie auch nicht wieder, als Siberia sie voller Wut gegen die Kellerwand schleuderte. Ein hässliches Knacken ertönte, dann blieb Agnes Sissleby reglos am Boden liegen. Siberia kümmerte sich nicht um sie, sondern drückte mit einem ihrer Tentakel die Lunte aus. »Autsch!«, murrte sie.

Wenig später glitt sie zurück zu Violet, strich ihr mit einem ihrer kühlen Tentakel über das vor Aufregung glühende Gesicht und machte sie sich daran, die Gefangenen zu befreien.

Lord Carrington staunte förmlich Bauklötzer, als er Siberias Tentakel sah. »Sie sind aber wirklich eine sehr ungewöhnliche Lady.«

»O danke!«, entgegnete Siberia geschmeichelt, und Violet hatte keine Lust, sie darauf hinzuweisen, wie der alte Lord das gemeint haben könnte.

Inzwischen war das Kampfgetümmel abgeebbt. Die Spinnen hatten Moray umstellt. Lady Copper lag in einer Blutlache am Boden, eine der Spinnen hatte ihr dieselben Verletzungen zugefügt wie sie Joe the Cat erlitten hatte. Zwei der Schläger, die übrig geblieben waren, krümmten sich am Boden. Offenbar hatten sie mit Alfreds Spezialwerkzeug und mit Blakleys Arm Bekanntschaft gemacht.

»Moray, geben Sie auf!«, rief Alfred und richtete das Gewehr auf ihn. »Sie werden sich vor einem Gericht verantworten.«

»Das werde ich nicht!«, kreischte der Duke hysterisch und hob seine Waffe an seinen eigenen Kopf.

Da schloss Blakley vor, packte die Waffe und brach Moray beim Versuch, sie ihm zu entwenden, die Hand. Der Duke heulte auf, wurde dessen ungeachtet aber von dem Zirkusdirektor an der Schulter in die Höhe gehoben und mit dem Metallarm festgehalten.

»Hör zu, Freundchen«, zischte Blakley. »Eigentlich habe ich geschworen, den Mann, der meine Freunde getötet hat und um ein Haar auch die Liebe meines Lebens, persönlich zur Hölle zu schicken. Aber ich glaube, die Königin hat Besseres mit dir vor, und ich muss mir nicht meine Hände an dir schmutzig machen, du Drecksack!«

Moray, kurz zuvor noch um keine Antwort verlegen, antwortete nur mit einem komischen Wimmern.

»Das ist wirklich sehr lobenswert von Ihnen«, meldete sich Reginald Adair zu Wort, der noch immer ein wenig blass um die Nase wirkte. Obwohl er schon mehr als vierzig Jahre auf der Welt war, hatte er wohl noch nie auf einem Sprengstofffass gesessen. »Ich versichere Ihnen, dass ich mich persönlich dafür einsetzen werde, dass der Duke of Moray nie wieder das Tageslicht zu sehen bekommt.«

Während Blakley den Duke zum Gefangenenwagen brachte, fielen sich Violet und ihr Vater in die Arme.

»Ich hatte solche Angst um dich, mein Kind!«, gestand er. »Moray hat gesagt, dass die Spinnen dich töten würden.«

»Ich bin eine Adair!«, gab Violet mit Freudentränen in den Augen zurück und drückte ihm einen Kuss auf die Wange, die sich jetzt wie der Rücken eines Stachelschweins anfühlte. Aber das war in diesem Augenblick egal.

»Außerdem war nicht ich diejenige, die entführt wurde. Was ist mit Mama?«

»Sie wird wohl inzwischen gemerkt haben, dass ich fort bin. Moray und seine Gehilfen sind durch den Keller gekommen, ich hätte nicht gedacht, dass wir einen Anschluss an sein Tunnelsystem haben.«

»Besser gesagt, niemand wusste von dem Tunnelsystem«, merkte Hieronymus an, worauf sich ihr Vater umwandte.

»Das ist, nehme ich an, der berühmte General Black.« Lord Reginald reichte ihm die Hand. »Vielen Dank, dass Sie meiner Tochter geholfen haben.«

»Es war mir ein Vergnügen!«, entgegnete er verschmitzt lächelnd. »Ihre Tochter ist wirklich sehr charmant und unterhaltsam.«

»Und er ist der einzige Mensch auf der Welt, den ich nicht erschrecke, wenn ich über Technik rede«, mischte sich Violet ein.

»Nein, das tut sie nicht«, bestätigte Hieronymus. »Ich bin sicher, dass sie eines Tages eine große Erfinderin sein wird. Und ich werde ihr auch dabei helfen, ihr Laboratorium neu einzurichten.«

»Erfinderin? Laboratorium?«

Kurz hatte Violet den Wunsch, Black für diese Indiskretion zu würgen. Doch dann sah sie ein, dass dies ein guter Moment war, ihr Geheimnis offenzulegen, nahm sie doch nicht ohne Grund an, dass ihr Vater im Moment in eher versöhnlicher Stimmung war. Außerdem musste sie zugeben, dass ihr Vater ihr kürzlich auch ein großes Geheimnis offenbart hatte, nämlich dass er einer Geheimgesellschaft angehörte – die offenbar doch noch mehr als ein Mitglied hatte.

»Ja, ich möchte Erfinderin werden«, entgegnete Violet also und straffte sich. »Ich habe ein Laboratorium in Southwark, in das ich hin und wieder fahre, um dort zu arbeiten.« Dass diese Arbeit meist nachts stattfand, brauchte sie ihm ja nicht gleich auch noch zu gestehen.

»Aber wie konntest du ... Warum wusste ich nicht ...«, stammelte Lord Adair.

»Ich wusste, dass du und Mama es niemals gutheißen würdet, wenn ich mich der Forschung widme. Also sah ich mich gezwungen, es im Geheimen zu tun.«

Lord Reginald schüttelte verwirrt den Kopf. »Daher also diese seltsamen Gesprächsthemen und die Nachforschungen.«

»Wenn es mir erlaubt ist, zu sprechen, Mylord«, schaltete sich Alfred ein.

»Ja, ja, sprechen Sie.«

»Ihre Tochter war niemals in Gefahr, weil ich bei ihr war. Und ich kann Ihnen versichern, dass einige ihrer Erfindungen zum Erfolg dieser Mission beigetragen haben.«

»Allerdings«, mischte sich Siberia ein, die sich noch immer von Lord Carrington bewundern ließ, der über ihrem Anblick die zurückliegende Unbill längst vergessen zu haben schien. »Ihr ist es sogar gelungen, mich mit einer ihrer Erfindungen wieder zum Leben zu erwecken. Dafür werde ich ihr ewig dankbar sein.«

»Das wird ja immer schöner!«, donnerte Lord Adair scheinbar empört. Aber in seinem Gesicht machte sich ein Lächeln voller Glück und Vaterstolz breit. »Wirklich schade, dass du kein Junge bist. Du hast das Herz eines echten Lord Adair!«

»Nun, immerhin bin ich eine Lady Adair!«, entgegnete Violet schulterzuckend. »Und sofern ihr mich lasst, werde ich meinen Weg weiterhin gehen, um unserem Haus alle Ehre zu machen.«

»Aber forschende Frauen sind nicht besonders angesehen in Adelskreisen.«

»Dann wird es Zeit, das zu ändern.« Violet reckte entschlossen das Kinn. »Frauen können ebenso Wissenschaftler sein wie Männer. Und ich frage mich, was Lady Sharpe wohl sagen würde, wenn sie erführe, dass Frauen wie sie nicht angesehen sein sollen.«

Lord Adair zog seine Tochter in seine Arme. »Du hast ja recht, mein Kind. Dazu, dein Labor in Southwark aufzugeben, werde ich dich wohl nicht bringen können, oder?«

Violet schüttelte den Kopf.

»Und was, wenn ich dir ein Labor im Haus einrichte? Es wäre weniger gefährlich.«

»Nicht nötig, Papa«, entgegnete sie mit einem Blick zu ihrem Butler. »Ich habe doch Alfred bei mir. Glaube mir, in seiner Gegenwart bin ich so geborgen wie ein Vogel im Nest. Nicht war, Alfred?«

»Ich werde jedenfalls auch weiterhin alles daran setzen, dass Ihre Tochter in Sicherheit ist.«

Lord Adair wirkte immer noch nicht begeistert. Aber er gab sich einen Ruck: »Also gut, meinetwegen forsche! Ich weiß zwar nicht, wie ich das deiner Mutter beibringen soll, aber irgendwie werde ich es schon hinbekommen. Um dein Debüt vor der Königin kommst du allerdings nicht herum.«

Violet seufzte. »Ich weiß. Und weil du so lieb bist, werde ich mich ohne Murren und Knurren von Mama einkleiden lassen, bis ich wie ein Wattebausch aussehe.«

»Ich glaube, wir sollten nun von hier verschwinden«, merkte Alfred mit einem Fingerzeig auf die Spinnen an. »Ich fürchte, die Programmierung hat sich gerade in Luft aufgelöst, und die Burschen gehen wieder zu ihrer alten Tätigkeit über.«

Wie zur Bestätigung ihrer Worte drehten sich die Spinnen auf klappernden Beinen langsam herum. Einige von ihnen richteten sich ein wenig auf, als würden sie Beute wittern, andere scharrten mit den Beinen auf dem Boden, als wollten die ihre Messer schärfen.

»Oh, verdammt«, murmelte Black. »Und der Maverick liegt noch in der Gruft.«

»Den holen wir später, ebenso wie meinen Schirm«, versprach Violet, während sie die Spinnen wie hypnotisiert anstarrte. »Jetzt lasst uns abhauen.«

Als wäre der Teufel persönlich hinter ihnen her – und gewissermaßen stimmte das ja auch – stürmten Violet und ihre Freunde samt ihrem Gefangenen zu der Draisine. Während die anderen neben dem Duke, den Blakley feinsäuberlich angekettet hatte, im Käfig Platz nahmen, schwangen sich Hieronymus und Violet auf den Triebwagen.

»Wissen Sie, wie man so was fährt?«, fragte Violet.

»Nein, aber ich glaube, wir finden es heraus.«

»Das sollten wir aber schnell tun, denn ich höre unsere achtbeinigen Freunde schon klappern.« Violet betrachtete die zehn Hebel, die aus dem Armaturenbrett herausragten, dann deutete sie auf den ganz links. »Wie wäre es mit diesem da? Ich glaube, den hat der Duke während der Fahrt betätigt.«

»Sind Sie sicher?«

»Ich denke schon.«

Da das Klappern der Spinnen nun lauter wurde, zog Hieronymus kurzerhand den Hebel. Im nächsten Augenblick wurden sie zurückgeworfen, ja beinahe aus dem Wagen geschleudert, so rasant begann die Fahrt. Immerhin brachten sie nun recht schnell großen Abstand zwischen sich und die Spinnen. Um die sollten sich später die Kammerjäger von Lady Sharpe kümmern.

Während Funken zur Seite sprühten, und der Wind an ihren Haaren und Kleidern zerrte, verschwamm der Tunnel vor ihnen zu einer schwarzen Masse, in der hin und wieder kleine Lämpchen aufflammten.

»Fahren Sie langsamer, Sie Idiot«, schnauzte der Duke aus dem Käfig. »Sie werden die Systeme überhitzen, und wir werden alle sterben!«

»Ich dachte, das wollten Sie vorhin noch«, entgegnete Black trocken, während er nun einen anderen Hebel ausprobierte. Damit wurde die Zugmaschine noch schneller, worauf Hieronymus den Hebel gleich wieder in Ausgangsposition brachte.

»Versuch es mit diesem hier«, sagte Violet, langte über seinen Arm und drückte einen Hebel mit grünem Knauf. Augenblicklich verlangsamte das Gefährt und ging in einen ruhigen Lauf über.

Black sah sie eindringlich an. »Woher wussten Sie das?«

»Grün ist für gewöhnlich eine gute Farbe.«

»Wissenschaftliche Erkenntnis?«

»Nein, Instinkt.«

Jetzt lächelte Hieronymus breit. »Sie sind sich darüber im Klaren, dass man Sie da hinten nicht verstehen kann, wenn Sie hier vorn leise sprechen, nicht wahr?«

»Ist das so?«

Black nickte. »Und nur weil das so ist, möchte ich Sie darauf hinweisen, dass Sie soeben die persönliche Anrede gebraucht haben.«

Violet grinste wie ein Honigkuchenpferd. Das hatte sie mit Absicht getan. Und er hatte es bemerkt!

»Das muss mir wohl so rausgerutscht sein«, erklärte sie mit Unschuldsmiene.

»Nun, es hat nicht schlecht geklungen. Seit Sarah hat niemand mehr du zu mir gesagt. Selbst meine Eltern haben mich förmlich angesprochen, seit ich den Kinderschuhen entwachsen war.«

Wann mochte das gewesen sein, fragte sich Violet und betrachtete gedankenverloren die feinen Fältchen um seine Augen, während sie in den Anblick seines Gesichtes regelrecht versank.

»Wenn Sie nichts dagegen haben, würde ich Sie ebenfalls gern … duzen, Lady Violet.«

»Das wäre mir sehr recht, Hieronymus.«

Black wollte das Steuer loslassen, um sie zu berühren, doch sogleich reagierte die Draisine mit einem heftigen Ruck. »Das solltest du lieber bleibenlassen«, entgegnete Violet über beide Ohren grinsend. »Aber ich glaube, du wirst in nächster Zeit noch Gelegenheit bekommen, mir die Hand zu küssen.«

Den Ausstieg zum Palast zu finden, war nicht ganz einfach. Einmal hielten sie an einem falschen Stopp und kamen in einem Weinkeller heraus, wie ihn auch Adair House hatte, dann gerieten sie in eine Abstellkammer voller alter Präparate und Karten. Damit war klar, wie Moray in den Botanischen Garten kommen und Borneman töten konnte, ohne gesehen zu werden. Theoretisch wäre es sogar möglich gewesen, dass er, während die Bewohner schliefen, unbemerkt durch sämtliche angeschlossenen Häuser hätte wandern können. Aber Moray war, wie Hieronymus Black gesagt hatte, kein Mann, der gern Zeit verlor oder vertändelte.

Endlich an dem richten Anschluss angekommen, wurden sie bereits von Lady Sharpe und ihren Geheimagenten erwartet. Die Männer waren offenbar gerade dabei gewesen, herauszufinden, in welche Richtungen der Tunnel führte.

Als Hieronymus die Draisine mit ihrem Hänger vor ihnen zum Stehen brachte, richteten sie sogleich ihre Schießeisen auf die Ankommenden.

»Nehmt eure Waffen runter!«, donnerte Black mit befehlsgewohnter Stimme. »Wir bringen euch den Verräter!«

Lady Sharpe erkannte Black und bedeutete ihren Männern, seiner Anweisung Folge zu leisten.

»Ah, General!«, sagte sie dann und kam mit ernster Miene auf ihn zu. »Haben Sie sich endlich entschieden, auf welcher Seite Sie stehen wollen.«

»Ich habe nie auf einer anderen Seite gestanden, als der von Königin Victoria. Aber Sie werden verstehen, dass ich nicht mit offenen Karten spielen konnte. Erst recht nicht, als sich herausstellte, dass meine Tante involviert war.«

»Soso, Ihre Tante. Und wo haben Sie Lady Sissleby?«

»Sie liegt tot unter dem Parlament. Zusammen mit einigen Handlangern des Duke of Moray und ein paar Kilo feinsten Sprengstoffs. Außerdem gibt es da noch mehr von diesen Metallspinnen.«

»Ich weiß, das müssten jene sein, die Lord Adairs Butler auf die Schnelle umprogrammiert hat.«

Violet blickte zu Alfred. Dass er Talent für Technik hatte, hatte er ihr noch gar nicht offenbart. Von nun an wird er sich nicht mehr drücken können, wenn es in ihrer Werkstatt irgendwas zu schrauben gibt.

»Leider haben sich diese Spinnen ihrer alten Programmierung erinnert«, erklärte der Butler. »Meine provisorischen Lochkarten müssen verrutscht sein.«

»Nun, ich glaube kaum, dass diese Apparate noch von Nutzen sind – außer als Beweismittel, um Sie an den Galgen zu bringen, Lord Moray.« Sie warf einen eisigen Blick auf den Duke, der sie seinerseits finster musterte.

»Kommen Sie, steigen Sie bitte aus, Lord Adair und Lord Carrington. Ich glaube, wir haben viele Dinge zu besprechen. – Myers, wären Sie so freundlich, zuerst die Königin und dann den Koch vom Eintreffen unserer Gäste zu informieren?«

Der gerufene Geheimagent nickte und verschwand hinter der Zugangstür zum Tunnel.

»Mr. Blakley, würden Sie bitte den Duke losmachen, damit sich Lady Sharpe um ihn kümmern kann?«, fragte Black mit einem Augenzwinkern nach hinten.

»Mit dem größten Vergnügen!«, gab der Zirkusdirektor zurück und löste dann die Handschellen. Da seine mechanische Hand immer noch bestens funktionierte, brauchte er ihm die Fesseln gar nicht wieder anzulegen. Seinem eisernen Griff würde Moray nur entkommen, indem er sich den Arm abschnitt.

»Warum, Moray?«, fragte Lady Sharpe, als sie dem Duke Auge in Auge gegenüber stand. »Warum haben Sie Ihren Kopf riskiert? Sie wissen doch, welche Strafe auf Hochverrat steht.«

Ein irrer Ausdruck flackerte in seinen Augen auf. »Es hätte funktionieren können«, antwortete er mit leiser Stimme. »Wenn mir diese verdammte Göre, der Butler und das Einauge nicht in die Quere gekommen wären, wäre ich der neue König geworden. Und meine erste Amtshandlung wäre gewesen, Sie in die Strafkolonie nach Australien zu schicken.«

»Nun, dann freue ich mich gleich doppelt, dass Sie versagt haben, Moray. Und übrigens, Australien ist mittlerweile einer unser größten Außenposten und keine Strafkolonie mehr. Sie sollten die wenige Zeit, die Ihnen noch bleibt, nutzen, um Ihre geografischen Kenntnisse auf den neuesten Stand zu bringen.«

26. Kapitel

Glücklicherweise mussten nur die beiden Lords die ganze Zeit über bei der Königin bleiben. Black und Violet kamen mit einem kurzen Bericht davon – obwohl sie eigentlich das Meiste zu berichten hatten –, Alfred, Blakley und Siberia erhielten den Dank der Königin und konnten das Audienzzimmer gleich wieder verlassen.

Inzwischen war der Morgen heraufgedämmert, ohne dass auch nur einer der Londoner, die jetzt die Straßen bevölkerten, gewusst hätte, welchem Unheil er entgangen war.

»Wie haben Sie uns eigentlich gefunden, Alfred?«, fragte Violet, als sie den Palast hinter sich ließen und gemeinsam zur Seitenbahnstation gingen.

Auf eine Fahrt mit der Höllendraisine hatte niemand mehr Lust gehabt, außerdem hatten Lady Annabelles Männer sogleich begonnen, sich das Fahrzeug näher anzuschauen – um dann mit seiner Hilfe herauszufinden, wie weit sich das Tunnelnetzwerk des Duke erstreckte.

»Ich habe den Duke of Moray erkannt. Eine Zeit lang hat mein früherer Boss Geschäfte mit ihm gemacht. Er hatte Sprengstoff haben wollen.«

»Sprengstoff, mit dem er meine Verlobte in die Luft gejagt hat«, bemerkte Hieronymus bitter.

»Und der sicher auch unter dem Parlament zu finden war. Moray muss die Sache schon sehr lange geplant haben, was eigentlich untypisch für ihn ist. Bei meinem Boss hat er jedenfalls immer gedrängelt, er hätte keine Zeit.«

»Seine alte Macke«, sagte Black finster.

»Auf jeden Fall sagte Lady Sharpe etwas von Geheimgängen,

die der Duke gegraben haben muss, und da dachte ich mir, wo würde er wohl mit einem solchen Geheimgang anfangen?«

»In seinem Haus oder in seiner Gruft.«

»Ich habe auf die Gruft getippt. Und dort fand ich auch Ihren Schirm.«

»Warum haben Sie den nicht mitgenommen?«

Alfred zuckte mit den Schultern. »Ich hatte einen Haufen Spinnen im Schlepptau. Außerdem wollten Mr. Blakley und Lady Siberia keine Zeit verlieren. Wir sind regelrecht durch den Gang gehetzt, und schließlich haben wir Morays aufdringliche Stimme gehört.«

»Ich hätte den Mistkerl auf zehn Meilen gewittert!«, brummte Blakley und bot Lady Siberia seinen Arm. Die beiden tauschten einen kurzen Blick, dann blieb er stehen und sagte zu Violet: »Vielleicht denken Sie doch noch einmal über das Angebot nach, das ich Ihnen vor ein paar Jahren gemacht habe.«

»Ich möchte aber nicht die zersägte Jungfrau sein.«

»Nein, keine Bange! Aber Sie können die Technikerin für meine Sensationen werden. Wenn es auch nicht möglich sein wird, so wunderbare Menschen zu finden wie jene, die ich hier verloren habe.«

»Sie wollen also weitermachen?«

»Wenn wir den Schock überwunden haben, warum nicht? Jeder Einzelne, der hier sein Leben verloren hat, würde wollen, dass ich weitermache.«

»Auf der ganzen Welt werden immer wieder Menschen geboren, die in den Augen der Leute einen Makel haben. Sie werden sich freuen, unter Ihrem Zelt eine Zuflucht zu finden und Freundschaft zu erfahren. Und ich werde Ihnen eine Kuppel aus Blitzen zaubern. Noch heute Abend werde ich mich an die Entwürfe setzen.«

Blakley lachte, und Siberia nahm Violet in ihre Arme. »Ich danke Ihnen, dass Sie mir das Leben wiedergegeben haben. Ich habe doch gesagt, dass ein Talent für Tesla-Blitze in Ihnen schlummert.«

»Wenn Sie wollen, helfe ich Ihnen gern beim Wiederaufbau.

Ich habe eine Menge Werkzeug, auch wenn mein Labor im Moment eher ein Schrotthaufen ist.«

»Wir werden auf Ihr Angebot gern zurückkommen.« Blakley lächelte seine Liebste glücklich an, dann gingen sie weiter.

»Und wie haben Sie eigentlich das mit den Spinnen gemacht, Alfred?«, fragte Violet. »Immerhin haben Sie Ihnen für eine Weile gehorcht.«

»Lochkarten. Allerdings habe nicht ich die hergestellt, sondern Lady Sharpe. Sie hat auch ein Talent zur Erfinderin, müssen Sie wissen.«

Das interessierte Violet weniger. Aber die Sache mit den Lochkarten war spannend.

»Und wie haben Sie die Spinnen dazu gebracht, anzuhalten?«

»Ich glaube, das erzähle ich Ihnen heute Abend, Mylady. Ihre Mutter fragt sich sicher schon, wo Ihr Ehemann und das Frühstück bleiben. Ich glaube kaum, dass sie etwas von der nächtlichen Entführung mitbekommen hat. – Dort drüben ist die Bahnstation!«

An der Station trennten sich ihre Wege vorerst. Während Alfred mit Blakley und Siberia in Richtung Süden aufbrach, fuhr Violet mit Black nach Norden, um das Luftschiff abzuholen. Sicher hatte sich der Friedhofsverwalter ziemlich gewundert, als er es auf der Freifläche stehen sah.

Nicht mal eine Viertelstunde später gingen Violet und Hieronymus schweigend an den Grabreihen und Grüften vorbei.

»Was wirst du nun tun?«, fragte sie, denn es widerstrebte ihr, ihn jetzt, wo sie sich doch gerade ein wenig kennengelernt hatten, wieder ziehen zu lassen. »Willst du tatsächlich als Laufbursche bei uns anheuern?«

Black grinste breit. »Eine schöne Vorstellung. Allerdings wird mir wohl nun nichts anderes mehr übrigbleiben, als mein Erbe anzutreten.«

»Dein Erbe?«

»Lady Sissleby hat keine Kinder, da sie tot ist, fällt nun ihr Vermögen an die Familie Black. Mein Vater hatte schon lange davon gesprochen, dass ich die Geschäfte der Familie übernehmen soll.

Jetzt ist es wohl soweit, denn er ist alt und nicht mehr der Gesündeste. Außerdem ist Indien weit von hier entfernt.«

Dann wäre er ja eigentlich eine gute Partie für mich, dachte Violet, schüttelte dann aber den Kopf. Wegen seines Geldes würde sie einen Mann ganz gewiss nicht heiraten – auch wenn ihre Mutter das voll und ganz begrüßen würde.

»Was ist?«, fragte Hieronymus verwundert.

»Ich hatte nur einen Gedanken.«

»Und welchen? Es sah aus, als hättest du den gleich wieder verworfen.«

»Vermutlich habe ich das, leider«, entgegnete Violet mit einem schiefen Lächeln. Dann kam ihr eine Idee. »Wie du gehört hast, bleibt mir wiederum nichts anderes übrig, als zum Debütantinnen-Ball zu gehen. Dort werde ich jungen Männern meines Alters vorgestellt, in der Hoffnung, dass einer von ihnen Gefallen an mir findet.«

»Ich weiß, wie so ein Ball abläuft. Ich war selbst auf einem.«

»Vor wie vielen Jahren?«, platzte es aus Violet heraus.

»Vor etlichen ...« Black grinste in sich hinein. Natürlich hatte er ihre wahre Absicht längst erkannt.

»So alt siehst du aber noch gar nicht aus.«

»Nun ja, vielleicht bin ich alt, vielleicht nicht. Macht das einen Unterschied?«

»Nein, eigentlich nicht, aber ich dachte ...« Violet war nicht sicher, ob sie ihm ihren Wunsch antragen durfte.

Wenn ich es nicht mache, werde ich auf dem Ball mit einem Idioten nach dem anderen tanzen müssen und dann wieder mein Wissen über Bullenkastration anbringen. Oder ihnen von furchterregenden mechanischen Spinnen erzählen.

»Was dachtest du?«

War das seine Hand, die sie da auf ihrer spürte? Violet schluckte, dann sah sie ihn verwirrt an. Ihr Herz klopfte so laut, sie glaubte, dass Black es hören musste.

»Ich dachte, wenn du mich zu dem Debütantinnenball begleiten würdest ...«

Violet stockte und kam sich auf einmal furchtbar dumm vor.

Black sagte nichts dazu. Er lächelte nur in sich hinein, dann wandte er sich um und zog sie mit sich.

»Da ist die Gruft. Du willst doch deinen Schirm genauso gern wieder wie ich meinen Maverick, nicht wahr?«

Violet räusperte sich verlegen. *Was fällt dir auch ein, einem gestandenen Mann wie ihm anzubieten, dich auf den albernen Ball zu begleiten!* »Natürlich will ich den wieder. Er ist immerhin eine Erfindung, die funktioniert.«

Niedergeschlagen folgte Violet Black in das Gebäude. Lady Gold und Lady Silver waren inzwischen verschwunden. Und auch ansonsten konnte man sich kaum vorstellen, dass in dieser staubigen Gruft heute Nacht über die Zukunft Englands entschieden worden war.

Etwas verloren lagen der Schirm und der Maverick-Revolver auf dem Boden. Während Black die Waffe wieder in das Halfter unter seiner Jacke schob, klaubte sie den Schirm auf und wischte gedankenverloren den Staub von dem zerrissenen violetten Stoff.

Na immerhin hast du noch deine Erfindungen, wenn du ihn schon nicht kriegst, dachte sie und zwang sich tapfer zu einem Lächeln, als sie die Gruft verließen. Nachdem sie weitere Grabreihen schweigend hinter sich gebracht hatten, rief Black plötzlich aus: »Ich glaube, wir sind am Ziel!«

Wie meinte er das denn? Da sah Violet vor sich das Luftschiff, das noch immer auf der frisch gerodeten Fläche stand. Tatsächlich stand der vollständig ratlos wirkende Friedhofsverwalter mit seinen Gehilfen davor, als hätte er ein solches Gebilde noch nie zuvor gesehen.

»Meine Herren!«, sagte Hieronymus und schritt mit auf dem Rücken verschränkten Armen auf die Männer zu. »Es freut mich, dass Sie so gut auf dieses Luftschiff Acht gegeben haben!«

Der Verwalter und seine Gehilfen blickten verdattert drein. Zwei von ihnen, die früher wohl beim Militär gewesen waren, nahmen angesichts von Blacks Uniform sogleich Haltung an.

»General, ich wusste nicht …«, stammelte der Verwalter, der nicht so recht zu wissen schien, was er jetzt tun sollte.

»Haben Sie …«

»Ich war in geheimer Mission unterwegs, diese Lady dort hat mich begleitet. Wenn Sie nichts dagegen haben, würde ich jetzt gern das Luftschiff besteigen und starten.«

»Aber natürlich, Sir, wir wussten nur nicht, was wir damit anfangen sollten.«

»Gar nichts, mein Lieber, was Sie getan haben, war genau richtig.«

Black zog ein paar Münzen aus der Tasche und drückte sie den Männern in die Hand. Dann bot er Violet den Arm und führte sie zum Luftschiff.

»Geheime Mission?«, zischte sie durch die Zähne, als die Männer mit ihren Münzen abzogen.

»Dann können sie ihren Frauen heute Abend wenigstens was erzählen. Außerdem ist das die beste Erklärung.«

Damit erklomm er die Gondel.

Als Violet schon überlegte, ob sie nicht doch besser mit der Seitenbahn fahren sollte, reichte er ihr die Hand. »Wenn Sie bitte einsteigen würden, Mylady? Der Ausblick auf das morgendliche London ist einfach wunderbar.«

Violet wollte sich eigentlich keine falschen Hoffnungen mehr machen, doch dann legte sich ihre Hand automatisch auf seine, und er zog sie in das Luftschiff. Dabei kamen sie sich wiederum so nahe, dass er nur den Kopf hätte vorbeugen müssen, um mit seinem Mund ihre Lippen zu berühren. Eine ganze Weile blieben sie so, und fast schon dachte Violet ärgerlich: *Wartet der darauf, dass ich den Anfang mache? Das gehört sich doch für eine Lady nicht.*

Doch dann schloss er die Gondeltür hinter ihr und ging zum Brenner.

»Soll ich vielleicht helfen?«, fragte Violet frustriert und schwor sich, nie wieder an ihn zu denken, wenn sie erst einmal zu Hause bei ihren Büchern und Zeichnungen war. Wahrscheinlich würde sie ihn ohnehin nicht wiedersehen, und sie wollte auch nicht mit sich spielen lassen, so wie Black das jetzt zweifelsohne tat.

»Wenn du den Motor bitte anlassen würdest«, entgegnete er, während er Brennstoff nachschaufelte und dann die Gasluke öffnete. Zischend und stampfend erwachte der Motor zum Leben, als Violet die entsprechenden Hebel umgelegt hatte. Sobald das Feuer brannte, begab sich Black auf den Pilotensitz und brachte das Luftschiff zum Schweben.

Vom Fenster aus beobachtete Violet, wie die staunenden Friedhofswächter immer kleiner wurden, genauso wie die Gruften der Totenstadt. Als das Luftschiff seine maximale Flughöhe erreicht hatte, erhob sich Black.

»Um auf deine Frage zurückzukommen«, sagte er und kam auf sie zu.

»Aber du kannst doch nicht die Hände vom Steuer lassen!«, rief Violet entsetzt aus.

»Keine Sorge, ich habe das Steuer festgestellt. Uns kann nichts passieren.« Lächelnd legte er seine Hände um ihre Taille und zog sie an sich, sodass ihr nichts anderes übrig blieb, als ihre Arme auf seine Schultern zu legen. »Also, zurück zu deiner Frage.«

»Ja?« Violet zitterte, Schauder rieselten ihr Rückgrat hinab und wieder hinauf. Fühlten sich so Stromschläge an? Und was war eigentlich in Black gefahren? Wollte er sie wieder nur auf den Arm nehmen?

»Du weißt, dass du eine ganz bemerkenswerte Frau bist.«

Violet hätte es unter dem Donnern ihres Herzens beinahe nicht gehört. »Ich wüsste nicht, was das mit meiner Frage zu tun hat.«

»Das hat eine Menge mit deiner Frage zu tun«, entgegnete er. »Denn ähnlich wie Moray habe auch ich eine Macke. Ich verliebe mich nur in Frauen, die etwas ganz besonderes sind.«

»Was?«, fragte Violet verdattert und witterte erneut Spott und Hohn hinter seinen Worten. Doch seine Züge waren auf einmal ganz weich, und seine Lippen wirkten ebenso verlockend wie seine Arme, die sie hielten oder seine Brust, an der sie lehnte.

»Ich hatte bisher nicht die Gelegenheit, es dir zu sagen, eigentlich weiß ich es auch erst, seit ich dich auf dem Friedhof getroffen habe, obwohl der Funke wohl schon in Lady Sisslebys Haus übergesprungen ist, wo du mich beinahe beim Schnüffeln erwischt hättest. Als ich dich sah, so entschlossen, misstrauisch und trotzig, wusste ich, dass ich alles tun würde, um dich vor einem Unheil zu bewahren. Ich hätte dich am liebsten ständig im Auge behalten, selbst in den kurzen Nächten, die ich mir gönnte, warst du in meinen Gedanken.«

Violets Beine fühlten sich plötzlich so wabbelig an, wie sie sich Siberias Tentakel früher immer vorgestellt hatte, obwohl die gar nicht wabbelig waren, sondern nur so aussahen.

»Nach Sarahs Tod habe ich geglaubt, niemals wieder jemanden lieben zu können, aber da habe ich mich getäuscht. Ich habe mich ganz furchtbar in Sie verliebt, Lady Violet Adair. Und es wäre mir eine wahnsinnige Ehre, Sie zum Debütantenball begleiten zu dürfen, auch wenn mindestens ein Dutzend Adelige deswegen in Ohnmacht fallen werden.«

Damit zog er sie an sich, und endlich fanden sich ihre Lippen zu dem lang ersehnten Kuss. Er schmeckte irgendwie nach Zimt oder Muskat, war warm und weich und so völlig anders, als sich Violet einen Kuss vorgestellt hatte. Als seine Lippen sich von ihren lösten, war es, als hätte man ihr ein Stück ihrer selbst abgerissen, zu dem sie unbedingt wieder hinwollte. Jetzt küsste sie ihn, vielleicht noch etwas unbeholfen, doch in ihrem Kuss lag alles, was sie für ihn fühlte, was sie bereits unbewusst gefühlt hatte, als sie auf dem Ball nach ihm gesucht hatte.

»Nun, was meinst du?«, fragte Hieronymus ein wenig atemlos. Noch immer hielt er sie so fest an sich gedrückt, dass sie seinen Herzschlag fühlen konnte. Violet wollte am liebsten nie aus dieser Umarmung entlassen werden. »Wie wäre es mit einem kurzen Abstecher ans Meer? Das soll von oben im Sonnenlicht auch sehr reizend sein.«

»Gern, aber mein Vater ...«

»Der weiß doch, in wessen Obhut du bist. Und ich glaube, ich habe meine Tauglichkeit als dein Beschützer bewiesen.«

»Beschützer?« Violet zog empört die Augenbrauen hoch. »Ich habe genauso gekämpft wie du!«

Hieronymus lachte.

»Das stimmt. Ich wollte dich nur ein bisschen ärgern, dann siehst du immer so niedlich aus.« Er gab ihr einen schmatzenden Kuss auf den Mund, dann trat er wieder ans Steuer.

»Also ans Meer?«

»Ja, ans Meer«, entgegnete Violet lächelnd, während sie neben ihn ans Steuer trat und hinausblickte auf das schönste Morgenrot, das sie je gesehen hatte.

Kleine Randbemerkung der Verfasserin

Eine Welt aus Dampf und Zahnrädern, eine Welt finsterer Komplotte, viktorianischer Zurückhaltung und lodernder Liebe, kann man natürlich nur erschaffen, indem man die zuweilen farblose Realität hinter sich lässt und sich in das Reich der Fantasie begibt, wie ich es mit dem vorliegenden Roman getan habe.

Steampunk war das Stichwort, das mich bereits seit dem ersten Kontakt fasziniert hat. Lebensart, Mode, Redensarten und Geschichten. Seitdem bin ich in einige Romane und Filme dieses Genres eingetaucht, und ich bin ein echter Fan, eine Abhängige – süchtig nach Gaslicht und Zahnrädern. Obwohl es hier und da Anleihen an tatsächliche Geschehnisse des 19. Jahrhunderts gibt, ist das London, das ich hier erschaffen habe, vollkommen das Werk meiner Denkerschmiede, die zuweilen Violets chaotischem Laboratorium ähnelt. Namen wurden verändert, Gegebenheiten zurechtgebogen, Erfindungen und Erkenntnisse vorweggenommen, Personen eingefügt oder gestrichen.

Jedem meiner Charaktere (außer vielleicht Moray und Lady Sissleby) habe ich einen Zug von mir mitgegeben, jede Erfindung hätte ich erfinden wollen – ob mir das besser gelungen wäre als meiner Heldin, sei dahingestellt.

Aber ich hoffe, mit diesem Buch gute Laune, und Neugier entfacht zu haben, und Inspiration, die einschlägt wie der Blitz aus Violets Schirm.

Übrigens: Ja, ich liebe Spinnen!

Corina Bomann
Herbst 2011

CPSIA information can be obtained
at www.ICGtesting.com
Printed in the USA
BVHW031335310821
615689BV00004B/234